SOUS UN CIEL DE DIAMANTS

LETTRES LATINO-AMÉRICAINES

Ouvrage traduit avec le concours
du Centre national du livre

Titre original :
En el cielo con diamantes
Editeur original :
Ediciones B, Barcelone
© Senel Paz, 2007

SENEL PAZ

Sous un ciel
de diamants

roman traduit de l'espagnol (Cuba)
par Claude Bleton

ACTES SUD

Aux femmes de ma vie,
Du premier jour jusqu'au jour d'aujourd'hui

REMERCIEMENTS

Ce roman comporte des citations littérales ou déformées de différents auteurs : Fernando de Rojas, Miguel de Cervantès, José Martí, Fidel Castro, José Lezama Lima, Alejo Carpentier, Guillermo Cabrera Infante, Roberto Fernández Retamar, Jesús Orta Ruíz, Tomás Gutiérrez Alea, Abilio Estévez, Francisco López Sacha, Abel Prieto, Gabriel García Márquez, Jerzy Andrzejewski, Raymond Chandler, The Beatles, Silvio Rodríguez, Pablo Milanés, Sindo Garay, Felix Reyna, Anonyme et beaucoup d'autres. A tous un grand merci pour leur collaboration involontaire.

Mes remerciements à Ambrosio Fornet, Francisco López Sacha, Rebeca Chávez, Ana María Moix et, naturellement, à Carmen Balcells.

1

ARNALDO

Voici l'histoire de David et de Vivian, pas la mienne, que les choses soient claires avant d'attaquer la troisième ligne. Et je suis concerné, parce que le jour où ça commence je me suis réveillé avec le pressentiment qu'un truc un peu spécial allait arriver. Je suis resté à la maison, prêt à tout, mais les copains sont passés dans l'après-midi pour m'inviter à aller aux chèvres. J'espère que vous voyez ce que je veux dire et que vous n'êtes pas du genre à regarder de travers quand on vous dit que les gars des villages ont des relations avec les animaux, parce que, sinon, on ne va pas être d'accord. Bref, on est partis se balader et, en revenant, on évoquait la joie qu'elles avaient eue de nous accueillir et le bonheur qu'on leur avait donné, quand on a cru entendre des voix qui provenaient d'un bosquet tout proche. On est allés voir et on n'avait pas mis le pied sous les arbres qu'on est tombés sur un gringalet torse nu qu'un gros balèze menaçait avec sa ceinture. Je vais t'apprendre le respect et la pudeur, petit con ! braillait le géant fou de rage. Combat inégal ou pas, on allait savourer le spectacle, et on s'est mis à les exciter. Vas-y, tue-le ! Cogne-lui la tête ! Mais soudain je ne sais pas ce qui m'a pris, j'ai fait un pas en avant et j'ai crié au mastodonte, Hé toi, grand fils de pute, tu t'en prends à ceux qui ne peuvent pas se défendre ?! Mes potes ont eu l'air étonné : qu'est-ce qui m'arrivait ? Je voulais gâcher la fête ? Je vais te montrer que tu te comportes comme un lâche ! j'ai continué. Alors s'est instauré un silence que le gringalet a brisé. On peut savoir de quoi tu te mêles ? il a dit. Monsieur se prend peut-être pour don Quichotte ? Mes potes et le mastodonte ont éclaté de rire. Mais moi, en voyant le garçon faire le fier, j'ai eu encore plus envie de prendre son parti, alors j'ai fait deux pas de plus et j'ai commencé à enlever ma chemise, mais ça s'est arrêté là, parce que le géant, en voyant que j'étais prêt à la bagarre et que je ne rigolais pas du tout, s'est lancé dans les explications. Des dépravés embêtaient ses chèvres de la pire des façons, il a dit ; il en avait attrapé un, qui était forcément de la bande, il suffisait de regarder sa tête de satyre, et il allait lui apprendre à coups de fouet que s'il avait des envies il n'avait qu'à se défouler sur des femmes, justement il y avait trois petites putes qui vivaient à deux pas et qui ne demandaient que ça ; abuser d'un animal, c'est un truc de pédés, on est bien d'accord ? Non, ont répondu les potes en chœur ; les trucs de pédés, c'est d'abuser d'un plus faible que soi, et s'il ne libérait pas ce garçon sur-le-champ, il aurait affaire à eux tous, qu'est-ce qu'il en pensait ? Le descendant de Goliath a été obligé de battre en retraite, la queue entre les jambes. Il se retournait et proférait des menaces et des jurons, mais on s'en moquait et d'ailleurs ça n'a rien à voir avec cette histoire.

Le gringalet, c'était David, comme vous devez vous en douter. Il nous a dit merci, il a cueilli quelques plantes et ramassé ses bouquins, et il allait partir de son côté quand on lui a proposé de rester avec nous, au cas où le géant reviendrait. En chemin, il nous a raconté sa vie. Il était de la campagne et il venait de déménager à la ville avec la famille parce que Adela Elvira, sa grand-mère, avait le cœur qui flanchait, et que les médecins avaient déclaré qu'ils ne répondaient plus de sa santé s'ils ne l'avaient pas sous la main. D'une voix brisée, il a ajouté que c'était lui qui s'en occupait jour et nuit, sans la quitter un seul instant, convaincu que si la Mort le trouvait au pied du lit en train de lui lire la Bible elle n'oserait pas s'approcher. La Mort essaierait peut-être de l'appeler de la fenêtre pour détourner son attention et donner son coup de griffe, mais pas question de lui répondre, pas question. Une sorte d'ange gardien sans ailes, a commenté un de mes copains tout bas et les autres se sont marrés. Je leur ai dit de la boucler et j'ai demandé à David de continuer. D'ailleurs, il a dit sans se soucier des moqueries, il avait quitté la maison bien obligé : il devait cueillir des plantes pour sa petite chienne, qu'il aimait pareil et qui était aussi malade, elle n'avait rien mangé depuis deux jours et avait des douleurs au ventre. Les potes ont remis leur grain de sel. Dis donc, si tu es de la campagne, tu aimes sûrement les chèvres. David les a regardés de travers et il a répondu, Ah ça, non, sûrement pas. Et les juments ? Non, aucun animal, c'est infâme ; si un homme a des rapports avec un animal, il sera condamné à mort et on sacrifiera aussi l'animal, c'est dans la Bible. Les copains m'ont regardé : C'est quoi, cette espèce de freluquet ou de catholique qu'on a tiré d'affaire ? Je me suis empressé d'expliquer que tout le monde n'aime pas les mêmes choses. Là-dessus, David s'est immobilisé. Voilà ma mère, il a dit en montrant un point au loin ; il vaut mieux qu'on se sépare ; merci pour le coup de main et la compagnie. On a regardé dans la direction qu'il indiquait et on a vu la femme la plus belle que vous puissiez imaginer. On aurait dit une Italienne, pour faire court. Elle portait une robe blanche imprimée d'ovales noirs, comme en mettent les femmes respectables pour sortir, et elle était adossée à la porte bleue de l'immeuble où ils vivaient. On n'en revenait pas. Impossible d'imaginer qu'une mère puisse être aussi séduisante. On a vu qu'elle se dirigeait vers nous, et je me suis dit qu'il se passait un truc grave, ça se voit de loin chez une mère. Je ne m'étais pas trompé. Quand elle est arrivée à notre hauteur, elle a serré son fils dans ses bras. Avant tout, sois fort et rappelle-toi que nous sommes dans cette vallée de larmes pour souffrir, qu'elle a dit ; et n'oublie pas non plus que tu es un homme et que tu n'es pas à la maison. A ces mots, David s'est raidi, sans doute parce qu'il devinait la suite, pendant ce temps les copains et moi on regardait la taille, les cuisses, les nichons de cette sacrée femme. Elle a repoussé son fils et, le regardant au plus profond des yeux pour lui insuffler un peu de force, elle lui a balancé la suite : la petite chienne venait de mourir. Le garçon ne s'y attendait pas, ça l'a sonné. Il a dû sentir le sol se dérober sous ses pieds, parce qu'il a reculé en titubant, alors je me suis avancé et je l'ai pris par les épaules. Du calme, mon vieux, du calme, je lui ai dit : on a eu plus de pertes à la guerre. C'est alors qu'Estela, c'est le nom de la mère, a remarqué notre présence, avec une antipathie que tu n'imagines pas. Et eux, c'est qui ? elle a demandé à David. D'où tu les as sortis, pourquoi ils sont avec toi ? Après, en se tournant vers nous elle a demandé, Qu'est-ce que vous cherchez ? Qu'est-ce que vous attendez de lui ? Et, sans attendre la réponse, elle s'est baissée, elle a ramassé une grosse branche et à notre grande surprise elle s'est lancée à notre poursuite en nous donnant des coups de bâton. Allez, ouste, filez d'ici ! elle criait comme une possédée en soulevant un nuage de poussière. Si vous l'approchez, je vous tue ! Elle est folle, ont dit mes amis. Il n'est pas comme vous ! elle criait. Il va faire des études et il deviendra quelqu'un de bien ! Allez-vous-en, voyous, allez-vous-en, je ne vous laisserai pas le pervertir ! Alors David a émis un sanglot qui nous a tous paralysés. Le pauvre garçon n'a pas pu se retenir. Les larmes coulaient sur son visage, la morve aussi, parce qu'il était enrhumé. Ça nous a émus, mais pas Estela, qui a lâché sa branche et a foncé comme une furie sur son fils. Ah, merde, depuis quand un homme pleure pour si peu de chose ? elle criait. Sèche-moi ces larmes immédiatement ! Toi, tu ne l'aimais pas ! lui a lancé soudain David. Et pourquoi je l'aurais aimée, tu peux me dire ? qu'elle a répliqué. Lui : Parce que ce n'était qu'une petite chienne. Elle : Ah, c'est ce que tu penses ? Tu m'avais caché ça ? Et tu peux me dire qui s'est occupé de toi depuis ta naissance, alors que ton père tu ne l'as jamais vu ni de près ni de loin ? Bon, ont dit les copains, on s'en va avant que les mecs de l'asile rappliquent, et ils ont décampé. Alors Estela s'est tournée vers moi et elle m'a dit : Tu vas me rendre un service, ne le laisse pas rentrer avant qu'il se soit calmé ; si grand-mère le voit en pleurs elle va se trouver mal, elle croira que c'est elle qui est morte et elle donnera des ordres pour son enterrement. Cela dit, Estela a fait demi-tour et s'est éloignée. Sa jupe remontait à mi-cuisse et j'ai pu apprécier ses jambes bien tournées. Quand elle est rentrée dans l'immeuble, j'ai sorti mon mouchoir et je l'ai tendu à David. Il l'a pris, s'est retourné et s'est mouché plusieurs fois. Il est resté de dos à sangloter, renifler et s'essuyer avec le mouchoir. Quand il s'est enfin calmé, j'ai passé le bras autour de ses épaules et je l'ai forcé à marcher pour qu'on s'éloigne un peu. Au bout de quelques pas, je lui ai dit, J'ai toujours rêvé d'avoir un petit frère, ma mère était sur le point de m'en donner un quand un jour, au milieu d'une dispute terrible avec mon père à cause de ma tante, elle a marché sur une peau de mangue et... Il m'a interrompu : Aide-moi à creuser une fosse pour enterrer la chienne, s'il te plaît. Tous les gens que je connaissais auraient dit aide-moi à faire le trou, et personne n'aurait ajouté le s'il te plaît. Mais c'est comme ça qu'il s'est exprimé et ça m'a ému, qu'est-ce que vous voulez que j'y fasse.

— Je m'en occupe, mon gars ; toi, détends-toi et pense à autre chose.

Quand la tombe a été prête, j'ai dit :

— Bon, maintenant elle peut aller au ciel ou ailleurs ; tu n'as plus qu'à prier ou à faire ce que tu as prévu.

Je ne sais pas pourquoi, il a trouvé ça drôle et il a souri, et je crois que c'est à ce moment-là que je l'ai pris en affection. Non, tout bien réfléchi, c'est à ce moment-là qu'il m'a pris en affection, quand il a baissé pendant quelques secondes le pont-levis qui le séparait du reste du monde et qu'il m'a laissé entrer, si tant est que ce soit réellement arrivé un jour. Mon affection pour lui datait de bien plus tôt, quand j'avais vu que Goliath le menaçait, elle s'est renforcée pendant que nous retournions en ville et elle se consolidait maintenant, par ce sourire, car je vous assure que j'ignorais qu'on puisse sourire de façon aussi triste et gracieuse à la fois, surtout une personne du sexe masculin.

— John Lennon avait aussi une petite chienne, je lui ai dit. Tu savais ?

— Non.

— Eh oui. Elle s'appelait Sally. Un jour, la fille avec qui John vivait, Mimi, l'a donnée au premier passant venu.

— C'était pas plutôt l'inverse ? Sally, la fille, et Mimi, la chienne ?

— Non, mon pote, pas du tout ; je suis incollable sur les Beatles.

— La mienne s'appelait Carolina.

Et il s'est réfugié dans le silence, cette fois comme s'il réfléchissait à quelque chose d'important. Au bout d'un moment, il m'a regardé, a battu trois fois des mains devant sa figure et a retrouvé son calme.

— Si tu veux, j'ai dit, on peut être amis.

— C'est d'accord ; mais dis-moi une chose : à ton avis, on dort ou on est réveillés ?

2

DAVID

Je n'aime pas comme je suis. Je voudrais être autrement, me retrouver à des milliers de kilomètres de moi-même, devenir quelqu'un d'autre. J'aurais bien aimé que, le jour où on a mis une cigarette à Mamerto, le squelette, la prof ne dise pas que tout le groupe sauf moi serait puni tant que le responsable ne se serait pas dénoncé, c'est dire à quel point elle était persuadée que je ne perdais pas mon temps à ces stupidités. Je l'ai vraiment détestée, pendant que je passais devant tout le monde avec une auréole sur la tête, et j'ai souhaité qu'un camion la renverse le soir même à la sortie de l'école. Mais elle avait raison, ce n'était pas moi, l'idée ne m'avait même pas effleuré ! Et aucune fille n'est tombée amoureuse de moi, Nancy n'est pas tombée amoureuse. Nancy si jolie, avec ses cheveux noirs, ses grands yeux et ses chaussettes qui remontaient en haut des mollets.

Un autre défaut que je déteste à la fureur et dont je n'arrive pas à me débarrasser en dépit de tous les efforts, c'est que, sans être superstitieux ni croyant, j'ai la manie de consulter les pièces de monnaie. Il y en a qui croient au soleil, d'autres à la pluie, certains même à un totem en argile. Moi je crois à la monnaie, à la sainte Monnaie qu'on a dans sa poche. Je la prends sans regarder et en fonction de la position des pièces dans ma paume je prends la décision qu'il faut. L'étoile correspond au oui et le blason au non, je préfère les étoiles aux blasons. Un matin, en partant à l'école, juste avant la route, la Voix qui parle en moi m'a parlé. David, elle a dit, consulte immédiatement ta monnaie, et si elle te dit oui deux fois de suite, Nancy va tomber amoureuse à la récréation et clle voudra bien de toi. J'ai continué à suivre le cours de mes pensées, sans lui accorder d'importance. Si un jour je me coupe les veines ou si j'avale une bouteille de mort-aux-rats, maman aura-t-elle du chagrin jusqu'à la fin de ses jours ou bien surmontera-t-elle la douleur de ma mort ? David, a prononcé la Voix en reprenant la parole, si tu ne fais pas ce que je viens de t'ordonner, Dieu tout-puissant te punira de la façon suivante : en rentrant à la maison, tu trouveras ta grand-mère par terre, devant le poêle, raide morte, et tu seras le seul responsable. Je ne crois pas à ce genre de sornettes, je ne crois pas non plus que Dieu tout-puissant s'occuperait de moi, même pour me punir, mais j'ai plongé la main dans ma poche et en la ressortant j'ai été surpris. Que des étoiles. Cela ne m'était jamais arrivé. Recommence, a ordonné la Voix. Même résultat. Un autre, à ma place, aurait sauté sur place. Nancy, comme je viens de le dire, était la fille la plus jolie et la plus convoitée de l'école ; que dis-je, pas seulement de l'école, mais de la ville entière. Seulement, j'ai la tête dure. Je t'obéirai, j'ai dit à la Voix, si tu me donnes une preuve que tu parles sérieusement. La Voix a accepté. Je vais compter jusqu'à deux cents, j'ai dit, et avant que j'aie fini il faut que cinq voitures bleues passent en direction de Santa Clara, et que la dernière soit une Chevrolet 57.

Marché conclu. J'en étais à cent cinquante-neuf quand la Chevrolet bleu azur est passée. Inés, notre voisine, était sur la banquette arrière et agitait la main à la fenêtre pour me dire bonjour. Je savais qu'Inés allait ce jour-là à Santa Clara pour se faire examiner l'oreille par un spécialiste. Alors je suis devenu nerveux, parce qu'en plus j'ai réalisé que je ne rêvais pas. J'étais vraiment en train de marcher au bord de la route.

Je n'étais pas amoureux de Nancy, mais ce détail était secondaire au regard de mes ambitions, car si Nancy voulait bien de moi comme fiancé, je deviendrais le type le plus célèbre et le plus envié de l'école. Plus jamais je n'irais seul au cinéma, le vendredi et le samedi soir, au lieu de rester à la maison j'irais à des fêtes où tout le monde voudrait être mon ami. On m'appellerait, David, viens nous voir, tu es resté assez longtemps avec eux. Mon cœur a bondi dans ma poitrine. Mais il s'agissait d'être prévoyant. Il me faut une autre preuve, j'ai dit à la Voix. Laquelle ? De ce cocotier jusqu'à ce flamboyant en fleur il doit y avoir très exactement quatre-vingt-seize pas, pas un de plus, pas un de moins ; et il faut laisser ma grand-mère en dehors de cette histoire. La Voix a réfléchi. J'accepte, mais c'est la dernière fois ; ce n'est pas la faute de ta grand-mère si tu es aussi bête, et elle est suffisamment occupée à chercher tous les jours de quoi remplir la marmite. Au quatre-vingt-seizième pas, la pointe de ma chaussure et le tronc du flamboyant étaient sur la même ligne…

Puisque nous en sommes là, j'ai une déclaration importante à faire. S'il est une chose dont j'ai toujours été convaincu, autant à cette époque qu'à l'heure actuelle, c'est que si on aspire à une vie heureuse, à une vie personnelle bien pleine et à une vie sociale utile, il faut, avant d'esquisser le premier pas, se trouver une Fiancée et un Ami. C'est une condition essentielle, dans la réalité comme dans la fiction, car un homme sans fiancée et sans ami n'existe pas, n'a pas de punch. Le meilleur exemple nous est donné par Alonso Quijano, le fameux hidalgo, le Quichotte en personne, qui, avant de se lancer dans la plaine de Montiel à la recherche de renommée et d'aventures, a trouvé Dulcinée comme bien-aimée et Sancho Pança comme ami. Le chevalier sans amour, nous prédisait l'illustre homme de la Manche, est un arbre sans feuilles et sans fruit, un corps sans âme. Dans son cas, il fut obligé d'inventer Dulcinée et de se rabattre sur un paysan rustique, mais, moi, j'avais Nancy à ma disposition et une douzaine de garçons magnifiques, je n'avais personne à inventer, à part moi, peut-être.

Quand la sonnerie a annoncé la récréation, d'après moi pour me donner du courage, et d'après la Voix pour me débiner, je ne suis pas allé directement dans la cour, je suis passé derrière l'atelier. Mais comme ce qui doit arriver est inéluctable, j'y ai trouvé Nancy, assise sur un banc, seule, un livre ouvert sur les genoux. Six mètres nous séparaient, distance aisée à franchir pour n'importe qui, mais pas pour moi, même un jour de chance. Mes jambes se sont bloquées. Ni l'une ni l'autre ne bougeait. Là-dessus, j'ai vu un de mes copains sortir de l'atelier et, voyant Nancy, se diriger vers le banc et lui raconter sans doute un truc marrant, parce qu'elle s'est mise à rire et lui a proposé de s'asseoir à côté d'elle, et l'autre ne s'est pas fait prier.

Voilà qui marque la fin de mon jour de chance, je me suis dit, pourtant moins contrarié qu'on ne pourrait le croire, car je n'avais pas cru à ce que racontait la Voix. Eh bien tu te trompes, elle a dit en reprenant la parole, aujourd'hui, c'est ton jour de chance ; j'ai organisé les choses ainsi pour que tu comprennes que lorsqu'on a une décision à prendre il ne faut pas hésiter, sinon un autre rapplique et tu perds ta place ; maintenant, cherche une solution, parce que le marché reste valable : si tu t'arranges pour que Nancy tombe amoureuse de toi avant midi, elle voudra bien de toi. Comme le professeur de géographie était absent, je suis allé à la bibliothèque et j'ai écrit une longue lettre où j'avouais à Nancy mon amour inexistant. C'est un domaine où je suis très bon, écrire sur des trucs qui n'existent pas. J'ai profité d'une inattention pour la glisser dans un de ses livres, car c'était mon jour de chance, et à la fin des cours j'ai quitté la salle à toute vitesse, presque en courant, j'avais besoin de me retrouver dans la rue et de respirer le grand air. Ma hâte était telle que je n'ai pas vu que la secrétaire du directeur me cherchait partout. Mes pas m'ont conduit à la gare, un endroit de la ville qui me plaît par-dessus tout, car, lorsque j'étais petit, j'y attendais ma mère pour rentrer à la maison avec elle après son travail. Les hommes s'arrêtaient pour la laisser passer et l'admirer, mais comme elle était accompagnée ils ne lui adressaient pas la parole. Seuls quelques audacieux disaient, en feignant de s'adresser à moi, Mon gars, prends bien soin de ta mère, c'est un vrai trésor. Comme un enfant peut souffrir, quand on badine avec sa mère ! J'aurais volontiers répondu, Va te faire foutre, mais maman me l'avait interdit, elle prétend qu'il ne faut jamais dire de grossièretés, même dans les pires circonstances. A la gare, j'ai regardé les voyageurs en imaginant que j'étais l'un d'eux et que, dans quelques minutes, je prendrais le train pour une destination inconnue. J'enverrais un télégramme : "J'ai quitté la maison, je suis content, ne vous inquiétez pas pour moi", mais pas question de donner mon adresse. Le train est arrivé et reparti, et je suis rentré à la maison par le chemin le plus long, mais aucun n'est jamais assez long pour manquer la destination. Mais où étais-tu passé ! ont crié mes deux frangines quand je suis arrivé. Avec la secrétaire du directeur, on t'a laissé un message pour que tu rentres directement après les cours, et regarde l'heure qu'il est. Et vous, j'ai répondu, qu'est-ce que vous faites ici, vous devriez être encore au travail ! Felamida nous a envoyées te chercher ; quand elle a apporté le café à grand-mère, dans la matinée, elle l'a trouvée par terre, devant le poêle, sans connaissance ; on a cru que c'était le cœur, ou une ischémie passagère, mais elle va mieux, elle a pris un bol de tilleul et maintenant elle dort ; prépare ton dîner, fais la vaisselle et reste à la maison, nous retournons au travail avant qu'on ait remarqué notre absence ou qu'on ait un blâme. Elles sont reparties en vitesse. Grand-mère, j'ai dit en passant la tête à la porte de sa chambre, tu vas bien ? Oui, mon petit, n'écoute pas ces idiotes ; ce n'est pas le cœur qui m'a réveillée, mais un cauchemar ; j'ai rêvé que je tombais sur la route et que cinq voitures bleues me roulaient dessus : zou, zou, zou, zou, zou, la dernière était une Chevrolet 57 ; mais ça va mieux, il n'y a pas de meilleure médecine que le tilleul préparé par Felamida. Tu veux que je te lise un peu la Bible ? D'accord, assieds-toi au pied du lit ; j'aimerais bien réentendre ce passage où le roi David jette des cailloux au géant Goliath ; je trouve que le géant fait une drôle de tête quand il voit que le type qui le défie est un nain, comparé à lui ; c'est comme nous avec les Américains, ils sont si grands et Cuba si petite, et ça les fait enrager. Quand David a affronté Goliath, je me disais en cherchant le chapitre, il n'était pas encore roi, il n'avait ni fiancée ni ami, il s'occupait juste de ses moutons dans les collines d'Israël. Pssst, pssst ! On m'appelait à la fenêtre ; mais au lieu de tourner la tête pour voir de qui il s'agissait, je me suis mis à lire à toute vitesse et avec beaucoup d'emphase, Les Philistins réunirent leurs armées pour faire la guerre, et ils se rassemblèrent à Soco, qui appartient à Juda ; ils campèrent entre Soco et Azéka, à Ephès-Dammim…

Le lendemain, quand les élèves de ma classe, réunis sous les flamboyants en fleur, m'ont vu arriver, ils se sont mis à chanter en chœur cette chanson fameuse, *David est amoureux, David est amoureux, de qui, de qui l'est-il ? Serait-ce de Nancy ?* Nancy, comme Paul McCartney, le type des Beatles, avait eu la langue un peu trop pendue. Paul a perdu sa virginité à quinze ans avec une copine de classe et, le lendemain, il l'a raconté à tout le collège en se moquant de la réputation de la fille. Nancy est peut-être montée sur un banc et a lu la lettre à qui voulait l'entendre. Mes camarades voulaient peut-être simplement m'aider, m'inviter à suivre le jeu, à m'approcher et à déclarer ma flamme à Nancy, comme Roméo à Juliette, et tous auraient bien rigolé en assistant à la naissance de notre liaison, en effet cette ritournelle avait joué le rôle de Célestine plus d'une fois. Mais j'ai baissé la tête et me suis éclipsé ; et j'ai survécu à la honte : ce n'est pas parce qu'on l'a souhaité vivement qu'on meurt forcément. Je n'ai plus jamais regardé

Nancy et, le soir, dans le roman secret que j'écrivais, j'ai ajouté un chapitre où elle et tous ceux qui se trouvaient sous le flamboyant, et ceux qui auraient entendu parler de l'affaire, montaient dans un camion à destination d'un travail volontaire, en chemin le camion se renversait et il ne restait plus personne pour rien raconter et voilà, c'était comme si la scène n'avait jamais eu lieu.

Maintenant, dites-moi franchement : un type pareil peut-il intéresser une fille ou un ami ? J'en doute, j'en doute vraiment. Ce n'étaient pas les jeunes dans mon genre qui triomphaient ou qui étaient à la hauteur de la situation. Fidel lui-même, dans ses discours, ne se gênait pas pour dire qu'on avait besoin de jeunes heureux et profonds, prêts à toutes sortes de prouesses et de sacrifices. Même chez moi, où l'ambiance était plutôt molle, on avait connu un regain d'énergie. Maman fut la première à se réveiller. Un jour, elle arriva à la maison en tenue de milicienne, avec son amie Isabel, c'était elle qui lui avait ouvert les yeux. Quel fessier ! se plaignait-elle devant le miroir, après avoir enfilé le pantalon vert olive. Il montre tout, dit Isabel en riant. J'espère que tu n'auras pas le culot de sortir dans cette tenue indécente, glapit grand-mère ; qu'est-ce que tu veux qu'on fasse d'une milicienne dans cette maison, tu peux me dire ? Tu vois quelque chose ici qui mérite une vigilance ? Allons maman, répondit maman en mettant la chemise et le béret, ne sois pas idiote ; la vigilance concerne les Yankees, la bourgeoisie. Et elle eut le culot de sortir, eh oui, on ne la reconnaîtrait sûrement pas. Mais les hommes s'arrêtaient sur son passage et, quand elle s'était éloignée, ils se grattaient la gorge en murmurant, Ah Estela, elle est à croquer ! Quel dommage qu'elle soit si respectable et qu'elle ait pour mère cette vieille râleuse ! Elle apprit à tirer sur l'ennemi, d'abord avec un pistolet russe, ensuite avec une carabine tchèque, plus tard avec un fusil chinois. Elle faisait des gardes, allait de réunion en réunion, rentrait à la maison à une heure indue, étudiait la nuit, et s'était inscrite à la Fédération des femmes cubaines. Comme j'étais aveugle ! disait-elle à tout moment. Toute ma vie j'ai été une esclave et je ne m'en rendais pas compte, désormais, les richardes, si elles veulent avoir une maison propre, elles n'auront qu'à se la nettoyer ; et si elles veulent qu'on les appelle madame, elles n'ont qu'à prendre l'avion et filer à Miami, parce qu'en ce qui me concerne plus personne ne va m'exploiter. Elle travaillait dans un atelier de confection où elle avait été élue au comité syndical ; à la maison, il était question de planification du travail, de méthodologie, de ce qu'il fallait faire, de ce qu'on ne pouvait pas se permettre, de Lázaro Peña et de la prochaine mobilisation. Un 26 Juillet, elle annonça qu'elle allait à La Havane avec Isabel, en camion, avec des oranges et quelques sandwichs dans un sac en nylon. Grand-mère la menaça de lui interdire la porte de la maison à son retour, mais en vain. Elle revint deux ou trois jours plus tard, par le même camion, avec deux poupées, un exemplaire du *Comte de Monte-Cristo*, son sac en nylon rempli de tartes et de brioches. Un paysan, racontait-elle émerveillée, est monté tout en haut d'un réverbère, il n'arrêtait pas de saluer de là-haut et un photographe le prenait en photo. Et elle avait vu Fidel ? Bien sûr, Felamida, tout le monde l'a vu. Fidel est superbe, il a de longues mains, le front large, un homme, un vrai ! Et une de ces barbes ! Elle était en train de le regarder quand il a dit cette phrase, La terre est à celui qui la travaille. Imaginez le chahut qui s'est déclenché chez les paysans ! On n'avait jamais rien entendu de pareil : la terre, à celui qui la travaille. Elle-même a sauté et crié jusqu'à en perdre la voix, Isabel aussi a sauté et crié jusqu'à en perdre la voix, et le million de paysans a sauté et crié et agité des petits drapeaux et scandé, Fidel, vas-y, cogne sur les Yankees, Fidel va gagner, les Américains s'y cassent le nez, à en perdre la voix. Quelle belle manif, quelle foule, comme les immeubles sont hauts à La Havane ! je vais vous dire une chose : si les Yankees débarquent, ils vont y rester ; ils ne pourront rien contre nous, ils vont tomber sur un os. Et elle nous emmènerait à la prochaine marche, nous étions assez grands pour participer aux grands événements. Ah oui, je vois ça d'ici, dit grand-mère ; ils vont y perdre les jambes, perchés sur ces camions sans rambardes, conduits par des chauffeurs ivres qui trafiquent l'essence. Qui t'a dit qu'ils n'ont pas de rambarde, maman ? et qui t'a dit que les chauffeurs sont ivres ? Ce sont des médisances de l'ennemi, des mensonges de gens qui n'acceptent pas que le passé ait disparu. Ah oui, tu donnes un bel exemple, et maintenant tes deux filles veulent aller alphabétiser les campagnes de l'Oriente ; tu parles, là-bas il n'y a presque que des sauvages ; et comment tu vas leur enlever cette idée de la tête ? Mais loin de leur enlever l'idée de la tête, maman prit le stylo bille quand les frangines apportèrent les contrats, dessina dans l'air une arabesque compliquée et apposa sa signature dans l'espace indiqué pour accord. Grand-mère menaça en vain de se pendre au *guazuma* du patio, raconta en pure perte que sur les rails on avait vu apparaître une chèvre enceinte avec une pancarte autour du cou qui déclarait : "Voilà dans quel état vont revenir les alphabétiseuses." Les chiens aboient, mais la caravane passe, dit maman sans expliquer si elle se référait à l'ennemi ou à grand-mère et, jouant les Mariana Grajales, mère de la fratrie Maceos et de tous les Cubains courageux, elle me toisa du regard et faillit dire, Et toi, bouge-toi un peu, il est temps que tu te battes pour la patrie, car je savais que Mariana avait dit un truc de ce genre en poussant ses enfants dans la guerre contre l'Espagne, où ils étaient tous devenus généraux. Mais comme j'étais plutôt chétif – je tombais malade à chaque instant – et qu'en plus Isabel la bassinait avec ma timidité, elle renonça. D'après Isabel, je souffrais de mélancolie, et la mélancolie, chez un garçon élevé loin de son père, est très dangereuse, ça peut déboucher sur un suicide, peut-être même pire. Maman prit peur et, suivant les instructions de son amie, un soir elle m'appela dans sa chambre et me demanda de baisser mon pantalon. Mais tu vas me cacher ça ! Elle fit demi-tour et quitta la pièce, un peu suffoquée. Un peu plus tard, je l'entendis raconter à Isabel que moi, tout nu, j'étais normal, le portrait de mon père ; que j'avais même, comme lui, un grain de beauté au milieu du zizi qui la regardait sur la gauche, comme lui. La nature est incroyable, décréta Isabel, un père et un fils qui se sont à peine vus et qui se ressemblent jusqu'au bout de la queue ! Quant aux résultats de l'examen, loin d'être rassurée, Isabel s'inquiéta de plus en plus et demanda à maman si, quand elle m'avait dans son ventre, elle se souvenait d'avoir eu un grand choc, ou si elle avait accouché à la pleine lune. Maman n'avait aucun souvenir de ce genre. Et il ne t'est rien arrivé d'extraordinaire ? Non, rien, juste des vertiges et des vomissements, comme à toutes les femmes enceintes. Attends, attends, attends, dit soudain Isabel en la prenant par le bras, cette femme qui t'a piqué ton mari, c'était pas une sorcière ? Si, dit maman qui prenait peur. Alors voilà : elle était très jalouse de toi, et pour te faire souffrir toute ta vie elle a jeté le mauvais œil à David. Mais Isabel, dit maman très inquiète, je ne crois pas à ce genre de choses. Tu n'es pas obligée d'y croire, n'empêche que tu m'as raconté que le gamin est né malade et qu'il s'en est tiré grâce au lait d'une chèvre qui est arrivée chez toi on ne sait comment, c'est bien ça ? En effet, c'est bien ça, admit maman. Ma chère, cette chèvre t'a été envoyée par la Vierge de la Charité ; la Vierge de la Charité a sauvé ton fils ; mais, lui, il a toujours le mauvais œil ! Tu ne l'as jamais guéri du mauvais œil ? Non, jamais, dit maman. Alors, ma fille, c'est clair comme de l'eau de roche ; David est un garçon très brillant par nature, gracieux, alors comment tu expliques qu'il soit si réservé, qu'il n'aime pas sortir, qu'il passe sa vie à écrire sur des carnets et que, à son âge, il n'ait pas encore eu trois ou quatre copines ? Maman ne trouva pas de réponse à ces énigmes. David porte-t-il autour du cou une amulette, un copeau de fromager, un fétiche quelconque ? Non, reconnut maman. Excuse-moi, mais tu es très négligente, dit Isabel ; tu te crois dans quel pays ? Il y a beaucoup de sorcellerie autour de nous, et si la mère oublie que le mauvais œil rôde, rend malade et affaiblit les petits, elle est perdue ; écoute, voilà ce que nous allons faire, je vais t'apporter un bout de cèdre et tu vas le brûler ; avec le charbon obtenu, tu dessineras une croix dans le dos du garçon, une autre sur sa poitrine et une sur son front, et qu'il ne se lave pas tant que les trois croix n'auront pas disparu d'elles-mêmes, tu m'as bien comprise ? Et avec ça si David ne s'en sort pas, s'il ne se réveille pas, alors c'est que nous n'avons pas affaire au mauvais œil, mais à la magie noire ou au spiritisme, alors tu dois consulter un sorcier ou une *santera*, parce que l'affaire est d'importance et qu'elle me dépasse. La seule chose qui soigne le mauvais œil, intervint grand-mère sans cesser de remuer son bouillon sur le feu, c'est la prière à San Luis Beltrán ; c'est le seul traitement valable et véritable au royaume de Dieu, sanctifié par le pape de Rome ; tout le reste, ce sont des ignorances de gens attardés. Alors maman gronda grand-mère, Voyons, maman ! et Isabel se rappela qu'elle devait passer prendre un médicament à la pharmacie et elle s'en alla. Pourquoi faut-il que tu sois si malpolie avec la pauvre Isabel ? lui reprocha maman dès que l'autre eut disparu. Elle veut juste nous épauler, elle s'inquiète pour David, comme moi. Isabel est à demi sorcière, elle s'y entend aussi bien à lire l'avenir dans les escargots qu'à s'entretenir avec les morts, et tu ne dois pas l'écouter, répliqua grand-mère. Alors je te préviens, explosa maman ; si pour le bien de David je dois l'emmener chez un guérisseur, je l'y emmènerai ; et si je dois dessiner des croix sur sa peau, ce n'est pas trois, mais vingt que je lui ferai, sache-le, c'est pour ça que je l'ai mis au monde et qu'il est à moi. Pour toute réponse, grand-mère se mit à fredonner cet air, *La lumière qui brûle dans tes yeux est une aurore quand tu les ouvres, quand tu les as fermés, on dirait que le soir est tombé...* En l'entendant chanter, maman, qui bouillait littéralement, quitta la cuisine, sinon elle l'aurait attrapée par le cou et lui aurait plongé la tête dans la soupe qui mijotait.

Puis les frangines devinrent des dirigeantes de la jeunesse étudiante. Elles avaient la liste des

élèves qui ne participaient pas aux tâches révolutionnaires et celle des professeurs qui avaient
l'intention de quitter le pays, et si la chose se
confirmait il fallait confisquer leur maison ou au
moins leur bibliothèque, qui deviendrait propriété du peuple. Un dimanche, sous prétexte
qu'elles faisaient le ménage en grand, elles dé-
crochèrent du salon le tableau du grand pouvoir
de Dieu qui appartenait à grand-mère. Celle-ci
jaillit de la cuisine comme une furie et le remit à
sa place. Vous avez mis Fidel et le Che sur ce
mur, leur dit-elle furieuse, et moi j'ai mis Jésus et
la Vierge de la Charité du Cuivre sur celui-ci, et je
demande à voir quel est le courageux ou la cou-
rageuse qui aura l'audace de me les décrocher.
Mais grand-mère, protestèrent les frangines, les
gens vont penser que nous sommes catholiques.
Et alors ? Ce n'est pas parce que je suis vieille
qu'ils ne vont pas respecter ce que je suis ! Jésus
a toujours existé, alors que Fidel et ses camarades sont là depuis pas longtemps. Quand elle
avait ce genre de réaction, les frangines la trai-
taient de vendue, de *gusana*, elles lui reprochaient d'avoir oublié comment elles vivaient
avant, sous l'ancien régime. Je ne suis pas une
gusana, se défendait-elle ; je n'ai rien contre le
gouvernement ; moi, ce que je n'aime pas, c'est
que les femmes se promènent dans la rue comme si elles étaient des hommes, qu'on laisse les
Noirs en prendre un peu trop à leur aise, que
chaque fois qu'on vide une maison on en fasse
des bureaux au lieu de la donner à une famille,
et qu'on ne trouve ni ail ni oignon ; voilà ce qui
ne me plaît pas ; le reste, si. Mais les frangines ne
lui reprochaient pas seulement cette manie, elles
râlaient parce que, quand il y avait des discus-
sions, grand-mère racontait toujours la même

chose. Un jour, racontait-elle, dans une ferme on avait annoncé la visite de Fidel et tous les paysans réunis avaient décidé que chacun apporterait en cadeau le meilleur de sa production pour prouver leur soutien à Fidel ; une vieille, la plus révolutionnaire et la plus acharnée de tous, décida de lui apporter un superbe cuissot et une douzaine de rognons blancs, moins à cause du cuissot que des rognons, qui suscitaient l'admiration de tous car ils étaient gros et dodus ; le jour de la visite, les paysans remirent leurs cadeaux à Fidel qui, ravi, les montra au public et aux caméras de la télévision : des cochons de lait qui pesaient déjà cinq cents livres, des citrouilles grosses comme des bassines, des régimes de plus de deux cents bananes, des concombres qui ressemblaient à des pastèques, une vache qui donnait cent un litres de lait par jour, et ainsi de suite ; mais il ne montrait pas le cuissot de la vieille, alors celle-ci, qui trépignait sur place et craignait qu'on n'ait oublié son cadeau, lui cria : Fidel, lève-moi la patte et montre les roubignoles ! Pour les frangines, cette histoire était un outrage à l'honneur, mais grand-mère la trouvait si drôle qu'elle avait du mal à la finir, elle étouffait de rire avant d'arriver au bout. Nous, ce qui nous amusait, ce n'était pas l'histoire mais elle qui, presque convulsée, le dos au mur, devait se tenir le ventre et demander de l'eau par signes pour ne pas s'étouffer. Ah, merde ! disait-elle quand elle avait un peu récupéré. Les Cubains sont comme ce diable de cuissot, regardez-moi les histoires qu'ils inventent ! Plus tard, quand plus personne ne s'en souvenait, elle la racontait de nouveau, et de nouveau elle s'étranglait de rire et se noyait dans sa salive. Un jour, elle tenait une poêle pleine d'huile bouillante quand cette histoire lui est revenue à l'esprit, et, en voulant lâcher la poêle avant que le fou rire ne la prenne, elle a perdu l'équilibre et en tombant, tordue de rire, l'huile s'est renversée sur son bras, et elle n'arrêtait pas de crier et de rire en même temps. Et merde, hurlait-elle, qu'ils aillent tous se faire foutre, le cuissot, la vieille et… ! Grand-mère ! on a tous crié, et on s'est pré-cipités pour la secourir.

3

ARNALDO

Les copains ont refusé de l'admettre dans le groupe. Au début, je veux dire. D'abord, parce qu'il refusait catégoriquement d'aller avec les chèvres ; et, plus grave, parce qu'il a aussi refusé de nous accompagner quand on a enfin trouvé les trois petites putes. Assis dans un coin du parc, où on l'avait emmené pour les lui présenter, il lui a suffi de les regarder arriver pour les déclarer sans intérêt et vulgaires, indignes de sa virginité, incapables de faire la différence entre deux patriotes comme Carlos Manuel de Céspedes et Narciso López, auteurs des deux drapeaux cubains. Après quoi, il s'est levé et il a dit en nous menaçant du doigt, Ecoutez-moi bien parce que je ne le répéterai pas deux fois, je ferai l'amour le jour où je tomberai amoureux, avec une fille que j'aimerai et qui m'aimera vraiment, avec qui je partagerai mes idées et mes sentiments révolutionnaires, et si vous n'êtes pas capables de comprendre et de respecter ces raisons, vous feriez mieux de m'oublier. Et aussi sec il a tourné les talons et il est parti, nous laissant ébahis, car il n'avait pas raison.

Les trois petites putes étaient plutôt jolies, propres, et elles avaient toutes fini l'école primaire. On les a baptisées comme les caravelles de Christophe Colomb, La Niña, La Pinta et La

Santa María. La Niña s'enfonçait le goulot d'une bouteille où je pense et marchait sans la faire tomber en chantant *Trois jolies cubaines*, d'Antonio María Romeu, ce virtuose du piano ; et les deux autres, à condition d'insister un peu ou de leur flanquer une paire de claques, faisaient des cochonneries entre elles sous un camion. On n'était pas des petits vernis de pouvoir jouir d'un tel spectacle ? A Cuba ? En plein socialisme ? Bien sûr que si, mais David ne l'entendait pas de cette oreille, et les copains ne le comprenaient pas, moi non plus, à vrai dire, car ce garçon était plus compliqué que *I Am the Walrus*, l'impénétrable chanson des Beatles. Ce n'était pas courant qu'un type de notre temps pense de cette façon, encore moins un Cubain. Mais justement nous n'étions pas en présence d'un type courant, nous avions affaire à un modèle spécial, je le disais aux copains, à un garçon qui lisait des livres, qui observait la nature, qui pensait, et nous devions lui appliquer des critères non moins spéciaux. Ils ne voulaient rien entendre, ils ne comprenaient pas mon intérêt pour ce pantin ; finalement, plus par lassitude que par conviction, ils l'ont accepté. Je ne pouvais pas leur avouer, comme je vous l'avoue, ce qui s'était vraiment passé dans le bosquet. Quand on était sur le terrain vague, là où on avait trouvé David et le géant qui voulait lui taper dessus, j'avais entendu une voix féminine, Arnaldo, mon chéri, elle me disait, ne permets pas qu'on abuse de ce garçon ; je t'ai écarté de ta route et t'ai amené jusqu'ici pour que tu empêches ça ; défends-le de tout ton cœur, car c'est ton frère. Moi, ça m'avait suffi pour que, sans perdre mon temps à regarder d'où venait la voix et à qui elle était, je fasse un pas en avant. Après, pendant qu'on revenait en ville, je regardais

David du coin de l'œil et je me disais, comment ce gringalet peut-il être mon frère alors qu'il ne ressemble à personne de ma famille ? La réponse à cette énigme, je ne devais la découvrir que longtemps après, et vous aussi vous devrez attendre, car si je me lance dans cette direction maintenant je vais m'écarter complètement du sujet, un risque contre lequel David me mettait en garde à tout instant. Toi, Arnaldo, il disait, tu fais trop de circonlocutions ; si tu racontes l'histoire comme ça, en répétant tout le temps ce que tu es en train de dire, tu n'auras pas fini dans deux jours ou alors à la fin, quand tu voudras conclure, tu seras tellement fatigué que tu n'en auras plus la force ; parle d'une seule traite, ou alors ne dis rien. Dans tout ça, un mot me choquait, *circonlocution*, et aussi le ton sur lequel il me parlait, toujours égal, ce qui ne m'empêchait pas de reconnaître qu'il avait raison.

Ce freluquet ou ce pantin, comme on l'avait appelé, n'a pas tardé à nous étonner. Un soir, alors que nous étions réunis dans le vieux garage qui nous servait de repaire, les copains, histoire de le mettre hors de lui et de l'entendre encore dire que nous étions fades et vulgaires, ont décidé de raconter en détail nos exploits avec les petites putes. Celle que j'avais hier soir, disait l'un, m'a demandé d'entrer par son trou de souris et quand, pour conclure la séance, j'ai lâché ma giclée, elle, tout émue, a riposté par une rafale de haricots noirs, tenez, touchez-moi les couilles, elles en sont encore toutes barbouillées. Et figurez-vous que ce garçon, loin d'être scandalisé, était émerveillé. Et ce n'est rien de le dire. Il en pleurait de rire, demandait qu'on lui répète certains passages, voire l'épisode au grand complet, et ne cessait de sortir de sa poche un petit carnet à couverture noire qui ne le quittait jamais et où il notait tout. On était étonnés, au-delà des limites de l'étonnement. Mais David, on lui disait, si tu aimes tant les histoires, pourquoi, au lieu de rester assis ici à les écouter, tu ne viens pas avec nous pour les vivre par toi-même, comme nous n'arrêtons pas de te le proposer ? Ah non, pas question. Les mots, il a dit, dépassent de loin la réalité ; les mots sont la véritable source de plaisir, de connaissance et de bonheur pour l'homme ; ils enrichissent bien plus l'esprit que l'expérience et le visible, on peut même dire que l'imagination est une anticipation de la vérité. Qu'est-ce que tu veux dire par là, mon vieux ? on a objecté, sans rien comprendre à son jargon ; et il a répondu que c'était très difficile à expliquer, mais qu'il pouvait nous le prouver si nous acceptions le défi de nous réunir tous les soirs pour raconter des histoires. C'est ce que nous avons fait. Et au bout d'une ou deux semaines il était devenu le maître absolu de nos âmes. On le voyait arriver à neuf heures tapantes dans le vieux garage, quand il avait fini ses devoirs, où nous l'attendions déjà, tous assis par terre en cercle. Sans regarder personne, il traversait le local et s'installait sur un tapis au centre de l'arène, jambes et bras croisés, à la manière arabe. Nous ne pouvions ni parler ni le regarder, il nous l'avait expressément interdit. Il fallait attendre, les yeux baissés, qu'il en donne l'ordre. Ça ne durait pas longtemps, heureusement. La veille, il avait interrompu la dernière histoire au moment crucial, et voilà qu'il s'adressait au même chroniqueur en ces termes, Oh mon frère, comme tes paroles d'hier soir étaient douces et pleines de délices ! Je te prie de poursuivre ton récit. J'écoute et j'obéis, disait l'interpellé en se levant, et, sans plus attendre, il reprenait le fil de son histoire qui s'avérerait, de l'avis de notre sultan, la plus fantastique de toutes celles qui avaient été entendues jusque-là. Comme nous ne lisions pas de livres, nous ne comprenions ni le rite de la cérémonie ni les répliques, mais nous les trouvions agréables au-delà des limites de l'agréable, car dans nos histoires nous passions pour des héros, et nos maigres exploits avec les petites putes devenaient des prouesses fabuleuses, ce qui nous apportait plus de renommée et de plaisir que la réalité, dans laquelle nous crevions d'ennui. Parole, je t'assure que si le jour ne nous surprenait pas en plein conciliabule, c'était à cause de David qui, voyant poindre les premières lueurs de l'aube, nous imposait le silence jusqu'au soir suivant. Au début, nous pensions qu'il s'agissait d'un jeu facile ; mais après avoir épuisé le répertoire des petites putes, le sultan s'est montré exigeant, fronçant les sourcils dès qu'une histoire lui semblait ennuyeuse ou banale, et nous avons dû partir de toute urgence en quête de nouvelles sources. Certains sont allés se poster dans les bars et dans les parcs, les oreilles en alerte, près des grands. C'est ainsi que nous avons appris, par exemple, que dans la ville moins de la moitié des filles qui se prétendaient demoiselles pouvaient prouver un tel état devant un médecin scrupuleux. D'autres ont dépoussiéré les archives secrètes de leurs parents ou découvert de vieux bouquins licencieux, jaunis et rongés par la vermine, mais pleins de drames intéressants, comme celui de la boiteuse qui faisait de l'autostop sur la vieille route de Zulueta à Remedios, ou celui de la dame qui avait rencontré un jeune militaire dans le train pour Santiago de Cuba. En ce qui me concerne, comme je n'aime pas du tout être en deuxième position, j'ai été tenté de raconter l'histoire scabreuse de mon père et de sa maîtresse, mais je me suis ravisé et j'ai dit celle de mon oncle Rodolfo et de sa fiancée Zaida, qui a eu un immense succès. Cette histoire est tellement bonne que rien que d'en parler j'en ai l'eau à la bouche, mais grâce à un effort surhumain je vais l'ignorer, sinon nous risquerions de retomber dans une de ces redoutables circonlocutions contre lesquelles David m'a mis en garde.

Toutefois, une chronique a beau avoir du succès, et je vous assure que beaucoup en avaient, personne n'était satisfait si, en racontant la sienne, il ne voyait pas apparaître la Bible entre les mains de David. C'est ainsi que nous appelions le petit carnet mystérieux qui ne le quittait jamais, où il notait tout ce qui méritait de l'être, qu'il s'agisse d'une histoire complète, d'une phrase, d'un mot ou d'un silence. Ces annotations avaient déclenché beaucoup de protestations, car, prévenus par la prof de littérature que notre gars serait un écrivain de qualité, nous voulions tous que notre histoire ou même notre personne soit au nombre des romans ou des films qu'il écrirait plus tard. Les réclamations les plus véhémentes étaient provoquées par la préférence marquée, d'après les copains, de David pour mes histoires. Je les traitais de jaloux, mais dans le fond ils avaient raison. Et ne soyez pas étonnés de trouver un jour, dans un livre ou dans un film de cet auteur, une allusion à la chèvre Canela, par exemple. C'était une chèvre, dans ma période chèvre, que j'aimais plus que toutes les autres. Aller avec des animaux n'était pas un péché comme le prétendait David, à condition de ne pas dépasser un certain âge ou d'y renoncer quand on avait connu des femmes. Parce que là, d'accord, c'est une aberration, et voilà pourquoi, quand les petites putes ont fait leur apparition, j'ai continué de voir Canela en cachette. J'avais dit à David que je n'arrivais pas à effacer cette chèvre de mon cœur et qu'il m'arrivait même d'en rêver ; alors, un soir où j'étais chez les filles, car c'était mon tour, il s'est mis d'accord avec les autres, ils sont allés chercher Canela, lui ont noué un ruban rouge autour du cou et sont arrivés avec elle chez ces dames pour que la pauvre découvre ma trahison de ses propres yeux et me fasse une scène. Je me suis mis en pétard, vous ne pouvez pas savoir dans quel état j'étais, c'est pas des blagues à faire à un homme. Je voulais taper sur tout le monde, j'ai dit à David qu'il avait trahi mon amitié et il a pris peur, faut pas croire, mais il a vite compris qu'au fond j'étais mort de rire et ravi, j'aime bien les mises en boîte et j'avoue que de mon côté je ne m'en prive pas, mais en définitive Canela s'est contentée de dire "bêêê".

A propos, comme disent les fous, et au cas où je ne pourrais pas caser cette réflexion ailleurs, sachez que l'influence que les mots ont fini par exercer sur nous a été énorme, surtout les mots imprimés, dont la puissance, pour je ne sais quelle raison, est décuplée. Bien que cela renvoie sans doute à une autre époque, l'exemple le plus significatif fut celui d'un roman dont la valeur ne faisait pas de doute, puisqu'il avait été édité par l'Union des écrivains et artistes de Cuba (UNEAC), alors auréolée de prestige. D'ailleurs, il s'agissait moins du roman proprement dit que d'un petit chapitre que l'auteur avait placé au centre, entre les pages 264 et 296 en espérant qu'il passerait inaperçu des autorités, mais qui était le nœud et l'essence de toute l'œuvre. Ledit

chapitre, séparé de toute une ratatouille inutili-
sable et relié comme s'il s'agissait d'une œuvre à
part entière, circulait à travers tout le Système
national des bourses, de salle en amphi et de
table en pupitre. Vous suiviez attentivement les
explications du professeur quand une main,
aussi amie que discrète, le déposait sur votre
cahier et, au premier coup d'œil, vous tombiez
sur un paragraphe comme celui-ci, que je connais par cœur : "Le corps de la petite Espagnole
n'était pas distendu comme celui de la métisse,
dont la mélodie paraissait être en train d'envahir
la mémoire musculaire. Les seins de l'Espagnole
étaient durs comme l'argile primitive, son tronc
avait la résistance des pins, sa fleur charnelle
était une grosse araignée nourrie de la résine de
ces mêmes pins. Araignée trapue, toute serrée
comme le contenu d'une boîte de conserve. Le
cylindre charnel d'un adolescent puissant, voilà
ce qu'il fallait pour ouvrir l'arachnide par le
milieu." Et vous croyez qu'après un tel texte,
après cette allusion à votre propre cylindre, car à
l'époque nous étions de simples adolescents
puissants et sanguins, vous pouviez rester attentif
au discours ennuyeux du petit professeur de
géographie qui, ne comprenant pas pourquoi
soudain l'attention silencieuse devenait peu à
peu ce chahut vertigineux provoqué par la circulation clandestine du susdit chapitre, regardait à
droite et à gauche, abasourdi ? Non, même si
vous étiez un jeune communiste exemplaire. A la
récréation, une branlette s'imposait, cause d'iné-
vitables distractions et défaillances lors des cours
suivants. Il faut reconnaître qu'ils avaient raison,
ces saints hommes qui, à la même époque, insistaient sur la nécessité d'être très vigilants vis-
à-vis de tout ce qui pouvait être écrit, imprimé et

distribué dans le pays, contes, romans, pièces de théâtre ou morceaux choisis, car si un manquement était constaté – comme celui qui vient d'être mentionné – il fallait traiter d'une main de fer le responsable de l'écriture comme celui de l'édition, autrement dit envoyer tout ce beau monde couper la canne à sucre dans les champs de Camagüey ou emballer des livres dans les sous-sols des bibliothèques municipales. Ces défenseurs des valeurs les plus élevées de la nouvelle société, résolus à préserver la jeunesse des influences pernicieuses des générations précédentes et de leurs homologues étrangers, organisèrent un congrès national qui a laissé un souvenir mémorable et qui permit, pendant au moins quatre ou cinq ans, de tenir en respect les trouillards, les irresponsables, les intellectuels et les pédés, qui sont tous à mettre dans le même sac, d'ailleurs qui se ressemble s'assemble toujours contre les révolutions. Je me rappelle qu'un soir, des années plus tard, David est arrivé, blanc comme un linge, et il m'a raconté, mi-indigné mi-éploré, que le gros auteur de ce fameux petit chapitre était dans le collimateur et qu'on le laissait à peine sortir de chez lui pour aller acheter ses cigares. Je n'ai absolument pas été surpris, je vous l'avoue. Je dirai même plus, à mon avis il le méritait, mais à en croire un David catastrophé, si on touchait ne serait-ce qu'un cheveu de sa tête, on commettrait une erreur si grande qu'on la paierait pendant de nombreuses années, et l'intégrité même de la révolution s'en trouverait compromise. Bon, j'ai l'impression que je me suis éloigné du sujet.

4

DAVID

Un jour, après le déjeuner, on était assis à table, maman et moi, elle faisait ses comptes et moi j'écrivais mon roman secret, quand soudain elle s'est levée et m'a regardé fixement dans les yeux. Cette fois, il va falloir demander une bourse pour que tu ailles faire tes études à La Havane, elle m'a dit d'un air peiné, comme si je pouvais penser qu'elle voulait se débarrasser de moi. Elle s'est approchée, s'est ménagé une place sur ma chaise en me donnant un coup de reins, et elle a énuméré ses raisons. Les études à Sancti Spiritus, les trajets quotidiens, l'argent pour le déjeuner et le goûter, l'uniforme, les livres, tout ça, même si ça n'est pas très cher, je ne peux pas l'assurer ; en tant que boursier, tu seras loin de la maison, tu devras manger ce qu'on te donnera, pois chiches ou patates, laver et repasser ton linge toi-même, mais réjouis-toi, mon fils, car tes sœurs quitteront l'école et travailleront pour m'aider, parce que c'est une trop grosse charge pour moi toute seule ; nous avons décidé que tu irais faire des études, tu es l'homme de la maison, et quand tu seras médecin ou ingénieur, ce sera à toi de nous aider. Là, elle a pris un ton enjoué pour m'empêcher de penser à des choses tristes. Ecoute, elle a dit, la première chose que je veux, c'est que tu m'achètes un matelas à ressorts avec ton premier salaire ; ensuite, peu à peu, à mesure que tu gagneras de l'argent, tu feras faire une salle de bains à l'intérieur de la maison, tu installeras l'eau courante et tu me mettras un robinet col de cygne dans l'évier ; tu vois ce que je veux dire ? Tu sais, ces trucs modernes qu'on tourne dans tous les sens, avec lesquels la vaisselle devient une partie de plaisir ; je veux aussi que tu mettes beaucoup de lampes dans les pièces pour que je puisse voir jusqu'aux chiures de mouches sur les murs quand j'actionne l'interrupteur ; mon fils, réjouis-toi d'être un homme et d'avoir gagné une révolution, ça va te permettre de faire des études, mais avec une bourse il faut que ce soit loin de la maison, à La Havane, tu comprends ?

J'ai haussé les épaules et maman a compris que j'étais un bon fils, que j'acceptais le sacrifice. Quoi qu'il en soit, elle s'est levée et m'a tourné le dos pour que je ne voie pas les larmes dans ses yeux, et puis elle a allumé la radio, un coup de chance, car au même moment le speaker annonçait que Benny Moré et son orchestre géant allaient interpréter, pour le plaisir de tous les auditeurs, *Comme vous dansez bien !* et moi, pour chasser ses fantômes, j'ai sauté de ma chaise, je me suis planté devant elle et je l'ai invitée, elle a accepté avec plaisir et on s'est mis à danser. Les frangines sont arrivées dans la pièce avant l'entrée des saxophones, dansons, dansons, juste à temps pour accompagner le chœur et Benny, qui disaient, *Eh, l'Espagnol, comme vous dansez bien ! Eh, l'Espagnol, comme vous dansez bel et bien !* Grand-mère est sortie de la cuisine avec son balai pour cavalier. *Comme c'est beau, regardez-le danser, vous ne le voyez même pas ; L'Espagnol, comme vous dansez bien !* Felamida, la voisine, attirée par toute cette musique, a pointé le nez à la porte et s'est étonnée, Vous avez gagné à la loterie ? Grand-mère a lâché son balai, l'a prise par la taille et l'a fait entrer en dansant, en dansant. Qui parle de loterie, Felamida ? Il n'y a pas de loterie ! *Généreux, comme c'est joli, ah comme vous jouez ! Généreux, comme vous jouez bien !* On est sortis dans la cour. *Allez, jouez, jouez, jouez !* En un clin d'œil, tous les voisins de l'immeuble nous ont entourés et se sont mis à danser sur cette musique merveilleuse où les trompettes avaient pris le dessus. *Benny Moré, quel bel orchestre vous avez !* Poules, perroquets et perruches caquetaient, sautaient et battaient des ailes dans leurs cages. *Que vous avez ! Que vous avez... !* Quelle danse superbe et délicieuse ! On était épuisés, mais contents.

A l'époque, quand on avait besoin d'un truc important ou difficile à obtenir, on écrivait à Celia Sánchez, la secrétaire de Fidel ; alors, maman et moi on a rédigé une lettre avec la plus belle de toutes mes écritures. D'abord, on lui demandait pardon de lui voler quelques minutes de son précieux temps, ensuite on lui disait combien on était dans la famille, combien gagnait maman, on lui expliquait qu'on nous avait élevés sans père, que nous avions été exploités sous le régime précédent, qu'elle était milicienne, du Comité de défense de la révolution, de la Fédération des femmes cubaines, que mes sœurs appartenaient à la Jeunesse communiste, et qu'on était tous prêts à donner notre vie pour Cuba et pour Fidel. Pour conclure, en majuscules et avec un point d'exclamation, on a mis : COMMANDANT EN CHEF, A VOS ORDRES ! après quoi, on prenait congé, à la mode révolutionnaire, et dans l'attente d'une prompte réponse. On a lu la lettre à grand-mère, mais on ne s'attendait pas du tout à sa réaction. Elle a dit qu'il faudrait passer sur son cadavre si on voulait la poster, Compris ? Sur son cadavre ! Parce que je n'avais aucun besoin d'aller à La Havane ou ailleurs pour étudier ou pour on ne sait quoi d'autre ; j'appartenais à la famille, et si je ne pouvais pas faire d'études à Sancti Spiritus, je n'avais qu'à devenir apprenti épicier ou prothésiste, mais tant qu'on lui donnerait du linge à laver et à repasser pour toute une armée, elle ne permettrait pas que je quitte la maison. Mais maman, a protesté maman, tu crois que les bourses servent à arracher les enfants à leur mère et à les envoyer en Russie, tu crois encore à ces âneries ? Je ne sais pas où se trouve la Russie et je m'en moque, a répondu grand-mère, d'ailleurs je ne crois à rien du tout, je sais juste une chose, parce que j'ai suffisamment vécu pour la savoir, c'est que si un fils quitte la maison, il n'y revient jamais, qu'il aille à l'université ou à l'armée. Ah oui, vraiment ? a dit maman en se plantant devant elle. Si toutes les femmes pensaient comme toi, elles auraient leurs enfants dans les jupes et la révolution serait encore à faire. Et il n'y aurait pas non plus autant de mères en deuil ! a riposté grand-mère. Donne-moi cette lettre, parce que ici c'est moi qui tiens la barre. C'était trop : maman m'a pris par le bras et on est sortis. Cette vieille croit qu'elle va me rendre folle, mais c'est moi qui vais la rendre folle ; elle s'imagine qu'elle tient la barre alors que c'est moi qui bosse et qui rapporte l'argent ? Qu'elle arrête de m'emmerder ! A la poste, elle est allée droit au guichet et a demandé un timbre de trois centavos, ceux qui ont la tête de Martí. Le pauvre employé, qui l'a vue en levant les yeux, encore un peu congestionnée par la dispute avec grand-mère, est resté ébahi, se disant qu'elle était séduisante et quel dommage qu'elle ait une mère si dingue, mais il a fini par donner le timbre et on est allés tous les deux vers la boîte et on a entendu notre lettre tomber sur les autres. On a échangé un regard et un sourire : il n'était plus possible de faire machine arrière, nous avions gagné une bataille contre l'impérialisme. Dehors, maman a exploré son porte-monnaie, a trouvé quelques centavos et m'a invité aux *Glaces de Paris*. Monsieur, s'il vous plaît, vous pouvez nous donner une glace au chocolat bien abondante avec deux petites cuillères, elle a demandé au serveur. Le pauvre serveur, qui transportait des bacs de glaces d'un côté à l'autre, s'est figé et il a dû se dire, Ah, ma poupée, je peux te donner autant de petites cuillères que tu voudras et toutes les glaces que tu pourras avaler. Effectivement, il nous a servi une coupe qui débordait. Maman a pris la précaution de s'asseoir en lui tournant le dos, mais on ne pouvait bientôt plus regarder nulle part, car la porte et la salle étaient encombrées d'hommes qui prenaient des glaces, la regardaient et pensaient, Quelles jambes ! Quelle taille ! Quelle chevelure ! Quel dommage qu'elle soit si respectable et qu'elle ait pour mère cette vieille râleuse !

Grand-mère, comme elle nous l'avait promis, ne nous a plus adressé la parole, mais vers le jeudi je l'ai entendue dire à Felamida, la voisine bien-aimée, que nous avions écrit à Celia Sánchez en lui demandant une bourse pour moi. Felamida a approuvé la démarche, a dit que Celia répondait toujours, qu'elle avait un très joli sourire et que c'était la seule personne qui pouvait retenir l'attention de Fidel et l'obliger à prendre ses cachets. Et Fidel, il prend quoi comme cachets ? a demandé grand-mère. Qu'est-ce que j'en sais, ma pauvre, c'est ce qu'on raconte ; sans doute quelque chose pour la mémoire ou pour parler pendant longtemps sans aller aux toilettes. La seule chose qui vaille la peine pour la mémoire, a dit grand-mère, c'est de boire à jeun un quadruple jus : carottes, radis, orange et betterave. Felamida était d'accord et elle a ajouté que, parmi les femmes de la révolution qui s'étaient battues dans la Sierra, elle aimait aussi beaucoup Haydée Santamaría, Vilma Espín et Melba Hernández ; pour étayer ses propos, elle a raconté une histoire qu'elle avait lue dans un livre écrit par Fidel. Tenant un œil humain ensanglanté dans les mains – Felamida citait de mémoire ce que Fidel avait écrit –, un sergent de Batista et ses hommes étaient entrés dans le cachot où se trouvaient Melba Hernández et Haydée Santamaría après l'assaut de la caserne Moncada, et, s'adressant à cette dernière en lui montrant l'œil, ils lui dirent, C'est à ton frère, et si tu ne nous dis pas ce qu'il a refusé de nous dire, nous lui arracherons l'autre ; elle qui aimait son courageux frère plus que tout autre chose répondit, pleine de dignité, Si vous lui avez arraché un œil et qu'il n'a rien dit, je vous en dirai encore moins. Après cette histoire, grand-mère ct Felamida sont restées silencieuses un bon moment. Cuba a donné beaucoup de femmes courageuses, a repris Felamida, autant maintenant que dans les siècles passés. Oui, et autant dans la réalité que dans la fiction. Tiens, figure-toi, a repris Felamida, que Luisa Pérez de Zambrana, une poétesse du XIXe siècle, a édité son premier livre à Santiago de Cuba, et que le docteur Zambrana, en le lisant à La Havane, en fut tellement marqué qu'il partit pour Santiago afin de la rencontrer et moins d'un an plus tard ils étaient mariés, je te laisse imaginer comme ces poésies étaient belles. Sûrement, mais les Cubaines de la fiction ne sont pas moins grandes : Cecilia Valdés, María Antonia, doña Rialta, Teresa, et même la grassouillette Ofelia, dont il est interdit de parler dans ce roman. Il y en a une dans la vie réelle qui, après des années de recherche et de sacrifices, a écrit un livre qui raconte tous les mystères, connaissances et souffrances des Noirs, a repris la voisine ; elle est morte, mais ses restes sont enterrés à Miami, parce que les injustices de la vie et de la politique sont comme ça. N'empêche, a repris grand-mère pour clore le sujet, car il se faisait tard et qu'elle avait le repas à préparer, la plus grande de toutes les Cubaines, qui n'est surpassée en grandeur et en renommée que par la Vierge de la Charité du Cuivre, notre patronne, c'est Alicia Alonso, la danseuse, et, elle, on ne peut pas dire si elle appartient à la réalité ou à la fiction. Je suis d'accord, a concédé Felamida ; elle est une légende et elle est encore en vie ; à propos, comme disent les fous, tu n'aurais pas une ou deux pointes d'ail à me prêter pour mettre dans les haricots ? Mais bien sûr que si, ma chère, et une feuille de coriandre aussi. Bras dessus bras dessous elles sont rentrées dans l'immeuble. Tu savais que les Espagnols sont persuadés que la coriandre et le cilantro sont une seule et même plante ? a dit Felamida. Quelle horreur ! a répondu grand-mère. Je comprends maintenant pourquoi leur empire s'est tellement rétréci, et qu'ils n'ont plus que Ceuta et Melilla.

Le télégramme avec la réponse est arrivé quelques jours plus tard. Quand le facteur a sifflé, je dessinais le même bateau que d'habitude, auquel je venais d'ajouter une voile, et maman se frictionnait les jambes avec une solution d'alcool et de feuilles de sauge, de pois doux et de mélisse, car elle revenait du tribunal qui était à perpète, où elle avait été demander si, avec les nouvelles lois, notre père n'était pas obligé de nous verser une pension jusqu'à notre majorité. Un voyage pour rien, car la femme du tribunal, une de ces délurées d'aujourd'hui, l'a regardée par-dessus des lunettes et lui a dit qu'on ne répondait à ce genre de questions que le mercredi. Elle n'avait pas encore enlevé sa robe à ovales noirs qui lui donnait un air si beau et si jeune, et elle est sortie pieds nus prendre le pli. Elle savait que le facteur ne le lui remettrait qu'en mains propres, et encore, lorsqu'il aurait recouvré tous ses esprits, car le pauvre homme, chaque fois qu'il la voyait, restait idiot un bon moment, en se disant quel dommage qu'elle soit une femme si respectable et qu'elle ait comme mère une vieille aussi mal lunée, dingue et râleuse, qui ne voulait entendre parler ni de fiancés, ni de prétendants, ni de maris ni d'amis. Après avoir expédié le facteur, maman est revenue au salon, et sûrement sans le faire exprès elle s'est arrêtée près de la fenêtre où entrait un flot de lumière, et elle a soudain ressemblé à une madone de la Renaissance qui aurait reçu un télégramme, peinte par Botticelli ou le Caravage. Celia Sánchez dit que tu dois te présenter pour la bourse le lundi 5 septembre à l'adresse indiquée, avec les papiers en règle. Après quoi elle a couru annoncer la bonne nouvelle aux voisins. Moi, à l'instant où j'avais entendu le premier coup de sifflet du facteur, j'avais compris de quoi il s'agissait. J'ai laissé tomber mon dessin et j'ai filé dans ma chambre, je me suis planté devant le miroir et j'ai dit à celui qui était de l'autre côté, Mon vieux, je t'ai bien eu : je m'en vais à La Havane, et là-bas je serai un autre, quelqu'un qui me plaira ; j'aurai un Ami et une

46

Fiancée, et toi tu resteras ici, avec ta timidité et ton crâne d'œuf à consulter tes pièces de monnaie à tout bout de champ au milieu de toutes ces femmes ; dorénavant, ne compte plus sur moi : chacun pour soi ; tu vas croupir dans ce trou pendant que moi je me moque de tout à La Havane ! Et je lui ai tourné le dos, pour toujours.

Mais je ne suis pas parti à La Havane le lundi fixé par Celia.

5

ARNALDO

C'était une époque heureuse, mais comme tout en ce bas monde, dans la vie ou dans les romans, elle a eu une fin. Un jour on est arrivés à l'école et le directeur, au lieu de nous envoyer en cours à marche forcée comme il en avait l'habitude, nous a retenus sous le soleil matinal pour nous dire que la révolution était belle et qu'elle avait été faite par et pour les humbles, et que le fils d'ouvrier, de paysan ou de militaire, qui aspirait à poursuivre ses études mais n'en avait pas les moyens, n'avait plus à s'inquiéter, dès le lendemain il pouvait remplir un formulaire au secrétariat et demander une bourse pour n'importe quel lycée d'enseignement général ou technique du pays, et ainsi transformer ses rêves en réalité sans qu'il en coûte un sou à lui ou à sa famille. Et, bouquet final de ce moment historique, il a fait monter sur l'estrade la fille qui récitait, laquelle, comme si on l'avait directement branchée sur du 220, s'est mise à déclamer, à grand renfort de trémolos et de frémissements, un poème patriotique, très exactement celui qui commence par *Premier janvier, matin qui surgit dans toute sa luminosité !* Et pendant que le poème se déroulait, mû par je ne sais quelle force mystérieuse je me suis retourné et j'ai regardé David. Ce garçon était en pleine extase.

Il regardait le ciel et remuait les lèvres, et, en raison de circonstances très difficiles à définir, ses pensées ont résonné à mes oreilles en toute netteté. Je pars, se disait le garçon intérieurement, c'est l'occasion ou jamais, je pars pour La Havane, demain je me lève à six heures, je file sans rien dire et je serai le premier de la queue devant le secrétariat ; je quitte ce village maudit et ennuyeux, cette maison pleine de femmes, je pars pour La Havane où j'aurai des filles et des amis à la pelle, je deviendrai un tigre, et mes aventures seront si nombreuses qu'on en entendra parler jusqu'ici. Quelle joie de l'entendre ! C'était le David sur lequel j'avais parié, celui que je savais tapi sous la peau de l'agneau, et, en espérant que la télépathie fonctionnerait dans les deux sens, j'ai pensé à mon tour, Oui, petit frère bien-aimé, demain tu seras le premier de la queue et moi le deuxième, tu n'imagines quand même pas que je vais te laisser faire seul ce voyage magique et mystérieux qui s'annonce ? Surtout pas ! Tu es le sang de mon sang, je te suivrai partout où tu iras, je t'aiderai à te débarrasser de ta virginité, c'est elle qui te rend idiot, ensuite on s'attaquera à La Havane et elle se traînera, vaincue, à nos pieds, comme au temps des Anglais au XVIIIe siècle. Divine providence, ce garçon s'est retourné vers moi et m'a souri. Il m'avait entendu et me donnait son approbation.

A la récréation, j'ai fait part de ma décision à mes copains, au cas où l'un d'eux aurait voulu prendre le large avec moi. Au contraire, ils se sont mis à pousser des hauts cris. Quoi, mais j'étais devenu fou ! J'allais renoncer à la rue, notre rue bien-aimée, pour aller m'enfermer dans un couvent où j'aurais la bille à zéro et un uniforme, et où je devrais exécuter à chaque instant les ordres d'un sergent ? Pour ne parler que de moi, parce que, côté David, le délire dépassait les bornes. Où est-ce que j'avais inventé que les problèmes de ce garçon seraient résolus en le changeant de cadre ? On n'arrive pas à l'endroit où on va, on fuit celui qu'on quitte, avait dit un philosophe. Je n'avais donc pas compris que ses traumatismes étaient beaucoup plus complexes ? David cachait quelque chose, un secret terrible qu'il n'avait même pas osé m'avouer, à moi, son meilleur ami, presque son garde du corps. Peut-être qu'il l'avait toute racornie, qu'il ne pouvait pas décalotter ou qu'il avait le complexe d'Œdipe, une hypothèse très plausible, vu qu'il avait une mère super séduisante, avec tous les défauts qu'il faut pour déstabiliser les hommes. J'étais indigné. Un secret, ils sortaient ça d'où ? Une bite racornie, un phimosis, depuis quand ? Rien de tout ça chez David. Simplement son heure n'était pas encore venue, ils n'avaient qu'à attendre qu'on ait débarqué à La Havane et je leur raconterais dans mes lettres comment la pacifique colombe se transformait en tigre féroce, en attendant ils feraient mieux de s'occuper de leur cul et de celui de leurs frangines pour les prochaines vacances. Espérons, ils ont dit, ils n'attendaient que ça, mais ils n'étaient vraiment pas sûrs que, à l'heure dite, mon fils adoptif embarque pour ce voyage magique et mystérieux dont je parlais. Dix contre un ! j'ai lancé en manière de défi. Vingt contre un ! Ils montaient les enchères, mais on s'est arrêtés là, car à cette époque les paris étaient déjà interdits.

Dans ces conditions, vous comprendrez mon trouble quand, deux mois plus tard, le chauffeur du bus du ministère de l'Education, qui s'était matérialisé un matin devant le parc Martí sans que personne ne sache comment ni quand il était arrivé là, a sorti sa tête rousse et hirsute par la fenêtre, a klaxonné plusieurs fois et braillé, En voiture les passagers pour le voyage-surprise ! Le voyage magique et mystérieux va commencer ! En voiture, c'est une invitation ! En un clin d'œil, le parc s'est rempli. Les amis, les petites copines, la famille, le directeur du collège, les maîtres, les trois petites putes, le géant Goliath, la chèvre Canela, tous étaient venus nous dire au revoir, ils nous serraient dans leurs bras, nous embrassaient inlassablement, jusqu'au moment où le chauffeur a estimé qu'il avait été bonne poire assez longtemps, il a klaxonné encore une fois et a démarré. Le bus a frémi comme un animal préhistorique, le pot d'échappement a lâché trois pets et, secoué de soubresauts et de convulsions, dans un nuage de fumée bleue et jaune, il a tourné le capot vers la grand-rue. Tout le monde courait derrière en criant vive la révolution et des slogans : Fidel, vas-y, cogne sur les Yankees ! Nikita, mal bâti, ce qu'on donne n'est pas repris ! Ils nous ont suivis jusqu'aux dernières maisons où le rouquin, pour s'en débarrasser définitivement, car ils représentaient le passé et devaient y rester, a appuyé sur le champignon et entonné son hymne guerrier sans pareil :

> *Roll up, roll up for the mystery tour*
> *Roll up, roll up for the mystery tour*
> *Roll up, and that's an invitation*
> *Roll up, to make a reservation*
> *Roll up, roll up for the mystery tour...*

Il s'agissait sans doute du sergent Pepper.

Le busosaure semblait voler plus que rouler, semant des boulons sur son passage. Il n'a pas tardé à s'élever au-dessus du macadam, à survoler les palmiers royaux et à foncer vers les nuages. Alors David, qui était à côté de moi, s'est laissé retomber sur le siège, a poussé un soupir, fermé les yeux et sombré dans le silence le plus épais et le plus long qu'on ait jamais connu. Quant à moi, le bonheur m'empêchait de fermer l'œil, car non seulement je partais conquérir La Havane, comme les Anglais au XVIIIᵉ siècle, mais j'emmenais avec moi, au titre d'assistant et de chroniqueur, le compagnon idéal. Et lorsque, quatorze heures plus tard, le bus nous a déchargés devant l'école qui nous avait été assignée, comme si on était un troupeau, telle une masse indistincte, j'ai passé mon bras autour des épaules de ce garçon et je lui ai dit, Tigre, si tu savais comme je suis content que tu aies décidé de venir, dans le cas contraire je te jure que je t'aurais amené en te tirant par les pieds. Il a été ravi de l'apprendre et à son tour il a passé son bras autour de ma taille. Il aurait été joli de franchir ainsi entrelacés la grille du collège, qui ressemblait au portail du palais d'Hiver de la vieille Russie, car nous étions amis et abordions une nouvelle vie, mais il y avait un type, là, qui donnait les ordres : Hep, vous deux, l'un derrière l'autre et sans parler ; EN AVAAANT, marche ! une deux, une deux, une deux, une deux. Et, en levant les jambes à quatre-vingt-dix degrés pour les laisser retomber furieusement sur les dalles, nous sommes entrés de plain-pied dans l'avenir. FIIIXE ! a tonné une autre voix, à l'intérieur du bâtiment, mais celle-ci ne nous concernait pas. Et on a entendu, Pour les slogans, la têêête HAUTE ! Alors, un chœur de voix féminines s'est élevé vers le ciel. Bienvenus, camarades garçons ! Les filles de première année vous souhaitent la bienvenue et vous lancent un défi dans les domaines de la promotion, du travail volontaire et des sports, où une femme passe, aucun homme ne recule ! Si un jour mon drapeau se retrouve en morceaux, levant alors les bras nos morts sauront bien le défendre ENCOOORE ! C'étaient elles, nos futures camarades de classe et petites copines, mais en les voyant de part et d'autre de la cour, en formation militaire, cheveux courts et jupes à deux empans en dessous du genou, je me suis dit, ça ne va pas être facile. Et là, ce n'était pas une allusion à l'étape soviétique qu'on allait aborder, de toute façon on y avait droit, mais à un contexte beaucoup plus difficile et complexe, que je vais m'empresser d'expliquer.

Des années en arrière, le gouvernement révolutionnaire avait interdit la prostitution, fermé les bordels et donné à chaque putain la possibilité de se réhabiliter par le travail ou les études, à elles de choisir. Le genre de mesures typique des premiers temps, justes et nécessaires, je ne dis pas le contraire (elles avaient enthousiasmé le peuple, nous avaient valu les sympathies du monde entier, et Jean-Paul Sartre et Simone de Beauvoir étaient venus nous rendre visite), mais prises du jour au lendemain, au milieu de la ferveur révolutionnaire, sans prendre le temps d'envisager toutes les conséquences, car il faut bien dire que les enfants d'hier étaient maintenant ces demeurés qui faisaient trembler les murs de l'école à coups de talons et qui, vu qu'il s'agissait d'un problème biologique n'ayant aucune raison de disparaître même si on passait d'un système social à un autre, vivaient vingt-quatre heures sur vingt-quatre la queue en l'air sans savoir quoi en faire. Voilà ce à quoi personne n'avait pensé : on nous faisait languir et on nous laissait sur notre faim, sans autre perspective que la bonne vieille méthode. Si vous croyez que je suis un menteur, regardez les hommes de ma génération et vous constaterez que nous avons tous des poignets bien musclés. Francisco López Sacha, par exemple. Il raconte que c'est à force d'écrire, mais où est son œuvre ? Je sais, on dirait une plaisanterie, mais c'est le contraire, c'était le contraire. Et voilà un des plus gros problèmes de notre pays : tout ce qui est sérieux est pris à la plaisanterie, c'est le fameux *choteo*, cette dérision sur laquelle on a même écrit un livre. Mon père le disait déjà : Tu ne peux pas enlever une pièce de la mécanique sociale si tu n'as pas la pièce de rechange sous la main. Vous dites que le marché capitaliste est corruption et ordure ? D'accord, nous le savons, mais vous n'allez pas me le remplacer par des boutiques vides et obscures où les employés ne vous regardent même pas en face. Vous dites que la presse occidentale est un concentré de pornographie et de vulgarité ? Encore d'accord, mais vous n'allez pas y mettre à la place nos journaux qui ne nous apprennent pas grand-chose. Bon, revenons à nos moutons, cette manie de s'écarter du sujet est un vilain défaut, et très dangereux.

Nos copines de classe, ces charmantes braillardes qui nous accueillaient par des slogans et des applaudissements, ne ressemblaient pas aux filles d'aujourd'hui, ni à ce qu'elles sont devenues aujourd'hui. Rien à voir. Elles tenaient beaucoup à leur virginité. Tout le monde tenait beaucoup à sa virginité à l'époque : les filles, les familles, l'Eglise catholique qui existait encore, chacun et même le ministère de l'Education qui considérait qu'il était de son devoir de surveiller le derrière de ces demoiselles pour que l'ennemi à quatre-vingt-dix milles de là n'aille pas dire qu'on socialisait les femmes. Alors tu imagines, si pour beaucoup c'était déjà difficile à cet âge d'approcher une femme, qu'en serait-il quand il faudrait convaincre une fiancée pure et révolutionnaire de coucher avec toi en la persuadant qu'elle était toujours respectable ? C'était presque impossible. Et de même qu'on donne trois bols de soupe à celui qui n'en veut pas, les pédés ont été les plus gros bénéficiaires de cette mesure, ils ont proliféré à tel point que jamais, y compris dans les fameuses unités militaires d'aide à la production (UMAP) ou ailleurs, on n'est revenu à un pourcentage normal pour un pays de dix millions d'habitants. Il faut dire qu'on leur avait facilité les choses. Chaque week-end, les tantouses filaient au cinéma ou dans un parc avec dix pesos en poche, ça grouillait de boursiers ou de bidasses et, sans trop forcer, ils emballaient celui qui leur plaisait, il faut dire aussi que c'était la période où, à cause d'une autre loi du même genre, il fallait se taper La Havane en long, en large et en travers pour trouver de vulgaires croquettes et un soda quel-conque. Alors vous imaginez, quand vous, ou un autre, fatigué et affamé, appuyé contre une co-lonne de cette ville peuplée de colonnes, vous voyiez s'approcher un efféminé qui, après avoir poliment demandé l'heure, insinuait que chez lui vous pourriez écouter les Beatles, feuilleter des revues étrangères et manger un steak en sauce aux petits oignons dorés, vous n'aviez pas toujours la réaction la plus digne. C'est de cette époque que date la croyance, très répandue à l'étranger, qu'à La Havane deux hommes sur trois en sont et que le troisième y pense sérieuse-ment. Mais c'était faux, je vous assure ; c'étaient les circonstances, l'époque, la confusion, l'écono-mie, le blocus, et puis nous n'avions pas encore vingt et un ans. Tiens, moi, sans aller chercher plus loin, le jour où ma tante est tombée gravement malade à Las Villas, pour acheter un billet hors tarif au chef de gare en service j'ai dû me faire sucer derrière des wagons de chemin de fer chargés d'engrais. La liste d'attente en était au numéro 25 et j'avais le 702, tant que le pays ne sera pas doté d'un bon système de transport, nous ne pourrons pas garantir l'intégrité morale de notre jeunesse. Bon, comment ce type a su que ma tante était gravement malade et moi désespéré, aucune idée, mais je n'avais pas encore tourné trois fois autour de la gare avec mes jeans, ma veste noire et mes chaussures mexicaines qu'il m'a abordé dans un coin. Il fait une chaleur à crever, qu'il a dit en voyant que je n'avais pas de montre. Ouf ! je lui ai répondu, et quand je me suis retrouvé entre les wagons, l'instrument à l'air, je lui ai dit clairement que je n'allais pas me contenter des dix pesos habituels, qu'il m'en fallait quinze. Il a accepté, et pendant qu'il s'appliquait j'ai lu les pourcentages de nitrates et de sulfates contenus dans les engrais, en provenance de Bulgarie et à destination de Ciego de Ávila. Quand il a fini, il m'a tendu un billet de vingt, et il m'en donnerait davantage si je le suivais dans sa piaule, à deux pas de là, rue Picota. Ah, mon vieux, j'ai été pris d'une colère ! Je lui ai arraché le billet des mains et j'ai dit, Ecoute, pauvre cloche, disparais de ma vue si tu ne veux pas que j'appelle la police, et si tu recroises mon chemin tu n'as pas intérêt à m'adresser la parole, sinon je te crève un œil, ça t'apprendra, ordure, les types dans votre genre, on devrait les envoyer bosser dans les UMAP ou couper la canne, et dans la foulée se faire enfiler par un gros Nègre comme tu les aimes. Moi, je ne supporte pas cette engeance. Si on avait pu amender les lois dont je te parle, on n'aurait pas à rougir de nos chiffres de dépravés, mais c'est encore un de nos gros défauts, si on commet une erreur, on ne l'admet pas et aucune force au monde ne nous fera revenir en arrière pour la rectifier, et cette histoire des pédés n'est pas la plus significative. Mais pourquoi je parle de ça ?

A La Havane, avec moi pour le conseiller, je me disais, la virginité de David ne va pas durer plus longtemps qu'un *merengue* à la sortie d'un collège, comme on dit. Avant ses dix-sept ans, il aura goûté au viatique des viatiques. Je dois expliquer que notre ami n'était pas le seul puceau dans ces écoles. Bien au contraire ! Pour les raisons que je vous ai exposées, il y avait plus de vierges dans ce genre d'endroit que dans une église. Mais ce garçon était le seul à ne pas être pressé de sortir de cette situation pénible. En tout cas vu de l'extérieur, car au fond il était à l'article du désespoir, je le savais bien, moi qui lisais dans son âme mieux que dans la mienne. Alors, sans lui en parler, parce que les timides il vaut mieux les mettre devant le fait accompli pour ne pas leur laisser le temps de réfléchir, j'ai cherché les coins de la ville où on pouvait draguer le plus facilement, les cinés les plus obscurs et les parcs les moins surveillés. Bref, les endroits idéaux. J'avais la certitude, en dépit du cadre que je viens de vous dépeindre, qu'il n'était pas impossible de trouver à La Havane deux veuves joyeuses ou deux divorcées prêtes à rattraper le temps perdu, ravies de prendre du bon temps avec deux types comme nous, et surtout comme David, car un autre des mystères insondables de l'existence veut que les hommes tristes et mélancoliques exercent sur les femmes une attirance incroyable, mais je ferais mieux de laisser tomber ce sujet, sinon je vais immanquablement raconter l'histoire de la dame d'un certain âge qui avait rencontré un jeune militaire déprimé dans le train pour Santiago de Cuba.

Comme vous voyez, j'étais content, ravi des aventures qui s'annonçaient, et je m'occupais de tous les préparatifs. Vous aurez compris, j'espère, qu'en m'occupant de ce garçon je m'occupais aussi de mes propres intérêts, car si David restait chaste et pur, il ne me servirait pas à grand-chose pour la seconde conquête de La Havane par les Anglais. Chaque matin, sur un vieux calendrier, je barrais le jour précédent, et l'après-midi je brossais nos chaussures de sortie, car d'après ma grand-mère les femmes jugent la personnalité de l'homme à ses chaussures. Je ne parlais toujours pas de l'affaire à David, pour la raison que j'ai dite, qu'il vaut mieux prendre les timides par surprise. A chaque instant, cependant, pour qu'il sache qu'il n'était pas seul dans sa solitude et que j'étais là, moi, son meilleur ami, je lui tapotais l'épaule ou le serrais contre moi. Beaucoup considèrent que les jeunes gens ne doivent pas échanger de caresses, mais je ne suis pas de cet avis, je crois qu'entre deux amis il y en a toujours un qui domine, ce qui l'oblige à combiner rudesse et affection pour que l'autre ne se sente pas diminué. Il souriait et me regardait avec un petit air japonais, et j'en déduisais qu'il était aussi impatient que moi de voir arriver l'heure H.

Les choses étant ce qu'elles étaient, vous comprendrez ma consternation quand le vendredi midi, au moment où va retentir la sonnerie de la liberté, j'arrive dans notre chambre pour cirer mes chaussures une dernière fois et que je le trouve en train d'exposer ses vieilles théories devant nos nouveaux camarades. Il en était au moment clé, le passage où il disait qu'il ne ferait l'amour que lorsque ses sentiments le lui dicteraient, avec une fille qu'il aimerait pour de vrai et qui l'aimerait pour de vrai aussi. J'étais pétrifié. Il était devenu fou, ou quoi ? On n'avait donc pas assez dégusté avec les copains du village ? Je lui ai fait signe d'arrêter son char. Mais quand il m'a vu, comme c'était surtout à moi qu'il voulait expliquer pourquoi ce n'était pas en changeant de décor qu'il changerait de principes, il a élevé la voix et ajouté que la fille en question devrait partager avec lui, en plus, ses idéaux révolutionnaires et internationalistes, et qu'elle devrait aimer, comme lui, les chansons de Silvio Rodríguez, les poèmes de Mario Benedetti et de Roberto Fernández Retamar. Je vous jure, j'aurais voulu mourir. Il avait perdu la tête ? Pour souligner ses propos, il a sorti un petit livre grisâtre de dessous l'oreiller. C'est de la poésie, il a dit à son auditoire ; je l'ai acheté en route, quand on s'est arrêtés pour casser la croûte à Calimete ; je n'ai lu que les deux premiers poèmes, mais c'est déjà mon recueil préféré. Et sans autre forme de procès il a ouvert le bouquin et il s'est mis à lire. *Chair transpercée jusqu'à l'absence ; sang tellement avide d'un baiser ; qui traversa l'air comme une prière ; épée soudaine et ardente...* J'ai fermé les yeux. Ça y est, ils vont en faire de la chair à pâté, je me suis dit ; le traiter de pédé, lui sauter dessus, l'attraper par les bras et par les pieds, le jeter dans le couloir, le traîner dans la cour et l'écorcher ou le brûler vif. J'ai vu sa nuque rebondir de marche en marche, laissant un caillot de sang sur chacune d'elles, et j'étais horrifié. Mais comme rien ne se passait, j'ai rouvert les yeux et à ma grande stupéfaction j'ai vu que l'auditoire, composé de ces nobles et bien-aimés gaillards de Pinar del Río, Jovellanos, Sierra de Cubitas, Cueto et Mayarí, dont beaucoup n'avaient jamais chié dans une cuvette de W.-C. et ne savaient même pas à quoi ressemblait l'eau courante, l'écoutaient avec dévotion. Pour une raison que je n'ai jamais pu tirer au clair, quand les gens écrivent ou lisent des poèmes, ils suscitent ce respect. C'est, a dit David en achevant sa lecture, une élégie que le poète a dédiée au martyr et poète de la révolution Rubén Martínez Villena ; l'élégie est une composition où l'on déplore un décès ou tout autre malheur, comme l'*Elégie à Jesús Menéndez*, de Nicolás Guillén, notre poète national ; ou bien l'*Elégie à l'époux défunt*, de Gertrudis Gómez de Avellaneda, écrivain cubaine du XIXe siècle que nous disputent les Espagnols ; ou encore *Mort d'Antoñito el Camborio*, de Federico García Lorca, fusillé par les franquistes. Les nobles gaillards de Pinar del Río, Jovellanos, Sierra de Cubitas, Cueto et Mayarí l'ont remercié et se sont engagés à acquérir le livre à la première occasion, et ils ont quitté la chambre en ordre et en silence. Un miracle, je me suis dit, le plus grand de l'époque actuelle.

Quand on s'est retrouvés seuls, je me suis affalé sur une chaise. Je vous jure que j'en avais bien besoin. Dès que j'ai retrouvé l'usage de la parole, je lui ai dit, Pourquoi tu me fais ça, David ? Si tu t'en fous, de mon amitié, si tu te moques de mes plans pour conquérir La Havane, tu n'as qu'à le dire ! Je laisse tomber et je renonce à toute illusion sur toi. En me voyant si abattu, il s'est rapproché de moi, a posé la main sur mon épaule et m'a adressé un de ses beaux sourires, mais cette fois aucun sourire au monde ne pouvait me redonner courage. Arnaldo, n'accorde pas d'importance à ce qui n'en a pas, il a dit ; à propos, tu ne voudrais pas changer de lit ; j'ai envie de te le demander depuis plusieurs jours, parce que le tien est près de la fenêtre et que j'aime les fenêtres. En effet, il avait toute une théorie sur les fenêtres, et je suppose qu'il vous l'exposera à un moment ou à un autre. J'ai écarté sa main et je me suis levé. Prends la fenêtre et le lit qui correspond, si ça te chante, je lui ai dit d'un ton amer ; l'air qui entre te rafraîchira peut-être la cervelle et te ramènera à la raison. Il était tout content. Ravi, il est monté sur le nouveau lit, s'est étendu, a calé sa tête sur l'oreiller, qu'il a d'abord plié en deux, fléchi une jambe, allongé l'autre, et, mettant sous ses yeux le petit livre de poèmes pour lequel il venait de faire tant de publicité, il s'est plongé dans sa lecture et a cessé d'appartenir à la réalité objective. Je suis sorti dans le couloir. Il le fallait absolument. Et voilà le moment où, comme c'est parfois le cas dans les romans écrits par de jeunes auteurs, il va falloir choisir entre deux options possibles : ou bien vous sortez dans le couloir avec moi et vous prenez connaissance de certains événements, ou bien vous restez dans la chambre et vous êtes témoin d'autres événements. A vous de choisir, mais si vous voulez mon avis, je vous conseille de me suivre, car ce qui va m'arriver ne se voit pas tous les jours, et je ne crois pas que vous aurez une autre occasion dans votre vie d'assister à une chose pareille.

6

DAVID

Comprenant que j'allais bientôt quitter la maison, grand-mère s'est trouvée mal et a demandé qu'on l'emmène à l'hôpital. Le docteur Varela a aussitôt prescrit un électrocardiogramme et, après l'avoir déchiffré, il a dit qu'on devait prévenir les membres de la famille les plus éloignés. Maman, qui avait d'abord cru que ce malaise était du cinéma pour m'empêcher de quitter la maison, a vite compris que l'affaire était sérieuse ; elle a déménagé à l'hôpital et n'a laissé personne d'autre s'occuper d'elle. Nous attendions dans la cour, où les voisins nous apportaient de quoi boire et manger, et prenaient connaissance des bulletins de santé. Au bout de trois jours, le docteur Varela, après avoir consulté les docteurs Rodríguez Quintero et Lino Quirós, éminents chirurgiens, a déclaré que tout danger était écarté et qu'une opération ne s'imposait plus : la patiente bénéficiait d'un régime plus clément et de dix minutes de visite quotidienne. L'après-midi, maman m'a amené au pavillon C, parce que grand-mère voulait me parler, avec l'autorisation du docteur. Elle m'a prévenu qu'il ne fallait surtout pas la contredire et elle m'a poussé dans la chambre 2. Et là, on a une scène en noir et blanc. J'entre et grand-mère m'attend, assise sur le lit. Elle porte les vêtements de l'hôpital, d'un blanc élimé, et ses

cheveux ne sont pas attachés, du jamais vu.
Comme si elle venait de résoudre tous ses problèmes et qu'il lui restait juste à mettre un peu
d'ordre dans nos affaires, son visage avait l'air
tranquille et détendu. Approche, elle a dit, et
donne-moi ta jolie petite main. J'ai obéi et elle
s'est mise à parler. Ce malaise était de l'égoïsme
de ma part ; mais il a fallu que le cœur ait des
ratés et que je voie la camarde de près pour
comprendre la nécessité de ton départ ; avec ce
voyage, tu pars de la maison pour toujours, non
pas que Fidel veuille t'envoyer en Russie ou te
garder, je sais que ce sont des âneries, mais
quand un fils quitte la maison, comme tu vas quitter la nôtre, que ce soit pour des études ou pour
l'armée, il ne revient plus qu'en visite, ou alors
parce qu'il a échoué, mais ça je te l'interdis ; tu te
lances dans un voyage qui n'a rien à voir ; c'est
un arrachement, une libération douloureuse,
mais nécessaire ; tu es un bon fils et tu ne nous
oublieras pas, tu seras à nos côtés chaque fois
que nous aurons besoin de toi, mais tu ne seras
plus des nôtres comme tu l'es à présent, tu n'auras plus une place à notre table, un lit qui t'appartient, un gobelet dans lequel toi seul peux
boire ; tu ne seras plus une présence mais un
souvenir, car désormais tu n'appartiens qu'à toi-
même, à tes idéaux et à la famille que tu fonde-
ras ; nous sommes ton origine, mais pas ton but,
voilà ce que j'ai compris pendant que j'étais
inconsciente, et je l'ai accepté. Elle s'est tue un
moment, fatiguée par l'effort qu'elle venait de
fournir. J'observais ses yeux rapetissés, les rides
qui sillonnaient son visage et un filet de salive
qui était resté à la commissure des lèvres. J'avais
l'impression de voir le visage le plus doux que
j'aie jamais contemplé, et je sentais que je l'aimais

tellement que j'allais fondre en larmes. Elle a repris la parole. Pour que tu triomphes dans la nouvelle vie qui t'attend, je n'ai qu'un conseil à te donner : conduis-toi décemment ; je n'ai pas fait d'études, mais je peux te confirmer que cette vertu est au-dessus de toutes les autres, au-dessus des idéologies, et que ton cœur te montrera comment y parvenir ; si tu t'y tiens, ce dont je ne doute pas, nous le saurons chaque fois que tu viendras nous voir, parce que tu nous regarderas dans les yeux, et nous en serons plus heureux que si tu avais fait le déplacement dans une voiture à toi ou si tu étais un militant du Parti. Elle a poussé un soupir de soulagement, car elle avait terminé. Je l'ai embrassée sur le front. Quel doux baiser, elle a dit, et la scène est repassée en couleurs. Maintenant, dis à ta mère de venir m'aider à manger ma soupe ; et ne t'inquiète pas, demain aux aurores je serai à la maison pour laver et repasser le linge que tu emporteras ; je vais aussi t'apprendre à le faire, parce que n'importe qui peut laver, mais le repassage est plus compliqué, il a ses secrets. Je n'en doute pas, que j'ai dit en me dirigeant vers la porte. Tu sais si quelqu'un s'est occupé des poules ? elle a demandé. Felamida s'en est occupée ; elle leur a donné à manger et elle a changé l'eau tous les jours. Elle est brave, cette Felamida, même si tu l'échangeais contre de l'or tu y perdrais encore ; maintenant, elle va me demander une de mes poulettes rousses et je serai bien obligée de dire oui ; mais enfin elle l'a bien gagnée, tu ne crois pas ? Bien sûr que oui. Je suis parti et j'ai un trou de mémoire d'une semaine, jusqu'au moment où le réveil a sonné sur la table de nuit.

Maman saute du lit et bat le rappel à grands cris. David, mon fils, lève-toi, tu vas rater ton train ! Maman, les filles, debout, il faut préparer le petit-déjeuner du garçon ! Elle jure, contrejure et archijure que le réveil sautillait sur la table de nuit et avait deux bras qui s'agitaient de chaque côté, comme dans les dessins animés. Devant notre incrédulité, elle admet qu'elle a peut-être rêvé et que le réveil sautillait dans son rêve, pourtant elle l'a vu gambader et agiter les bras, elle l'a vu de ses yeux vu. Elles sont levées et, comme ces déesses de l'Inde dotées de multiples bras, elles s'affairent dans la maison, coupant le pain, allumant le feu, battant les œufs, préparant mon bain, allumant des cierges à la Vierge. Là-dessus, le réveil sonne pour la deuxième fois, craignant qu'on ne l'ait pas entendu la première. Tous, on le regarde : il braille comme un damné sur la table de nuit, mais il ne remue pas, il n'agite aucun petit bras. Il nous emmerde, ce réveil ! dit maman. Balance-lui une sandale avant qu'il ne réveille les voisins ! crie grand-mère. La boîte de lait concentré, elle est où ? demande maman. Je ne sais pas, répond grand-mère, moi je range les choses et le lendemain je les retrouve. Je l'avais remise à sa place, là, à l'angle de la table, mais elle n'y est plus ; alors j'en déduis qu'on l'a prise. C'est sûrement un rat qui l'a emportée entre ses dents. Maman, je sais très bien que ce n'est pas un rat qui l'a emportée ! Vous n'allez pas vous disputer pour ça ! interviennent les frangines. Regarde, maman, elle est derrière toi. Mais ce n'est pas là que je l'avais posée, proteste maman en prenant la boîte de lait concentré La Lechera ; David, pendant que je prépare le café au lait, vérifie la valise et assure-toi qu'il ne manque rien. Mais maman, disent les filles pour la rame-ner à la raison, on l'a vérifiée avant d'aller se coucher, qu'est-ce qui pourrait manquer ? Il y a des lutins ou des esprits dans cette maison ? Laisse le garçon se laver tranquillement, arrête de le harceler, tu vas l'énerver. Que vous croyez ! Mais les choses sont diaboliques, dites-lui de la vérifier et de bien s'assurer qu'il y a tous les papiers, le dentifrice, les trois chemises, les deux pantalons, le bicarbonate, le lait de magnésie, les sulfaguanidines pour les diarrhées, les chaus- settes, les caleçons, les mouchoirs, le fil, l'aiguille, l'Alusil contre les acidités, les boutons, le coupe- ongles, la brosse à habits, la brosse à chaussures, la brosse à dents, la ceinture, le coton, le spara- drap, le collyre à la camomille, la pommade pour les aphtes, tout. Tout était là. Tout est là. Et le portefeuille ? Dans la poche du pantalon. Oui, mais il a vraiment tout ? Les quinze pesos, la photo de ton grand-père, le carnet de vaccina- tion, le télégramme de Celia sans lequel tu ne peux pas te présenter ? Oui, tout, tout. Soigne- les, ces quinze pesos, mon garçon, il faut qu'ils te durent longtemps, je ne sais pas quand je pourrai t'en renvoyer ; quinze pesos, à condition de ne pas les gaspiller, c'est une fortune ; prends garde de ne pas les faire tomber quand tu sors ton portefeuille pour payer, et avant de le sortir assure-toi qu'il n'y a pas de pickpockets autour de toi, ne crois pas qu'à La Havane les gens sont comme ceux d'ici ; non, là-bas tout le monde a l'esprit tourné vers le mal. C'est vrai, expliquent les frangines, à La Havane il y a encore un lum- penprolétariat, et le lumpenprolétariat s'adonne au vol et à la paresse. Et le peigne ! Où je l'ai mis ? Ah, vous voyez que j'avais raison ? s'exclame maman sur un ton victorieux, sans tenir compte que je viens de le retrouver accroché dans mes cheveux, Et qu'est-ce qu'il va devenir, David, si en arrivant à La Havane il n'a pas de peigne ?

Mais, maman, il en empruntera un, disent les frangines. Ah ça, non ! Garde-toi d'emprunter quoi que ce soit ! Même pas une aiguille ! Et pas question de prêter tes affaires non plus. Ah bon ? Tu veux qu'il soit un type fermé et qu'on l'accuse d'égoïsme ? Que chacun se contente de ce qu'il a, répond maman ; elle se tourne vers moi et elle ajoute, Si un jour tu trouves un peigne dans la rue, ramasse-le, celui-là tu peux le prêter, mais pas le tien, parce que tu ne sais pas si les autres ont des poux ou des pellicules. Grand-mère me demande, le plus bas possible, si j'ai bien la médaille de la Vierge de la Charité du Cuivre qu'elle m'a donnée en cachette. Bien sûr que non, grand-mère, ripostent les frangines scanda-lisées ; nous l'avons enlevée de la valise ; com-ment veux-tu qu'il emporte une médaille de la Vierge de la Charité du Cuivre à l'école ? Qu'est-ce que tu veux ? Qu'on le prenne pour un croyant et qu'il ait des problèmes ? Là-dessus, le réveil sonne pour la troisième fois, histoire de nous rappeler qu'il reste une demi-heure avant le passage du train et que les trains ne sont pas comme les bus ; si on n'est pas à la gare quand le train passe, il vous laisse en plan. On sort. Maman en tête, réveillant les voisins, car ils tien-nent à me dire au revoir et ils le font de mille façons. Malbrough s'en va-t-en guerre et David s'en va-t-en classe. Comme elle est grande, cette révolution qui offre des études aux fils des pauvres ! Et attention, on ne veut pas de dégon-flés ici ! Déserteurs et crottes de bique, c'est du pareil au même ! Que Dieu te bénisse ! Ne te laisse pas embobiner par les gens de La Havane ou de l'Oriente, embobine-les plutôt, Travaille bien, mais n'oublie pas de te balader, c'est le meil-leur moyen de ne pas devenir fou et de garder la cervelle en forme, A propos des femmes, rappelle-toi la chanson : il y en a qui ont un joli minois, d'autres un nez de souris, il y en a des grosses et de guingois, mais elles vous donnent toutes le tournis, aie des tas de copines, mais ne te marie pas avec une fille de La Havane, reviens chercher ton épouse ici, dans notre ville les filles sont respectables et ne portent pas de minijupes. Felo, l'ouvrier décoré, a pris la parole en dernier, au nom de tous. Chaque fois que vous devrez prendre une décision, il a dit, pensez à la classe ouvrière ; si ce que vous avez décidé est bon pour la classe ouvrière, c'est que la décision était correcte ; sinon, c'est que vous faites fausse route ; on dirait que c'est facile, mais pas du tout, parce que la classe ouvrière ne voit pas toujours clairement ce qu'elle veut, ou alors elle veut ce qui ne lui convient pas, et tenez, voici vingt pesos que nous avons collectés entre nous ; pour le voyage, les filles et pour inviter les copains. Merci, merci, merci, je leur dis, et maman est au bord des larmes. Nous avons vraiment des voisins formidables !

On se dépêche et au coin d'une rue la gare apparaît, enveloppée dans le brouillard. On s'arrête. La brume est tellement épaisse que si un artiste, sur le quai, avait voulu nous peindre, on serait apparus sur le tableau comme des taches grises portant une valise. Et si on avait eu la chance exceptionnelle que ce soit Fidelio Ponce, le célèbre peintre, alors, on aurait plutôt ressemblé à des spectres couleur terre de Sienne et argent avec des reflets roses et des touches de vert, et le tableau aurait été exposé au Musée national. A ce moment-là, un enfant sans chemise passe à cheval. On a dû vite sauter sur le trottoir, car le cheval file comme l'éclair. J'ai été surpris, car lorsque je rêvais de mon départ la gare aussi était enveloppée de brume et un enfant passait à cheval. La seule différence, c'est que dans mes rêves il s'agissait des enfants de notre ville qui se disposaient à partir, tous les enfants de la ville partaient à une fête ou à un truc de ce genre, et le train que nous attendions n'était pas réel, mais enchanté et invisible. Je décide que si un jour j'écris un film inspiré de ces événements la première chose qu'on y verra, c'est un enfant à cheval traversant l'écran de part en part. Les critiques diront que cela représente l'enfance faisant ses adieux au personnage. Peut-être, mais pour moi ce sera un simple souvenir. Attendez-moi ici, dit maman quand nous entrons dans la gare, je vais voir si le train est à l'heure. En la voyant s'approcher du guichet, le chef de gare, l'assistant télégraphiste, le préposé aux billets et le monsieur qui balaie se précipitent vers elle pour lui donner toutes les informations qu'elle désire et beaucoup d'autres encore, et quand elle s'est éloignée, ils échangent des regards et des soupirs et doivent attendre dix minutes avant de pouvoir s'occuper des autres voyageurs. Maman revient vers nous et nous annonce la bonne nouvelle : le train n'a qu'une heure de retard, il vient par Jatibonico, où la vache d'un certain Manolo s'est mise en travers de la voie. On a le temps de me donner les derniers conseils. Comme elle est la mère, c'est elle qui commence. On s'est mis à l'écart dans un petit jardin qui entoure le buste de Martí, et là elle me dit, A la gare, prends un taxi jusqu'à l'école, mais avant d'y monter demande au chauffeur combien il va te prendre et, sous ses yeux, note le numéro d'immatriculation du véhicule, tout cela à tout hasard, comme ça le taxi comprendra que tu n'es pas un imbécile et il n'aura pas l'idée de multiplier les tours et les détours à travers la ville ; surveille bien ta valise, ne la quitte pas des yeux un seul instant, et à l'école obéis toujours aux maîtres et aux chefs ; tiens-toi correctement, ne te fais jamais remarquer ; avec tes camarades, comporte-toi bien, mais s'ils agissent mal, écarte-toi ; si la nourriture est mauvaise ou mal préparée, ferme les yeux, croise les doigts et plouf, tu avales, ça nourrira toujours ; côté femmes, aie des petites amies, une ou deux, ce que la vie t'offrira, mais je te supplie du fond du cœur de ne jamais au grand jamais outrager une fille, même celles dont tu penses qu'elles ne valent rien ; n'oublie pas que l'âme de la femme est une chose très délicate, et que nous sommes prises d'une tristesse immense quand nous souffrons. Là, elle a marqué une pause parce qu'elle était plutôt émue. Dernier point, elle a repris, ne mets pas des vêtements empruntés, c'est un mauvais principe ; porte tes affaires même si c'est pauvre, car si tu taches ou abîmes ce qui ne t'appartient pas, on ne pourra pas le remplacer ; quand tu traverses, assure-toi au préalable qu'aucune voiture n'arrive de droite ni de gauche, à La Havane les voitures filent comme le vent et tu dois avoir un regard d'aigle. Cela dit, nous revenons auprès des autres. C'est maintenant le tour de grand-mère et nous retournons dans le petit jardin. Je t'ai déjà dit hier ce que j'avais à te dire, mais écoute-moi bien, voici la médaille de la Vierge de la Charité du Cuivre ; pour rien au monde tu ne peux te déplacer sans elle, car elle est la patronne de Cuba et ta protectrice ; mets-la en lieu sûr, que personne ne la voie ou ne la trouve en cas d'inspection ; il n'est pas bon de cacher la Vierge, mais elle comprendra que tu ne peux pas faire autrement ; pour le reste, rappelle-toi que la première chose à repasser dans une chemise c'est le col, le reste vient après. Ensuite, les frangines me conseillent de bazarder ma passivité, qu'elle provienne de ma mélancolie ou du mauvais œil, d'arrêter de citer Dieu à tout bout de champ, une sale manie, comme si j'étais un enfant de chœur, de dire des gros mots autant qu'il en faut, de ne pas hésiter, quand je serais avec mes copains, à me remonter les couilles et à lâcher des pets si besoin était, et de ne pas demander la permission d'aller aux toilettes, sinon on se moquerait de moi ; ainsi, étant discipliné, travailleur, bon étudiant par nature et aimant lire la presse, je décrocherais vite ma carte de militant et je serais un fils digne de la patrie et de la révolution. Sur ce, on entend un coup de sifflet puissant et un éclat orangé nous tombe dessus, nous éclairant de telle sorte que l'espace d'un instant on se demande où on se trouve. C'est le train qui arrive. On échange les dernières embrassades, je monte dans la voiture 3, je cherche la place 22, je m'y laisse tomber et je regarde par la fenêtre. Maman, grand-mère et les frangines, les quatre femmes inoubliables de ma vie, me disent au revoir sur le quai, enlacées. Bientôt elles sont en arrière et par la fenêtre les arbres se mettent à défiler et j'éprouve ce que doit éprouver un oiseau quand on ouvre la porte de sa cage. Quelque chose en moi a pris définitivement son envol. R et R jarret, R et R ferraille, les rapides roulent en râlant sur la rouille des rails. Je me laisse tomber sur le siège et je me dis, Vroum vroum, c'est fini tout ça, le mauvais chapitre est fini et le bon va commencer ; je pars, je pars pour La Havane où je vais trouver une Fiancée et un Ami ; mille aventures m'attendent, je serai militant, utile au niveau social et heureux au niveau personnel. Ensuite, après avoir juré sur le salut de mon âme que je ne penserais plus jamais à moi, comme si j'étais un narrateur qui racontais la vie d'un garçon qui était moi-même, je prends mes pièces de monnaie et, en guise d'adieu, à la fois symbolique et ironique, et sans me soucier de la réponse, je demande si, avec l'Ami et la Fiancée, ça va se passer bien ou mal. R et R jarret, R et R ferraille, les rapides roulent en râlant sur la rouille des rails. Dix kilomètres plus loin je rouvre la main : les pièces disent que tout ira à merveille et c'est alors, et pas avant, que le réveil s'est mis à sonner et à sautiller sur ma table de nuit en agitant ses petits bras. Maman s'est retrouvée assise au milieu du lit à crier, David, mon fils, lève-toi, tu vas rater le train ! Maman, les filles, debout, il faut préparer le petit-déjeuner du garçon ! Elles ont toutes bondi comme des bolides, mais moi je suis resté relax, parce que je savais que le train, immobilisé à Jatibonico par la vache d'un certain Manolo qui s'était mise en travers de la voie, aurait une heure de retard.

7

ARNALDO

Mais pourquoi j'ai mentionné la délicieuse histoire de mon oncle Rodolfo et de sa fiancée
Zaida ? Depuis, je fais des efforts désespérés
pour l'oublier, mais en vain, au point que j'ai le
regard trouble, des démangeaisons en dix-sept
points du corps et une perte notoire de mes
forces et de ma concentration. Vous allez devoir
me pardonner, mais si je ne vous la raconte pas
immédiatement, je vais devenir fou ou me rouler
par terre, la bouche écumante.

HISTOIRE DE MON ONCLE RODOLFO
ET DE SA FIANCÉE ZAIDA

Il faut donc que vous sachiez que Zaida, la fiancée
de mon oncle Rodolfo, possédait tous les charmes propres aux femmes de notre peuple ; mais
que les siens surpassaient tous les autres, avec
des seins opulents et magnifiques. Il n'y en avait
pas une paire semblable à dix lieues à la ronde.
Les mamelons étaient comme des prunes, aussi
juteux mais doux comme du miel, au point que
l'aréole qui les entourait rappelait les rousquilles
sucrées que nous mangions au goûter. Assis dans
le parc en face du collège, les copains et moi on
les regardait passer à cinq heures du soir, quand

la fiancée rentrait du travail et me disait bonjour de loin, à moi, le neveu du fiancé. Je répondais d'un geste de la main, et on bandait sec. Il a du pot, ton oncle, me disaient les copains, et toi aussi parce que après la noce tu pourras être aussi près de ses nichons que tu voudras. On les suivait des yeux jusqu'à l'angle, où ils provoquaient accidents et altercations entre piétons et chauffeurs. Etant donné les circonstances, vous comprendrez aisément ma joie le jour où, fouillant sans le vouloir le double fond secret du coffre de mon oncle, je suis tombé sur la correspondance qu'il échangeait quotidiennement avec sa bien-aimée, grâce à laquelle – et grâce à David qui m'a donné un coup de main – j'ai composé la présente histoire, une des plus populaires de celles qui ont été racontées dans le vieux garage. Or donc, mon oncle, tous les jeudis, le jour fixé pour ses visites, à peine arrivé à la maison, saluait sommairement ses futurs beaux-parents et s'enfonçait aussitôt avec sa fiancée dans la zone la plus sombre du porche où, sans plus attendre, il s'accrochait à ses beaux nichons et va que je te les suce. Et la fiancée ne pouvait absolument pas le décoller de ses nichons avant l'heure du départ : horions, gifles, menaces, rien n'y faisait. Quand mon oncle s'en allait, sa fiancée avait les seins en feu, et pour les soulager et éviter l'apparition de bleus elle les massait avec un baume de vin sec et de cannelle que lui fournissait une vieille du quartier. Ce qui les rafraîchissait immédiatement, mais la fragrance du médicament, envahissant la maison, finit par éveiller les soupçons de la famille, en particulier ceux du père, un insulaire de Tenerife brutal et violent, comme tous les natifs de ces rochers. L'homme portait à la ceinture une machette paraguayenne du temps de la guerre d'Indépendance contre l'Espagne, et il avait juré qu'il mettrait en pièces toute personne qui se moquerait de ses filles ou leur manquerait de respect ; elles étaient toutes des beautés, belles poitrines et bonnes à marier, de la première à la huitième, car il ne comptait pas encore la plus petite. Par chance, la vieille qui fournissait le baume à la fiancée soignait aussi l'impuissance de son paternel, ainsi découvrit-elle le piège que celui-ci préparait pour surprendre mon oncle et le contraindre à choisir entre se marier ou avoir la tête tranchée. La fiancée Zaida eut très peur, mais au lieu de flancher elle écrivit résolument à mon oncle une lettre où elle exigeait de lui qu'il s'engage, par écrit, à traiter ses seins avec tout le respect qui leur était dû lors de sa prochaine visite. Elle devait recevoir le serment par retour du courrier, c'est-à-dire par la vieille qui avait apporté le message, moyennant salaire et pourboire, sinon elle l'accueillerait le jeudi suivant avec un sweater en laine fermé du cou jusqu'aux poignets, bien qu'on soit en plein été. Ce n'est pas pour moi, expliquait la fiancée au fiancé, tu sais bien que mes seins sont tout à toi ; c'est pour éviter un malheur, car tu ne sais pas que mon père est capable des pires sauvageries. Asseyez-vous et prenez ce que vous voulez sur cette table, à manger comme à boire, dit mon oncle à la messagère après avoir lu la lettre, car il lui fallait un peu de temps pour répondre à cette imbécile. Je me rappelle qu'arrivé là David m'a demandé de me taire, car il avait vu poindre au loin les premières lueurs de l'aube. Le soir suivant, j'ai raconté que mon oncle, après avoir souhaité santé et bonheur à sa fiancée et à sa famille, déclarait regretter beaucoup et très sincèrement le mal qu'il causait à ses seins bien-aimés, toutefois ce n'était pas lui le coupable mais eux, les seins, et elle, la fiancée, les premiers parce qu'ils provoquaient une sorte d'extase, la seconde parce que, le sachant extasié, elle ne lui permettait pas de faire usage, comme il l'en priait avec amour et tendresse, de son pistolet fumant. La fiancée Zaida, on l'avait découvert dans une autre lettre, était terrorisée par le pistolet de mon oncle, un Colt 45 qui, disait-on, lui arrivait à mi-cuisse, toutefois ce n'était pas la longueur du canon qui l'effrayait, mais le tir qui risquait de la mettre enceinte. Nous avons eu beaucoup de chance jusqu'à présent dans mes moments de faiblesse, argumentait la fiancée, et si nous n'avons pas eu de malheur à déplorer c'est grâce au breuvage que m'a donné à boire notre aimable et fidèle amie qui te porte cette lettre et que je te supplie de récompenser comme il faut. Lui, mon oncle, poursuivait sa fiancée, était un gentleman, et en tant que tel il devait comprendre qu'elle, sa fiancée, était une demoiselle, autrement dit qu'ils n'étaient pas mariés, d'ailleurs il ne voulait toujours pas fixer de date pour la noce. Il semble que le mot noce mettait mon oncle hors de lui, car la réponse à cette lettre occupait trois feuillets remplis de lignes tordues, pleines de taches et de ratures. Il lui avait déjà expliqué, déclarait l'oncle, qu'il était obligé de se marier avec l'autre fiancée, Carmela, même si c'était elle, Zaida, qu'il aimait vraiment, parce que l'autre, Carmela, lui avait sauvé la vie pendant la guerre. En effet, je connaissais cette histoire, qui impliquait aussi un Noir de Guanabacoa, gros fumeur de tabac, qui avait une verge énorme. Je m'apprêtais à la raconter quand David, voyant apparaître au loin les premières lueurs de l'aube, m'a ordonné de me taire jusqu'à la nuit suivante. La nuit suivante, devant une salle comble (il y avait même un monsieur appelé Ambrosio Fornet, considéré par beaucoup comme le critique le plus exigeant de la nation), j'ai raconté qu'à la fin de l'année 1958, excédé par les abus et attaques dont les paysans étaient quotidiennement victimes dans notre pays, mon oncle avait décidé de rejoindre les rebelles qui se battaient dans la Sierra Maestra, et la vieille chargée des breuvages et des lettres, informée de cette résolution, alla moucharder la nouvelle à la fiancée Carmela, laquelle décida de l'accompagner jusqu'au pied des montagnes. Jamais une décision n'avait été plus opportune, car en sortant de Manzanillo, un village de l'Oriente cubain qui serait un jour répudié par toute l'île en raison de l'effroyable qualité de ses écrivains, bien qu'il ait été par le passé le terreau de poètes et de compositeurs illustres, ils tombèrent sur un barrage de l'armée et cette fiancée, Carmela, eut la brillante idée d'habiller mon oncle en femme. Ainsi se firent-ils passer tous les deux, ou plus exactement toutes les deux, pour deux putains en route pour la base navale de Guantánamo. Avec des vêtements féminins, un rouge à lèvres débordant et un sérieux maquillage des yeux, perché sur des chaussures à talons, mon oncle avait une allure encore plus provocante, sensuelle et aguichante que sa promise. A côté de lui, elle ne faisait pas le poids. Comme il ne pouvait pas parler, c'est Carmela qui s'expliqua avec le sergent qui les avait arrêtées. Tout allait bien, mais quand mon oncle s'aperçut que ce gradé la tripotait plus qu'il ne l'interrogeait, il oublia qu'il était un travesti et porta la main à son pistolet, caché dans les replis de sa jupe, ce qui explique pourquoi il n'avait pas remarqué le soldat noir de Guanabacoa, gros fumeur de tabac, qui s'approcha par-derrière et, le ou la prenant par surprise, le ou la fit pivoter sur place, lui colla un patin et lui introduisit un doigt dans le cul. Mais David, voyant apparaître les premières lueurs de l'aube, m'a ordonné de me taire jusqu'au soir suivant, où il a fallu apporter des chaises du voisinage. Le monsieur appelé Ambrosio Fornet amenait son épouse et deux amies de celle-ci, et ils voulaient tous être au premier rang. J'ai rappelé que lorsque le soldat de Guanabacoa, gros fumeur de tabac, s'était approché de mon oncle en silence et par-derrière, il le fit pivoter sur place et *faillit* l'embrasser sur la bouche et lui fourrer un doigt dans le cul, mais la providence permit qu'à cet instant arrive la jeep du lieutenant qui commandait le détachement ; celui-ci descendit du véhicule et interdit au sergent et au soldat de batifoler avec des putes au moment où la patrie courait le grave danger de tomber entre les mains des communistes, et il donna trois minutes à elles deux, c'est-à-dire à la fiancée Carmela et à mon oncle, pour disparaître avec leur syphilis et leurs gonorrhées, sinon il leur défonçait le cul, et pas avec ce qu'elles aimaient, mais à coups de fusil. Le soldat de Guanabacoa lança un regard inconsolable à la mulâtresse aux yeux verts qu'était mon oncle, et lui jura tout bas qu'en dépit de la brièveté de leur rencontre il avait réalisé que plus jamais il ne goûterait des lèvres aussi charnues, une salive aussi écumeuse et un cul aussi ferme ; alors, quand la guerre serait finie, quel qu'en soit le vainqueur, il irait la chercher et ils se marieraient, quel que soit leur passé, mais pour tenir sa promesse il avait besoin de son vrai nom, et il s'engageait à la retrouver, quelle que soit la ville où elle serait. Griselda Rodríguez. Quand ils furent loin des soldats, mon oncle crut bon de remercier sa fiancée Carmela de lui avoir donné une si belle preuve d'amour, et de s'assurer qu'elle ne raconterait pas l'épisode du soldat de Guanabacoa sous un caroubier touffu, mettant une telle ardeur à la tâche que lorsqu'il recula enfin la fiancée était toujours collée à l'arbre, croyant qu'elle était clouée à lui, et mon oncle en voyant la pointe de sa flamberge ensanglantée se jeta à genoux et lui promit que s'il sortait vivant de ce combat ils se marieraient et auraient trois fils qu'ils appelleraient Ernesto, Carmelo et Fidel. Et Raúl, exigea la fiancée, ce n'est pas parce que c'est le plus petit qu'on va le laisser en plan. D'accord, va pour quatre enfants, concéda mon oncle qui en tout préférait les nombres impairs, sauf pour les nichons. Comment pouvait-il maintenant ne pas tenir sa promesse, demandait-il indigné dans sa lettre à sa fiancée Zaida, alors qu'il était devenu lui-même lieutenant et qu'il conduisait une jeep ? Il promettait de ne pas lui toucher les seins à condition qu'elle veuille bien l'accompagner dans la petite chambre que la brave dame qu'ils connaissaient leur louerait à bas prix et en toute discrétion. La fiancée Zaida, coincée entre l'arbre et la flamberge, choisit la flamberge. Elle écrivit un court billet, car on était déjà mercredi, où elle acceptait, à la seule condition que, au moment suprême, il sorte le pistolet et tire dans le vide. Nouvelle indignation de mon oncle. Aucun homme digne de ce nom n'accepterait un tel compromis, encore moins un officier de la victorieuse armée rebelle ! En ce cas, revenait à la charge la fiancée Zaida, pressée par le temps parce qu'on était déjà jeudi et que dès son lever le père s'était mis à affûter sa machette, il fallait qu'il la comprenne. Qu'il la comprenne ! parvenait encore à répliquer mon oncle pendant que la vieille lui soignait des champignons aux pieds avec une application de jus de menthe sauvage, remède qu'elle préparait et administrait pour une somme modique. Si tu ne viens pas dans la petite chambre, écrivait mon oncle, je t'assure que cet après-midi je déchiquetterai ton sweater en laine à belles dents et que j'embrasserai, étreindrai, sucerai, peloterai, presserai et mordrai tes seins devant tout le monde, pas parce que je suis méchant ou téméraire ou parce que je ne t'aime pas, bien au contraire, parce que tu es la femme de ma vie même si je dois en épouser une autre. Pour que tu me croies, peut-être faut-il que je me tire un coup de pistolet ? Il parlait de l'autre pistolet, un Makarov 9 mm, l'arme réglementaire à l'époque. Et c'est ainsi que prend fin l'histoire de l'oncle Rodolfo et de sa fiancée Zaida, pour ce qui est de leur correspondance, car dans la vie réelle toute l'assistance savait que mon oncle ne s'était jamais tiré dessus et qu'il n'avait jamais été mis en pièces par le père de sa fiancée Zaida, mais que, plus tard, elle avait déménagé dans une ville voisine en emmenant, pour qu'elle l'aide à élever le futur bébé, sa sœur cadette Zobeida qui, malgré ses treize ans, était encore plus belle et plus nantie que les autres. Mon oncle, homme de parole s'il en fut, épousa sa fiancée Carmela et eut d'elle quatre fils, mes cousins, et sa vie se partage entre les deux villes. D'après la vieille que nous connaissons, les sœurs l'accueillent à bras ouverts et sacrifient à chacune de ses visites une poule, une dinde ou un lapin, en fonction de ce qu'on trouve au marché noir, et elles lui offrent du rhum, du vin, de la bière et des gâteaux, et pendant toute la durée de sa visite on ne voit aucun des trois sortir de la maison ni se montrer à la fenêtre, mais on entend les rires et les cris des deux sœurs jusque dans les rues voisines. Et maintenant c'est vraiment la fin de l'histoire de mon oncle, de sa fiancée Zaida, de son épouse Carmela, et de Zobeida, la huitième fille de l'insulaire…

8

DAVID

Que va-t-il se passer maintenant ? s'interroge ce garçon en attendant que le taxi qui l'a amené disparaisse de sa vue. Il sait très bien ce qui va se passer, mais il préfère qu'il n'y ait pas de témoin, pas même le chauffeur de taxi. Quand la voiture disparaît, il prend sa valise, regarde à droite et à gauche, le vent soulève des feuilles sèches au bout de la rue, et d'un pas décidé il monte les marches qui mènent au collège. Il se retrouve devant une porte fermée à double tour, qui lui plaît immédiatement. Seule une porte de ce genre pouvait séparer le monde d'où il venait du monde où il allait, pense-t-il, et il décrète : Une porte de trois mètres de haut sur deux de large s'interpose devant le jeune Daniel. Non. Une porte de cinq mètres de haut sur trois de large avec une scène biblique sculptée sur le vantail lui barrait le passage, et le jeune Daniel s'arrêta devant elle avec résolution. Dans le roman, le héros s'appellerait Daniel ou David ? Gardons ça pour plus tard. Il n'a vu ni marteau ni sonnette et il décide de frapper. Dans son dos, les arbres projettent des ombres grisâtres sur les pavés, la lumière du soir est jaunâtre et un moineau se pose sur la grille d'un jardin. Il pose la valise et gonfle la poitrine. Un garçon à l'allure martiale face à une porte fermée à double tour derrière laquelle se cache sa nouvelle vie. Il a trouvé ça bien, en plus c'était vrai : une fois la porte franchie, sa vie ferait un bond, ce serait un autre chapitre, une autre dimension, comme on dit, et pour qu'il en soit ainsi il n'a qu'à frapper. Dans la rue, une dame sort d'une maison bleue, un cycliste descend sur la chaussée, deux enfants avec leur cartable montent l'avenue et la tête blonde d'une fille apparaît au bord de la terrasse d'un immeuble situé en face de l'école. Quelle est l'épaisseur de la porte ? se demande-t-il maintenant. Un pouce ? Deux ? Quatre ? Va pour quatre. Et quel est ce bois ? Du cèdre. Quatre pouces de cèdre importé du Liban séparaient le jeune Daniel de sa nouvelle vie. Il frappait, et la nouvelle vie s'enclenchait. Mais il pouvait aussi ne pas frapper. Bien sûr. Il faisait demi-tour, se débarrassait de la valise au premier carrefour et se perdait dans la ville. Il se voit partir, un peu plus large d'épaules que dans la réalité, les bras ballants. Il vivrait dans des hôtels minables à l'abandon, se nourrirait de déchets, d'herbe et de rock, se prostituerait, comme d'autres le feraient après lui, des années plus tard. Dans l'avenue, les enfants arrivent à la hauteur de la femme devant la maison bleue, qui prend leurs sacs et les embrasse, le cycliste attend au feu, la fille penchée au bord de la terrasse regarde en bas avec intérêt, le jeune homme devant la porte sourit. La vie nomade qu'il vient de décrire peut donner lieu à une littérature intéressante ou aux sifflets de quelques paumés, mais il ne prétend pas orienter la sienne dans cette direction, d'ailleurs il ne s'en croit pas capable, Dieu le sait très bien. Et puis s'il a quitté les siens et fait ce long et mystérieux voyage, c'était pour rejoindre l'Ami et la Fiancée, lesquels attendent derrière la porte, il ne va donc pas renoncer à eux alors qu'ils sont à sa portée. Si on aspire à une vie heureuse, s'est-il rappelé, à une vie personnelle bien pleine et à une vie sociale utile, on doit avant tout se définir une Fiancée et un Ami. Le reste suivra : prendre la route, réaliser une œuvre. Mais rien de tout cela n'a d'importance en ce moment. Ce qui compte, c'est qu'il peut choisir, qu'il est en condition de le faire. Il frappe ou il ne frappe pas, maintenant ou plus tard, il reste ou repart, et se perd dans la ville. Seul est libre celui qui choisit, a dit quelqu'un. Seul est vivant, seul est quelqu'un celui qui choisit. Ce qui signifie qu'il est quelqu'un et qu'il est vivant ; qu'il est, en définitive, lui-même : un personnage et une décision. Bref, une personne. Le cycliste n'est plus à l'angle, la lumière sur le macadam est orangée, mauve sur la frange des arbres, parfois violette sur les feuilles, ocre sur la crête de la grille où se trouvait le moineau. De nouveau il remplit ses poumons d'oxygène. Des tonnes d'oxygène. S'il s'en souvient bien, il n'avait expérimenté qu'une seule fois cette sensation de pouvoir et de liberté qui l'habite en ce moment. C'était à un festival d'étudiants amateurs de théâtre. Son école présentait *Maison de poupée*, de Henrik Ibsen, sous la direction de la prof de littérature, et il incarnait Helmer, le protagoniste, quand soudain, pendant qu'il attendait en coulisses d'entrer en scène, il comprit qu'il tenait entre ses mains le pouvoir de délivrer tout le monde de la triste fin que réservait l'œuvre. Oui. Il suffisait, quand le docteur Rank se tournerait vers lui et dirait, Et voilà Helmer ! de ne pas bouger. Bien sûr. S'il procédait ainsi, Nora ne pourrait pas le présenter à Mme Linde, présente dans le salon ; en conséquence, il ne proposerait pas le poste de Krogstad à cette brave dame, et désormais tout avait une solution, la trame de leur vie pouvait prendre un tour plus heureux. Entrer ou ne pas entrer dans le salon, frapper ou ne pas frapper à une porte, comme nous sommes libres et puissants quand nous pouvons choisir, tant dans la vie qu'au théâtre. C'est cela la liberté, choisir. Cependant, tout ne s'était pas très bien passé ce soir-là. Ses collègues de la pièce, voyant qu'il ne bougeait pas quand c'était son tour de placer sa réplique, crurent qu'il avait un blocage, mal fréquent chez les acteurs amateurs, et ils essayèrent de l'aider par quelques improvisations. Ce thé est délicieux, dit Nora en élevant la voix aussi fort que possible, et elle avait du coffre ; dès que Helmer entrera par cette porte je vous en donnerai. Il sourit, ému, mais resta fermement à sa place. Alors Mme Linde, douée d'une imagination moins féconde, dit : Il fait une chaleur étouffante, sans réaliser qu'ils étaient en plein hiver norvégien et qu'il y avait du feu dans la cheminée. Mes chères amies, est intervenu le docteur Rank, je suis convaincu, écoutez bien ce que je vous dis, con-vain-cu que notre Helmer est sur le point d'entrer PAR CETTE PORTE, et il a accompagné sa réplique de trois coups de pied sur les planches. Lui, il leur sourit à nouveau avec une petite révérence pour leur indiquer qu'il avait très bien entendu, mais qu'il avait d'autres projets, qu'il leur offrait une chance de se délivrer du texte écrit et de mener leur vie dans des directions qu'ils auraient eux-mêmes choisies. Devant cette perspective, les autres furent atterrés. La pauvre Nora, sa chère petite alouette, qui montrerait de si belles dispositions d'esprit par la suite, pâlit soudain et Carmita, l'actrice qui l'incarnait, recula, trébucha et tomba finalement dans le brasier faussement allumé. Mme Linde, originaire à la fois de Stavanger et de Jatibonico, se pendit au cou du docteur Rank, non moins ahuri, et la tension passa dans la salle où les spectateurs retenaient leur souffle, car l'expérience les impliquait. Certains se penchèrent en avant, d'autres basculèrent en arrière dans leurs fauteuils. Ils avaient payé l'entrée pour passer un moment agréable et se moquer des jeunes acteurs, pas pour qu'on leur refile la responsabilité de leur propre destin. Le temps sembla s'arrêter, car plus personne ne respirait, alors, craignant que quelqu'un ne tombe dans les pommes, il décida de prendre son chapeau et son manteau, et d'entrer avec l'un dans la main et l'autre plié à son bras, comme l'avait prévu l'auteur en 1878. Ce qui est écrit doit arriver, dans la réalité comme dans la fiction, ou alors tout disparaît dans un trou noir. Enfin, j'ai pu me débarrasser de ce Krogstad, dit-il quand il se retrouva devant Nora, prenant sa réplique qu'elle n'était pas en état de donner. Fils de chienne, c'est tout ce qu'elle put dire. Il se retourna vers Mme Linde et demanda, Qui est cette personne qui arrive de l'extérieur ? Tu ne me présentes pas ? Madame Linde, Torvald, finit par dire Nora. Aaah ! répliqua-t-il, une amie d'enfance, et peu à peu l'œuvre reprit son cours sans autre conséquence que la condamnation de la mise en scène en raison de la maîtrise insuffisante des entrées et sorties d'un acteur et d'improvisations abusives pour le reste, d'après le jury.

L'homme marche à l'aveuglette, se plaint de souffrances et d'injustices, déplore des carences, mais s'il a l'occasion de prendre les rênes il s'effarouche parce qu'il pense que la tâche le dépasse. Bref. Les lumières de l'éclairage public se sont allumées, les enfants sont ressortis avec un ballon devant la maison, sur la terrasse la fille a rejeté ses cheveux en arrière, un passant a demandé l'heure et l'interpellé a répondu, Six heures de l'après-midi à Cuba la jolie ! Six heures de l'après-midi à Cuba la jolie ! C'est l'heure où on procède à la relève de la garde, dans les internats et les camps militaires. Il s'est émerveillé en comprenant que tout est lié, qu'il n'y a pas de hasard et que tout est ordre et équilibre. Son Ami prenait maintenant la garde, d'où son retard à frapper. Après la relève, il se dirigerait vers une des colonnes de la cour et s'y adosserait d'un air maussade. C'était écrit ainsi, dans le roman ou dans l'infini. Alors il frappait, l'Ami tournait la tête vers la porte et se dirigeait vers elle pour l'ouvrir. Il pouvait se permettre une telle précision, car plus tard il l'entendrait de la bouche de l'Ami en personne et le noterait dans un de ses carnets au cas où il voudrait l'utiliser pour un éventuel roman. Ce jour-là, je venais de relever la garde et je m'étais adossé à une colonne quand j'ai entendu tes coups à la porte ; j'ai ouvert et en te voyant, ta valise en bois sur l'épaule, j'ai failli éclater de rire parce que je te trouvais un peu ridicule, mais en même temps j'ai ressenti la certitude étonnée que j'étais en présence de mon meilleur ami, celui dont j'avais toujours rêvé pour aller faire la fête en ville et mettre le monde à nos pieds ; tu avais ta chemise à carreaux, celle dont tu prends grand soin, car ta mère l'a taillée et cousue en une soirée, et tu m'as regardé sans étonnement, comme si toi aussi tu me reconnaissais, comme si la scène et moi t'étaient familiers ; je crois qu'on s'est bien entendus au premier coup d'œil, ou que nous avons deviné notre amitié.

Ils évoqueront cela, assis sur le banc d'un parc ou sur un rebord de trottoir, en attendant cet homme qui va les tirer d'ennui. Comment tu t'appelles ? j'avais demandé. L'Ami reprenait son histoire. David, tu m'avais répondu, mais pas très sûr, comme s'il existait une possibilité que tu t'appelles autrement. Et moi je t'avais dit, Alors bienvenu à l'école, David, et j'espère que tu n'es pas de l'Oriente, car je vois que tu n'es pas de La Havane, et j'espère que tes papiers sont en règle, car je dois t'emmener chez le directeur et on ne la lui fait pas, il connaît tous les trucs ; s'il ne te retient pas trop longtemps, tu es sauvé parce que je t'emmène au réfectoire, aujourd'hui il y a du poulet. L'Ami aimait raconter l'histoire, et il était ému de l'entendre, sauf que, fidèle à son intention de ne pas trop montrer ses sentiments, il se contentait de sourire. Une fois, pour manifester sa gratitude, il l'invita au cinéma. Tout près d'ici on passe un western, il lui dit ; il y a pas mal de coups de feu et de bagarres et on voit une gonzesse à poil, tu veux y aller ? Sûrement, répondit l'autre, toujours disposé ; je paie les billets et ensuite je t'offre une pizza, tu aimes les pizzas ? Ne m'en parle pas, mon pote, je suis un malade des pizzas, répondit-il, parce que dans la nouvelle vie il parlerait comme ça, comme n'importe qui. Bref, ils iraient au cinéma et à la pizzeria et plus tard ils feraient la connaissance de ces deux filles, c'est écrit, mais ça appartient à l'avenir ou à l'imagination qui anticipe la réalité. Le moteur d'une vieille guimbarde se mit à ronfler. Je crois, mon pote, dit l'Ami après avoir mordu avidement dans la pizza, qu'on va interrompre notre conversation, et là-dessus il disparut, et la pizza et la pizzeria avec lui. Il a mis du temps à reconstituer l'espace-temps où il était. Il a entendu des voix

qui commentaient le ronronnement de la guimbarde, ce qui lui a permis de se situer dans le
présent, dans ce présent. Enfin, merde, Paco,
disait quelqu'un, je te dis d'aller tout droit, tu as
les oreilles dans le cul ou quoi ? Voilà, Paco,
comme ça, tout droit, doucement, un vrai champion.

Il ne voulait pas jouer les philosophes, mais le
libre arbitre conduit au bonheur uniquement si la
connaissance nous assiste. C'est ce qu'a dit quelqu'un dont le nom doit être consigné dans un de
ses carnets. Il aurait pu donner un bon conseil à
Nora et aux autres, car il connaissait le scénario.
Maintenant, il le connaissait aussi, car c'était sa
vie mais aussi son roman, écrit et à écrire, en
même temps il la vivait et l'avait déjà vécue, ou
un truc de ce genre. Il était David et il était
Daniel, ou un Daniel qui serait David, allez savoir. Ça ressemble à une bêtise, mais il n'en est
rien. Il y a des circonstances où notre matérialité
ne nous convainc pas. On tâte son corps, on
lance un regard circulaire et on dit, Je suis une
personne, voici ma chambre et voici ma vie, d'où
ça sort cette bêtise, qui a dit que je peux être
l'objet ou l'invention du rêve d'un autre ? Après
quoi, on se passe la main sur la tête, on se ras-
sure et on s'assied pour lire un livre, n'importe
lequel, par exemple *Eloge de l'ombre*, de Tani-
zaki Junichirô ; mais sans tarder l'inquiétude
revient et on lâche le livre, on va à la fenêtre, on
l'ouvre toute grande et on voit à l'extérieur la vie
s'écouler sans accrocs. On voit les maisons des
voisins, les jardins, la rue, les voitures, le kiosque
à journaux, la petite place. On sourit et on
retourne dans son fauteuil, pour réfléchir sur la

fragilité des certitudes, mais la paix ne dure pas longtemps, les doutes reviennent comme une arête dans la gorge. Ce qui lui arrivait maintenant. Etait-il réellement là, devant la porte, voyageait-il encore dans le train, ou après des années était-il en train de se remémorer tout cela, de l'écrire, ou alors était-ce la lecture d'un autre ? Dans une seconde d'hallucination tient une vie entière. Tout peut être un rêve. Les individus liés à leur mère ou qui ont repoussé les valeurs du père sont plus enclins aux rêves que les autres, et les Latins le sont plus que les Anglo-Saxons, avait-il lu quelque part. Mais en mettant la main dans sa poche revolver il dissiperait tous ses doutes, car c'est là qu'il avait mis son porte-feuille et s'il le prenait il pourrait sortir le télé-gramme envoyé par Celia, un document officiel sur lequel il pourrait lire le nom et l'adresse exacte de l'école, celle qu'il avait donnée au chauffeur de taxi qui l'avait amené ici. Sa mère lui avait donné quinze pesos, les voisins lui en avaient offert vingt, moins deux qu'il avait dépensés en chemin pour ces horribles spaghet-tis et cinq qu'il venait de donner à ce foutu taxi, il restait vingt-huit pesos dans son portefeuille, sous la forme de deux billets de dix, un de cinq et trois de un, et s'il y plongeait le nez il les trou-verait, avec leurs dessins, les numéros de série, les tampons et la signature du Che. Etait-ce une preuve radicale de la constance de son être ? Non. Les billets, le télégramme signé par Celia, l'image de la Vierge de la Charité et tout le reste seraient aussi dans le portefeuille si la scène avait été une fiction ou une invention, car les personnages et les fantômes aussi ont de l'ar-gent, des télégrammes et des images de la Vierge de la Charité dans leurs portefeuilles, ils quittent aussi leur campagne pour laisser derrière eux les traumatismes de l'enfance et commencer une nouvelle vie ailleurs. Bien plus : c'est toujours comme ça, que la personne ou le personnage soit réveillé ou qu'il rêve.

Le mot rêve l'a bouleversé. Rêvait-il ? Et si David, qui était une personne, ou Daniel, qui était un personnage, rêvaient, même s'il ne s'agissait que d'un simple état de somnolence, appuyés contre la fenêtre d'un train en marche ? Beaucoup de rêves passent inaperçus pendant longtemps. Mais ce n'était sûrement pas son cas, il fallait absolument qu'il soit devant la porte. Et s'il n'avait pas fait de voyage ? Dans ces conditions, et s'il ne se trouvait pas devant la porte, de quelle nouvelle vie parlait-il, de quel Ami, de quelle Fiancée, de quelles aventures, de quel rôle au niveau social ? Et si dans cinq secondes le réveil sonnait et que sa mère, au lieu de bondir du lit, l'appelait tranquillement, comme tous les jours, pour qu'il n'arrive pas en retard à l'école ? Et s'il n'était pas à la veille de ce voyage magique et mystérieux, qui n'existait même pas ? Dieu tout-puissant ! Etait-ce aujourd'hui que la Voix lui avait suggéré d'obliger Nancy à tomber amoureuse ? N'était-il pas depuis trop longtemps devant cette porte, l'esprit ailleurs, n'ayant toujours pas frappé et se rappelant cette scène de théâtre dans laquelle il n'avait pas encore joué, observé par une fille blonde sur la terrasse d'un immeuble voisin ? Dieu tout-puissant. Il s'est rappelé quand, à la table de la salle à manger, il était tourné vers la porte et voyait des milliers de particules en suspension dans un faisceau de lumière, dont l'une d'elles pouvait bien être lui. Ce je frappe tout de suite ou dans trois secondes, n'était-ce pas l'antichambre de l'éternel cauchemar, et quand il voudrait lever le poing pour frapper il en serait incapable parce que le bras serait trop lourd, ou bien il y parviendrait, mais au moment de frapper il ferait un bond en arrière ou prendrait les jambes à son cou en lançant un horrible éclat de rire ? Mon Dieu, mon Dieu qui êtes au ciel. Il fallait sortir de ces doutes, du sommeil ou de la somnolence, car en même temps tout était tellement réel. Il fallait qu'il frappe, il fallait qu'il frappe…

Le garçon, devant la porte, a levé le poing.

9

ARNALDO

Et nous voilà dans le couloir. Il est plutôt étroit et obscur, il a quatre portes, trois correspondent à des chambres et une à une salle de bains, mais cela n'a pas d'importance. Une très grande douleur me serre le cœur. J'ai soudain compris que je ne signifiais rien pour David, que notre affection n'était pas réciproque. Nous n'étions pas, comme je le croyais, *les deux amis, ainsi appelés par excellence et antonomase*, comme il est dit dans le *Quichotte*, le père de tous les livres écrits en castillan. Il ne me voyait pas non plus comme un frère, et ne voyait pas l'intérêt de m'emboîter le pas dans la conquête de La Havane par les Anglais. A ses yeux j'étais comme les autres, un bon compagnon de chambrée, drôle et amusant par moments, mais d'une platitude et d'une vulgarité à toute épreuve. Je ne m'étais jamais senti aussi mal. Le dédain, plus que la trahison, est le revers douloureux de l'amitié, a dit le poète. Si ce qui me tenaillait la poitrine était cette tristesse si banale et si rebattue, je peux vous assurer qu'elle n'avait rien d'agréable. Tristesse, déception, rage, impuissance, n'importe quoi, c'était plus douloureux qu'un crochet de boucher planté dans les chairs. Je suis allé au fond de la cour en me disant, Je vais m'asseoir sous les eucalyptus et, comme on tire violemment sur le pansement d'une blessure, je vais me l'arracher du cœur, méthode douloureuse mais rapide. Tant pis pour lui s'il ne perd pas sa virginité avant ses dix-sept ans ! Tant pis pour lui s'il tombe dans le ravin ! Cela signifie que c'est son destin, que c'est écrit.

Je vous l'ai peut-être déjà dit, au fond de la cour il y avait une rangée d'eucalyptus qui donnait une ombre agréable, les eucalyptus eux-mêmes étaient agréables, et il y avait un tronc couché non moins agréable. Alors, j'ai poursuivi mon soliloque, Je vais m'asseoir sur le vieux tronc et, si quelqu'un vient me déranger ou me faire les yeux doux, je le démolis. Aussitôt dit, aussitôt fait, car je n'ai pas que de la gueule, je suis un homme d'action, mais en descendant l'escalier j'ai entendu derrière moi une sorte de battement d'ailes ou de murmure et j'ai remarqué que les murs viraient au jaune. J'ai compris que la Vierge de la Charité du Cuivre allait me parler et je me suis arrêté. C'est conseillé dans ces cas-là : rester tranquille, ne pas regarder de côté et tendre l'oreille. Arnaldo, mon cher Arnaldo, a dit la Vierge, n'abandonne pas ton frère David ; il m'est très chéri et il l'est aussi du Seigneur, qui le considère comme un de ses enfants préférés ; ne l'abandonne pas. Au contraire, réconforte-le, encourage-le, protège-le, soutiens-le, délivre-le des persiflages et des rosseries d'autrui ; même s'il fait des difficultés, ne renonce pas à le sortir et à lui chercher une fiancée de toute urgence ; David est envoûté, on lui a cherché malice quand il était dans le ventre de sa mère, et s'il ne connaît pas de femme avant ses dix-sept ans il perdra la vie de la façon la moins honorable : en se l'ôtant lui-même ; sa tristesse n'est pas de la tristesse, sa timidité n'est pas de la timidité, c'est de la sorcellerie ; mon soutien

94

ne te fera pas défaut, je te le promets ; d'ailleurs, si un miracle s'impose, je m'en charge et en récompense je t'offrirai ce que tu désires le plus, je sais très bien de quoi il s'agit et je n'y trouve rien à redire, je me moque des conventions ; mais je t'en supplie et je te l'ordonne, n'abandonne pas ton frère David. On a de nouveau entendu le murmure ou le battement d'ailes derrière moi, les cristaux d'un lustre ont tinté et l'éclat qui m'enveloppait s'est dissipé. Sur le moment, je ne me rappelais plus ce que je viens de vous raconter, c'est toujours comme ça, mais mon cœur, brisé jusqu'à cet instant, débordait de nouveau de l'optimisme et de la joie qui me caractérisent. J'aurais eu une belle idée si, au lieu de descendre dans la cour, j'étais retourné dans la chambre pour sortir David de son lit et l'emmener sous les eucalyptus ; nous nous serions assis sur le tronc couché et je lui aurais raconté la savoureuse histoire de la dame d'un certain âge dans le train pour Santiago de Cuba, ou ce qui était arrivé au père de John Lennon quand, découvrant que son fils était un Beatle célèbre, il s'était présenté chez lui ! Si j'avais agi ainsi, j'aurais évité la plupart des ennuis et sales moments qui nous attendent et ce roman n'aurait pas dépassé cent pages ; mais ça n'a pas été le cas, car il n'arrive que ce qui doit arriver, ce qui est écrit dans le Grand Livre. D'ailleurs cette fois, la Vierge n'a pas expliqué davantage pourquoi David et moi sommes frères, bien qu'elle l'ait encore répété.

Je suis donc allé dans la cour. J'y ai retrouvé nos camarades, les inoubliables gaillards de Pinar del Río, Jovellanos, Sierra de Cubitas, Cueto et Mayarí, qui jouaient au base-ball. Hé, bande de fils de pute ! C'est comme ça que je les ai interpellés. Tu veux parler des filles de chienne comme ta mère, ta grand-mère et toutes les instits qui t'ont fait passer en classe supérieure malgré ton ignorance crasse ! ils ont répondu avec entrain et bonne humeur, parce qu'à l'époque c'était notre façon de parler. Tu viens pour quoi, pour te faire foutre ? Je suis allé au *marbre*, j'ai demandé au batteur à qui était le tour, et à la première balle que m'a lancée le Noir Lahera j'ai fait un *home run* qui est parti au-dessus des eucalyptus. Un bijou. Si David et moi avions été assis sur le vieux tronc à savourer l'histoire de la dame d'un certain âge ou celle du père de John Lennon, nous aurions vu passer la balle comme un météore se détachant sur le ciel bleu, j'aurais interrompu mon récit et je lui aurais dit : Regarde, David, l'auteur de ce *home run* est un vrai champion. Ne te laisse pas distraire, il aurait répondu sans relever la tête, si tu racontes ton histoire comme ça, à force de te répéter, ou même de t'en écarter complètement, tu en auras au moins pour deux jours avant d'arriver au bout ou alors tu n'auras même plus la force de la conclure ; raconte-la d'une traite ou ne dis rien. Mais nous n'étions pas sous les eucalyptus. Les joyeux gaillards de Pinar del Río, Jovellanos, Sierra de Cubitas, Cueto et Mayarí m'ont porté sur leurs épaules et tandis que j'étais au-dessus de leurs têtes, au milieu des applaudissements et des acclamations, je me suis dit, C'est bon, c'est formidable d'être tous ici et de tous nous aimer !

Maintenant, si la prudence était au nombre de mes qualités de conteur, je poursuivrais mon récit sans me retourner ni emprunter des chemins de traverse ; mais comme j'ai intention de vous décrire dans toute leur profondeur ce garçon et l'époque qu'il nous a été donné de vivre, il est essentiel que vous sachiez ce qui lui est arrivé dans la chambre pendant que nous sortions dans le couloir. Comme nous sommes confrontés à une impossibilité, la seule façon de la résoudre qui me vienne à l'esprit est de recourir à un de ces trucs que les jeunes écrivains utilisent fréquemment. Eux, quand ça leur chante, que ça tombe bien ou mal, ils attrapent le lecteur par les cheveux, le font tournoyer trois fois en l'air et le balancent dans un endroit antérieur de l'intrigue où il n'aura qu'à se débrouiller s'il veut continuer l'histoire.

Arnaldo, n'accorde pas d'importance à ce qui n'en a pas ; regarde, je te propose de changer de lit ; j'ai envie de te le demander depuis plusieurs jours, parce que le tien est près de la fenêtre et que j'aime les fenêtres. Prends la fenêtre et le lit si ça te chante ; l'air qui entre te rafraîchira peut-être la cervelle et te ramènera à la raison ! je lui réponds. Et après ma réplique je sors dans le couloir, mais vous, cette fois, vous ne me suivez pas ; vous restez dans la pièce et vous voyez que ce garçon, les yeux fixés sur la porte par laquelle je viens de sortir, secoue la tête à droite et à gauche, comme s'il se disait, Ce type est incurable, qu'est-ce qu'on peut y faire, il ne comprend jamais rien ; puis, sans plus attendre, ce garçon saute sur son nouveau lit, s'y étend, cale sa tête sur l'oreiller, fléchit une jambe, étend l'autre, met sous son nez le petit livre de poèmes pour lequel il venait de faire tant de publicité, et se plonge dans sa lecture comme s'il n'y avait pas de Dieu dans le ciel ou comme si nous étions arrivés au point où nous en sommes uniquement grâce à l'évolution naturelle des espèces et au développement des forces productives, comme le prétendent la prof de littérature et le sergent qui nous donne les cours de milice. La lumière entrant par la fenêtre, à travers les persiennes modèle Miami ou français, enveloppe d'un éclat argenté ses cheveux noirs, ses longs cils, ses lèvres rouges et saillantes et son teint pâle, et il ressemble moins à un paysan des versants de l'Escambray qu'à un ange fraîchement débarqué du Sud de l'Italie ou des plaines grecques, se nourrissant exclusivement de noix et d'olives noires. Quel dommage que ni vous ni moi ne soyons le peintre Servando Cabrera Moreno, gloire de Cuba, sinon nous aurions fait de lui un portrait fantastique. Comme il n'en est rien, l'image ne persistera que dans ma mémoire, et fasse le ciel qu'elle y reste à jamais imprimée.

Je sais ce que vous pensez : Quel intérêt peut bien avoir cette scène, à part le charme de notre garçon traité à la manière de Servando, pour la préférer à celle de ma rencontre avec la Vierge ? Comme vous le savez sûrement si vous avez passé un certain âge, l'essentiel se déroule généralement sous nos yeux à notre insu. Tout en lisant, David dévalait irrémédiablement vers un précipice, auquel le poussait sans doute l'envoûtement dont avait parlé la Vierge. Je ne peux donner d'autres détails, car il s'agit d'un secret qui ne m'appartient pas et qui est dangereux, mais l'image que je viens de décrire – le garçon étendu sur le lit, la tête sur l'oreiller, une jambe fléchie, l'autre allongée, un bouquin sous le nez et un flot de lumière à la fenêtre – se dissout et renaît identique un autre jour, et un autre, et encore un autre ; et si ce n'est pas exactement celle-ci, c'est une image équivalente : ce garçon qui lit dans un coin, ce garçon qui lit sur la table du réfectoire pendant que les autres viennent piocher dans son assiette, ce garçon qui rapporte de la bibliothèque des piles de livres et de journaux pendant que les autres, y compris moi, vont sur le terrain de sport ou se baladent dans les rues. En somme, et pour ne pas vous ennuyer, notre héros s'est plongé avec une telle dévotion dans la lecture de livres, magazines, journaux, bulletins, manuels, éditions spéciales de *Granma* et *Juventud Rebelde* et divers autres matériaux, qu'à force de les lire et de s'imprégner de leur contenu il passait des nuits de plus en plus blanches et des jours de plus en plus troubles, et comme il s'y plongeait avec la plus grande attention et s'efforçait d'en tirer les idées et sentiments qu'ils contenaient, il ne faut pas s'étonner si sa cervelle un peu égarée l'a convaincu que sa place n'était pas dans notre école, mais sur les champs de bataille ou dans les activités dont parlaient les journaux et les livres qu'il lisait, et qu'en attendant que ses mérites et ses prouesses le hissent au rang des héros de ces lectures, par exemple les ouvriers d'Antillana de Acero, les guérilleros des montagnes de l'Amérique latine, les personnages d'*Et l'acier fut trempé*, de Nikolaï Ostrovski ou de *La Chaussée de Volokolamsk*, d'Alexandre Bek, il s'interdisait toute nourriture et tous enseignements dispensés quotidiennement s'il ne donnait rien en échange, il ne chercherait plus de fiancée, ne participerait plus aux fêtes et ne mettrait plus le nez dehors. Vous allez peut-être penser que j'exagère, mais on connaît des cas illustres d'esprits clairs que la lecture excessive a conduits à l'égarement, et il paraît que lorsque les textes sont farcis de propagande c'est encore plus nuisible. David disait avec émotion que Martí, à notre âge, avait non seulement connu le bagne politique mais écrit le poème *Abdala*, un modèle de contenu et de style ; que le Che, à vingt-deux ans, avait emmené son meilleur ami sur sa moto à travers l'Amérique latine des pauvres et des dépossédés ; que des milliers de jeunes gens avaient offert leur vie en fleur pour la liberté dont nous profitions. Et nous, demandait-il, si nous mourions demain, qu'aurions-nous fait de méritoire pour donner nos noms à une école ou à une ferme avicole ? Pour atténuer une telle démesure, j'introduisais un peu de légèreté pour soulager sa cervelle. Mais sais-tu, mon frère, que moi aussi j'aimerais t'emmener sur ma moto à travers le Mexique et l'Argentine ? Bien sûr que je le sais, je me répondais, mais c'est impossible parce qu'il nous faudrait un passeport, un permis de voyage, des visas et des centaines de tampons, et dis-moi comment deux simples étudiants pourraient les obtenir ? Il me regardait comme on peut regarder un cafard insolent, mais je continuais de plaisanter dans l'intention de l'éloigner de la fenêtre ouverte. Et si on se contentait d'un tour de Cuba ? Pas mieux, mon cher, car sur la route, si on n'est pas dans un convoi bien défini, la police voudra savoir qui est le propriétaire de la moto, où on a trouvé le combustible, et où tu veux qu'on l'ait pris, je te le demande, si ce n'est en soudoyant un type dans une station-service ? Il souriait peut-être, admettant que je parlais avec humour de choses dont on ne doit pas parler, regardait le vide par la fenêtre et récitait quelques vers, de préférence les suivants, de Fernández Retamar : *Qui est mort pour moi dans son ergastule, qui a reçu en plein cœur la balle qui m'était destinée ?* Je prenais peur en entendant ce mot, balle. J'allais jusqu'à lui, je l'écartais de la fenêtre et je lui disais, Petit David, ne prends pas au pied de la lettre ce que tu lis ; tu vas devenir fou et figure-toi que tu ne serais pas le premier, tu le sais mieux que personne ; nous vivons une autre époque, et tout ce qu'on nous demande, c'est d'étudier, d'avoir de bonnes notes, de participer aux activités sociales et d'aller jusqu'à l'université, je t'assure ; et si tu veux que je te dise ce qu'on pense de toi, sache qu'on trouve tous que tu es un garçon remarquable, studieux et discipliné comme pas deux, superbe candidat pour la prochaine assemblée des jeunes exemplaires, et donc futur militant de la Jeunesse communiste, mais il y a un point sur lequel nous considérons que tu as un peu de retard, c'est sur le chapitre des fêtes et des femmes. Tu me sors toujours la même chose ! disait-il mécontent. Tu crois que j'ai la tête aux fêtes et aux femmes ? Ah, non ! Je dois lire, étudier, *je dois quitter la maison et le fauteuil et brûler le ciel s'il le faut, pour vivre.*

Je vous le dis, ce garçon ne tournait pas rond. Si l'assemblée qui s'approchait ne le retenait pas comme jeune exemplaire, s'il n'était pas admis un jour dans les rangs de la Jeunesse communiste, j'ai l'impression qu'il n'attendrait pas ses dix-sept ans pour se couper les veines. Il détonnait dans les groupes plus que Pete Best chez les Beatles au moment de la tournée de Hambourg. Et, comble de malheur, les événements de l'époque ne l'aidaient pas. Un matin, la prof de littérature a fait irruption dans la salle, elle était hors d'elle et brandissait un journal au-dessus de sa tête en disant que le drame des intellectuels et des artistes était qu'ils avaient le péché originel, qu'ils n'étaient pas d'authentiques révolutionnaires. A ces mots, le garçon a sursauté et dressé les oreilles. Ce n'est pas moi qui le dis, a précisé la prof, mais le Che dans *Le Socialisme et l'Homme à Cuba*. David s'est étranglé avec sa propre salive et la prof a entrepris de commenter l'exemple honteux d'un prétendu écrivain et poète qui avait d'abord conspiré avec la CIA et dit pis que pendre de la révolution aux diplomates étrangers, avant de se rétracter devant ses collègues et de dénoncer la moitié d'entre eux, ses meilleurs et ses plus chers amis, il paraît, et maintenant il partait à l'étranger et il avait déclenché un barouf international qui avait même affolé Jean-Paul Sartre et son épouse, la fameuse Mme de Beauvoir, des amis de la révolution, disait-on, parce que celle-ci avait respecté les putes. De pâle, David, déjà bien pâle, vira au transparent, et la prof, de mèche avec la grassouillette Ofelia, personnage misérable et opportuniste s'il en est, a abordé le sujet qui l'intéressait vraiment : le besoin impératif pour nous, fils et filles du peuple travailleur, conscients des efforts déployés par le gouvernement révolutionnaire pour nous donner éducation, nourriture et avenir, de faire un pas en avant et d'embrasser une carrière pédagogique ou militaire, que cela nous plaise ou non, détail dénué d'importance. Plantée devant la classe, elle nous a couvés du regard en disant que ceux qui se sentaient les dignes fils de la patrie et du socialisme et qui étaient prêts à surmonter leur égoïsme n'avaient qu'à lever librement la main. Un silence sépulcral a succédé. Et ce n'est rien de le dire. Puis quelques mains se sont levées. Moi qui le sentais venir de loin, j'ai retenu à temps celle de David en lui soufflant entre les dents, *Let it be.* Je ne veux plus être écrivain, il m'a avoué tout aussi bas ; je veux être professeur ou lieutenant. Et vous, camarade David ? a demandé la prof. *Let it be !* je lui ai répété en ouvrant tout grands les yeux et haussant les sourcils. Je vais y réfléchir, professeur. Ah ! elle a dit, presque joyeuse, comme si c'était prévu dans le scénario. Elle a appuyé les mains sur le bureau, a amorcé un panoramique lent et désespérant sur nos visages, dans le plus pur style du cinéma soviétique, et a posé la question suivante : Que serait devenu ce pays si Martí, au lieu de fonder le Parti révolutionnaire cubain afin d'organiser la guerre nécessaire, s'était mis à y réfléchir ? (Pause.) Et si Carlos Manuel de Céspedes, au lieu de rendre la liberté à ses esclaves le 10 octobre 1868, avait décidé d'y réfléchir ? (Pause.) Et si Fidel, au lieu d'attaquer la caserne Moncada et de débarquer avec le *Granma* en compagnie de ses camarades aguerris, avait décidé d'y réfléchir ? Nous étions tous muets. L'Amérique latine et le monde entier, elle a enchaîné comme pour se répondre, ont posé sur nous leurs regards pleins d'espoir, mais certains doutent et doivent y réfléchir. Elle s'est de nouveau tournée vers David. Serions-nous en présence d'un nouvel Hamlet ? *Let it be, let it be, let it be*, mon gars. Et lui, essayant de faire bonne figure, il a laissé couler.

Les lettres de sa mère ne lui faisaient pas moins mal, mais dans un autre domaine. C'étaient des papyrus dignes de l'Antiquité qui arrivaient le vendredi. Estela insistait : qu'il ne se presse pas pour choisir une fiancée, cela ne prouvait absolument pas sa virilité, contrairement à ce que voulaient sûrement lui faire croire ses petits camarades. L'omme qui ne sui pa les conseils des pêcheurs est comme un narbre planté o bor d'un fleuve, qui donne ses fruit en temp voulu et qui n'a jamet les feuille qui se fane. Son orthographe n'était comparable qu'à celle du type de Manzanillo qui avait fait trois fautes au mot salade. La femme de tavi, on pouvait lire, arrivra en temp voulu et tu soras la reconnètre sans avoir besoin qu'un proprarien te tape sur l'épaule pour te la montré. En revanche, elle le mettait en garde contre les divorcées et les adultères, qu'il devait éviter comme le diable, et à ce propos elle racontait une scène qu'elle prétendait avoir vu dans notre ville. L'autre jour, j'étais à la fenêtre de ma maison et je regardais à travers les barreaux des jeunes sans expérience, elle racontait avec une orthographe soudain somptueuse, Un jour, je regardais à travers les barreaux de ma fenêtre et je vis, parmi les stupides, j'observais, parmi les jeunes, un jeune homme dépourvu de sens. Il passait dans la rue près du coin où se tenait l'une de ces femmes, se dirigeant vers sa maison. C'était au crépuscule, le jour baissait, et l'obscurité de la nuit commençait à se répandre. Or, voici que cette femme vint à sa rencontre, habillée comme une prostituée et l'esprit plein de ruse. Elle parlait fort et sans retenue, et ses pieds ne tenaient pas en place chez elle. Tantôt dans la rue, tantôt sur les places, elle faisait le guet à tous les carrefours. Elle attrapa le jeune homme, l'embrassa et, le regardant droit dans les yeux, elle lui dit : "J'avais à faire un sacrifice de reconnaissance, je viens, aujourd'hui même, de m'acquitter de mes vœux ! Voilà pourquoi je suis sortie à ta rencontre, je cherchais à te voir, et je t'ai trouvé ; j'ai garni mon lit de couvertures et d'étoffe brodée en fil de lin d'Egypte ; j'ai parfumé mon lit de myrrhe, d'aloès et de cinnamome. Viens, grisons-nous d'amour jusqu'au matin, livrons-nous aux délices de la volupté, car mon mari n'est pas à la maison : il est parti pour un voyage au loin, il a emporté une bourse pleine d'argent, il ne rentrera qu'à la pleine lune. A force d'artifices, elle le fit fléchir ; par ses doux propos, elle l'entraîna. Alors il se mit soudain à la suivre comme un bœuf qui va à l'abattoir, comme un fou qu'on lie pour le châtier, jusqu'à ce qu'une flèche lui transperce le foie ; et maintenant, mon fils, écoute-moi, ne tourne pas tes pensées vers les femmes adultères ou les divorcées, ne va pas t'égarer dans leurs sentiers, car ils mènent à la tombe, et n'oublie pas que l'homme véritable est celui qui respecte les femmes, pas celui qui les berne. J'étais estomaqué. D'où sort cette myrrhe et ce lin égyptien, alors que la connaissance des Cubains sur ce pays légendaire se borne à savoir qu'il y avait des pharaons, des pyramides et un fleuve qui fertilisait les champs quand il débordait ? C'était au crépuscule, le jour baissait, et l'obscurité de la nuit commençait à se répandre ! Quelle poésie ! Ce passage s'est gravé si profondément en moi que, des années plus tard, quand je suis tombé amoureux d'une catholique, je l'ai retrouvé mot pour mot dans Proverbes VII, 6-23. Insérer comme si c'était d'elle un passage de la Bible dans un courrier adressé à un garçon pour qui c'était une de ses lectures favorites, bien que clandestine ! Et vous avez sûrement deviné de qui elle voulait parler quand elle faisait allusion aux propres à rien et aux petits camarades. A moi, mais je ne pouvais pas me défendre, car vous aurez compris que je lisais ces lettres en cachette du destinataire. Je les ai découvertes un jour par hasard, en fouillant dans sa valise à la recherche de ses fameux carnets de notes, que je n'ai pas trouvés. Ces traits empoisonnés tapaient d'autant mieux dans le mille qu'ils étaient envoyés par une mère à son fils. Moi, il vaut mieux que je vous le dise franchement, en matière de femmes j'avais des positions radicalement différentes. Plus je m'en tapais, mieux c'était, qu'elles soient noires ou blanches,

célibataires ou mariées, révolutionnaires ou *gusanas*. Si une minette de quatorze ans partait pour
Miami et si la veille de son départ j'arrivais à la
convaincre de me donner ce qui de toute façon
irait à un Yankee anglo-saxon, j'acceptais le cadeau
volontiers, et je dois vous dire que nombre de
filles me sont tombées dans les bras, pas pour
mes beaux discours mais parce que les femmes,
sur ce point, sont plus patriotes qu'on ne le suppose, et elles étaient ravies d'être, indépendamment
de toute idéologie, dépucelées par un compatriote.
Je me rappelle aussi avec gratitude cette Noire,
la femme du camionneur qui nous emmenait à la
plage, qui, pendant que son mari cherchait une
clé anglaise pour réparer sa vieille Ford, avait descendu mon short derrière le bois de pins. Mais
petit, tu as quel âge ?! elle avait dit en faisant un
bond en arrière, et aussitôt après un autre en
avant. Mais ne parlons pas de moi ni de cette
Noire extraordinaire et mamelue, que Dieu l'ait en
sa sainte gloire, car elle est morte, victime de la
violence conjugale, une clé anglaise incrustée dans
le crâne, ou bien nous courons le risque de retomber dans les eaux troubles des circonlocutions.

Comme vous le comprendrez, je n'ai pas décrit
le David auquel j'aspirais, un David qui déparait
au milieu des quarante et quelques glandeurs qui
composaient notre groupe. Il s'est isolé progres-
sivement, et j'étais inquiet, car un type qui passe
sa vie enfermé, à étudier et à lire, ou qui préfère
rester dans ses bouquins plutôt que d'aller courir
le jupon et danser la rumba, ce type finit par être
mal vu. En me voyant si soucieux et toujours sur
son dos, les nouveaux copains me disaient,
Laisse-le tranquille, s'il ne veut pas sortir, tant pis
pour lui ; s'il veut vivre au milieu de ses livres,
qu'il y reste ; tu n'as pas compris qu'on a affaire

à un garçon spécial, un garçon qui lit des livres, qui écrit, qui pense, qui observe la nature, et qui nécessite des règles particulières ? Laisse-le suivre son rythme et tu verras que tout seul il saura surmonter la crise existentielle qu'il traverse. Grande est la révolution ! Ces merveilleux gaillards de Pinar del Río, Jovellanos, Sierra de Cubitas, Cueto et Mayarí, qui jamais auparavant n'avaient chié dans une cuvette de W.-C., ne savaient même pas à quoi ressemblait l'eau courante, parlaient de crises existentielles parce qu'ils avaient lu Sartre et Heidegger. Mais ils ne savaient pas la moitié de ce que je savais. Cette tristesse de David n'était pas de la tristesse ; cet isolement n'était pas de l'isolement, et je ne pouvais laisser ce garçon, sain de corps et d'esprit, que j'avais choisi comme second pour la Deuxième Conquête, se perdre dans les brumes d'un envoûtement. Non, je ne pouvais pas laisser faire une chose pareille. Je devais le pousser, à coups de pied s'il le fallait, dans la rue, ce lieu sublime.

10

DAVID

— Vous avez l'intention de défoncer la porte ? a râlé la concierge en sortant sa tête échevelée ; vous nous prenez pour des sourds ?

Là, quelqu'un aurait dû crier *Coupez !* comme au cinéma. Le deuxième chapitre de sa vie ne pouvait pas commencer de cette façon, cette vieille bique ne pouvait pas être la personne qui allait l'accueillir, le premier personnage à apparaître. Le metteur en scène se serait approché et lui aurait dit, Ne demande pas d'excuses, le personnage est timide, mais fier, comme tous ceux qui se savent talentueux et prédestinés ; lance à cette vieille un regard arrogant, c'est toi le protagoniste, pas elle, tu comprends ? Et vous, enchaînerait-il en se tournant vers l'actrice, maîtrisez le ton sur lequel vous parlez au jeune homme.

— J'arrive aujourd'hui.

— Ça se voit. Je ne sais pas si on va t'accepter, il y a une semaine que les cours ont commencé et le directeur n'est pas du genre à se laisser passer de la pommade, qu'est-ce que tu crois, alors c'est mal parti pour toi si tu n'as pas une bonne excuse. Ah les paysans ! Vous vous croyez futés, mais vous êtes surtout madrés, comme l'a bien dit Lezama Lima dans son œuvre, sauf le respect que je te dois.

Cette vieille emmerdeuse, elle serait jouée au cinéma par Paula Alí, s'il s'agit d'un film cubain, ou par Pilar Bardem, s'il s'agit d'un film espagnol. Mais la concierge a renoncé à l'acidité pour passer à la gentillesse, par une de ces transitions étonnantes et sans bavures dont seules sont capables les grandes actrices.

— Mais entre donc, mon joli cœur, ne reste pas planté jusqu'aux aurores. Tu as mangé ? Tu viens d'où ?

— De Las Villas.

— Ah ? Comme Carlos Loveira, l'écrivain.

Oui, moi aussi je suis écrivain, il a failli dire, mais il s'est retenu.

— Allons tout de suite voir le directeur, ça te laissera le temps de descendre au réfectoire, aujourd'hui il y a du poulet, elle a continué, tellement aimable qu'on voyait de loin qu'elle était hypocrite. Tu as apporté tous les papiers ? Le carnet de vaccination ? Ton renoncement à la ration de viande à laquelle tu as droit dans ta ville ? Tout ça ? Laisse ta valise et suis-moi. Mais enfin, merde, je t'ai dit de la laisser ! Le voyage t'a rendu idiot ou quoi ?

Il avait moins l'impression d'entrer dans un bureau que dans un décor. La pièce était dans la pénombre et le directeur était au fond, à cinq ou six mètres, lui semblait-il, en manches de chemise et penché sur son bureau. La lumière d'un plafonnier tombait sur lui, soulignant la blancheur de la chemise et des papiers dont les bords brillaient comme s'ils allaient brûler, tandis que les pales d'un ventilateur émettaient un lent bourdonnement, comme toujours au cinéma.

Après un moment d'attente, le directeur, qui serait joué par Enrique Almirante dans un film cubain et par Juan Luis Galiardo dans un film espagnol, a mis un point final à ce qu'il écrivait et a dit, Ah, les papiers, les papiers, on nous assomme avec des paperasses et ce n'est pas faute de se plaindre au ministre ; Ce n'est pas une bonne chose, ministre, on lui dit, qu'il y ait tant de paperasse dans l'Education ; il opine du bonnet et réprimande ses conseillers, mais, tu vois, des papiers il en pleut de partout. Il a souri, compréhensif et favorable à la lutte contre la bureaucratie, et a attiré vers lui un paquet de dossiers. Comment tu t'appelles ? David, Daniel. Le travail direct avec l'élève, a poursuivi le directeur en cherchant, c'est ce que nous a enseigné Makarenko, le plus grand et le plus révolutionnaire des pédagogues soviétiques ; l'élève, pas un nom sur une liste interminable, mais un être individualisé, inséré dans le tissu social. Il a enfin trouvé son dossier et en l'ouvrant il a presque reculé et lui a lancé un regard de surprise et d'admiration, comme si le dossier indiquait qu'il s'agissait d'un élève spécial, du protagoniste de l'histoire. C'est un plaisir de t'avoir parmi nous, David, a dit aimablement le directeur, et il a griffonné quelque chose. Il est venu à lui, a passé le bras autour de ses épaules comme s'il s'agissait d'un élève individualisé et inséré dans le tissu social, et l'a ramené vers la porte. Quel dommage que nous n'ayons pas le temps de discuter, je sais que tu as beaucoup de projets et je t'assure que j'aimerais les connaître, en discuter comme deux amis, mais des réunions et des paperasses m'attendent. C'est l'ennui avec les dirigeants et les politiques, s'est dit le garçon, ils n'ont jamais le temps de vous parler. Le sous-officier de garde va te présenter à ton groupe et t'emmener au dortoir pour que tu t'installes, a repris le directeur ; ici, la discipline est militaire ; enfin, à moitié, rien d'extraordinaire, mais nous sommes très stricts sur les relations garçons-filles, tu comprends ?

L'ennemi est à quatre-vingt-dix milles et nous ne pouvons pas lui donner un prétexte de nous accuser de socialiser les femmes. Il disait cela avec un petit air égrillard et le garçon a compris que le directeur était prêt à fermer les yeux s'il y avait une histoire entre une fille et un garçon, pourvu que personne ne tombe enceinte, bien entendu. Et si la fille n'était pas de l'école, mais une petite voisine des immeubles d'en face, alors le directeur s'en désintéresserait encore plus. Pour calmer la colère des parents et éviter qu'ils n'aillent se plaindre à la police, il sanctionnerait le chaud lapin, mais pas question d'alourdir son dossier ni de lui interdire de sortir trois fois de suite comme c'était le cas dans *Paradiso*, le roman que tout le monde lisait à cette époque-là, un roman de poète. Farraluque, le garçon puni dans cette fiction, pendant ses trois jours d'enfermement, harcelé par l'ennui et les bouillonnements de son sang adolescent, s'était farci deux servantes, l'épouse du directeur du collège, un frère simiesque d'une servante, une dame du voisinage et l'époux quinquagénaire de cette dernière. Makarenko aurait désapprouvé une telle sanction. Le sadisme professoral, avait dit le Russe ou le poète, est parfois d'une cruauté ottomane. J'espère que tu seras un bon élève, disait maintenant notre directeur ; j'espère que tu seras à la hauteur de la confiance que la patrie et la révolution ont déposée en toi, et si tu as un problème, de quelque nature que ce soit, n'hésite pas à venir me voir, car grâce au socialisme les relations entre professeur et élève ne sont pas basées sur la terreur, mais sur la camaraderie. Ils avaient franchi la porte et étaient maintenant dans le couloir. Le directeur lui a donné deux tapes viriles sur l'épaule et, s'adressant à quelqu'un derrière le nouvel arrivant, il a ajouté, Emmène-le au dortoir pour qu'il y pose ses bagages, et conduis-le vite au réfectoire pour qu'il ne soit pas privé de dîner, aujourd'hui il y a du poulet.

— Merci, camarade directeur, il a dit.

Le directeur a souri et disparu. Dans le roman, la scène s'achèverait de cette manière :

— Suis-moi, a dit le sous-officier, et en se retournant le garçon est resté ébahi : le sous-officier de garde était l'Ami.

C'est intéressant ? Ça tient le coup comme début de roman ? Il y a de la vérité là-dedans ? C'est utile à la classe ouvrière ?

A dix heures, il était de retour. A dix heures et demie on lui a présenté ses camarades. Moi, Untel, de Santiago de Cuba ; moi, Machin, de Camagüey ; moi, Untel, de Matahambre. Et toi ? David. Ils ont retenu son nom. C'est l'avantage de s'appeler David ou Daniel, car les autres restent dans la patronymie de leurs villages. Manzanillo, Tunas, Puerto Padre, Jatibonico, Cruces, Cienfuegos, Trinidad, Guantánamo, Baracoa, Santa Clara, pierrerie de prénoms qui nous nomment, décompte étrange et rapide du pays, selon le poète. Pour d'autres, il restait le nom de famille : Carballo, Griñán, Capdevila, Lage, Triana, Riveiro, Denis, Lahera. A onze heures on a éteint la lumière. A onze heures et demie il était le seul réveillé et, l'esprit vide, il a regardé le plafond sans le voir. Le dortoir était une nef longue et étroite, si longue qu'on ne pensait ni à la hauteur ni à la largeur, mais à un transatlantique dont on serait le seul passager, et certaines nuits ce transatlantique sortait par la fenêtre, errait dans l'univers et, accoudé au bastingage, à la proue, il regardait passer les constellations. Il y avait trois rangées de couchettes, toutes à deux places. La première était près des fenêtres du nord, qui donnaient sur la rue ; la deuxième, au milieu ; et la troisième, contre les fenêtres du sud qui donnaient sur le terrain de sport. Il n'est pas question de nous attarder aux descriptions, je ne les aime pas et je ne sais pas les faire. Si vous avez vécu dans notre pays ces dernières années, vous devez bien avoir une chambrée dans ce genre dans votre mémoire, ou alors je me demande ce que vous avez bien pu y trafiquer. Une sonnette ordonnait le silence à dix heures et demie, et à dix heures trente-cinq, dans un des immeubles d'en face, une femme se déshabillait, allait et venait dans la chambre faiblement éclai- rée, se donnant un peu d'air avec un éventail en papier, colorié dans le style de María Cay, la Cubano-Japonaise qui a bouleversé Julián del Casal, le poète moderniste cubain du XIXᵉ siècle qui n'a jamais cessé de nous inquiéter. Un groupe d'élèves l'épiait, à la faveur des ombres. Ah, regardez-moi ça, les gars, s'écriaient-ils, le souffle court ; quelle poitrine, quelles fesses, maintenant elle s'assied dans le fauteuil et écarte les jambes. Ainsi installée, après avoir accompli l'imaginaire et triste va-et-vient, elle appuyait la tête contre le dossier et se tartinait le corps de crème en chantant lentement, avec du sentiment et une belle voix, un boléro, toujours le même : *Si ma souffrance tu savais ; si l'amertume im- mense qui m'habite je te disais, la triste histoire qui, nuit après nuit, de douleur et de chagrin m'enva- hit, s'impose à ma mémoire, tel un malheur irréparable...* A mesure que le boléro et la crème

113

s'étalaient, les garçons allaient aux toilettes et quand il n'en restait plus un seul la femme tirait les rideaux : *cut*, comme dans les premiers films de Truffaut. C'était une dame d'un certain âge qui vivait seule dans son appartement. Il a supposé que son amant était un homme jeune, un bidasse, et il avait raison. Ils s'étaient connus dans un train. Son corps à lui, solide et fougueux, l'avait rendue folle ; mais ses longues absences la minaient. Le bidasse, cependant, ne l'oubliait pas. Au même instant, de garde dans le vénérable château del Príncipe, il caressait son sexe durci par-dessus son pantalon vert olive et il pensait : Voilà, je vais la mettre comme ça, je vais la tourner sur le côté pour observer son visage de profil, les bras inclinés, les mamelons foncés, la courbe de la fesse droite un peu plus haute que l'autre, et qu'ainsi elle me regarde et me regarde ; je vais passer ses jambes sur mes épaules et lui embrasser les orteils, aussi la coucher sur le ventre et lui demander de plier les genoux en sorte que je puisse observer l'arc de son dos et de ses fesses ouvertes ; voilà ce que je veux, tout ce que je veux. Ainsi ruminait le bidasse en se masturbant les yeux fermés pendant qu'il soufflait pour écarter les cheveux de son front. Quand il avait fini, dix minutes s'étaient écoulées. L'ennemi, heureusement, n'avait pas attaqué. Quand tu es un militaire de merde et que tu es de garde le temps n'avance pas, même si tu te tapes une queue, il devient un sable crémeux, dégoulinant, intermi-nable crème battue. Sympathique et cultivé, ce bidasse, brave type, s'est dit David. Un jour, il l'a vu arriver. C'était lui, forcément. Maigre, nerveux, de son âge. Il avançait à petits sauts et souriait à tous ceux qu'il croisait en chemin. Il est vite arrivé devant la porte de l'immeuble et il a sonné. C'était une de ces vieilles maisons de La Havane à deux niveaux dont les portes s'ouvrent d'en haut en tirant sur une ficelle qui actionne un mécanisme complexe de cordelettes et de rouages qui finalement soulève le loquet et repousse le battant, comme s'il était tiré de l'intérieur par un fantôme. Le bidasse a regardé vers les deux bouts de la rue avant d'entrer, avec cette attitude des jeunes quand ils savent qu'à l'étage les attendent une femme, un lit bien tiède et, en prime, un plat chaud. Il tenait un exemplaire de *Marelle* dans la main droite et il avait déjà une érection. Il a monté les marches quatre à quatre et a dû laisser le livre sur une étagère du salon, car lorsqu'il les a vus entrer dans la chambre il ne l'avait plus. Ils se sont déshabillés et au lit. Le bidasse est monté sur elle, lui a mordillé les épaules, le cou, le dos, est tombé à genoux au pied du lit et l'a retournée deux fois, est entré et sorti, s'est glissé par en dessous, l'a prise par la taille, ils se sont embrassés à bouche que veux-tu, elle a gigoté sur lui et elle semblait jouir comme jamais et ensuite le silence s'est instauré. La chambre était petite et éclairée par la lampe du guéridon, observait David de la fenêtre, un dimanche ; le miroir était grand et reflétait la glace du placard, la porte de la salle de bains, et eux deux, épuisés, nus, qui ne se disaient rien. Il était trois heures dix sur le réveil, trois heures dix à La Havane, quatre heures dix à Buenos Aires, huit heures dix à Liverpool, dix heures dix à Kiev, minuit dix à New Delhi. Il s'est mis à pleuvoir et le bidasse, comme David, a dû se mouiller les mains en fermant la fenêtre.

C'est intéressant ? Ça attire le lecteur ? se demande le garçon, englué dans sa propre toile d'araignée, et le prétendu transatlantique sur lequel il voyage débouche sur le détroit du Bosphore.

Le voyageur se dirige moins vers l'endroit qu'il vise qu'il ne fuit celui qu'il a quitté. C'est de quelqu'un, et il insisterait sur cette idée dans son roman. Le sous-officier de garde n'était pas l'Ami. C'était un mirage dans un jeu de miroirs, mais l'espace d'un instant, tant que la confusion a tenu, il a vécu en pleine identification avec Dieu, convaincu que l'imagination anticipe la réalité et que, dans de nombreux cas, elle la déclenche. Ce qui l'a induit en erreur, c'est l'attente de l'autre, et le physique du jeune homme, qui correspondait à l'idée qu'il se faisait de l'Ami. Ils sont allés tout droit au dortoir, et le sous-officier, qui ne lui avait adressé ni un mot ni un regard pendant tout le trajet, lui a sobrement indiqué son lit et son armoire. C'était un jeune homme de haute taille, visage bien dessiné, cheveux mi-châtains mi-blonds, lèvres rouges et yeux verts. Appuyé contre un mur sur lequel il y avait un drapeau cubain, il ressemblait à une affiche pop du peintre Raúl Martínez. Pendant qu'il rangeait ses affaires, l'autre était absent, mécontent mais plutôt indéchiffrable. Maintenant on va rejoindre ton groupe et après tu te débrouilleras tout seul, il a dit, et il est reparti. En marchant à sa suite, ce garçon a pensé qu'il devait activer tout un arsenal d'alternatives au cas où les événements ne se dérouleraient pas comme il les avait prévus. L'imagination anticipe la réalité, mais pas point par point. Peut-être que l'Ami, caché dans les coulisses, s'amusait beaucoup du désarroi provoqué par son retard, ou alors il attendait au réfectoire.

Bref, le voilà qui emboîte le pas du sous-officier. Celui-ci marche vite. Ils descendent des escaliers, encore des escaliers, enfilent des couloirs, encore des couloirs, et maintenant on a des intertitres. Intertitre : "Hé, mon pote, ralentis sinon je vais encore tirer la langue." Dans un film, une grande partie du public rirait et serait de son côté, l'identifierait comme son héros, mais dans la vie réelle l'autre le prendrait pour une chiffe molle, donc il n'a rien dit et s'est un peu dépêché ; à un moment donné, ils ont croisé quelqu'un. Intertitre du nouveau venu s'adressant au sous-officier de garde : "Dis donc, finalement, où ça en est ton histoire ?" Intertitre du sous-officier de garde : "Ne m'en parle pas, mon vieux, je suis d'une humeur de chien." "Je comprends ; et lui ?" "Il vient d'arriver, je l'emmène au réfectoire, aujourd'hui il y a du poulet." "Bah, c'est juste l'aile, j'espère qu'il ne vient pas de La Havane ou de l'Oriente", a dit l'autre. Tous les deux : "Ah, ah, ah, ah, ah !" Là, il aurait dû refiler son intertitre. "Je suis de Las Villas, les amis ; qu'est-ce que vous avez contre les gens de l'Oriente et de La Havane ?" C'était à la portée de n'importe qui de dire ce genre de choses, c'est un intertitre très simple, et ils se seraient lancés tous les trois dans une grande conversation, ainsi apprendrait-on que le directeur se tapait une des profs, qu'une autre fricotait sans doute avec la cuisinière, et qu'au fond de la cour de sport il y avait une porte secrète par où on pouvait filer quand on en avait envie ; mais il n'a rien dit, et l'autre a poursuivi son chemin. Il était six heures dix, six heures dix à La Havane, sept heures dix à Buenos Aires, dix heures dix à Lisbonne, dix heures dix à Paris, trois heures dix du lendemain à New Delhi. Quant au sous-officier de garde, il n'en entendrait plus parler pendant des semaines, peut-être des mois, comme s'il n'avait jamais fait partie du scénario ni du personnel de l'école.

Il a pensé à sa mère, à sa grand-mère, aux frangines, beaucoup de femmes seules pour une maison aux murs fragiles. Il faudrait se procurer combien de sacs de ciment et combien de briques, où et à quel prix, pour construire une maison décente et sûre ? Qu'est-ce qu'elles faisaient en ce moment ? La grand-mère était peut-être devant son fourneau, à regarder sa marmite vide, mains sur les hanches, et à grommeler, Aïe Fidel, mon petit Fidel Castro Ruz, tu as fait une très jolie révolution, oui, on ne peut te dire le contraire, mais, dis-moi, qu'est-ce que je vais mettre dans ma marmite ? Les frangines outrées rappliquent, c'est le but recherché par la grand-mère pour les envoyer aussitôt à l'épicerie. Si c'est le jour de son départ, la grand-mère est peut-être penchée sur le fourneau à essayer d'allumer ce charbon toujours humide qu'elle achète au rabais, pendant que la mère, qui vient de rentrer du travail, se frotte les jambes à l'alcool, et qu'il y a un récipient plein de riz à trier sur la nappe blanche. Nous n'avons jamais été suffisamment pauvres pour nous priver de nappe, déclare la grand-mère. A l'heure qu'il est, répond la mère, David est arrivé à l'école, j'imagine qu'il doit frapper à la porte ou parler avec le directeur. Tu es folle ? répond la grand-mère. En ce moment David doit être à la hauteur de Matanzas, tout au plus à l'entrée de La Havane. Mais non, maman, il est déjà arrivé à l'école et il parle au directeur, au minimum. Tu veux toujours avoir raison, mais cette fois pas question, il est à la hauteur de Matanzas ou il entre à La Havane ; au lieu de parler de ce que tu ne sais pas, tu ferais mieux de trier ce riz. Alors là, c'est non, tu ne crois quand même pas que je vais le trier ? Tu ne vois pas que je rentre du travail et que je suis crevée ? Je suis l'homme de la maison, c'est moi qui rapporte l'argent, je n'ai pas à trier le riz, c'est un travail de femmes. Ah oui ? Et qu'est-ce que tu crois que je fais pendant que tu travailles ? Que je me dore la pilule dans mon coin ? Et tu crois que je vais manger le riz toute seule ? Alors là, moi aussi c'est non, appelle les filles, elles n'ont rien d'autre à faire, elles devraient arrêter un peu de jouer aux Yaquis et mettre la main à la pâte, en apprenant petit à petit elles auront moins peur plus tard ; moi je vais me laver et sache que David est arrivé à l'école, qu'il est au réfectoire et qu'en ce moment il découvre ses nouveaux camarades ; merde alors, un de ces jours je vais prendre la porte et vous ne risquez pas de me revoir ; non, je ne trierai pas un seul grain de riz ! Pas envie ! Je suis crevée ! Elle se lève et s'en va sans savoir où, parce que cette fois, heureusement, je ne suis pas là.

Le transatlantique et son unique passager flottent dans le temps. Il a vu, comme c'est souvent le cas dans les vieux films, les feuilles d'un calendrier se détacher les unes après les autres et s'envoler à travers l'écran. C'est l'envol du temps. Septembre s'envole et s'envole octobre et sa vie en est toujours au même point. Il remplit son premier carnet pour ce roman qu'il envisage d'écrire. La veille au soir, il a écouté et noté une conversation peut-être inutile. Si on pouvait voyager, disait l'un, où tu aimerais aller ? Heu,

d'abord en Espagne pour y manger des *fabadas* ;
ensuite au Mexique, pour manger des *tacos* et
des *quesadillas* ; ensuite au Brésil pour goûter les
feijoadas, et, une fois le ventre plein, en France
et en Italie pour visiter des monuments. Moi, j'irais
en Polynésie. Tu veux dire au Paléolithique, tu
ne m'avais pas dit qu'il s'agissait d'un voyage dans
le temps. Mais non, la Polynésie n'est pas dans le
temps, elle se trouve à l'est du 180e méridien.
Toi, je pense que tu as faim et que tu veux aller
manger un poulet à la broche au *Polinésien*. La
Polynésie comprend les îles Sandwich, Cook,
Tonga, Ellice, Gilbert, Samoa, Tahiti, Pomotu, et
Marquises. Qu'est-ce que tu racontes, petit ? Heu,
il y en a dix, mais j'en ai oublié une. Tu en as
oublié une, ignorant ? Ça y est, je me souviens,
Tubuaï. Mais enfin, pourquoi tu veux aller en
Polynésie ? Est-ce qu'il y a là-bas un socialisme
ou des jeans en vente libre ? Non, c'est pour
manger souvent dans l'avion, le voyage est long.
Novembre s'envole et décembre en partie. Il a
vu la concierge arriver à toute vitesse du fond du
couloir jusqu'au premier plan, pousser la porte
de la direction, interrompre une réunion et, les
yeux exorbités, donner la nouvelle : le garçon
bizarre et silencieux, celui qui voulait être écrivain, a mis fin à ses jours. Quand il s'est remis de
ce coup de tonnerre, le directeur est perplexe.
Makarenko n'a pas laissé d'instructions pour ce
genre de situations, il supposait que dans les
écoles du socialisme, où tous les garçons seraient
heureux et auraient un brillant avenir devant
eux, aucun ne ferait pareille tentative. La dialec-
tique apporte toujours des surprises, dit la secrétaire, et, prenant un crayon et du papier, elle
attend le texte du télégramme qu'il va falloir
envoyer à la famille. Après avoir toussoté, le

directeur dicte : Nous déplorons le décès de votre fils David à la suite d'un accident regrettable, veuillez vous présenter de toute urgence à l'école, nous offrons gîte et couvert pour deux jours à cinq membres de la famille. La réponse arrive l'après-midi même. Consternée par la mort de mon fils David ; nous serons quatre, merci d'envoyer des télégrammes adressés à chacun, individuellement, l'administrateur de la gare routière ne veut pas qu'on voyage tous avec le même faire-part. David sourit et la vedette lève l'ancre. La vedette ? Quelle vedette ? N'étions-nous pas sur un transatlantique ? La vedette du village de Regla, je suppose, de l'autre côté de la baie. David montait parfois sur cette vedette et, arrivé de l'autre côté, il ne débarquait pas, car seul l'intéressait le voyage ; il attendait que l'embarcation prenne le chemin du retour. Il ne connaissait pas encore les Pérez qui vivaient à Regla, les enfants du facteur du village avec qui il aurait pu aborder n'importe quel sujet triste ou difficile.

Le dimanche, quand il était le seul à rester à l'école, s'il s'accoudait aux fenêtres du nord et laissait errer le regard au-dessus des maisons, il découvrait un tableau du peintre René Portocarrero. Il aimait les touches de couleur que l'artiste donnait aux maisons, les nombreuses coupoles et clochers qu'il dessinait, la mer qui apparaissait par endroits sous forme de taches bleues ou violettes. Au loin se détachaient les clochers d'une vieille église, pointus comme des aiguilles, presque effacés par la brume. Peut-être rencontrerait-il le peintre un jour. Comment les choses se passeraient-elles ? C'est le célèbre écrivain

Antón Arrufat qui le présenterait. Et Antón, comment l'aurait-il connu ? Ça, c'était déjà beaucoup plus facile. Il monterait la rue quand Antón la descendrait. Monsieur, lui dirait-il au moment de se croiser, votre lacet est défait ; vous devriez l'attacher sinon vous risquez de tomber. Antón, faisant un petit saut en arrière, s'exclamerait, Ça alors, ça alors ! comme s'il s'agissait d'une tragédie, et lui, pensant avoir affaire à une personne âgée, s'accroupirait et rattacherait le lacet. Antón, sans remercier, se mettrait à parler du XIXᵉ siècle. Cela suffirait pour sceller une amitié. Une fois dans la maison de Portocarrero, le peintre rapporte de la cuisine des tasses et une cafetière sur une assiette, en guise de plateau. Il porte une veste d'intérieur et des pantoufles, pour ne pas dire des claquettes ou des tongs. Antón et lui sont assis à la table de la salle à manger, encombrée d'une quantité de choses, toutes sales. Quelques instants auparavant, lui, David, avait dissipé un malentendu, car il avait vu un jour le professeur Manuel Galich à la Casa de las Américas, et il l'avait pris pour Portocarrero, et un autre jour il avait vu Portocarrero assis au comptoir du *Carmelo*, et il l'avait pris pour Galich. Maintenant, il sait qui est qui, mais il n'en dira rien à Antón, car ce dernier s'écroulerait de rire et le raconterait partout à La Havane. Vous connaissez la dernière du paysan madré ? Portocarrero s'assied et se met à raconter une bonne histoire de Picasso, puis il enchaîne avec une autre sur Bola de Nieve, dérive sur une autre de Rita Hayworth, dans la foulée discrédite en un tournemain la nouvelle génération de peintres cubains, et conclut sur la rencontre de Fidel avec les intellectuels à la Bibliothèque nationale, en 1961. C'était à l'époque, dit-il en le regardant, supposant qu'il ignore le sujet vu son âge, où Fidel avait prononcé ces mots plus célèbres que limpides, *Avec la révolution, tout, contre la révolution, aucun droit,* mais comme il n'avait laissé aucune liste écrite de sa main énumérant ce qu'il fallait inclure et exclure, ni indiqué qui, à part lui, le déterminerait en cas de doute, les bureaucrates y fourrèrent le nez pour *exclure* la critique, la musique des Beatles et les cheveux longs, et *inclure* l'UMAP, la persécution des homosexuels, les actes de répudiation, la négation des sentiments religieux et je ne sais quoi encore... Antón lui envoie un coup de pied sous la table, manière de lui faire remarquer que n'ayant pas lu grand-chose de moi il ne voit pas encore clairement si je suis écrivain ou policier, ou les deux, ce qui suffit pour que Portocarrero brûle les étapes. Mais que vous êtes sots ! s'exclame-t-il soudain. Vous me laissez caqueter comme une pie borgne et je ne vous ai pas encore servi le café ; prenez des biscuits, dit-il en poussant vers nous un petit sachet ; j'ai aussi des brioches, mais je ne sais pas où elles sont, je vais voir si je les trouve. Dès qu'il est sorti, Antón prend dans le sachet un petit biscuit en forme d'ours et dit en le regardant, Je ne comprends pas pourquoi, si nous sommes tellement nationalistes, on nous oblige à manger des ours, des éléphants et des lions au lieu de hutias, de lamantins et de *tocororos*, qu'est-ce que vous en pensez ? Moi ? Ah, j'aimerais bien manger une vache de temps en temps ! Paysan madré, on ne peut pas vous laisser sans surveillance ; ce n'est pas ce que je vous demande, vous savez très bien que chez nous les vaches sont aussi sacrées qu'en Inde. Antón, j'en profite pour poser une question qui me travaille depuis longtemps,

pourquoi parlez-vous toujours du XIXᵉ siècle ?
C'est la seule chose qui m'est autorisée, répond-
il, et il se met à grignoter son ours. Tout cela est
très sympa, mais très abstrait.

Quand, les années passant, il retournera à cet
endroit et regardera par la fenêtre, cette fois déla-
brée, il aura un sourire. Le tableau de Portocarrero sera intact, peut-être un peu passé, une
petite restauration ne lui ferait pas de mal, mais
les clochers de la vieille église, pour sauvegarder
la pertinence du terme *lointain*, auraient dû se
trouver deux ou trois kilomètres plus loin, ce qui
était impossible car ils auraient été bâtis dans la
mer. D'ailleurs, il ne s'agissait ni de clochers ni
d'église, mais de l'armature noire et étrange
d'une usine désaffectée qui n'existait peut-être
pas, car il n'avait jamais pu la localiser sur les
cartes ou la géographie de la ville. Clochers
d'une vieille église dans le lointain, pointus
comme des aiguilles ! Et de quelle brume parlait-
il, alors que nous étions à La Havane, pas à
Londres ? Et les fenêtres donnant sur le nord et le
sud, comme c'était amusant ! Avec quelle bous-
sole avait-il déterminé les points cardinaux ? Il
s'éprenait de mots et de phrases, voilà la vérité.
Lointain, fenêtres donnant au nord, maussade,
brume, escargot. Notre pays est un pays merveilleux, lui dirait un jour un ami poète à propos
de Palma Soriano, avec des noms comme Salto
del Hanabanilla, archipel de los Canarreos, *cham-
pola de guanábana*, tu crois qu'on a besoin
d'autre chose pour atteindre l'éternité ? Le poète
avait raison, mais qui, ayant toute sa tête et le
jugement sain, peut s'éprendre du mot *maussade* ? Le coup de foudre avait eu lieu dans *Le*

Comte de Monte-Cristo. Apparemment, le comte, qui entrait et sortait des nombreux palais dans ce roman, avait dû à un moment donné s'adosser d'un air maussade contre une colonne de l'un d'eux. Rappelez-vous que le jour où ce garçon est arrivé à l'école, le sous-officier de garde était adossé d'un air maussade à une colonne quand il a entendu les coups secs à la porte. Enfin, "Sur la chaussée plutôt immense de Jesús del Monte", "Je me revois réjoui comme un simple écolier", "Qui t'a dit que j'étais toujours rire et jamais pleurs"... Quand on est le seul passager d'un transatlantique qui flotte à l'envers du monde, de quoi peut-on bien tomber amoureux, sinon des mots ?

11

ARNALDO

Je n'ai pas renoncé un seul instant à mon projet
d'attirer David dans la rue, ce lieu sublime. J'ai
eu recours aux supplications et aux menaces,
aux chantages et aux promesses, aux mensonges et aux vérités, mais en vain, je butais toujours contre son indifférence. David, je lui disais
en le secouant par le bras, la journée est magnifique, si on allait au cinéma et ensuite dans une
cafétéria ? Ne t'inquiète pas pour les dépenses,
je prends tout à ma charge. La bibliothécaire m'a
prêté l'*Anthologie de la poésie cubaine*, de José
Lezama Lima, il me répondait, figure-toi que ça
fait trois tomes et que je dois la rendre lundi.
Mais enfin, merde, David ! je protestais. Tu ne
pourrais pas demander un délai ? Tu t'imagines
que lundi, quand tu vas la rendre, il y aura une
longue queue qui n'attend qu'elle ? Ne manque
pas de respect au maître et à son anthologie,
qu'il disait en prenant un ton grave, et on n'en
parlait plus. Et quand je tournais les talons, il
écartait son livre pour me lancer un regard
d'une indifférence supérieure. Il pensait que je
ne m'en rendais pas compte, mais pas du tout,
et peut-être même qu'il lisait un livre différent
de celui qu'il prétendait. *Récits*, de Franz Kafka,
ou *Portrait de l'artiste en jeune homme*, de
Joyce, par exemple, qui étaient publiés dans une

collection intitulée Bibliothèque du peuple. Vous m'en direz tant !

Et ainsi de suite, jour après jour, alors à force j'ai définitivement perdu tout espoir. C'est fréquent chez des gens comme nous, pécheurs par nature, car n'ayant pas la trempe d'un héros ou d'un martyr on se lasse vite des entreprises qui réclament constance et énergie, et on tombe au plus profond de l'incroyance. L'idée m'a effleuré que les paroles de la Vierge dans l'escalier, et la Vierge elle-même, n'avaient été que du théâtre, une plaisanterie. Résigné, je me suis assis et j'ai attendu le jour où, étant sur la terrasse ou dans la salle de télévision avec les autres, quelqu'un arriverait en courant et dirait, tout pâle, Les gars, venez vite au dortoir, David s'est dégommé. Ils se précipiteraient tous dans l'escalier sauf moi, car je n'aurais pas besoin de bouger pour voir le garçon flotter dans l'eau sanguinolente de la baignoire, qui d'ailleurs déborderait, envahirait le dortoir et atteindrait le couloir quand ils arriveraient et s'arrêteraient, épouvantés. Le soir, aux pompes funèbres, personne n'oserait prononcer le mot suicide, proscrit dans notre philosophie scientifique et objective. On chuchoterait à voix basse des allusions à l'étape de l'adolescence compliquée, à l'état dépressif dans lequel ce garçon avait sombré, à la confiance qu'il aurait dû avoir dans ses camarades, dans nos organisations politiques et de masse, au fait que je restais collé au cercueil, voilà une belle façon de prouver son amitié, et au fait qu'aux pompes funèbres il n'y avait ni café ni cigarettes ni allumettes ni endroit où s'asseoir, et que, au moins par égard pour les affligés, ils devraient nettoyer les toilettes, car je ne vous dis pas l'odeur. Il y en aurait bien un, c'est inévitable dans ce genre d'assemblées, qui profiterait de l'occasion pour semer la zizanie et déclarer que ça ne risquerait pas d'arriver avec le capitalisme, sinon on prendrait le mort sous le bras et on irait ailleurs, mais avec le socialisme c'était forcé, parce que la veillée funèbre et l'enterrement étaient gratuits, mais ça devait se passer là où on vous le disait. Il n'y aurait pas d'autres fleurs que celles des membres de la famille, qui auraient le teint pâle et les yeux cernés, moins à cause du chagrin que du voyage en train depuis Las Villas, au cours duquel ils n'auraient pu manger que des biscuits zoomorphes et des pastilles de menthe. Le lendemain, nous l'enterrerions sans garde d'honneur, et l'après-midi on ne suspendrait pas les cours car chez nous, comme je l'ai déjà dit, celui qui commet l'acte proscrit est un pestiféré, autant chez les catholiques que chez les marxistes, et si vous ne me croyez pas je vais vous balancer deux ou trois exemples qui vont vous laisser sur le cul.

Mais en voulant précipiter les choses j'étais à côté de la plaque. Les forces occultes et mystérieuses agissent en toute circonstance, sans se soucier des idéologies ni demander la permission à un parti quelconque. Un matin, ayant perdu toutes mes illusions et renvoyé ce garçon à son triste sort, nous étions seuls dans la chambre, ce qui arrivait souvent. Il lisait sur son lit – la tête sur l'oreiller, une jambe fléchie, l'autre allongée, un bouquin sous le nez et la lumière à la fenêtre – et moi j'étais sur le mien, l'esprit plus ou moins vide, quand soudain un coup de vent tiède a envahi la pièce, jeté par terre deux chemises et fait voler quelques papiers avant de s'enfoncer dans le creux de mon oreille. Je me suis redressé d'un bond, comme si je venais de me réveiller ou d'avoir le souffle coupé. Je ne me rappelle pas si on avait branché la petite radio de Mauro, en tout cas il tombait des cordes, la pluie m'inspire de grandes idées et celle qui m'est venue à ce moment-là était formidable. Elle m'a éjecté du lit, m'a poussé vers celui de David, j'ai sorti son bouquin de sous son nez, je l'ai regardé dans les yeux et avec un sourire jusqu'aux oreilles je lui ai chanté ce passage inoubliable des Beatles :

> *When I was younger, so much younger*
> *than today,*
> *I never needed anybody's help*
> *in any way,*
> *But now these days are gone,*
> *I'm not so self assured...*

Après cette introduction somptueuse, j'ai souri derechef et, sans le quitter des yeux, je lui ai balancé la réplique suivante : Tigre, tu as remarqué qu'il y a des gonzesses dans cette école ? Alors écoute-moi, on a un mois pour se dégotter une petite amie, et celui qui n'y arrive pas paie une pizza à l'autre, ça marche ?

Je me rappelle la scène et je m'emballe, je m'excite, malgré ce qui est arrivé ensuite. Ah, si elle pouvait rester à jamais gravée dans ma mémoire, et dans celle de David, qui en se la rappelant l'inclura peut-être dans un de ses livres. Le plus étrange, c'est que j'ignorais complètement que j'allais prononcer ces mots, je vous assure. J'avais juste suivi mes impulsions, ouvert la bouche et tous les mots étaient sortis, ils étaient sortis tout seuls, si on peut dire. Mais, et là je suis sincère, j'ai très vite pigé qu'ils étaient moins bêtes qu'ils n'en avaient l'air, et qu'ils allaient nous permettre, mine de rien et par la bande, de résoudre le problème que nous n'avions toujours pas résolu.

Du coup, j'ai retrouvé la foi et mon cœur s'est enflammé, fort de toute l'affection que je portais à David. Je me suis vu, avec lui, dans une casaque rouge de l'armée de Sa Gracieuse Majesté, au premier assaut de La Havane. Naturellement, sur le moment je ne pigeais rien, mais quoi qu'il arrive je serais à ses côtés, et je ne doutais pas du sens de cet engagement, car nous nous trouvions précisément à l'époque où les pizzas débarquaient à Cuba. Oui. Il y avait une pizzeria à tous les coins de rue, avec un nom italien et tout le tremblement, on pouvait commander n'importe quelle pizza sans avoir à craindre qu'à la cuisine on sabote les assaisonnements ou qu'on vous enlève la moitié du fromage pour vous le revendre au carrefour suivant, comme c'est le cas aujourd'hui, ça tombait vachement bien.

J'ai donc gratifié ce garçon d'un nouveau sourire, le troisième en un rien de temps, l'encourageant à répondre dans les plus brefs délais. Il s'est assis sur le lit, a posé son bouquin et, comme s'il allait se lancer dans un long discours, il a gonflé ses poumons à bloc. Mais avant qu'un seul mot, une seule virgule, ne sorte de sa bouche, il faut faire un arrêt sur image, pour être sûr que vous pigiez bien, il est essentiel que je vous décrive un peu plus en détail l'époque et le cadre de ces événements. Il ne s'agit pas, cette fois, d'une circonlocution ou d'un conte des *Mille et Une Nuits*. Non, nous sommes devant ce postulat auquel les marxistes sont tellement attachés, selon lequel il est impossible de comprendre les hommes sans comprendre aussi leur contexte. Nous sommes donc, David et moi, tel l'hidalgo et le Biscaïen dans une page mémorable du *Quichotte*, pétrifiés, sur le point de nous asséner des coups furibonds qui, s'ils atteignaient leur but, nous fendraient en deux comme une grenade. Quand nous reprendrons la scène, vous nous trouverez au même endroit, dans la même position, car on a beau dire nous ne sommes que des personnages et ne pouvons en tant que tels agir par nous-mêmes…

12

DAVID

Parfois, quand on marchait dans la ville, j'avais la
sensation que son âme, honteuse et lasse de lui,
bondissait et l'abandonnait. Toutefois, elle ne
pouvait pas trop s'éloigner, car elle lui était attribuée et elle devait le suivre de près. Mais son
corps, sans rien de spirituel qui le soutienne, s'ef-
filochait et traînait des pieds, les épaules tom-
bantes. Tu as touché un drôle de numéro ! disaient
les autres âmes en se moquant de la sienne.
Nous, on va maintenant au *Chat Borgne*, une
gonzesse nous y attend, et quand on aura écouté
un peu de musique et bu quelques verres, on
passera aux exercices pratiques à la maison de
passe, entre onze heures et minuit. Pour échapper à de nouveaux commentaires, il entrait dans
un cinéma, n'importe lequel, et ses yeux s'em-
buaient tandis que sur l'écran les Russes défen-
daient Leningrad ou qu'Itchi, le samouraï aveugle,
dégommait quinze adversaires en un seul mouli-
net. A la moitié du film, son âme venait s'asseoir
à côté, lui prenait la main et lui demandait de
l'excuser, et, en cachette, lui refilait un mouchoir
de soie pour qu'il sèche ses larmes, en même
temps qu'elle lui assurait que sa vie ne serait pas
toujours comme ça.

A propos des toilettes, s'il faut quitter le cinéma pour retourner au dortoir et à ces balades en transatlantique pendant que les autres dormaient à poings fermés, il y avait d'abord une section lavabos, urinoirs et latrines, et une autre ensuite, plus grande, avec les douches, face à face sans portes ni rideaux, comme les latrines, car dans une éducation collective on doit se laver, pisser et chier sous le regard de tous ses camarades, et celui qui réclame un peu d'intimité est traité de bourgeois, de catholique ou même pire, vous voyez ce que je veux dire. Une fois, l'un de nous a évacué un volume tellement impressionnant qu'il n'a pas tiré la chaîne, afin de livrer ce qu'il avait enfanté à l'admiration de tous. Allongé au fond de la cuvette, l'étron ressemblait à un chat tigré, avec même une patte posée gracieusement sur les yeux. Des gens sont venus d'autres dortoirs, d'autres étages, d'autres années, d'autres écoles, même Proboscide, le professeur de physique, s'est déplacé, a calculé au pif la masse et le poids spécifique et a conclu que si un trou pouvait expulser un tel volume cylindrique il pouvait y accueillir un volume cylindrique identique, et sur ces considérations le père de la créature a renoncé à toute gloire et conservé l'anonymat. Ce genre d'événement était considéré comme important et fabuleux, un exemple du réel merveilleux et du réalisme magique. Il donnait du prestige à l'école, un sujet de conversation pour une semaine, se répandait dans l'île en chroniques fleuries et allait même jusqu'à Miami. La quantité de cochonneries qu'on pouvait entendre et voir dans les dortoirs, dans la cour de sport ou dans tous les endroits où se réunissaient les gars, était absolument incroyable. C'est l'époque où les gros mots et les mauvaises manières sont devenus à la mode, comme un signe des temps nouveaux. Quoi ? Les bourgeois ne rotaient pas à table et ne pétaient pas devant les dames ? Eh bien nous, les fils du prolétariat, on va pas se gêner : Prrrouttt ! Quoi, les aristos mangent le poisson et les légumes dans des assiettes plates, avec une fourchette et une cuiller ? Eh bien nous, les fils du prolétariat, on se contente d'une assiette creuse et d'une cuiller. Quand il y avait du monde, Ubaldo prenait la boîte de chocolat vitaminé que sa mère à Palmira se procurait par tous les moyens possibles et lui envoyait, parce que Ubaldo avait un déficit de vitamines depuis sa naissance, il se plantait au milieu du dortoir, baissait son pantalon et introduisait son long organe marronnasse dans la boîte, remuait la poudre avec sa spatule improvisée et criait en même temps aux quatre vents, Et maintenant qui veut me voler mon chocolat, z'en ai bezoin parze que ze manque de vitamines, z'est pas des caprizes ou des chichis de bourgeois ! Mais cela ne lui suffisait pas, il lançait deux ou trois crachats à l'intérieur du rézipient, avec un *z* car Ubaldo avait un cheveu sur la langue, et se mettait à vociférer qu'on était tous corrects, honnêtes, fils de parents honnêtes et révoluzionnaires, révoluzionnaires nousmêmes, mais ze qu'on n'avait pas mis zous clé ou ze qu'on avait oublié pendant plus de quinze zecondes dizparaizait, et dizparaizait définitivement. Z'était très zuste, ou juste, et si on voulait jouer les Raymond Chandler et mener sa petite enquête, la seule chose qu'on tirait au clair, c'était rien dans les mains rien dans les poches ni vu ni connu je t'embrouille. On retrouvait tout ça dans sa fameuse Bible, composée aussi, comme la vraie, de nombreux "livres" ;

mais pourquoi il écrivait ? C'était intéressant ? Ça méritait vraiment de figurer dans un roman ? Et ça valait la peine d'être écrivain ? Observer, écouter et noter ce que les autres disent et font, est-ce que c'est vivre, participer aux événements de son temps ?

Décembre et janvier s'en allaient et le garçon se mit à penser à l'éclat d'une lame de couteau, à une ampoule de poison, au bord d'une terrasse. Un étudiant s'est précipité ce matin de l'un des bâtiments de l'école, dirait toute pâle une voisine du quartier en entrant à l'épicerie. Qui est la dernière arrivée ? L'épicier la regarderait par-dessus ses lorgnons, et la cliente qu'il servait affirmerait sans se retourner, Ça ne s'est pas passé comme ça. Et comment, alors ? demandent les autres, cinq au total, abasourdies par la nouvelle, C'est moi la dernière. Il s'est coupé les veines avec une lame de rasoir. Ah, Sainte Vierge, la pauvre mère ! s'exclament les autres. L'épicier les regarde par-dessus ses lorgnons. Moi, on m'a dit qu'il s'était jeté de la terrasse, insiste la malheureuse à qui on a ravi la primeur de l'information, qui t'a raconté qu'il s'était coupé les veines ? La concierge ; elle est venue prendre un tilleul chez moi ce matin et elle me l'a dit ; c'est elle qui l'a trouvé et qui a averti la direction. L'épicier la regarde par-dessus ses lorgnons. Et elle vend toujours des serviettes, la concierge ? demande le chœur des femmes. Serviettes, draps, savons, dentifrice et pantalons d'uniforme, taille 30 et 32. Combien ? Elle a augmenté les prix parce qu'elle prétend que le nouvel administrateur est un avocat de l'armée ; elle raconte que le garçon était blanc comme si on lui avait passé le visage à la chaux, mais qu'il souriait comme s'il était très heureux, et que le jet de la douche frappait le rideau comme dans le film *Psychose* et que c'était ça, plus que le mort, qui l'avait impressionnée et poussée à venir prendre un tilleul. Et quel âge il avait, ce garçon ? demande une des voisines, et l'épicier la regarde par-dessus ses lorgnons. Il n'avait pas dix-sept ans. Le Seigneur nous protège ! murmurent les clientes et elles se signent. Moi, ce que je ne comprends pas, dit alors l'épicier, c'est pourquoi un étudiant se supprimerait en plein socialisme alors qu'il a son avenir assuré, voilà ce que je ne comprends pas, ce qui ne colle pas dans cette histoire. Les clientes le regardent par-dessus leurs lorgnons.

Nous disions que les gros mots, ou considérés comme tels jusque-là, sont tombés sur l'île comme un nuage de sauterelles et de grenouilles sur l'ancienne Egypte. N'y allons pas par quatre chemins, je fais allusion à *couilles*, *bite*, *cul*, *con*, *moule*, *foutre*, *baiser* et *tringler*, pour ne citer que les plus délicats et ne pas m'aventurer sur le territoire des métaphores. Je ne sais pas comment une telle chose a pu arriver, précisément l'année de l'Education. Grand-mère, qui n'a jamais supporté les vilains mots, comme elle les appelait, affirmait qu'ils étaient dus à un effet collatéral des vaccins soviétiques, car son peuple n'avait jamais parlé comme ça, qu'on avait toujours vouvoyé les grandes personnes et dit monsieur ou madame même si c'étaient des loques humaines. Avant, affirmait grand-mère, pour traverser une pièce où les grands parlaient, un enfant demandait la permission. Je vous ennuie peut-être avec ce sujet, mais le fait est qu'on pouvait traverser la ville d'est en ouest en enfilant les gros mots comme sur un collier interminable. Ils sortaient de la bouche des chauffeurs, des étudiants, des professeurs, des sportifs, des danseuses, des grands-parents, des médecins, des infirmières, des patients, des employées de commerce, des militaires, des passants dans les rues, de gens qui se reposaient dans les parcs, des ministres, des sorciers, des éducatrices dans les jardins d'enfants, des fonctionnaires, bref de toutes les bouches à l'exception des Témoins de Jéhovah. Qu'est-ce qu'elle est, ta mère ? demandait le père au fils à l'entrée de la maison. Une sale pute ! répondait le petit, d'un an et demi. Et ton papa ? intervenait la mère pour ne pas être exclue de l'éducation du petit. Un pédé ! Et qu'est-ce que tu as vu chez ta petite copine aujourd'hui ? intervenait l'oncle. Son cul ! Et qu'est-ce que tu veux être quand tu seras grand ? surenchérissait la voisine. Couillu ! Et que fait grand-père à grand-mère ? enchaînait la petite sœur de trois ans. Il la tringle ! Tout le monde applaudissait, comme il est drôle, ce petit, ils en savent des choses, les jeunes d'aujourd'hui. On ne disait plus que les choses étaient loin, mais à une putain de distance. Au bon vieux temps, quand on disait *merde*, l'île entière en était toute retournée. On réservait *Mes couilles* aux situations extrêmes, comme lorsque ce grand combattant avait dit, Ici personne ne rend les armes ! Mais tout cela c'était fini. Maintenant, on pouvait dire des gros mots même devant les enseignantes les plus prestigieuses à condition de prendre la précaution d'ajouter, sauf le respect dû aux dames de la Faculté, pour ne pas les vexer ni les braquer. Que penserait Bonifacio Byrne du parler des Cubains d'aujourd'hui, lui qui dans des vers enflammés avait dit de notre langue :

De la musique elle a l'harmonie,
De l'irascible tempête le cri,
De la mer l'écho et la fulgurance du jour ;
La belle consistance du granite,
Des cloîtres la poésie sacrée,
Et la vaste amplitude de l'infini ?

Toutefois, le phénomène était mondial. Dans ce beau film, le jeune homme à cheval essayait d'impressionner les filles en leur chantant, *Sodomy, Fellatio, Cunnilingus, Pederasty ; Père, pourquoi ces mots sonnent-ils si mal ? La masturbation peut être si drôle...*

Est-ce que ça mérite de figurer dans un roman ? Est-ce que c'est utile à la classe ouvrière ou est-ce que je tombe dans les trous noirs des circonlocutions et des romans sans scénario ?

Il y avait aussi les mots réhabilités, comme *asere*. Et on mettait cet *asere* à toutes les sauces. Plus personne ne te disait compagnon, ami, camarade, pote, vieux ni frère. On te disait *asere*. Mot mystérieux, réservé aux hommes, plus fascinant que tout autre, dont la plupart des gens ignorent l'origine, peut-être yorouba ou lucumi, carcérale ou religieuse. Et il y avait les mots bien particuliers des gens de l'Oriente. Mais tous ces garçons de Victoria de las Tunas, Puerto Padre, Jatibonico, Cruces, Cienfuegos, Trinidad, Guantánamo, Baracoa, Santa Clara, Cabaiguán, les noms patinés et odorants de l'île récupérée, comme avait dit le poète, étaient de votre génération, c'étaient les couillus les plus couillus de tous les temps, ceux qui n'avaient pas peur de l'impérialisme, qui étaient prêts à délivrer le monde de toutes les injustices, vos frères au gré du sort, de la vie, de l'histoire et des balles. Fils d'ouvriers, de militaires et de paysans, qui deviendraient médecins, ingénieurs, journalistes, aviateurs, diplomates, dirigeants et, pourquoi pas, dissidents. On se lavait tous avec le savon Nácar, on se brossait les dents avec le dentifrice Perla, on combattait les odeurs d'aisselles avec le déodorant Fiesta, on se rasait avec des lames Patria o Muerte, qui arrachaient des larmes même aux héros des romans du réalisme socialiste, on portait des montres Poljot et on achetait deux vêtements de rechange par an et deux paires de chaussures, l'une *de base* et l'autre additionnelle, mais on était heureux et prêts à donner sa vie et toutes ses forces à la plus belle chose du monde, à la lutte pour la libération de l'humanité, car on croyait être devenus l'homme nouveau dont parlait le Che, mais juste avec ce vocabulaire, parce que rien n'est parfait. Et eux d'imaginer, et moi de noter : Si la révolution ne l'avait pas remporté, on en serait où, aujourd'hui ? Les Blancs couperaient la canne à sucre ou seraient derrière un attelage de bœufs pour trente centavos par jour ; les Noirs couperaient la canne à sucre ou seraient derrière un autre attelage de bœufs pour la moitié de ce salaire ; Ubaldo volerait des poules et les enculerait ; David écrirait des petits romans de rien du tout ; et à la tête du bordel le plus important de la ville, soutirant du fric aux putains et aux gringos, on aurait les petits malins et les couillus dans le genre de celui qui a noté tout ça. Le capitalisme avait aussi son bon côté, les gars, n'allez pas croire le contraire, ne vous laissez pas troubler par la propagande communiste, pensaient certains, prêts à approfondir. Etre maquereau, par exemple, voilà le pied ! Vivre entouré de belles femelles qui bossent pour toi, porter les plus belles fringues, des bagues plein les doigts, une montre en or au poignet et Lahera à la porte, comme chauffeur et garde du corps. Ah, mais les Cubains disent n'importe quoi ! décrétait quelqu'un qui passait par là. Et alors ? répondait le chœur. Ce n'est pas notre faute, il disait, mais celle de l'impérialisme qui nous impose toutes ces gardes, ces queues interminables, ces travaux volontaires. Comment vous voulez passer le temps autrement ? En parlant du *Capital* ou de *La Critique du programme de Gotha* ? On peut en parler un petit moment, mais pas tout l'après-midi. Voilà ce qu'il disait, et il avait raison, en gros, et peu après deux types passaient et avaient la conversation suivante, Moi je te le dis, je ne sais pas ce que tu en penses, qu'après Fidel Castro les deux types qui ont le plus de couilles (sauf votre respect, madame) dans ce pays c'est Silvio Rodríguez et Pablo Milanés. Bon, je ne dis pas le contraire, mais dans quel domaine ?

Lahera était le plus noir et le plus beau des Noirs. Son épiderme, obscur jusqu'au mystère, brillait au soleil et à l'ombre, disparaissait dans la nuit et dans les cinémas. Sur sa tête parfaite se détachaient les yeux, la bouche et les pommettes. Il marchait, courait, sautait, montait sur sa couchette ou en descendait, ouvrait ou refermait un tiroir avec une élégance qui nous paraissait impossible à égaler. Avec ce que je viens de vous dire, vous pouvez imaginer comme il dansait. Sa fameuse lance dépassait toutes les nôtres, et son intelligence n'était jamais à la traîne. Son sourire était une poignée de main et son regard, si amical, un crédit à vie. Il venait d'un de ces petits villages de la province de Matanzas où la race africaine et ses rites ont été conservés intacts. Il descendait sûrement de princes du Dahomey ou du Nigeria. Il parlait le yorouba ou le lucumi, nous n'avons jamais pu tirer au clair laquelle de ces deux langues, et il était par ailleurs communiste et fils de communistes sucriers, compagnons du martyr Jesús Menéndez. Il était content d'être noir et il savait l'être. Il admettait les plaisanteries sur sa race et même il les provoquait, mais malheur à qui s'en moquait sérieusement, même retranché derrière une blague, car Lahera était redoutable quand il était offensé. Un type merveilleux, où qu'il se trouve. Le transatlantique éteignait ses lumières et plongeait dans l'obscurité.

Pourrait-il avoir une conversation avec son père ? Et, après avoir tout remis d'aplomb, s'embrasseraient-ils ? A quoi ça ressemblait d'embrasser son père, de le serrer contre sa poitrine ? Il ne connaîtrait jamais une telle émotion. En revanche, Juan Francisco, Juan Pablo et Juan Carlos Rulfo l'avaient connue. Comme il doit être agréable d'avoir été le fils de Juan Rulfo, d'avoir été regardé avec ses yeux d'homme juste et de l'avoir peut-être entendu te lire quelques pages ou vu te prendre en photo ! En ce qui le concernait, lui, quand il serait près de la réconciliation, il recevrait un télégramme qu'il présenterait au chef de la gare routière et ce dernier, après l'avoir lu, le regarderait dans les yeux et dirait, Restez dans le coin et à la première occasion je vous embarque, un père est et reste un père, quelle que soit la façon dont il s'est comporté dans la vie, je sais ce que je dis. Pour changer de sujet, parce que celui-ci était douloureux, il rêvait de tenir une femme dans ses bras, qu'elle soit célibataire, divorcée ou mariée, jeune ou mûre, révolutionnaire ou *gusana*, mais une femme, pas une femelle. En la serrant contre lui, il sentirait ses seins contre sa poitrine et une fois au lit il descendrait jusqu'à son sexe et, comme ils n'auraient pas éteint la lumière, il s'attarderait à admirer le paysage féminin, le paysage vertical, un mamey fendu par le milieu. Il avait lu que si on passait délicatement la langue ou le doigt sur le clitoris, celui-ci réagissait comme un mollusque, et que la femme gémissait de plaisir et s'offrait. Il avait aussi entendu, de la bouche de certains de ses compagnons, que le meilleur de tout c'était l'arôme, à la fois acide et marin, mais d'autres préféraient sa saveur, douce-amère. Pourrait-il parler de cela dans son roman ? David pourrait-il se masturber en pensant à sa fiancée, à la prof de littérature, à la grassouillette Ofelia, à Stefania Sandrelli ou à Vivian ? Car tout cela était arrivé, ou arriverait, dans la vie réelle. Ses amis disaient entre eux que pour se branler le cinéma capitaliste est nettement supérieur au socialiste, pas parce que ses femmes sont mieux, mais parce que pendant que la main s'affaire on peut murmurer, Oh, Marilyn Monroe ! Oh, Sofia Loren ! Oh, Brigitte Bardot ! mais que c'est absolument impossible s'il faut prononcer, Oh, Maryna Zalewska ! Oh, Wislawa Szymborska ! Le cerveau t'impose de choisir : articuler ou se branler. Il s'était aussi masturbé en pensant à Nancy, qu'il n'avait pas oubliée comme il l'aurait cru et dont il avait entendu dire qu'elle n'avait pas pris le bon chemin. Dans son souvenir, elle était de plus en plus agréable et jolie. Pourrait-il raconter qu'un jour sa fiancée avait pris son pénis – est-ce qu'il pourrait dire bite ? – et que, après l'avoir couvert de baisers et y avoir promené la langue de la base au sommet, elle l'avait englouti et alors il l'avait aimée plus que jamais, et qu'ensuite il l'avait embrassée sur la bouche et y avait goûté entre autres ses propres saveurs ? Trouverait-il les mots justes pour décrire ce qu'ils avaient fait et ressenti sans rien laisser en plan et sans que l'exposé ne soit grossier, comme rien ne l'avait été dans la réalité ? Pourrait-il recourir à ces mots qui lui semblaient si difficiles mais qui pourraient l'aider à exprimer avec plus de véhémence ce qu'étaient un homme et une femme qui s'aimaient, se suçaient et se rentraient et sortaient des choses ?

Les jours passaient. Les jours passaient et il voyait que chez les autres c'était très simple de vivre, ils ne se compliquaient pas trop l'existence. Il y avait forcément un truc quelque part. Ils programmaient des sorties sur toute la semaine : le *Coppelia*, La Rampa, le cercle social Patrice-Lumumba, où on peut danser le *casino*, les cinémas qui donnent le dernier film italien ou français. Pour se joindre à un de ces groupes, pas besoin d'invitation. Il suffisait de dire, Je viens avec vous ! et on faisait partie de la troupe. Mais pour ça il fallait aussi un peu de cran, ou le coup de pouce d'un copain, et lui, quel cran, quel ami il avait, capable de le lancer dans la plaine de Montiel, tel le Quichotte ? Alors, pour éviter les commentaires, Oui, c'est un solitaire, Oui, il consacre trop de temps à la lecture, il inventait qu'il allait chez une cousine de sa mère, à la plage de Guanabo, où tout était fête et amusements et copines de la cousine en bikini. En réalité, il filait à La Havane, et s'engageait dans les rues les moins fréquentées, mais pas moins intéressantes pour autant. Quand il avait mal aux pieds à force de marcher, il s'asseyait dans un parc, n'importe lequel, et il observait les gens. Il avait l'intention de découvrir tous les parcs de la ville, d'aller à tous les cinémas et de monter dans tous les bus de toutes les lignes. Le parc où il se trouvait maintenant était son préféré. Il y avait une statue de Miguel de Cervantès au milieu, et il était toujours très fréquenté. Un jour, pensait-il, il suivrait une des personnes qui passaient et connaîtrait ainsi ce que font les gens, où ils vont, à quoi ils passent le temps, avec qui ils parlent, pourquoi la vie ne leur semble pas trop aléatoire. Si un photographe prenait une photo, dans un angle, l'instantané saisirait un moment unique, car on ne réunirait plus jamais, à la même heure, avec les mêmes vêtements et sur les mêmes bancs, tous ceux qui se trouvaient là, y compris les pigeons qui volaient partout.

Ensuite, il allait au bord de la mer. Les crépuscules sont plus beaux à la campagne, mais c'est impossible d'en convaincre un citadin, il ne peut pas comprendre et vous lance un regard de mépris. Assis sur le Malecón, il regardait l'orient et le couchant, et il avait l'impression de regarder une exposition de peinture abstraite. Un jour, au moment où il se levait pour s'en aller, une Noire sortit d'une maison voisine en poussant des cris, poursuivie par un Noir, le mari, un costaud genre boxeur poids lourd. Il brandissait une clé anglaise. L'homme, qui semblait sortir tout droit des *Mille et Une Nuits*, criait qu'il l'avait surprise avec un autre, un petit Blanc minibite pour ne rien arranger, et, invoquant l'honneur et les qualités viriles des Noirs et leur immense supériorité sur les Blancs, il jurait de lui éclater la tête s'il l'attrapait. Le public s'enthousiasma aussitôt pour ce spectacle et fit cercle, comme s'il s'agissait d'une représentation de théâtre de rue. Le couple arriva au milieu du parc, tourna deux fois autour de la statue de Cervantès qui, lors d'une tentative du Noir pour atteindre la femme, perdit un bras, précisément le gauche, et la Noire repartit en direction de la place de la Cathédrale en appelant la police et en invoquant la justice et les droits de l'homme de Genève. La foule les suivit. Mais pas lui ; pas moi. La curiosité l'avait éperonné, mais insuffisamment. Là-dessus, une dame s'assit sur son banc et sans qu'il ait eu à poser des questions elle le mit au courant de l'histoire. Ce n'était pas la Noire qui était fautive, mais le Noir, qui passait son temps à courir après les femmes en tout genre, et la Noire l'avait prévenu que s'il continuait elle le paierait de même monnaie avec un de ces garçons qui le week-end arrivaient à la plage dans le camion Ford appartenant au Noir. Un Ford ou un Chevrolet, la femme ne connaissait rien aux marques, en revanche elle se rappelait très bien le numéro de la plaque, si la police venait l'interroger. La police, elle enchaîna, n'avait pas à se mêler à ce genre d'affaires, mais la police aimait bien les scènes de ménage. Elle parlait de la police d'aujourd'hui, de ces gamins qui, après des études sommaires, débarquaient d'Alto Cedro, Cueto, Mayarí et Marcané. Il approuva de la tête. L'autre jour, poursuivit la femme, on lui avait pris son mixeur sur le rebord de la fenêtre de sa cuisine et la police était arrivée deux heures plus tard, sans les chiens ni la technique, et bien sûr elle n'avait attrapé personne. Les voleurs d'aujour-d'hui, on ne peut les attraper qu'avec de la technique. C'est un vol à la suite d'une négligence, dit celui qui commandait ; madame, vous vivez dans un immeuble et vous n'avez pas été vigilante, fin de l'enquête. Et pourtant, maintenant, devant cet esclandre des Noirs, il y avait déjà deux patrouilles sur la place et ils appelaient des renforts. Si vous avez un problème et que vous voulez voir la police rappliquer en vitesse, vous n'avez qu'à dire que c'est une histoire de cocus, qu'on a pris un pédé la main dans le sac ou que quelqu'un dit du mal du gouvernement ; sinon ils arrivent quatre heures après la bagarre. En voyant que je ne faisais pas de commentaires, elle ajouta, Ne croyez pas que je doute de la révolution ou que je sois raciste ; pas du tout, je suis révolutionnaire et, comme vous pouvez le voir, de la race, mais je vous dis en toute lucidité que si vous demandez à un peloton de policiers qui est volontaire pour aller chasser les pédés, la moitié du peloton fera un pas en avant ; pour quelle raison ? Je ne sais pas, il faudrait ressusciter le docteur Freud pour nous l'expliquer. Mais la Noire et le Noir revenaient de la place de la Cathédrale, enlacés, ravis, suivis par une masse de gens et cinq ou six policiers, très jeunes. Le Noir, pour fêter la réconciliation négociée avec un lieutenant, avait acheté deux bouteilles de rhum et invité tout le monde ; ce que voyant, la dame qui tenait le crachoir se leva et se précipita pour avoir sa part. Vous voyez, qu'elle dit un peu plus tard en repassant devant lui avec son rhum dans un verre en plastique, si on ne m'avait pas volé mon mixeur, je me ferais un daïquiri. Le garçon a plongé la main dans la poche arrière de son pantalon pour prendre son carnet de notes, et il s'est rendu compte qu'il n'était pas dans le parc mais au lit, regardant le plafond et se souvenant de l'événement. *Si ma souffrance tu savais ; si l'amertume immense qui m'habite je te disais, la triste histoire qui, nuit après nuit, de douleur et de chagrin…* chantait la femme dans l'immeuble d'en face.

13

ARNALDO

Les Beatles, nos cousins de plein droit, disent dans une de leurs chansons inoubliables, *There are places I'll remember all my life, though some have changed*, ce qui signifie, si je comprends bien, qu'il y a des lieux dont on se souvient toute sa vie, même s'ils ont changé ou disparu. Or, notre chambre à l'école, l'école dans son ensemble, le quartier où elle se trouvait enclavée et la ville entière étaient ce genre de lieux, comme l'était aussi le temps sidéral qui nous enveloppait. David occupait la couchette supérieure, près de la fenêtre, avec des persiennes modèle Miami ou français. C'était la meilleure place et c'est moi qui en ai pris possession quand nous sommes arrivés, mais pour des raisons que je vous expliquerai à un autre moment je la lui ai cédée. Comme la pièce était petite, sûrement réservée à la servante dans cette villa qui avait appartenu à une famille bourgeoise, aujourd'hui en exil en Floride, nous étions quatre étudiants à l'occuper, ce qui constituait un véritable privilège, car dans la plupart des chambres s'entassaient quatorze ou seize couillus. Par chance, un de nos compagnons était de l'Oriente, mais il avait des tantes qui vivaient près de l'école et il passait ses weekends avec elles. Vous le croirez, si je vous dis que je ne me rappelle pas le nom de cet ami ?

Ah ça, je me demande comment c'est possible d'oublier le nom d'un type avec qui on a partagé peines et gloires pendant les trois années les plus merveilleuses de sa vie ? Je me rappelle seulement qu'il était de Manzanillo, et qu'en l'apprenant la prof de littérature a dû être emmenée à l'infirmerie, car pour on ne sait quelles raisons les originaires de cet endroit sont nuls en rédaction. L'autre compagnon, de La Havane, s'appelait Ernesto, et avec lui c'était une autre paire de manches, c'est-à-dire qu'il aimait les responsabilités. Ce que tu pouvais faire de mieux, c'était de voter pour lui chaque fois qu'il se présentait à une élection, en t'arrangeant pour qu'il te voie lever la main, ce qui te débarrassait d'un ennemi et d'un policier potentiel. C'est incroyable comme les gens bornés et opportunistes peuvent monter, monter sans que rien ni personne ne les retienne. A la base, on se pose forcément la question, mais les chefs ? Ils ne se rendent pas compte que ce type est un arriviste et un farceur ? Eh bien non, les chefs ne s'en rendent pas compte, parce que ces types les barbouillent de jargon révolutionnaire, les éblouissent avec leurs missions cent pour cent réussies et leur apparente disposition à faire ce qu'on leur demandera pendant toute leur vie. Le sale œil que leur lancent ceux d'en bas ne compte pas, les chefs y voient ce ressentiment injuste, mais compréhensible, que les masses manifestent à l'égard de ceux qui sont appelés à imposer une discipline et à exiger des résultats. Ainsi, la vérité n'éclate qu'à l'aéroport international de Gander, quand le type en question, à la tête d'une délégation en transit pour la Bulgarie ou la Roumanie, saute au cou du premier policier canadien venu et lui dit, *Sir, please, I ask for political asylum*, je suis victime de la tyrannie de Fidel Castro et ma vie est en danger. Et mon cul, c'est du poulet ! Un type qui en est à sa troisième maison et à sa cinquième voiture, un type qui a parcouru la moitié du monde aux frais du peuple cubain ! Comme c'était l'homme de confiance, il contrôlait les finances, et en découvrant le pot aux roses la délégation s'arrache les cheveux. Au retour, les chefs nous reprochent de ne pas les avoir avertis à temps sur la vraie nature de ce type, et on se dit dans notre for intérieur : Et mon cul, c'est du poulet ! Mais devant le chef nous admettons la critique.

Bref, pour en revenir à mon sujet, entre les escapades de l'un chez ses tantes et les réunions de l'autre, sans compter les week-ends où ils étaient absents tous les deux, David et moi disposions de la chambre comme si nous en étions les uniques locataires. Dès qu'ils s'en allaient, nous mettions le verrou, descendions les persiennes, modèle Miami ou français, et en avant la parlote, ou la musique sur la petite radio de Mauro ! De quoi on parlait ? De l'humain et du divin. Il aimait autant parler avec moi que lire, je vous assure. De son côté, les sujets allaient de la vache Caramel à la petite chienne Carolina, et de mon côté de ma tante à mon père. David connaissait une quantité impressionnante de contes sur les vaches, les poules, les chevaux et les boas, et mon père avait eu une maîtresse dont l'obsession était de baiser avec moi et vous ne pouvez pas savoir le bordel que ça a déclenché quand elle est arrivée à ses fins. Nous nous aventurions aussi dans des eaux plus profondes, l'origine du monde, l'avant et l'après la naissance, la mort, l'esprit, la matière, la lumière. Parfois, nous allions plus avant dans les eaux tourmentées de la conversation en abordant des thèmes épineux comme l'attitude des militants de notre groupe ou les concepts de liberté et de propriété dans notre société. Les militants ne se doutent pas que la masse les analyse autant qu'eux nous analysent, sauf que les conséquences ne sont pas les mêmes. Un autre sujet délicat : nous nous demandions si, vu l'orientation que nous prenions, nous n'arriverions pas un jour au culte de la personnalité pur et dur. A ce propos, j'ai laissé échapper un jour que je n'aimais pas les fidélistes. David s'est levé d'un bond et a viré au vert, au blanc et au rouge, comme un drapeau mexicain flottant sur la grand-place du Zócalo, et j'ai dû lui donner précipitamment une explication. Le terme me semble justifié, j'ai dit, pour ceux qui ont été ses compagnons de jeunesse et qui l'ont depuis lors suivi dans ses nombreuses batailles, donc pour ceux qui ont cru en lui dès le début et l'ont suivi sans contrepartie, quand on ne savait pas encore où le mèneraient ses aventures. Je l'admets pour ce petit groupe, sorte de clé de l'amitié authentifiée par des années, mais j'en suis aussi choqué qu'un coup de pied dans les couilles chez les autres, surtout chez ceux qui l'encensent au point de vouloir faire de son nom une somme qui dépasse les concepts même de révolution, patrie et avenir, car je me demande toujours si, au lieu de suivre un homme et des idées, ils n'adulent pas un chef dont l'œuvre les intéresse moins que l'envie d'être bien vu de lui car en dépendent leurs intérêts et leurs lauriers, ce qui les conduit à l'applaudir et à l'acclamer autant dans ses réussites que dans ses excès ; ils ne sont pas ses vrais amis, ils ne veulent surtout pas le contrarier ou provoquer sa colère, ils sont invariablement souriants, en marge de la critique. En ce qui nous concerne, je préfère

le titre de révolutionnaire tout court, car en réalité il me semble plus ouvert, et je laisserais celui
de fidéliste, comme je te l'ai dit, à ceux que je t'ai
décrits tout à l'heure, et je le récupérerais après
sa mort, quand il ne répondrait plus à aucun
intérêt, mais à la simple adhésion à un idéal.
Maintenant, je pourrais en dire autant de n'importe quel titre autour d'une personne ; c'est un
truc tellement pollué par les adulateurs et les arri-
vistes que les gens honnêtes ne devraient pas
l'utiliser. David s'est rassis et s'est tu.

Dans mes bavardages, moi aussi j'intercalais
des chapitres de la vie des Beatles à mesure que
je les découvrais, et je ne négligeais ni les femmes ni les histoires de cul, le sujet central, mais
sans exagérer car vous savez maintenant comme
ce garçon faisait des manières. Voilà pourquoi il
a raté, et vous aussi par la même occasion, la
fable de la nymphe qui aimait jouer aux pom-
piers avec ma lance, celle des deux sœurs le jour
où la grêle est tombée sur La Havane, et celle de
la fille qui avait un rhume et qui avait perdu son
paon. Elle le retrouva dans la cour d'un Noir qui
venait d'emménager dans le quartier, et la fille,
en voyant ce prince d'ébène, comme on dit,
oublia le dindon et lui demanda si elle pouvait
aller boire un verre d'eau dans sa cuisine. Je n'ai
pas de glace, répondit le Noir. Pas de problème,
dit la fille, je n'ai pas soif. Ma mère raconte
qu'elle était en train de raccommoder une paire
de chaussettes jaunes quand elle entendit les cris,
et la fille raconte qu'elle essaya bien d'arrêter le
Noir, mais qu'elle avait les bras trop courts pour
le repousser. David aimait parler de femmes plus
qu'on ne peut le croire, et surtout il aimait
m'écouter en parler, à condition que je n'exagère
pas ou que je ne parle pas de nichons. Moi,

quand je décris des nichons, je suis génial, parce que les nichons ça me rend fou, quelle que soit leur taille. Une fois, je lui ai raconté que j'étais dans la rue Obispo, à regarder des photos artistiques qu'un type m'avait faites, quand soudain j'ai levé la tête et vu, à l'intérieur d'une pharmacie, appuyée sur le comptoir en acajou, la plus extraordinaire paire de miches qu'aient contemplées des yeux humains, bien supérieurs à ceux de tante Zaida. Cette vision a suffi pour que j'entre et fonce droit sur la pharmacienne. Camarade, je lui ai dit en la regardant dans les yeux, est-ce que vous avez du benzyl benzoate ? Elle a soutenu mon regard, et je te laisse imaginer le reste : j'ai posé la main sur le comptoir et d'un bond je me suis retrouvé de l'autre côté, les mains sur ses seins. Tout s'est passé dans l'arrière-boutique de la pharmacie, sur des sacs de coton stérile, tandis que sa collègue, une petite Noire toute maigre au cul en pointe, mettait sur la porte une pancarte informant les clients que l'établissement était fermé pour inventaire. Après avoir apposé cet avis, la petite Noire est venue regarder ce que nous faisions, sa collègue et moi, mais elle est restée sur le seuil, malgré mes signes pour l'inciter à participer ; elle se contentait de rire et de m'encourager à persévérer sans me soucier de sa présence. Ça a duré une quinzaine de minutes environ, mais elles comptent parmi les plus intenses de ma vie. Le seul problème, c'est que la pharmacienne avait un rhume, comme la fille qui avait un paon, et elle me l'a refilé, et moi je l'ai refilé à la moitié de l'école. David a tellement aimé l'histoire de la pharmacienne enrhumée, amputée de la présence de la petite Noire, qu'il l'a intégralement notée dans son carnet, à la virgule près. C'est d'ailleurs à ce moment-là que je l'ai soupçonné de collectionner mes histoires pour écrire un bouquin où mettre un peu de sel dans le roman qu'il écrivait, et je me suis promis de lui soustraire ses carnets à la première occasion, pour voir s'il me traitait bien dans le livre. Mais je n'ai pas pu, car il surveillait jalousement son journal, je n'ai jamais pu dénicher l'endroit où il le cachait. Son intérêt pour l'histoire de la pharmacienne était tel qu'il a voulu la voir. Je l'ai emmené jusqu'au carrefour le plus proche et je lui ai dit, C'est là, maintenant va acheter de l'aspirine, moi je reste ici ; j'avais promis à cet ange de revenir et, comme vous le savez, je n'ai pas tenu parole. Il est revenu environ une demi-heure plus tard pour me confirmer qu'en effet les seins de la pharmacienne étaient du jamais vu, et qu'elle n'était plus enrhumée. Et il n'y avait pas une petite Noire ? Si, très gentille. On est repartis et, trahi par mon subconscient ou inspiré par cet esprit malin qui envoûtait David, je lui ai dit, Tigre, tu imagines le pied qu'on prendrait, toi et moi suspendus aux nichons de la pharmacienne, chacun le nôtre ? A ces mots, ma queue s'est cabrée entre mes jambes. Comme j'avais commencé, j'ai continué, On entendrait ses cris de plaisir jusqu'à Guanabacoa, je t'assure, et dix minutes plus tard elle voudrait passer aux choses sérieuses, et on aurait de quoi la satisfaire, tu ne crois pas ? Il m'a regardé d'une façon que vous ne pouvez pas imaginer. Comme si j'étais le plus grand pécheur que la terre ait jamais porté, alors que ce que j'avais dit c'était juste une façon de parler. J'ai vu que j'avais proféré une énormité et mon sang s'est figé, car j'ai compris que j'avais dé-passé les limites de ce que David pouvait tolérer. Par chance, nous passions devant un marchand de glaces et je l'ai poussé à l'intérieur. Camarade, à quel parfum, les glaces ? A la vanille et au *mantecado*, mais ne fais pas ton malin, vous devez d'abord faire la queue dehors et vous entrerez à votre tour, ici même Mahomet fait la queue. Allons-nous-en, David ! j'ai dit très énervé en repoussant ce garçon dans la rue. Je l'ai dévisagé du coin de l'œil et, comme j'ai vu qu'il était encore travaillé par ma récente allusion triangulaire, j'ai continué de protester. Qu'est-ce que c'est cette manie dans ce pays de proposer des glaces à la vanille et au *mantecado*, deux parfums que personne n'aime ! Et pourquoi pas au chocolat ? Nous sommes bien producteurs de cacao ! Ou à la mangue ou à la goyave ? Tu as déjà vu à Cuba un arbre donner du *mantecado* ou de la vanille ? Alors il a dit, Le cacao est un produit qui répond à une demande internationale, en l'exportant, grâce aux devises ainsi obtenues, nous pouvons acquérir des machines et des médicaments. Ah, David, tu as réponse à tout, à tout ! Et le *mantecado* est une essence, pas un arbre, a-t-il ajouté ; en revanche, la vanille, c'est vrai, est le produit d'un arbre. Et de là on est passés à d'autres sujets et on a consacré une demi-heure à essayer de voir s'il était juste de ne pas manger de langoustes pour les laisser aux étrangers, et de ne pas pouvoir entrer dans les hôtels. Quand il m'a paru que nous avions assez discuté et qu'il aurait oublié la scène que j'avais suggérée avec la pharmacienne, une scène qui maintenant devait travailler son subconscient, j'ai reconnu qu'il avait raison, si on retenait son point de vue : nous devions exporter le cacao et renoncer aux chambres de nos hôtels, c'était patriotique et ça nous emmenait vers l'avenir. Ses petits yeux ont brillé. Il était tout content chaque fois qu'il m'avait convaincu à coups d'arguments, en m'exposant les siens et en écoutant les miens, contrairement à certains militants qui ne perdaient pas leur temps à discuter, qui te disaient ce qu'il fallait penser et si tu ne le voulais pas tu risquais d'avoir des ennuis. Mais ça n'est pas un travail politique, ça n'est pas travailler les consciences, se plaignait David. Les gens doivent comprendre le pourquoi des choses, on ne gagne rien à les leur imposer, sinon elles ne tiennent qu'à un fil et ce n'est pas la bonne méthode pour une révolution comme la nôtre. L'ennui, dans ce que tu dis, j'ai déclaré le jour où on a abordé ce sujet, c'est que pour convaincre il faut être patient, investir beaucoup de temps et d'efforts. Et je suis passé à ma fameuse théorie des dossiers. Comme elle est intéressante et que je me fie à votre discrétion, je vais vous l'exposer en quelques lignes.

A l'école, nous étions tous amis et camarades. Celui qui avait un morceau de pain le partageait avec les autres à parts égales et dans un combat contre l'ennemi nous aurions donné notre vie pour celui qui aurait été à nos côtés, sans regarder s'il était noir ou blanc, mais par ailleurs tout le monde émettait des jugements sur tout le monde, en public et en privé, même par écrit, ce qui était pire, et ces opinions allaient grossir un dossier, TON dossier, qui te suivrait toute ta vie comme une seconde ombre, et si un jour tu manifestais l'envie d'acheter une voiture, par exemple, on commencerait par examiner ton dossier pour voir où en étaient tes mérites, et l'acquisition du véhicule ou de n'importe quoi dépendrait plus de cette consultation que de tes disponibilités. Dans ces conditions, tu comprendras qu'en veillant à ce qu'on déverse sur toi les meilleures et les plus belles opinions tu faisais tout simplement preuve de bon sens. Ça sautait tellement aux yeux que je me demandais comment un type aussi intelligent et libre-penseur que David pouvait ne pas le voir. Par ailleurs, avoir un bon dossier n'était pas la mer à boire. En premier lieu, tu devais montrer que tu avais une personnalité comme celle de tout le monde. Pas question de jouer les introvertis, les différents ou spéciaux. Les introvertis, ils cachent quelque chose ; les spéciaux, ils sont prétentieux ; et les différents, francophiles ou pédés. Mais, toi, tu serais comme tous les jeunes : joyeux, profond, discipliné, fiable, athée, viril et, bien entendu, révolutionnaire. Tu t'entendrais bien avec ceux d'en haut, mais aussi avec ceux d'en bas, car il n'y aurait pas de meilleur piston que la Noire des cuisines, le vieux du magasin ou un chauffeur quelconque, ils demanderaient la parole en assemblée générale et diraient que tu n'étais pas du genre à regarder les travailleurs de haut, mais plutôt à les traiter d'égal à égal et à s'intéresser à leurs problèmes. Cette précieuse opinion t'aurait peut-être coûté quelques petits savons parfumés pour la cuisinière, des lunettes noires pour le chauffeur et des stylos bille pour le vieux du magasin, mais l'essentiel tu pouvais l'obtenir avec un peu de gentillesse et de conversation, car les gens de la base sont toujours simples et sentimentaux, sauf s'il s'agit d'une attribution de logement ou d'un appareil électroménager, seuls cas où ils se transforment en bêtes fauves et se serrent les coudes avec leurs congénères. Une autre qualité qui devait apparaître dans les premières pages du dossier était ta disposition à être volontaire pour n'importe quoi et n'importe quand. Ensuite, tu t'arrangerais pour que ton chef, avec qui tu entretiendrais d'excellentes relations, te déclare irremplaçable à ton poste, car pour les campagnes de ce genre c'est l'intention qui compte. Malgré tout, il ne serait pas mauvais que, de temps en temps, tu te forces un peu à aller planter ou ramasser des patates une petite semaine dans les champs ou à peindre les bordures de trottoirs le dimanche matin pour que ton pâté de maisons soit joyeux et joli et gagne un prix d'émulation. Il ne serait pas moins déterminant qu'on ait connaissance de ta conviction profonde et absolue concernant la supériorité et l'irréversibilité du socialisme, car le moindre doute à cet égard serait gravissime, et une fois établi particulièrement difficile à dissiper. C'est pourquoi, même si ce n'est pas le bon moment, à chaque instant tu devrais exprimer clairement que pour toi il n'y a pas pire que le marché, la propriété privée et les biens matériels. Tu condamnerais les administrateurs, les épiciers et les distributeurs d'essence qui volent à pleines mains, mais la gravité de tels faits ne pourrait être comparée, selon toi, avec l'acte innocent en apparence de l'individu qui, profitant de nos carences et de nos limitations, se mettrait à vendre du jus de citron frais devant ta porte ; oui, aujourd'hui c'est du jus de citron et cela semble excessif de le réprimer, mais demain ce type va monter une entreprise de mise en bouteille après avoir contaminé au passage la moitié de l'humanité, parce que c'est dans la nature du capitalisme de se faufiler par les moindres interstices, et il vaut mieux avoir un peu soif et un peu chaud plutôt que de le laisser entrer. Un jour viendra, quand les conditions le permettront, où on pourra produire, pour tous et sans que personne n'exploite personne, les meilleurs jus de citron de l'Amérique latine. Comme il ne

s'agissait pas non plus d'être accusé de dogmatisme ou d'avoir un bandeau sur les yeux, tu
pourrais admettre *en petit comité**, entre camarades et personnes de confiance, que notre société n'est pas parfaite, tu reconnaîtrais même les
erreurs du socialisme comme les procès de
Moscou, l'invasion de la Tchécoslovaquie, le
catholicisme en Pologne, la limitation de certaines libertés individuelles et les problèmes de
censure et de liberté d'expression, mais toujours
à propos de l'Europe de l'Est, jamais à propos de
Cuba, car notre situation n'est pas la même,
dirais-tu, nous n'avons pas été libérés par les
chars soviétiques, nous nous sommes libérés
nous-mêmes, toute la différence est là. Bien
entendu, nous avons nos défauts, reconnaîtrais-
tu, mais ils sont d'une autre nature : cette foutue
indiscipline, le caractère latin, la vocation pour
l'héroïsme mais pas pour le quotidien, on n'a pas
de limites ou on les dépasse, comme a dit le
libertador Máximo Gómez, et cette foutue incapacité à contrôler et à administrer que nous avons
plus ou moins héritée de l'époque coloniale.
Côté femmes, le dossier soulignerait que tu étais
parmi les premiers à défendre leurs droits et leur
égalité, mais que, à titre personnel, tu étais un
baiseur redoutable et que jamais tu ne revenais
innocent des congrès ou des voyages d'inspection en province, qui sont toujours des déléga-
tions mixtes, mais qu'elle n'était pas encore née,
celle qui dirait des horreurs sur toi en sortant de
ton lit. Côté Noirs, ou négritude, comme on dit
maintenant, sujet de la plus haute importance
dans le contexte national, tu parlerais avec fierté
du métissage de notre nation, creuset de races, et

* En français dans le texte. *(N.d.T.)*

tu saurais par cœur le poème *J'ai*, de Nicolás Guillén. Moi, par chance et par nature, jamais je n'ai eu d'allergie aux races, essentiellement grâce à ma mère, grâce à cette Noire, la femme du chauffeur qui nous emmenait à la plage, et grâce à Lahera, le Noir en or. Quant aux pédés, tu les repousserais tout net, même si on te rouait de coups, tu continuerais de dénoncer cette politique de tolérance à la mode ces derniers temps, et tu manifesterais la même répulsion pour les faibles de caractère, ceux qui doutent comme ceux qui coupent les cheveux en quatre dans les magazines et les conférences, car leur fréquentation n'est pas une partie de plaisir, sans compter les artistes et les intellectuels, chez qui l'ennemi recrute ses agents. De cette façon, le machisme et l'homophobie seraient les seules ombres dans ton dossier, mais tu n'aurais pas à t'en inquiéter : pour ce genre de fautes on n'a jamais empêché personne de prendre l'avion ou interdit à quelqu'un de travailler, car on sait que personne n'est parfait.

Ignacio Capote Leyva ! C'était le nom du type de Manzanillo qui partageait notre chambre. Je savais bien que j'allais m'en souvenir, il ne pouvait en être autrement. C'était un type merveilleux, excellent camarade, et ses tantes faisaient des flans au coco sans coco, je ne vous dis pas ! Avec Nacho, c'était son surnom, il n'y avait que deux problèmes. Le premier était l'hygiène personnelle, ou plus exactement buccale. Quand ce copain ouvrait la bouche, tous ses charmes s'effondraient, car les exhalaisons de cet antre dépassaient en ammoniaque et en soufre ce qu'on respirait dans l'autre, je veux parler de celui de la rue Matthew, à Liverpool, où nos cousins avaient joué du temps où ils étaient encore des pouilleux. Un jour, j'ai pris mon courage à deux mains, je l'ai pris à part et je lui ai dit, Camarade, ça va durer jusqu'à quand ? Dans l'Oriente, on appelle ça comment, dentifrice ? Ce n'est pas une bouche que tu as, c'est un égout ! Le pauvre garçon est devenu livide. Il ne m'a plus jamais adressé la parole, mais au fond il m'a su gré de ma sincérité et le lundi suivant il a pris le chemin du dentiste qui, en définitive, était gratuit. Son autre problème concernait la littérature, ou plutôt la rédaction. On ne sait pas pourquoi, mais la prose des natifs de Manzanillo dans les années 1950 est totalement dépourvue de charme, de rythme et de substance. Personne ne dépasse la page 10 d'un texte écrit par un auteur de Manzanillo de cette décennie, et après une telle dose, si vous voulez retrouver le goût de la langue castillane, il vous faudra lire à la file Cervantès, Góngora, Quevedo, Azorín et Abilio Estévez, la jeune promesse de notre littérature. A propos de notre natif de Manzanillo, la prof de littérature a décidé d'aller au fond du problème, elle a pris un bus et s'est présentée à la direction municipale de l'Education de cette localité, mais en lisant les petites annonces, convocations et notes punaisées aux murs, elle a compris qu'il n'y avait rien à faire et sans desserrer les dents elle est retournée à la gare routière où elle a pris le premier car pour La Havane qui avait encore une place, c'est-à-dire trois jours plus tard. Certains pensent que la tare provient de la consommation excessive de la *liseta*, un poisson de la région dont les indigènes sont très friands. Quelle qu'en soit la raison, le mal est si répandu qu'il affecte aussi des écrivains des localités proches, par chance avec des faiblesses plutôt bénignes, comme la distraction et la lenteur. Le cas le plus remarquable parmi ces derniers est celui d'Ambrosio Fornet, célèbre essayiste et critique littéraire de Bayamo, ville située à quatre-vingt-dix kilomètres de Manzanillo, que sa femme dut emmener, pour qu'il achève l'histoire de la littérature cubaine qu'il rédigeait depuis sa jeunesse, à La Havane, à huit cent soixante kilomètres à l'ouest, où elle l'enferma dans une chambre du dixième étage d'un immeuble où l'ascenseur ne marchait pas, lui laissant pour seule compagnie une chatte siamoise dont elle avait coupé la queue afin que le savant ne se distraie pas à la caresser. Et malgré cela, nous attendons encore l'œuvre, impatients de découvrir ce qu'il a pu dire de la poésie d'Antón Arrufat, et de voir s'il l'a placé avant ou après Rafaela Chacón Nardi.

Pour en finir avec ce système des dossiers, théorie qui en toute rigueur appartient plus à mon père qu'à moi-même, les bureaucrates n'ont pas tardé à comprendre la subtilité de ce mécanisme et le profit qu'ils pouvaient en tirer, ils l'ont accaparé et sont maintenant les seuls autorisés à énoncer un verdict quand vous déposez une demande, que ce soit pour acheter une voiture, partir à l'étranger ou abattre une cloison de votre maison. Ainsi, ils se sont épargné la tâche fatigante de convaincre, stimuler et éduquer les masses et les individus, à chacun de se décarcasser, car, comme avec les comptes bancaires, c'est le titulaire et non le banquier qui a intérêt à augmenter son avoir. Nous devons nous mobiliser et nous convaincre nous-mêmes, sinon notre compte en banque ne grossit pas. Vous comprenez que ça n'a pas grand-chose à voir avec la justice et les stimulations sur l'homme vaillant

162

dont on parlait au début et qui était si joli. En écoutant mes conclusions, David s'est levé. Eh bien, je vais me battre contre ces dossiers ! qu'il a dit. Et de quelle façon, mon cher ? j'ai demandé. Je ne sais pas encore, il a reconnu, mais je trouverai bien un moyen ; peut-être en écrivant un roman ou une pièce de théâtre ; je te le dis, ta théorie, loin de me saper le moral, me donne des forces, car elle me montre qu'il y a beaucoup à faire, qu'une bataille s'achève quand d'autres commencent ; il ne faut pas se laisser abattre ou envahir par les difficultés ou les reculs ; c'est normal et passionnant, sur un chemin aussi long que le nôtre. Cela dit, il s'est rassis. Moi, j'étais toujours debout. D'abord, j'ai failli éclater de rire, mais j'étais touché par la véhémence avec laquelle il a parlé, que ses propos soient déraisonnables ou avisés, profonds ou ingénus, et je me suis dit que ce garçon irait très loin, dès qu'il aurait perdu son pucelage.

14

DAVID

Un jour, il s'est passé un truc. J'avais posé clairement dès le début que ce qui était à moi était à
la collectivité, que je voulais bien prêter mes
affaires, mais qu'il fallait me le demander et me
les rendre en mains propres après usage. Je ne
l'avais peut-être pas dit avec assez d'énergie et
tout le monde ne m'avait pas écouté, car le jour
en question, au retour des toilettes, quelqu'un
avait pris ma brosse à chaussures dans mon
armoire et s'en servait, assis sur mon lit. Mais
merde, qui t'a autorisé à utiliser ma brosse sans
permission, *asere*? Voilà ce que je devais lui dire,
car dans des endroits comme l'école si on ne
parlait pas comme il fallait on était foutu, de
même si on laissait les autres utiliser ses propres
affaires. Mais le type ne m'a pas laissé le temps
d'ouvrir la bouche. Au fait, il a dit sans lever les
yeux, on va au ciné ; il y a un film avec Stefania
Sandrelli au *Radiocentro* et on ne peut pas rater
ça ; si tu n'as pas d'argent ne t'inquiète pas, je
paie les places et tu me rembourseras plus tard
ou tu m'offriras une pizza, tu aimes les pizzas ? Et
sans attendre ma réponse il s'est levé, ce qui m'a
permis de voir sa tête, il m'a rendu la brosse et il
a ajouté, Range-la et je te donne un conseil, ne
laisse pas ton armoire ouverte, ça allait qu'aujourd'hui c'était moi, je suis réglo et je te connais,

mais un type peut s'amener et te la vider ; je te dis ça pour ton bien et grouille-toi, on est en retard pour le cinéma et Mme Sandrelli ne va pas nous attendre pour se mettre à poil. Je n'avais toujours pas pipé mot, j'avais retrouvé ma voix mais en voyant sa tête j'étais ébahi. C'était le sous-officier de garde, celui qui m'avait accueilli le jour où j'étais arrivé à l'école ! Où était-il passé depuis tout ce temps ? Il était en coulisses ou temporairement absent, pour cause de vacances ou de maladie ? Tiens, tu la mettras en chemin, il a dit en me passant ma propre chemise ; et grouille, c'est pas pour demain ; comme tu es lent, mon vieux, on vient de s'astiquer la colonne ? Une fois de plus, je me suis vu à marcher derrière lui dans les couloirs et les escaliers. Dehors, il a écarté les bras, regardé le ciel et, comme s'il était Al Capone à la porte de Sing Sing, il s'est exclamé :

— La rue, ce lieu sublime ! La Havane, ce lieu sublime !

— Ah oui, j'ai répété, la rue, ce lieu sublime.

— En route, mauvaise troupe.

Et on est partis.

— Dis donc, il a dit, tu ne te souviens pas de moi ?

— Non.

— C'est pas possible ! J'étais le sous-officier de garde le jour où tu es arrivé à l'école, c'est moi qui t'ai amené au dortoir et qui t'ai présenté au groupe. Tu n'es pas physionomiste, tu sais ; tu ne feras jamais un bon policier. Moi, quand je vois quelqu'un, je ne l'oublie plus jamais.

— Ah, oui, maintenant je me rappelle.

— Dis donc, tu la sortais d'où, ta valise ? Elle était à ton arrière-grand-père, ou c'est un héritage de Christophe Colomb ? Ce jour-là, j'avais une rage de dents à me taper la tête contre les murs. Mais une de ces rages de dents, si tu savais ! J'avais mal depuis le début de la semaine, mais on ne m'a pas laissé aller chez le dentiste parce qu'on avait cru que c'était un prétexte pour ne pas être de garde ce jour-là. C'est vrai que je déteste les gardes et que je suis capable d'inventer n'importe quoi pour y échapper, mais ce jour-là j'avais vraiment mal aux dents. Je ne savais pas ce que c'était, une rage de dents, comme je vis près d'une étable, j'ai les os bourrés de calcium, mais ce jour-là j'ai compris ma douleur.

— Ah.

— Je vais au cinéma avec ma fiancée, elle fait des études de chimie et elle est de Matanzas. Je ne sais pas pourquoi les femmes aiment tant la chimie, elle va amener une copine et tu t'arrangeras avec elle.

— Non, écoute, en réalité je ne peux pas t'accompagner, je n'avais pas encore eu le temps de te le dire ; cherche quelqu'un d'autre, parce que moi, en réalité, je dois absolument aller voir une cousine de ma mère qui s'appelle Eslinda, tu comprends ? Je vais juste t'accompagner jusqu'à l'arrêt, en réalité.

— Tu iras la semaine prochaine. Laisse-toi mener par le proverbe qui me sert de guide, tu sais : Ne fais pas aujourd'hui ce que tu peux remettre à demain.

Il a ri de sa propre plaisanterie et m'a regardé, étonné de ne pas me voir rire.

— Non, vraiment, je ne peux pas. J'en suis désolé autant qu'il est possible, mais je ne peux pas. La cousine de ma mère m'aime énormément et elle a acheté une dinde et l'a rôtie d'après une recette qu'on a donnée à la télévision, alors tu imagines, je ne peux pas la faire attendre, la pauvre, sûrement pas, pour rien au monde, et figure-toi qu'elle vit en banlieue, du côté de Juanelo.

Sur ce, le bus est arrivé. Ils ont souvent beaucoup de retard, mais voilà, celui-ci est arrivé trop vite. Il m'a poussé à l'intérieur.

— Tu ne peux pas me laisser tomber ; la dinde de ta tante, elle attendra ; tu la préviens par téléphone que tu as eu un problème. Ma fiancée m'a dit que sa copine va avec n'importe qui, alors non seulement tu m'accompagnes au cinéma et on voit Stefania Sandrelli mais tu te colles aux nichons d'une gonzesse, qu'est-ce que tu veux de plus dans une journée, pour un demi-peso ? Tu changerais ça pour une dinde ? En voiture, messieurs dames, en voiture.

— Quelle éducation, cette jeunesse, c'est pas des façons de pousser les gens et de dire des choses pareilles ! a protesté une dame très élégante. Ah, attendez une seconde que je me pousse !

— Pas question, est intervenue une autre dame non moins élégante et un peu plus robuste. Nous étions là avant vous et nous avons le droit d'être là ; allons, un peu de respect ! et elles se sont mises à jouer des coudes, et j'en ai pris ma part.

Dans le bus, mon ami improvisé m'a poussé jusqu'au fond, et on s'est mis le plus près possible d'une fenêtre. J'avais eu des sueurs froides et j'ai senti un goût aigre remonter de l'estomac. Demain, j'aurai une gastrite, j'ai pensé, et je n'ai plus d'Alusil ; ou alors des diarrhées, et je n'ai plus de sulfaguanidines. Qu'est-ce que je pourrais lui raconter, à cette fille inconnue qui se laissait peloter, la copine de l'étudiante de chimie, qui se laissait peloter, elle aussi ? Ce n'est pas le genre de fille qui m'intéresse. Et pour comble, l'ex-sous-officier de garde avait un air à la Paul McCartney, on voyait à des kilomètres qu'il avait la parole facile, cela signifiait que le lendemain il raconterait à toute l'école qu'on était allés au cinéma avec deux gonzesses qui se laissaient peloter, mais que la mienne je ne l'avais pas touchée. Voilà bien le genre d'ennuis qu'on récolte sans les avoir cherchés, parce qu'on n'a pas osé dire non. Il faut que je descende ; il faut que je descende de ce bus, il faut absolument que je descende, je me raccroche à la dinde de ma cousine et je vais descendre, vous allez voir ce que vous allez voir.

— Ma copine, elle baise, il a dit. Je ne me la suis pas encore tapée, mais je sais qu'elle baise, c'est un pote à moi qui me l'a dit, parce qu'il se l'était envoyée ; mais tu sais comment c'est, si ça se trouve c'est un mensonge ! De toute façon, j'en crève d'envie, et si elle a baisé avec lui, il faudra bien qu'elle baise avec moi.

Les deux dames du début étaient près de nous, et elles lui ont lancé un regard sinistre. L'une allait à l'église et l'autre au restaurant. Il a fait comme s'il n'avait rien vu.

Il faut que je dise quelque chose, j'ai pensé. Et il faut que je l'arrête, il ne peut pas continuer de parler ici comme si nous étions sous la douche à l'école.

— Et ta dent, où ça en est ?

Pas très efficace, mais au moins j'avais un peu repris la parole.

— Ma dent ? C'est oublié ! Grâce à la légende du cimetière Colón. Je l'ai fait enlever. La dentiste m'a grimpé dessus, elle m'a planté ses nichons dans la poitrine, m'a dit que je n'aurais pas besoin d'anesthésie, que les autres étaient saines, et elle me l'a arrachée. Je suis parti en courant de la consultation et j'ai filé droit au cimetière Colón, où je l'ai jetée par-dessus le mur sans me soucier de savoir où elle tombait. D'après ma grand-mère, si on ne fait pas ça, on a une autre carie qui pousse.

Le bus a fait une embardée et nous a précipités sur les deux dames.

— Dis donc, tu es déjà allé avec des femmes ?

— Oui, bien sûr, j'ai dit en baissant la voix. Chez moi, dans mon village.

— Excuse-moi, mais je ne te crois pas. Ça crève les yeux que tu n'es pas dégourdi. Il ne faut pas que ça te fasse de la peine, il y a un tas de types qui sont dans ton cas. Et il ne faut pas non plus t'inquiéter : maintenant qu'on est amis, tu ne vas pas manquer de gonzesses ; ton pucelage, dans un mois, tu ne l'auras pas seulement perdu, tu l'auras écorché vif.

— Quelle horreur, les jeunes disent de ces choses, aujourd'hui ! a dit une des dames, celle qui allait à l'église.

— On ne peut plus mettre les pieds dehors, a dit celle qui allait au restaurant. Essayez de voir si on ne peut pas se faufiler par là.

— Parle plus bas, j'ai dit à mon compagnon.

— Tu sais quoi ? il a continué sur le même ton. Aujourd'hui, c'est plus comme avant. Avant, avec le capitalisme, quand tu avais douze ans ou douze plus un, ton père ou un frère t'emmenait au bordel, comme cadeau d'anniversaire, et tu faisais connaissance avec la baise. Ici, à La Havane, ne dis jamais treize, dis douze plus un, parce que si tu dis treize, on te répond, Plus tu me la suces, plus c'est balèze. Bien sûr, c'était un fléau social et il a fallu l'éliminer, mais tu sais ce que je pense ? qu'on aurait dû laisser un bordel, au moins un, pédagogique.

Il riait franchement de sa propre idée. La marée humaine avait ramené les deux dames vers nous, celle qui allait à l'église et celle qui allait au restaurant. Et elles nous foudroyaient toutes les deux du regard.

— Parle tout bas, je t'en prie, j'ai demandé à mon compagnon.

— Naturellement, je n'en demande qu'un seul, réservé aux étudiants et aux bidasses. Les bidasses souffrent plus que nous. Un cousin, aussi peu dégourdi que toi, s'est retrouvé au service militaire ; il est du côté de Bahía Honda, et s'il ne se grouille pas de se dégourdir, c'est les autres qui vont le baiser ; j'ai même l'impression qu'il le cherche, et voilà, ce sera le premier pédé de la famille ; il fera la couture pour les autres.

Le bus a fait un écart, sans doute pour éviter un nid-de-poule ou autre chose, et on a failli retomber sur les dames. Ce n'était pas un nid-de-poule, mais un type à bicyclette qui traversait. Le chauffeur a passé la tête par la fenêtre et lui a crié :

— Vieux chnoque de merde, pédé, fils de pute, regarde où tu fous les pieds et tu peux te le mettre au cul, ton vélo ; et ta mère avec, cette vieille salope !

Les dames ont échangé un regard. Ce pays était dans un triste état, dire qu'autrefois on l'appelait la Suisse de l'Amérique.

— Du temps de Grau, a dit l'une, de Prío et du docteur Mendieta, utilisait-on ce langage dans les rues et les transports publics ?

— Jamais de la vie, il y avait beaucoup de respect ; mais il paraît qu'en Russie c'est pareil.

— Vous avez tout dit : en Russie.

— Et tu es déjà allé avec des animaux ? a demandé mon compagnon.

— Avec des animaux ?

— Ne me dis pas que toi qui es de la campagne, tu n'es pas allé avec des animaux. Ça alors, tu es cent pour cent vierge ? Waouh ! Moi, dans mon village, il y avait un type qui avait un troupeau de chèvres et j'étais pour ainsi dire amoureux de l'une d'elles ; mais ce salaud, comme il était grand et costaud, il prenait vingt centavos si on voulait y aller.

— Parle tout bas, s'il te plaît, j'ai dit en regardant les dames, celle qui allait à l'église et celle qui allait au restaurant.

Non, je n'étais pas devin, c'est elles qui l'avaient dit.

— Au *Carmelo* de la rue Calzada, avait dit l'une, pour les vieux clients ils continuent de préparer leurs spécialités de poissons comme si de rien n'était ; nous avons une place libre, vous voulez vous joindre à nous ?

— Je vous remercie, mais je vais à l'église, avait soupiré l'autre. Le père Carlos Manuel m'attend ; je dois brûler un cierge à la Vierge, parce que, Dieu merci, mon neveu est arrivé sain et sauf. Vous voyez ce que je veux dire ?

— Moi, à votre place, je réfléchirais. Dieu est éternel et il est partout, tandis que le poisson du *Carmelo*, le poulet du *Kasalta*, les canetons du *Toledo*, la morue à la biscaïenne du *Centro Basco* ou le ragoût de veau du *Miami*, on ne les trouve qu'ici, à La Havane, et encore, ils vont disparaître.

— La chèvre me reconnaissait ; si tu l'avais vue ! Dès que j'arrivais sur ma bicyclette, elle agitait la queue et se mettait à bêler et à sautiller. Tiens, le jour des Amoureux, je lui ai porté un bouquet d'herbe fraîche et on a passé l'après-midi ensemble.

Et il a éclaté de rire.

— Parle tout bas, j'ai insisté.

— Camarade, ne me demande pas de parler tout bas. Comment tu veux que je parle tout bas, j'ai une voix qui porte ! Nous, à la campagne, on parle fort. Pas les gens de la ville, eux, ils vivent comme dans des ruches, si quelqu'un lâche un pet chez lui, tout le monde l'entend. Et puis je ne dis rien de mal, rien de secret.

Mais en jetant un coup d'œil il a vu que non seulement les deux dames, mais tout le monde était suspendu à notre conversation. Ça a dû le convaincre, car il s'est rapproché de moi et il m'a parlé à l'oreille.

— Tu sais ce que c'est, une gonorrhée ?

— Une gonorrhée ?

— Chuuut ! C'est une maladie que vous refilent les femmes ; ça pourrit la bite ; et la syphilis c'est encore pire, ça te rend aveugle et idiot, et pas seulement toi, ça se transmet jusqu'à tes petits-enfants.

— Dieu tout-puissant.

— Et les morpions ? Les poux des couilles. Dans le dictionnaire, c'est défini comme des anoploures inguinaux, mais ce sont des poux que te collent les femmes et les pédés, ou si tu te sèches avec la serviette d'un type qui en a. Ça donne des démangeaisons horribles et il faut se raser même les poils du cul. Et le clitoris, tu connais ?

— Le clitoris ?

— C'est ça, l'éducation dont le grand homme nous rebat les oreilles ! Eh bien, c'est du joli ! s'est exclamée la dame qui allait à l'église en se tournant vers celle qui allait au restaurant.

— Qu'est-ce que vous voulez que je vous dise ! Quand j'allais à l'école, on apprenait la morale et l'instruction civique, madame.

— Naturellement.

— Toi aussi, parle tout bas, a dit mon compagnon, et il a enchaîné : C'est un petit bouton qu'ont les femmes tout en bas. Un truc très spécial, plus important que l'âme. Il faut que tu apprennes à le localiser, parce que toute leur sensibilité est concentrée là-dedans. Si tu le frottes avec le doigt ou si tu le suces comme un quartier d'orange, ça les rend folles et c'est elles-mêmes qui te baissent le pantalon.

— Je crois que je vais descendre, a dit la dame qui allait à l'église.

— Non, madame, tenez bon, a dit l'autre en la retenant par le bras ; il faut résister ; il est hors de question qu'ils occupent notre place ; il faut que ça change, les autres ne vont quand même pas rester les bras croisés plus longtemps, c'est ce que dit mon mari.

— Le mien dit pareil, et moi je lui réponds, dans ce cas je vais aller attendre le changement à Miami, assise à une cafétéria de la 8e Rue, à déguster un vrai sandwich cubain avec tout ce qu'il faut, servi par un garçon qui fait les choses comme il faut. Mais il ne veut pas partir, parce que sa mère est enterrée ici. Même pas ici, à Puerto Padre. Et à la poste, à côté de chez moi on a mis un Noir comme administrateur, qu'est-ce que vous voulez que je vous dise !

— Parlez tout bas.

— Allez, c'est ici qu'on descend, a dit mon compagnon en me poussant vers la sortie. Arrête, chauffeur ! Tu ne vas pas nous laisser au prochain carrefour. Excusez-moi, mesdames, avec votre permission ; excusez-moi, veuillez avoir l'amabilité, si vous pouviez vous écarter un petit peu…

Quand on s'est retrouvés sur le trottoir, il s'est tourné vers le bus et a crié aux deux femmes qui, soulagées qu'on soit descendus, nous regardaient d'un sale œil à travers les vitres, Niquées, les sales bourgeoises, adieu ! et il a éclaté de rire, un des rires les plus drôles et les plus sympathiques que j'avais jamais entendu. Moi aussi j'ai éclaté de rire. Il m'a passé le bras autour des épaules et on est partis. L'air de la ville me fouettait le visage.

— Je voulais t'expliquer un truc, j'ai dit alors.

— Ah oui ? Quel truc ?

— Juste que tout à l'heure, dans le bus, j'ai dit "Aïe, mon Dieu", et après j'ai dit "Dieu nous garde", mais ne t'imagine pas que ça signifie que je crois en Dieu. C'est l'habitude. Ma grand-mère passe ses journées à invoquer Dieu et elle m'a refilé le truc, mais je ne suis pas croyant, loin de là.

— On est en retard, il a dit, les filles doivent se ronger les ongles devant le ciné.

— Attends, je ne peux pas y aller, je te l'ai déjà dit ! Et je me suis arrêté brutalement. La dinde de ma cousine, rappelle-toi.

— Tiens, je vois un téléphone.

Il m'a pris par le bras et m'a entraîné vers le téléphone. C'est même lui qui a décroché.

— C'est quoi, ton numéro.

Il a composé le numéro que je lui dictais, le premier qui m'est passé par la tête.

— Tiens, ça sonne. Tu n'as qu'à lui inventer une histoire.

— Allô, a dit un homme à l'autre bout de la ligne.

— Passez-moi Eslinda, s'il vous plaît.

— Eslinda ? Il n'y a pas d'Eslinda ici.

— Dites-lui que c'est de la part de son cousin David.

— Ecoutez, je vous dis qu'il n'y a pas d'Eslinda ici. La prochaine fois, regardez où vous mettez les doigts.

— Allô, cousine, c'est moi, David. Comment vous allez, tous ? Je t'appelle parce que, voilà, il y eu des complications et je ne peux pas venir manger la dinde.

— Allez vous faire foutre, crétin, et la dinde vous pouvez vous la mettre au cul, a dit le type en raccrochant.

— Non, tout va bien, j'ai poursuivi, mais on nous a supprimé les permissions ; quelqu'un a brûlé un matelas et on ne sait pas qui c'est, alors tu penses bien, on a tous été punis. Non, non, ce n'était pas une contre-révolution, juste une négligence, un gars qui fumait. Non, cousine, je n'y peux rien, tu connais la discipline militaire.

Mon compagnon me faisait signe d'abréger la conversation.

— Bon, cousine, je te rappellerai dès que je pourrai, il y a beaucoup de gens qui attendent le téléphone. Garde-moi de la dinde.

Et j'ai raccroché.

— Tu vois bien qu'on peut tout résoudre par téléphone.

Quand on est arrivés au cinéma, Mayra, sa petite amie, était appuyée contre une colonne et elle avait un air féroce. En nous voyant, elle a regardé sa montre et elle la regardait encore quand on est arrivés auprès d'elle.

— Il y a une heure et demie que j'attends, elle a dit sans me regarder.

— Je te présente mon cousin.

Mayra ne m'a même pas accordé un regard. Les cousins n'étaient pas son souci majeur.

— Ecoute, tu n'as qu'à lui demander : en descendant du bus, un camion a renversé un vieux à vélo et il l'a presque tué. Il lui a ouvert le crâne et comme on était témoins, nous et deux dames, on nous a emmenés à la police pour la déposition. Elle était grande comment, la blessure du type ?

— Environ trois points.

— Trois points ! Tu déconnes ! Tu n'y connais rien en blessures ! Elle était au moins de dix-sept points, Mayra, je te jure, figure-toi qu'on lui voyait l'os du crâne et la masse encéphalique, j'ai failli tourner de l'œil. Je ne savais pas que la cervelle palpitait comme le cœur, et elle n'est pas grise, elle est blanchâtre ; je ne comprends pas pourquoi on dit matière grise. Tiens, touche-moi, je dois être encore tout glacé. Allons, vas-y, touche-moi, touche-moi.

Elle l'a touché.

— Oui, c'est vrai, tu es glacé, elle a dit.

— C'est que j'ai été très impressionné. Lui non, parce qu'il a des nerfs d'acier.

— Et l'homme, il est mort ?

— Non, il s'en est tiré. Et la copine que tu devais amener ? il a dit en regardant de tous les côtés.

— Ah ! a dit Mayra très peinée en me regardant pour la première fois, elle a eu des remords. Son ancien petit ami est allé la voir et l'a convaincue de sortir de nouveau avec lui.

— Ah, pas de pot !

— Mais il n'y a pas de problème, j'ai dit. Je m'en vais, ne vous en faites pas pour moi. Je vous laisse tranquilles.

Au lieu de répondre, il est allé à la caisse et a rapporté trois tickets.

— Tu restes avec nous.

— Pour jouer les chaperons ? Pas question.

Il nous a poussés à l'intérieur du cinéma. La séance avait déjà commencé, la salle était plongée dans l'obscurité et il n'y avait pas d'ouvreuses. Ce n'était pas encore le film, mais un de ces documentaires en noir et blanc qui passent avant. Quand on a enfin pu s'asseoir, il m'a dit à l'oreille :

— Cousin, tu t'appelles comment ?

Je m'appelle David ou Daniel ?

— Qu'est-ce qui te prend ? Tu ne sais pas comment tu t'appelles ?

— Si. Je m'appelle David.

— Et moi Miguel, n'oublie pas. Nous sommes cousins, nous vivons dans le même village et nous sommes inséparables.

Alors je me suis rendu compte d'un truc qui m'avait échappé, avec toutes ces péripéties : Miguel était mon ami, l'Ami dont j'avais besoin pour commencer la vraie vie. Et j'avais fait sa connaissance le jour même de mon arrivée, comme mon imagination l'avait anticipé ! Vous voyez comme la vie est subtile, les choses arrivent et on ne s'en rend même pas compte. Je me sentais heureux, j'avais presque envie de pleurer et j'ai réalisé que, même si je ne croyais pas en lui, Dieu croyait en moi et ne m'abandonnait pas. Le bonheur et tous les changements auxquels j'aspirais étaient au coin de la rue.

15

ARNALDO

Je le revois, assis au salon, près de la fenêtre, surveillant la rue, sa bouteille de rhum Bocoy sous sa chaise, en cachette de ma mère, et je frémis. Pourquoi ai-je parlé de mon père ? Son esprit me hante, mais je n'ai pas l'intention d'aller dans une église demander une messe au curé pour que son âme repose en paix et comprenne que, lors de l'événement qu'il savait, je n'étais encore qu'un enfant. Un jour viendra, disait-il parfois, où on n'obtiendra plus rien par le fric, le puissant chevalier ne sera plus le seigneur Fric de Quevedo mais le seigneur Mérite, et surtout le seigneur Mérite Politique ! Combien coûte cette maison ? Vingt mérites. Et cette voiture ? Dix mérites. Et cet emploi qui m'intéresse ? Trente mérites. Ça, ou sa théorie selon laquelle on ne peut pas enlever une pièce de la mécanique sociale si on n'a pas la pièce de rechange sous la main, sinon dans la machine tout se débine. Ma mère se mettait en colère quand elle l'entendait tenir ce genre de propos. Arrête de boire et de débiter des âneries, qu'elle le sermonnait, surtout devant le gamin ; d'ailleurs tu ne penses même pas ce que tu dis. Mon pauvre père, si fort et si faible. Je pensais qu'il en voudrait à sa maîtresse, pas à moi, je n'étais encore qu'un gamin, et son fils par surcroît. Lui-même avait des mérites qui n'étaient pas suffisamment reconnus, car il était de ceux qui s'activaient en silence, pour le plaisir du travail bien fait, ou alors le fonctionnaire chargé d'examiner son dossier, pour la voiture, était injuste ou de mèche avec un autre. Résultat : un de ses amis, avec des états de service moins étoffés, s'était vu attribuer une Lada rutilante à quatre portes, alors qu'on lui refilait une polonaise, pompeusement appelée Fiat Polski, mais pas plus grande qu'un taille-crayon. Mon père n'avait pas protesté, il n'avait pas non plus contesté la décision du chef, et pourtant beaucoup de gens lui avaient assuré qu'on lui jouait un tour de cochon et qu'ils prendraient son parti. A vrai dire, il aurait eu gain de cause, mais il ne s'était pas lancé dans la bagarre, car il n'y voyait aucun honneur. Une polonaise ! s'était exclamé mon père en recevant la nouvelle. Il épluchait des pommes de terre et il avait failli se couper. C'étaient des pommes de terre volées dans la province voisine et vendues dans la nôtre à vingt pesos la livre. On avait interdit à mon père d'en acheter, mais ce n'était pas le moment de chipoter sur quelques pommes de terre. Et personne n'a pris en compte tes mérites, s'exclama ma mère au bord des larmes, les récoltes de canne où tu étais volontaire ? Les années passées en Syrie ? Ton dossier ? La ferme ! cria mon père pour lui clore le bec, et il lui ordonna d'aller chercher une bouteille de rhum Bocoy. Si on a droit à une polonaise, va pour une polonaise, et merde ! Avec l'argent restant tu t'achèteras la machine à laver et on n'en parle plus ! Et dis à Anselmo que le Bocoy est pour moi, qu'il ne me refile pas de ses bouteilles baptisées, sinon je l'envoie au trou. Et la polonaise arriva chez nous, un beau matin. On y monta tous et on alla voir la mer à Caibarién ; exceptionnellement, mon père ferma les yeux et nous permit d'acheter des crevettes qu'on grilla sur la plage, le bonheur. Mais mon père détestait plus cette polonaise couleur merde de chat qu'il n'a jamais rien détesté de sa vie, plus que l'impérialisme. Impossible d'y baiser avec sa maîtresse, le rêve de sa vie : avoir une voiture, y poser des vitres fumées, quatre enceintes pour la musique et s'envoyer là-dedans toutes les gonzesses possibles, même chez nous pendant que ma mère balayait le porche et chantait *Dans les ténèbres tu m'as abandonnée, tu m'as quittée et laissée désorientée...*, son boléro préféré. Personne n'avait abandonné ma mère dans les ténèbres de la nuit, car mon père était de ces hommes infidèles qui n'abandonnent jamais leur épouse, même s'ils en crèvent d'envie, ce qui n'était pas non plus le cas. Mes parents s'aimaient et, quand ils avaient fait l'amour, mon père disait souvent, Ah merde alors, il n'y en a pas deux comme toi, tu aurais fait une sacrée pute chez les capitalistes ; ton seul défaut, tu le connais. Ah non, pas question, protestait ma mère ; pas par là, ça fait mal et c'est dégoûtant. Alors ne te plains pas si un jour j'en cherche une autre qui me le permette. Prends garde à toi si tu fais ça, menaçait maman. Je dormais encore dans mon berceau et j'entendais cette conversation ésotérique qui succédait aux gémissements ésotériques. Une Lada n'était pas non plus le rêve pour les projets érotiques de mon père, sur ce point les Américains ont damé le pion aux Russes, mais dans une polonaise l'opération était quasiment impossible. On pouvait tout au plus se sucer, et encore, avec difficulté si la fille était un peu grande. Mon père se mit à détester tous les Polonais, qui n'étaient même pas foutus d'être socialistes et qui, le jour où ils se décidaient à fabriquer une voiture, faisaient cette cochonnerie, avec une peinture atroce par-dessus le marché. Et c'est comme ça qu'on espérait atteindre le communisme ? Avec des Polonais, des Tchèques et des Hongrois ? Pauvres Soviétiques, ils étaient bien mal partis. Quelle locomotive pourrait tirer vers la révolution mondiale avec autant de wagons inutiles la Chine avec sa révolution cul-turelle, les Arabes désunis, l'Amérique latine et tous ses Indiens hermétiques, les Chiliens et leur "nom de foutre", les Nicaraguayens et leur "tra-vail à la tire" ? Un soir, on alla à son travail voir un film d'un certain Andrzej Wajda, réactionnaire à en crever, au bout d'une demi-heure il se leva et hurla que si ça c'était un film il fallait dare-dare convoquer Alfredo Guevara, le responsable du Cinéma, pour expliquer putain dans tout ce merdier c'était quoi le sujet, c'étaient qui les bons et les méchants, parce qu'il ne voyait que des putes, des nihilistes, des amers et des sartriens, des gens qui n'avaient aucune confiance dans l'avenir ni dans le Parti. La moitié des spectateurs sortit avec nous et l'autre moitié resta pour ne pas provoquer un conflit avec la république populaire de Pologne et le Parti ouvrier unifié polonais, qui existaient encore. On est obligés de voir un truc pareil dans les Caraïbes ? demanda mon père au politicien de l'unité. C'est ce que nous donnent les camarades du Cinéma, expli-qua ce dernier, ils veulent qu'on voie des films de tous les pays, ils appellent cela la diversité culturelle, et ils disent que c'est important. Alors gueule, merde ! Envoie-les promener, écris à la rubrique "Eclaircissements" du journal *Hoy* ! Zut, je crois que j'ai un peu dévié. Quand je pense à mon père, je perds toujours un peu les pédales, je pars dans de sacrées circonlocutions sentimentales, il n'y a rien de pire. D'ailleurs quand j'ai fini par chercher le mot dans le dictionnaire, j'ai donné raison à David. Ambages, périphrase, disait le dico, manière de dire les choses de façon indirecte, en donnant beaucoup d'explications. Puisque j'avais ouvert ce bouquin, j'en ai profité pour chercher aussi "ergastule" et "proboscide". Mon père ne m'a jamais pardonné, ou plutôt n'a jamais pardonné à la vie, que son fils soit le deuxième amant de sa maîtresse, dont je soupçonnais l'existence. Et c'est ça, en plus de la polonaise, du cancer de la prostate, de la graisse dans le foie et des bouteilles de Bocoy, qui l'a poussé à se coller une balle dans la tête ce jour-là. S'il nous avait surpris par hasard, sa maîtresse et moi, il aurait souffert, mais sans doute moins, il aurait peut-être même trouvé ça drôle, mais il n'y avait pas de surprise, elle avait tout préparé, avec lenteur et perfidie, pour lui jeter à la figure qu'il était trop vieux. Je le revois, debout à la porte de la chambre, le pistolet à la main, les yeux grands comme des soucoupes, et mon cœur explose de douleur. C'est à ce moment-là que le compte à rebours a commencé. Je vous demande, je vous supplierais presque de m'interdire de parler de mon père et de moi-même. Ce qui compte, ce n'est pas mon histoire mais celle de David et de Vivian, et depuis le temps qu'on y est Vivian n'a pas encore eu la place d'apparaître.

Le fait est que je prévenais David que notre amitié devait reposer sur une confiance et une discrétion absolues, comme si nous étions francs-maçons, *abakuás*, espions ou un truc de ce genre. Et je lui rappelais aussi que nous étions fraternellement unis par un pacte secret sanctifié par une eau de rivière. Ça, je ne vous l'ai pas raconté. Le jour où on s'est connus, après avoir enterré la petite chienne Carolina, je lui ai dit, Alors, David, c'est vrai que tu veux être mon ami ? Je viens de te le dire, je n'aime pas qu'on me demande deux fois la même chose. Tu viens avec moi. Où ? Peu importe, si nous sommes amis tu dois me faire confiance. On est allés à la rivière et là je lui ai dit, Enlève tes vêtements parce qu'on va plonger. Le trou d'eau était plutôt profond et comme on a plongé d'assez haut on a mis un certain temps à remonter à la surface. Je suis ressorti le premier, comme je l'avais prévu, et quand il est remonté je l'ai attrapé par la tête et je l'ai enfoncé dans l'eau agitée. Il avait beau se débattre et gigoter, je ne le laissais pas ressortir et je l'ai traîné jusqu'au rivage. Quand je l'ai lâché, il était violet et il ouvrait la bouche comme un gros poisson pour retrouver son souffle. Qu'est-ce qui te prend, il a dit dès qu'il a pu, tu es devenu fou, ou quoi ? Si on doit être amis, je lui ai répondu, il ne faut pas de trahisons, pas de saloperies, pas de coups tordus, jusqu'à la mort. Il m'a regardé, déconcerté. Et c'est pour ça que tu dois me noyer ? Je ne t'ai pas noyé, j'ai dit, et puis j'ai ajouté, Pour une amitié ordinaire j'ai mes copains, qui aiment les chèvres alors que toi tu ne les aimes pas, et si notre amitié ne peut pas être spéciale, elle ne m'intéresse pas, je voulais que tu le saches. Je rentre chez moi, qu'il a dit, je ne veux plus entendre parler d'un dingue comme toi. Pendant que je le voyais se rhabiller, je pensais, J'ai peut-être fait une gaffe. N'oubliez pas que moi aussi j'étais un gamin, mais j'avais entendu dire qu'une grande amitié se scelle d'une façon qui est liée à la mort. Vu que mon élément c'est l'eau douce, comme la Vierge de la Charité, ma protectrice et celle de David, j'ai eu l'idée de cette cérémonie. Comme l'élément de mon père, c'était le feu, il prenait son revolver, faisait tourner le barillet où il n'avait mis qu'une seule balle, se le collait à la tempe et tirait. Ensuite, il passait l'arme à son frère Rodolfo, qui répétait la scène. En entendant le deuxième coup à sec, ils tombaient dans les bras l'un de l'autre en pleurant et en disant, Non seulement nous sommes frères, mais nous sommes camarades, ils se versaient une nouvelle tournée de rhum Bocoy et entonnaient une chanson russe, comme ils l'avaient vu dans un film. Ne va pas raconter cette histoire à ta mère et à tes tantes Zaida, Carmela et Zobeida, qu'ils me disaient parce que j'avais assisté à toute la scène ; toi aussi tu es un homme et les hommes tiennent leur langue, tiens, avale une gorgée de rhum sans que ta mère le sache. Je l'avalais sans que maman le sache, et mon oncle, pour m'édifier, me disait que lorsqu'un homme arrive quelque part il commence par devenir l'ami des autres hommes et ensuite il regarde les femmes. Ne l'oublie pas, sinon toute ta vie tu auras les yeux au beurre noir. Avec mon oncle Aurelio, mon père n'avait pas cette confiance, et mon oncle Aurelio se plaignait de ce mépris. Le pauvre a écopé du pire. Dans les films, quand deux Indiens veulent sceller une amitié ils se font une entaille au poignet pour mélanger leur sang, ce qui rend le pacte sacré. Dans la Bible, Jonathan ôte son manteau et sa tunique pour les donner à David, ainsi que son épée, son arc et sa ceinture, parce que Jonathan aimait David autant que lui-même, d'après le texte. Il y en a aussi qui se branlent, mettent leur sperme dans un flacon et le passent à l'ami pour qu'il y ajoute le sien, puis ils enterrent le flacon et plantent un arbre à cet emplacement et plus il pousse, plus leur amitié se fortifie. Ce n'est pas mauvais du point de vue métaphorique, et c'est adapté aux jeunes de la campagne, mais à l'évidence ça fait un peu pédé, ce n'est pas pour rien que le type qui me l'a proposé était ce personnage de la gare que nous connaissons. Ce type, il cherchait surtout à m'exciter en me parlant de détente, car c'est ça l'ennui d'avoir une aventure avec un pédé : il s'imagine ensuite que c'est normal qu'on s'occupe de lui chaque fois qu'on le croise. Mais il se faisait des illusions, si je venais pour la troisième fois chez lui, c'était pour récupérer les photos et éclaircir les points concernant David et la pièce de théâtre, des sujets qui n'ont rien à voir avec cette histoire. Quant à mon père, la seule chose que je peux vous dire, c'est qu'il a pris un coup de vieux le jour où il nous a surpris, sa maîtresse et moi. La situation ne prêtait à aucune équivoque. J'étais couché sur le dos, tout nu, elle aussi, mais à califourchon sur moi, ses cheveux noirs dénoués, et elle faisait avec beaucoup de talent ce qu'il n'est pas nécessaire de décrire, de quoi me rendre fou car je n'avais que treize ans et j'ignorais encore qu'une telle merveille puisse exister. Le lit grinçait sous nos soubresauts, et ces grincements contribuaient à ma jouissance. Tu aimes, petit ? elle me demandait. Oui, je répondais en toute sincérité et en essayant de ne pas relever la tête, sinon je voyais par-dessus ses épaules le crucifix presque grandeur nature qui trônait au-dessus du chevet du lit. Je ne sais pas pourquoi les catholiques mettent des images saintes dans leur chambre, alors que c'est le lieu du péché. Tu aimes, bébé ? elle me demandait encore, et moi je redisais oui, oh oui, que j'aimais, que c'était très chouette, tatiiiie… Enfin, vous avez sans doute compris que la maîtresse de mon père et ma tante, qui vivait à côté de chez nous, étaient une seule et même personne. A ce moment-là, moi je ne le savais pas. Enfin, je savais que ma tante était ma tante, épouse de mon oncle Adriano, et qu'elle m'était montée dessus, mais je ne savais pas qu'elle était la maîtresse de mon père. Comment aurais-je pu supposer que cette maîtresse dont on parlait tant à voix basse et qui faisait maigrir ma mère à vue d'œil vivait de l'autre côté de notre mur et était ma tante, la femme de l'oncle Adriano, le frère aîné de mon père ? Ça ne peut pas venir à l'idée d'un garçon de treize ans, si éveillé soit-il.

Pour en revenir à David et aux lieux dont on se rappelle toute sa vie, même s'ils n'existent plus, il était agréable de compter, au milieu de cette foule qui nous entoure toujours dans notre pays, sur une personne avec qui partager ses secrets, ses joies, ses doutes et ses pensées, du moins en partie. Il y a une fleur plus pure que la blanche fleur d'oranger, celle qui parfume l'âme sans la brûler, la fleur de l'amitié, m'avait dit la dame que j'ai connue dans le train, dont je dis parfois qu'elle eut une aventure avec un bidasse alors qu'en réalité c'était avec moi. Elle m'avait interrogé sur mes frères et sœurs, et comme je lui répondais que je n'en avais pas mais que je disposais d'un frère de l'âme, elle répondit par ces vers qui sont restés gravés en moi. Ma tante avait laissé la porte de la chambre ouverte, et tout allait lentement entre nous, car tel était son plan. A ce moment-là, à la pendule de la salle à manger de chez moi sonnaient les cinq coups du soir, deux du lendemain matin à New Dehli. La pendule était la propriété de ma mère, héritée de la sienne, et mon père devait être en train de garer la polonaise deux rues en dessous, devant l'épicerie d'Anselmo, qui la surveillait. Bien sûr, je ne l'entendais pas sonner, car même si les maisons étaient contiguës, séparées par une simple cloison en bois, je n'étais pas en état de prêter l'oreille à d'autres sons que ceux produits par le lit, mon *linga* et le *yoni* de ma tante, selon la terminologie des livres sacrés de l'Inde. La localisation de mon père et l'heure à la pendule de la salle à manger, je les ai déduites en reconstituant les faits, sur lesquels j'ai tellement réfléchi. Il mettrait cinq minutes à arriver, en sorte que ma tante s'agitait sur moi avec précaution, il ne fallait pas que j'éjacule trop tôt et que j'anéantisse son plan. Je la regardais en contre-plongée, comme diraient les cinéastes, et je voyais le ballottement de ses nichons tout ronds – je crois que c'est de cet instant que date mon penchant pour les nichons –, ses cheveux noirs et abondants qui dansaient sur ses épaules, sa bouche rouge et entrouverte, et j'ai vu, vers cinq heures trois minutes et quelques secondes, trois heures trois et quelque secondes du lendemain matin à Pékin, s'écouler de ses lèvres charnues une grosse goutte de salive tiède qui est venue tomber, précisément, au creux de mon nombril, comme si on m'avait planté un aiguillon, je ne peux dire avec précision si c'était dans le cul ou les couilles, mais qu'importe, du coup j'ai cambré les hanches pour m'enfoncer le plus profondément possible dans le trou de ma tante, qui a ouvert la bouche et les yeux, et à cet instant précis la porte de la chambre s'est ouverte et mon père est apparu, le pistolet à la main, et il a dit, Mais enfin, merde, c'est quoi, ça, Oristela ? Qu'est-ce qu'il fait là-dessous, Arnaldo ?…

Je ne veux pas parler de mon père ni de ma tante, je vous l'ai déjà dit ; mais finalement j'en parle quand même. Ça ne se reproduira plus, je ne vais pas laisser mon subconscient me trahir et parler de ce qui me fait mal. En même temps, c'était bon d'avoir un ami et de pouvoir se mêler de ses affaires. Avec une copine on n'est pas en confiance comme avec un ami, car ce que tu confies aujourd'hui à une fille qui donne sa vie pour toi se retrouve peut-être demain entre les mains de ta pire ennemie. L'amour est volage et périssable, il dépend beaucoup du désir, alors que l'amitié est une fleur plus pure que la blanche fleur d'oranger et elle parfume l'âme sans la brûler. Les femmes se donnent corps et âme, c'est vrai ; mais une fois la passion envolée elles ne s'estiment plus liées par leurs serments, elles considèrent même que tu les as trahies, conclusion qu'elles tirent à partir de n'importe quelle vétille. Mais un homme qui te donne sa parole, un vrai, il la respectera toujours, même s'il devient ton ennemi, car il agit par considération vis-à-vis de lui-même. En outre, avec les femmes, une grande partie de ton histoire reste nécessairement extérieure. Est-ce que je pourrais raconter à une petite amie, par exemple, l'histoire de la maîtresse de mon père ou ma mésaventure derrière les wagons de la gare ? Surtout pas, car avec son étroitesse d'esprit elle pensera que mon père est un enfant de salaud et moi une tapette, or ça n'a rien à voir. D'autre part, une femme, qu'elle soit ta fiancée ou ton amie, réclame toujours l'exclusivité, alors que les amis n'ont pas ces exigences absurdes, tu peux en avoir autant que la vie t'en donne. J'ai toujours cru que ma mère et ma tante étaient brouillées à cause d'une histoire de ciseaux, que ma mère avait hérités de la sienne. Ma mère prétendait qu'elle les avait prêtés à ma tante, qui avait perdu les siens, et ma tante assurait qu'elle les lui avait rendus, avec deux têtes d'ail en signe de gratitude, et qu'elle était incapable de garder une chose qui ne lui appartenait pas. J'assistais à la dispute, assis à table, essayant de récupérer une mangue à demi épluchée que ma mère avait oubliée à côté du couteau, comme dans un tableau d'Arturo Montoto. C'est étonnant que je m'en souvienne, car je n'avais pas un an. Ma mère se rappelait les têtes d'ail, car craignant qu'elles ne fassent partie d'un envoûtement elle les avait jetées dans la cuvette des W.-C., mais elle était sûre de n'avoir jamais récupéré ses ciseaux. Toi tu aimes bien ce qui ne t'appartient pas, elle lâcha soudain, et l'autre de répondre, Toi, si tu ne sais même pas t'occuper de ce que tu as, c'est pas étonnant que tu le perdes. A ces mots, les mots qu'elle attendait, ma mère sauta sur ma tante, l'attrapa par ses longs et beaux cheveux qui ont rendu fous mon père et moi, et la secoua dans tous les sens ; mon oncle Adriano, qui aiguisait en silence sa machette dans un angle de l'entrée, car il allait passer quatre mois à Camagüey comme volontaire pour couper la canne à sucre, se précipita et les sépara en braillant, Putain de nom de Dieu de merde ! Et quand un homme qui ne dit jamais de gros mots, comme mon oncle Adriano ou David, en dit trois de suite d'un tel calibre, l'île tout entière se met à trembler et la mer déborde de partout. Les poules et Akukó, le coq, qui fouillaient dans les ordures de la cour, relevèrent la tête et se figèrent, les chats sortirent les griffes et moi, d'un seul élan, j'attrapai la mangue à demi épluchée dont la présence m'obsédait. Ma mère s'empressa de dire, Mais tu n'es pas au courant, Adriano, tu ne sais rien de rien. Je ne sais pas si elle parlait machinalement, ou si elle avait bien réfléchi et s'était dit que le moment était venu de tout lâcher, car mon oncle brandissait sa machette bien aiguisée et risquait de commettre une folie sur la personne de ma tante. Mais ce n'était pas dans le caractère de mon oncle, il se contenta d'attraper l'armoire en chêne de la salle à manger, que ma mère avait héritée de la sienne, de la soulever comme un haltère et de la fracasser par terre. Inutile de décrire ce que devinrent les verres, les services à thé et à café, les élégants couteaux, les fines fourchettes en argent, les assiettes où un arbre en argent travaillé dans le fond recueillait le jus des rôtis, le tout du plus pur style anglais et fidèle à la tradition d'Alejo Carpentier, que ma mère avait hérités de la sienne ; ne parlons pas non plus du fracas, à peine dépassé, à Cuba, par les explosions du *Maine* en 1898 et de *La Coubre* en 1960. Les poules s'envolèrent, épouvantées, et atterrirent dans les cours voisines où elles se mirent à pondre sans retenue, tandis que les chats, y compris Minette, la chatte préférée de ma mère héritée de ma grand-mère, une vieille bête obèse, escaladait les arbres jusqu'à la cime et y restait, le poil hérissé. Ma tante collée au mur glissa comme une flaque jusqu'à la porte et regagna ses pénates. Ma mère vint vers moi, m'ôta la mangue de la bouche d'un geste brusque, sans remarquer qu'elle avait fait tomber la peau sur laquelle, une demi-heure plus tard, quand elle se disputerait avec mon père à propos de ma tante, celui-ci glisserait. Elle m'emporta dans la chambre et me lança dans mon berceau en disant, Si un jour je te vois aller chez ta tante ou parler avec elle, je ne suis plus ta mère et je te fous dehors, salopiaud ! Je la regardai avec ma frimousse d'un an et je lui dis,

190

Maman ! pour la première fois. Tu te couches, tu dors et tu es privé de manger jusqu'à demain ! elle cria. Chaque fois que ma mère se défoulait sur moi des chagrins que lui causait mon père, elle le regrettait, mais c'était plus fort qu'elle. Les poules mirent plus d'une semaine avant de revenir dans la cour, un mois avant de pondre et un an avant d'avoir des poussins, à trois ou quatre têtes, pendant que Minette attrapait une allergie soudaine à la chair de souris qui lui resterait jusqu'à la fin de ses jours. Les deux femmes ne s'adressèrent plus jamais la parole et se haïrent comme des personnages de Lorca. Elles élevèrent un mur à la limite des deux cours. Si ma tante étendait du linge blanc de son côté, ma mère brûlait des branches et des feuilles sèches du sien ; si l'employé de l'électricité venait et que l'une était sortie, l'autre se gardait bien de payer la facture, pour obliger l'absente à aller faire la queue à l'entreprise d'électricité et à supporter les caprices des employés. Si j'avais su que la fameuse maîtresse de mon père était ma tante, pour rien au monde je ne l'aurais aidée à se laver la tête le jour où elle me l'a demandé, à quatre heures vingt, une heure du matin à Islamabad, Pakistan. Je l'ai fait, pourtant, contrevenant aux règles de ma mère, mais pas à celles du Grand Livre dans lequel tout est écrit. Pour en revenir à cette histoire, j'ai regardé ses seins humides quand elle s'est écartée de la cuvette et tournée vers moi. J'ai souri, et elle aussi a souri avant d'aller s'enfermer dans la salle de bains, mais sans mettre le verrou, et j'ai bientôt entendu le jet de la douche. Là, j'aurais dû m'en aller, par respect pour ma mère et pour mon oncle, mais je m'en suis bien gardé, car le pêcheur est faible par nature ; je regardais les verres dépolis à demi embués de la porte de la salle de bains, et quand ma tante a dit, Mon petit Arnaldo, mon chéri, tu es là ? Oui, ma tante, j'ai répondu. J'ai oublié ma serviette à la salle à manger, c'est une verte, elle est sur le dossier d'une chaise viennoise, tu me la passes ? C'était la seule serviette verte de toute la salle à manger, je ne risquais pas de me tromper. J'aurais dû ouvrir la porte de la salle de bains et n'introduire que la main pour tendre la serviette verte et feutrée, mais au lieu d'agir ainsi je me suis introduit tout entier, j'ai écarté le rideau à fleurs et j'ai dit à ma tante, Tata, c'est bien celle-ci ? Oui, mon chéri, tu es un amour, elle a dit. C'était la première fois que je voyais une femme nue. Ses seins étaient durs comme l'argile originelle, son buste avait la résistance des pinèdes, sa fleur charnelle était une grosse araignée, nourrie de la résine de ces mêmes pins, araignée gonflée, pressée comme un saucisson. Le cylindre charnel d'un puissant adolescent était l'objet requis pour pourfendre l'arachnide en son milieu. Je t'avoue que j'étais impressionné par le spectacle, et en me voyant dans cet état ma tante a dit, Viens aussi te laver et te rafraîchir. Le reste est facile à imaginer.

Je m'écarte de notre histoire malgré moi. David n'était pas doué pour la discussion, mais il savait très bien écouter, regarder, et je ne vous parle pas de son sourire, sa spécialité. Il savait dissimuler quand quelque chose l'embarrassait, il usait de subterfuges intelligents pour feindre de l'intérêt ou dissimuler son ignorance en telle ou telle matière, et quand il devait prendre la parole il baissait le ton, ce qui rendait sa voix plus chaude et plus douce et m'obligeait à rapprocher ma tête de la sienne. Ses observations sur la vie et les gens avaient de quoi surprendre, car on se demandait d'où un garçon comme lui pouvait les sortir. Des livres, sûrement, et des films ; et de sa façon de ruminer longtemps la même idée. Par la fameuse fenêtre entrait une agréable odeur d'eucalyptus, et au loin on entendait des automobiles passer à toute vitesse sur l'autoroute. Quelles automobiles ? Quelle autoroute ? Je ne sais pas, ne me le demandez pas, une autoroute quelconque. Il n'y a pas longtemps, je suis retourné voir la maison où nous vivions, et il n'y a aucune autoroute dans le coin, on va en construire une bientôt, mais à l'époque on entendait pourtant des voitures qui passaient à toute vitesse sur l'autoroute. Il y avait aussi cette énergie qui se percevait sur toute la planète, un effet collatéral des rayons ultraviolets, de la naissance ou de la désintégration d'une galaxie, comment savoir ? Mais cette énergie dont je vous parle rendait l'époque différente de toutes celles qui avaient existé, elle vous mettait dans un état d'excitation qui permettait de capter, avec un petit peu d'attention, la croissance de l'herbe, la force de gravité, la collision des neutrons à l'intérieur d'un atome, le sang qui coule, le passage des nuages, les spermatozoïdes qui remuent la queue dans les testicules. Non seulement on était vivant, mais on le savait, on comprenait que c'était un moment unique que notre génération devait vivre. Une telle sensation n'a pas duré ; elle a disparu peu après, quand s'est évaporée la poussière sidérale qui la provoquait, le Che est mort et les Beatles se sont séparés ; mais tout le temps qu'elle a existé, c'était merveilleux : elle galvanisait les foules, éveillait des envies, raccourcissait les jupes, rallongeait les cheveux des jeunes, remplissait les montagnes de guérilleros, encourageait les manifs, Pablo et

Silvio composaient *Mes vingt-deux ans* et *L'époque accouche d'un cœur*, des chansons sans lesquelles les Cubains ne seraient pas ce qu'ils sont. Sans parler, pour Cuba, de l'objectif de dix millions de tonnes de canne à sucre, et des caféiers qui auraient dû constituer la ceinture de La Havane. Que l'on considère aujourd'hui comme des folies, mais qui à l'époque étaient indispensables pour l'esprit. Vous imaginez ce qu'on serait devenus si on avait produit dix millions de tonnes de sucre, comme on en avait l'intention ? Si on n'avait pas sorti de leur boulot de jeunes révolutionnaires comme Pablo Milanés, Eusebio Leal et toute la bande de pédés pour les expédier à l'UMAP ? Si on n'avait pas organisé le premier congrès d'éducation et de culture qui avait failli avoir la peau de la culture ? A quel point triste et minable de l'histoire en serions-nous ? Les folies, les erreurs, ça nourrit aussi, ça déblaie le chemin ; le linge sale, c'est quand même du linge. Je me rappelle que le magenta et les filles psychédéliques étaient à la mode, Stefania Sandrelli était la fiancée universelle, le Che avait écrit cette lettre que Fidel avait lue publiquement, Pello el Afrokán avait inventé une danse, le *mozambique*, Juan Formell avait créé l'orchestre Los Van Van et on s'était tous mis à danser, la Casa de las Américas avait publié, entre autres, García Márquez, Juan Rulfo et Julio Cortázar, l'auteur dramatique Vicente Revueltas montait Grotowski, et Elena Burke, madame sentiment, chantait *Duele*, de Piloto et Vera. Tout était dans tout. On était étendus, à poil ou en caleçon taché d'urine ou de foutre, un de ces dimanches ennuyeux sans permission de sortie, après un déjeuner à base de potage de pois chiches et d'œufs brouillés, on pensait à sa petite amie ou à sa maison, on considérait qu'on était malheureux, et pourtant sur la petite radio de Mauro on entendait les Beatles, *Les garçons et les filles veulent être ensemble*, et à Paris les jeunes manifestaient. Les cinémas jouaient *Accatone*, *La Dolce Vita*, *Morgan fou à lier*, *Rashômon* et, dans une ou deux séances du cinéclub universitaire, *Persona*, de Bergman. Dieu avait donné aux humains cette chance de se réconcilier, mais nous n'avions pas compris et certains s'étaient mis à lancer des bombes. Les Américains débarquèrent au Viêtnam, les Russes envahirent la Tchécoslovaquie, les tyrannies s'installèrent en Amérique latine. Quant à nous, les couillus de notre groupe, on râlait contre la discipline qu'on qualifiait de militaire, contre le ministre de l'Education, les travaux volontaires fixés pour atteindre des objectifs, les croquettes qui collaient au palais, les chaussures en plastique, les draps sales des maisons de passe, les queues interminables, l'hostilité contre le rock and roll et les cheveux longs, le déodorant Fiesta qui donnait des abcès sous les bras, les tripes, les plateaux et les pots en aluminium. On ne s'était pas rendu compte qu'on vivait un moment unique et sans pareil auquel ce fou de Mark Chapman, avec un exemplaire de *L'Attrape-Cœurs* dans la poche, mettrait un point final en tirant sur John Lennon au pied du Dakota Building. On regardait par la fenêtre et on voyait le soleil brûler la végétation, le macadam briller, et on entendait de la terrasse les disputes entre natifs de La Havane et de l'Oriente. Dans ces années-là, le peintre Raúl Martínez nous peignait tous sur des tableaux pop, tellement vite que certains d'entre nous avaient les cheveux verts et d'autres les yeux rouges. Sur le parvis de la cathédrale, la grande María Gravina, venue d'Uruguay, vendait des colliers de petites pierres, et à Barcelone une dame appelée Carmen Balcells ouvrait une agence littéraire. On pensait à La Rampa pleine de gonzesses et à la chanteuse Farah María, au cercle social Patrice-Lumumba où les groupes dansaient le *casino*, à l'ami David qui lisait sur son lit des livres publiés par la Bibliothèque du peuple et la collection Cocuyo. On vivait enfermés dans l'école, on ne pouvait avoir un nouveau pantalon qu'une fois par an, voyager à l'étranger était un rêve impossible et la vie tout entière ressemblait à une belle merde. On était pourtant au sommet du sommet, à l'instant où le globe traversait la galaxie de toutes les possibilités. David et moi, on parlait de tout ça dans notre chambre, à l'école, *A place I'll remember all my life though it has changed.* Une fois, je lui ai demandé quelle avait été la plus grande honte qu'il avait connue. Je pensais à un événement arrivé à une tierce personne, pas à lui. Vous voyez ce que je veux dire ? Il m'a raconté que c'était dans *La Ruée vers l'or*, quand Charlot s'éprend de la fille et que celle-ci, tenant sa promesse, lui rend visite dans sa cabane avec ses amies ; quand elles s'en vont, Charlot est si heureux qu'il se met à sauter dans tous les sens, comme il en est capable, il déchire les oreillers et danse pendant que les plumes retombent autour de lui, se collent à son visage et à ses vêtements. David, mort de rire, se tenait le ventre pour ne pas perdre ses tripes ; mais voilà que la fille s'aperçoit qu'elle a oublié un gant dans la cabane et elle décide de retourner le chercher. Aïe, Dieu tout-puissant, elle va surprendre Charlot dans sa cérémonie ridicule ! Non seulement David, mais tous les spectateurs avaient le cœur serré, pendant que Charlot, étranger au danger imminent,

continuait ses manifestations de joie étourdis-
sante, qui ne déclenchaient plus des rires mais
de la peine. Dans son désespoir, David s'est levé
et, se rappelant sa foi en Dieu, il l'a supplié de
faire quelque chose, s'il avait été armé il aurait
couru à la cabine et braqué son pistolet sur le
projectionniste pour l'obliger à arrêter la projection. Mais c'était impossible, car le cinéma est
comme la vie : on ne peut pas l'arrêter et ad-
vienne que pourra, et David, comme les autres, a
bien été obligé d'assister au moment terrible où
Charlot ouvre à la jeune fille. Pour moi, c'était
encore plus simple, j'ai dit quand mon tour est
venu, il s'agissait d'un événement de la vie réelle.
Quand Fidel a dit, a été obligé de dire à la foule
qui se pressait devant l'ambassade des Etats-Unis
pour réclamer le retour de onze pêcheurs enle-
vés en haute mer par la contre-révolution, qu'on
n'atteindrait pas les dix millions de tonnes de
sucre, qu'il ne fallait pas rêver, qu'on ne les aurait
pas. La foule est restée en suspens, si légère que
le moindre vent du nord nous aurait balayés
comme des confettis. Cet homme avait passé une
année entière à s'agiter, à donner sa parole, à
promettre de tous les côtés, à faire des comptes
exorbitants, à menacer et tailler en pièces tous
ceux qui doutaient et alignaient des chiffres sur
le papier, et voilà que la réalité soudain relevait
le gant et que c'était à lui de la laisser entrer. Non
que les dix millions soient très importants pour
nous, dans ce contexte nous pressentions tous
l'échec, mais nous ne savions pas quand il le
comprendrait, nous sentions que ce serait douloureux, sans soupçonner que nous serions présents. C'est le côté cruel de la vie, en cela elle
ressemble au cinéma, elle ne s'arrête pas, et
même si on ne veut pas passer par tel truc parce

qu'on a le cœur déchiré, il faut quand même y passer. Ceux qui suivaient la manifestation à la télévision ou à la radio ont pu détourner le regard, baisser le son, se taper la tête contre les murs à la cuisine ou à la salle de bains, mais pour le million et demi de Cubains qui étaient sur l'esplanade, aucune échappatoire possible, on ne pouvait que se taire. Aucun petit malin, si nombreux et si bons dans ce pays, n'a trouvé une plaisanterie qui sauve la situation. Il n'y avait pas non plus de cabine où braquer le projectionniste, pourtant ce n'étaient pas les pistolets qui manquaient ce jour-là. La vie suivait son cours et la réalité venait de tourner l'angle pour s'occuper de son gant. On aurait aimé le prévenir ou lui demander de ne pas trop prendre cette affaire à cœur, que c'était entendu, qu'on l'excusait, qu'on avait toujours compris que l'essentiel ce n'étaient pas les dix millions mais le rêve des dix millions, qu'on se réjouissait même de son erreur, elle signifiait qu'il était humain, qu'il se trompait, et qu'à l'avenir son erreur nous donnait un argument contre ceux qui prétendraient le voir comme un dieu infaillible et omnipotent, car à toute chose malheur est bon. On est sortis de ce bourbier quand Fidel lui-même a compris qu'on vivait les choses encore plus mal que lui et il a trouvé, non pas un bon mot, car il n'est pas très porté sur la plaisanterie, mais un slogan. Nous allons convertir ce revers en victoire ! il a dit avec l'accent le plus convaincant qu'ait jamais eu un Cubain. Nous allons convertir ce revers en victoire ! Très bien ! On l'a tous appuyé, convertir ce revers en victoire ! Convertir ce revers en victoire ! Convertir ce revers en victoire ! Et tout a dégénéré en *conga* un peu cacophonique mais joyeuse, ce qui nous a aidés à surmonter l'épreuve et à survivre. C'était un jour historique, encore plus historique que le jour où des colombes s'étaient posées sur ses épaules. Oui, a dit David en se rappelant l'événement ; ton exemple est plus dramatique que le mien.

16

DAVID

Rien n'est définitif. Quel dommage qu'on ne retienne jamais une vérité aussi élémentaire. Quand on traverse une mauvaise passe, on s'en souvient et on exige qu'elle se réalise, mais quand tout va bien, on l'oublie complètement.

Puisque l'Ami est apparu, je me disais, la Fiancée ne va pas tarder. Si Dieu m'a accordé le premier d'un si bon œil, pourquoi me refuserait-il la seconde ? Il la descendra du ciel dans une étrange machine, car ni Miguel ni moi ne l'avions reconnue parmi nos compagnes. Cherche d'un côté, il me disait, aussi intéressé que moi à me trouver une compagne, moi je cherche de l'autre.

Ma vie avait pris une bonne tournure depuis que je l'avais rencontré, mais je retombais dans la monotonie, je ne trouvais plus de quoi alimenter mon roman, et cela m'inquiétait…

Je ne suis pas absolument sincère. Il y a eu un événement que je ne veux pas raconter, je n'en aurais ni le courage ni le cran. Je lui dois de m'être retrouvé dans une situation embarrassante dont je ne sais pas comment sortir. La seule solution, c'est de faire un saut périlleux et de retomber directement sur l'histoire de Vivian, ainsi s'appelle la Fiancée que nous attendons. Et de ne pas commencer par le début mais de prendre le récit en route, assez loin de ce que je veux oublier.

Vous pouvez me croire : si j'étais vraiment responsable, je laisserais tomber cette histoire sans me soucier de l'effort que cela m'a coûté d'arriver jusqu'ici. En fin de compte, tout le monde sait que les histoires n'ont ni début ni fin. Dans les fictions, pour les apprécier, les personnages doivent être bien profilés, mais dans la vie…, vous en connaissez beaucoup, des personnes bien profilées et cohérentes ?

Mais quand même, je ne vais pas renoncer. J'en suis sans doute empêché par la vanité ou la joie de me retrouver avec Vivian au bal des mots. En tout cas, je vais vous dire une chose : il y a des épisodes qu'on préfère oublier, et celui auquel je pense est le premier de tous. Je donnerais volontiers quatre ou cinq ans de ma vie pour l'effacer de ma mémoire. Ça vous est sûrement déjà arrivé. Dans votre vie, il y a sûrement un petit passage honteux et mesquin, une chose que vous préférez taire, car elle est douloureuse, un fait qui, s'il vous vient à l'esprit, vous donne l'impression de mâcher du verre pilé. Il ne s'agit pas de la lettre idiote que j'avais écrite à Nancy. J'en avais souffert sur le moment, mais le temps a atténué l'épisode, l'a presque enveloppé de tendresse, et cela ne se reproduira plus jamais. Je vais vous raconter l'essentiel, pour bénéficier de votre indulgence et conserver un minimum de cohérence qui ensuite me permettra le saut périlleux que je viens d'annoncer.

Un jour, je passais dans un couloir. Je ne suis pas bon pour les descriptions et je les évite, mais le bâtiment d'enseignement était un bloc rectangulaire de deux étages. Les salles donnaient sur un large corridor, lequel débouchait, après une rangée de colonnes grosses comme des troncs de palmier royal, sur la cour centrale où trônait une fontaine qui dans l'ancien temps avait eu un jet d'eau. A chaque angle, il y avait un escalier qui menait à l'étage, où la disposition des lieux était la même, et un jour, celui dont je vous parle, j'empruntai un de ces escaliers et je m'arrêtai en haut. Pourquoi ? Sans doute parce que c'était écrit, car je n'avais aucune raison de m'arrêter. Devant moi se déroulait le long couloir désolé, froid comme un pain de glace. Je devais le parcourir dans sa totalité pour arriver à la bibliothèque, où m'attendait un exemplaire du *Grand Meaulnes* que la prof de littérature avait laissé pour moi. Que *Le Grand Meaulnes* arrive entre mes mains ce jour-là suffisait à rendre ce jour mémorable, mais la question n'était pas là. Immobile, le regard braqué devant moi, je fus paralysé par la certitude que j'allais marcher sur une corde raide. Pourtant, que pouvait-il bien m'arriver dans ce couloir ? Sur ces entrefaites, la grassouillette Ofelia apparut à l'autre extrémité et on se mit en marche, point de départ de la représentation tragique d'un de ces problèmes de physique, où sachant que A se déplace vers B à la vitesse de 0,8 mètre par seconde, veuillez déterminer à quel endroit de la trajectoire ou du couloir les corps vont se rencontrer. Mais dans ces exercices il s'agit d'une rencontre, pas d'un épisode où, par simple maladresse, sans l'avoir voulu, je me plantais devant la grassouillette Ofelia qui, sans me regarder en face, s'écartait à son tour, et moi d'en faire autant, lui bloquant encore le passage, et ainsi de suite jusqu'à ce que ladite grassouillette, me saisissant les bras, m'immobilise et me dise, en me projetant son haleine au visage, Mais enfin merde, David, qu'est-ce qui te prend ? Qu'est-ce que tu veux me dire ? Que je suis tellement grosse qu'on ne peut pas se croiser dans ce couloir, ou que tu as honte qu'une grosse comme moi soit amoureuse de toi ? Si c'est ça, tu peux t'en passer, parce que ton petit copain me l'a déjà dit hier après m'avoir coincée sur la terrasse. J'étais paralysé. La grosse m'a repoussé contre le mur et a poursuivi son chemin. Ils m'emmerdent tous ! je l'ai entendue grommeler pendant qu'elle s'éloignait, et le lendemain elle a laissé un tas de lettres, dont la mienne, où elle expliquait pourquoi elle se suicidait.

Vous croyez que je vais raconter ça ? Non. Je n'en dirai pas un mot. Je ne suis pas prêt, je le serai peut-être un jour. Je vais passer directement à Vivian, en allant directement à l'après-midi où nous partions faire l'amour. Bien que je doute fréquemment de l'existence de Dieu, je lui demande pour une fois, en toute sincérité et humilité, de m'autoriser à tenir parole et à procéder comme j'ai dit.

17

ARNALDO

Vous ayant expliqué comme promis à quoi ressemblaient le temps et l'espace dans lesquels nous vivions, revenons au jour de pluie, mais pas à l'endroit où la scène avait été suspendue. Quelques instants avant que le souffle tiède entre par la fenêtre je me trouvais dans cette torpeur auquel sont enclins les jeunes des tropiques, en particulier les jours de pluie, et à force de rêvasser ma pensée a atteint le giron des chimères ; ainsi bercé je me suis dit que la fille qui pouvait délivrer David de son envoûtement et de son pucelage devait marcher au même instant dans la rue Prado en direction de la rue Neptuno. Bien mieux, je l'ai vue, je la vois ! Une mulâtresse bien roulée, gracieuse, en un mot fantastique ! A l'évidence, une fille de la déesse Oshún, une dévote de Notre-Dame la Vierge de la Charité du Cuivre. Elle porte une robe jaune, en hommage à notre Mère, mais quand même, à deux empans au-dessus du genou. J'étais ému, au-delà des limites de l'émotion, car rien n'est plus beau ni plus troublant qu'une mulâtresse cubaine en robe jaune qui marche dans les rues de La Havane et, plus particulièrement, dans la rue Prado en direction de la rue Neptuno. J'ai soupiré, je me suis mieux installé sur le lit et on aurait dit que la caméra, qui filmait la scène dans mon imagination, obliquait légèrement sur la gauche pour nous laisser découvrir, parmi les gens qui montaient la rue Neptuno, ni plus ni moins que notre garçon, à savoir David, qui, ayant roulé son journal *Juventud rebelde*, marche d'un air insouciant en se frappant la cuisse à chaque pas. Le choc entre le timide et la nymphe, à l'angle le plus dangereux de la ville, est inévitable. Mais la vie étant ce qu'elle est, avec ses promesses, ses miracles et ses pauses, le vrai David a toussé sur son lit, m'arrachant à mon rêve, et quand je l'ai regardé en contre-jour devant la fenêtre, j'ai compris avec tristesse que la probabilité que l'idéal devienne réalité était vraiment très faible. Comment convaincre ce garçon de renoncer à ses livres et de sortir un peu ? Quelle rage, quelle barbe, quelle impuissance ! Bientôt, cependant, après avoir refermé les yeux, je retrouvais mon délire, mais, phénomène nouveau, en tournant la caméra et en la braquant sur la rue Neptuno, j'ai la grande surprise de découvrir que le garçon qui approche de la rue Prado n'est pas David mais moi, votre serviteur, qui un jour mangera les pissenlits par la racine. Ce qui transforme la vision en parabole, en annonciation. La mulâtresse déguste une glace ananas-orange dans un cornet couleur cannelle, et au moment de nous croiser sa petite langue rose remonte de la base du cornet jusqu'à la boule de glace proprement dite. Le coup de langue me fait frémir jusqu'à la racine des cheveux. Que ne suis-je ce cornet de glace ! je lui souffle à l'oreille. Elle me regarde de haut en bas, à la manière des mulâtresses, et elle me répond, Alors, qu'est-ce que tu proposes, mon joli ? Moi ? Essence, présence et puissance, ça te rappelle des choses, je réponds. Elle, ravie. Parfois, les Cubains parlent dans une langue qui, sans cesser d'être le castillan, n'est comprise que d'eux seuls. Et pour ne pas vous assommer avec une histoire trop longue ni vous noyer dans les détails, disons qu'elle m'invite chez elle, C'est à deux pas, elle me précise. Elle partirait devant et je resterais en arrière, avec des instructions pour entrer dix minutes plus tard, et si dans l'immeuble je croisais quelqu'un, je devais faire l'andouille et demander Escolástica Almendariz ou Fredesbindo Arozamena, un nom à coucher dehors. Ce n'est pas pour moi, elle explique, c'est pour les voisins, tu comprends ? Bien sûr, mon amour, tu crois que je suis de Ouagadougou ? Une fois dans son petit appartement, modeste mais joliment décoré, arrive ce qui doit arriver, et c'est fabuleux, prolongé, répété et musical. L'enthousiasme déclenché par un instrument comme le mien ne se limite pas à la longueur et la largeur, toujours appréciées et convoitées, mais cela inclut aussi le port, la fermeté, la vibration, la résistance et le profil. Ce qui me réjouit le plus chez toi, m'avait dit ce type auquel j'ai fait allusion en d'autres circonstances, ce ne sont pas les dimensions, aux limites de ce qu'on peut considérer comme un phénomène, mais la forme et le galbe, qui facilitent l'intromission ; tiens, je vais t'offrir le chapitre VIII d'un roman célèbre qui parle de ça ; je te le donne, tu le colles entre deux couvertures du magazine *Verde olivo* et tu le fais circuler dans l'école, une mission de diffusion culturelle. Pour en revenir à ma mulâtresse, je voulais lui laisser un souvenir agréable, car si, comme je le soupçonnais, le destinataire final de ses charmes n'était pas moi mais David, il valait mieux qu'elle m'ait à la bonne au cas où se présenterait la possibilité d'atteindre le bonheur suprême auquel peuvent aspirer une fille, son fiancé et le meilleur ami de celui-ci. Comme c'est bon de coucher avec un Cubain ! elle a dit. Quel dommage qu'ils aient toujours les lèvres pelées, allons, tu vas avoir droit à un bon repas et à deux bonnes bières bien fraîches que j'ai au réfrigérateur, tu les as bien gagnés, archi-gagnés. Et sur ces mots elle file à la cuisine en me montrant d'un même mouvement le duvet de sa zigounette, frisé comme la crête d'une me-ringue. Une fois à table, recouverte d'une toile cirée à carreaux bleus, le bavardage coule de source. Ma chérie, voilà comme je suis, et toi, tu as beaucoup d'amies ? Aucune, je ne crois pas à l'amitié entre femmes. Et pourquoi, mon trésor ? Parce que celle que tu prenais pour la plus fidèle de tes copines, elle te fauche ton fiancé ou t'accuse de vouloir lui piquer le sien. Comme c'est compliqué, chez les hommes on peut dire que l'amitié existe ; il y a une fleur plus pure que la blanche fleur d'oranger, celle qui parfume l'âme sans la brûler, la fleur de l'amitié. C'est de José Martí ! elle s'exclame admirative. Tu lis Martí, mon beau ? Bien sûr. Moi aussi ; regarde, j'ai ses œuvres complètes dans la bibliothèque, l'édition violette. Moi j'ai un ami sincère de la terre où pousse le palmier, et je l'aime comme un frère, je dis. Ah oui ? Et je l'aime sacrément, parce que lorsque j'avais quelques mois ma mère était sur le point d'accoucher d'un petit frère et un jour, au cours d'une dispute terrible avec mon père à cause de je ne sais plus quoi, en glissant sur une peau de mangue elle est tombée et elle a perdu le bébé. Ah, la pauvre, comme c'est triste ! Oui, mais elle s'en est sortie ; quant à l'en-fant, comme ça devait être un garçon, je me dis que c'est David et je l'estime aussi fort. Quelle jolie histoire ! elle reconnaît. Il s'appelle comme

ça, ton ami ? David ? David. C'est un nom de roi
et de poète, tu le savais ? Je l'ai entendu dire. Et
comment il est, mon trésor, comme toi ? Non,
bien mieux, c'est un garçon romantique, qui lit
des livres, qui pense, qui observe la nature. La
description éveille son intérêt, les garçons qui
ont ces caractéristiques ne courent pas les rues.
Alors j'ajoute, Mais depuis quelque temps il m'inquiète. Pourquoi, mon trésor ? Depuis qu'il est
en âge de convoler, au lieu d'être tout joyeux il
est devenu tout triste : il ne parle plus à personne, ne va pas se balader, ne s'intéresse pas
aux filles, je crois même qu'il est puceau, au train
où vont les choses je redoute même qu'il attente
à sa vie. Ah, non ! On ne peut pas le laisser faire
un truc pareil ! elle dit en se levant. Amène-
le-moi dimanche prochain. Mon cœur se cabre
dans ma poitrine. Dimanche prochain, impossible, on n'a des permissions que tous les quinze
jours. Alors le suivant. J'essaierai, mais je ne suis
pas sûr qu'il accepte parce que, comme je te l'ai
dit, il est très déprimé, son cas est grave. Mais si,
il va accepter ! elle réplique d'un ton convaincu.
Dis-lui que, moi, une fille de la déesse Oshún, je
l'invite à déjeuner, et qu'il ne peut pas me faire
un affront. Et, moi, je viens aussi ? Oui, venez
tous les deux, je vais préparer un de ces riz au
poulet, il y en aura assez pour vous lécher les
doigts tous les deux. Rendez-vous est donc pris,
dans quinze jours, et la sentence de mort de la
virginité de David est prononcée, bien qu'on en
soit encore à la parabole. J'ai regardé le garçon
en question, dans la réalité de la chambre. Lui
aussi m'observait et, pour éviter que la force de
la télépathie ne lui permette de lire dans mes pensées, j'ai parlé de tout autre chose. Dis donc, David, ton copain qui voulait être peintre, Roberto

Fabelo, il y est arrivé ? Je te crois ! il a répondu avec fierté, et il a souri.

Deux semaines plus tard, dans la réalité moite et cruelle de la vie, je prends un bus de la ligne 132, la pire de toutes celles qui sillonnent La Havane, et malgré la cohue, la chaleur étouffante, le bruit assourdissant et les odeurs de transpiration, je pensais à Stefania Sandrelli, l'actrice italienne qui nous rendait tous fous, quand soudain le bus a un cahot et sans le vouloir je colle mon manche, un peu raide, contre les fesses de la fille qui était devant moi. Ah, mon Dieu, quelle situation ! Dans quel pétrin j'allais me fourrer ! Par-dessus le marché, la fille portait le glorieux uniforme des infirmières, une profession presque sacrée à Cuba, j'étais donc perdu, irrémédiablement. La fille s'est retournée comme une furie, prête à flanquer une paire de gifles à l'impudent qui l'a agressée, et à ordonner au chauffeur de passer par le commissariat le plus proche, car il y avait un obsédé sexuel parmi les passagers. Mais j'ai une chance exceptionnelle : à l'instant ultime, en voyant ma tête, elle s'est ravisée : les boursiers et les bidasses ont le pot d'être souvent pris en pitié par les femmes, car nous passons beaucoup de temps enfermés sans ramoner notre fusil. Je lui ai souri, reconnaissant, et j'ai essayé de lui expliquer, sans mots, par gestes et regards, que c'était un accident, à cause du mauvais état des rues, de la très mauvaise qualité des amortisseurs soviétiques, de l'inconséquence de la conduite du chauffeur et de la négligence apportée à la programmation cinématographique destinée aux jeunes. Cela a suffi : elle m'a pardonné et trouvé gentil, et nous n'avons pas tardé à bavarder de nos affaires à voix basse, tout proches et souriants, tombant l'un sur l'autre chaque fois que les cahots du bus le justifiaient, et quand le monstre luciférien et digne d'un Lezama a tourné dans la rue Prado, elle m'a dit à l'oreille qu'elle vivait à deux pas et que, si je voulais, je pouvais lui rendre une petite visite. Demande-t-on à la souris si elle veut du fromage ? Sur le trottoir, pendant que le bus s'éloignait, enveloppé dans sa propre fumée noire, elle m'a dit qu'elle partirait devant et moi un peu en arrière, et que j'entrerais dix minutes plus tard. Ce n'est pas pour moi, elle a expliqué, c'est pour les voisins, tu comprends ? Bien sûr, mon trésor, tu crois que je suis de Ouagadougou ? je lui ai dit. Vous trouvez peut-être que cette scène a un petit air de déjà vu, mais, moi, sur le moment, je n'ai pas fait le rapprochement, et je m'en réjouis, sinon je serais devenu nerveux ou je n'aurais pas su si je rêvais ou si j'étais réveillé. Je passe sous silence, comme la dernière fois, les épisodes les plus savoureux, qui cette fois ont été encore plus épuisants. Quand tout a été terminé, elle m'a serré dans ses bras et mordu violemment les lèvres, et elle m'a dit, Macho, je vais te préparer quelque chose à manger parce que tu l'as bien gagné, archigagné. Mais tu sais, mon trésor, toi aussi tu l'as bien mérité.

Plus tard, pendant qu'on mangeait des saucisses en sauce, je demande à l'infirmière, histoire de causer, si elle a des amies. Je ne crois pas à l'amitié entre femmes, elle me répond. Et pourquoi, mon cœur ? Parce que celle que tu prenais pour la plus fidèle de tes copines elle te fauche ton fiancé ou t'accuse de vouloir lui piquer le sien. Je n'en revenais pas de l'écouter, et ma cervelle, persuadée d'avoir déjà entendu ces mots, s'est mise à travailler à une vitesse incroyable, j'ai mis le doigt sur le nœud de cette histoire et je me suis dépêché de dire, Il y a une fleur plus pure que la blanche fleur d'oranger, celle qui parfume l'âme sans la brûler, la fleur de l'amitié. C'est de José Martí ! elle a dit. Tu lis Martí, macho ? Oui. Moi j'ai ses œuvres complètes, regarde, dans la bibliothèque. Dieu et Sainte Vierge qui êtes aux cieux ! Devant moi se tenait la salvatrice de David, mais pas en rêve, en réalité. Je l'ai embrassée sur les lèvres, j'ai viré les assiettes et, après l'avoir lubrifiée avec le jus des saucisses, conscient d'être en présence de la future fiancée de David, je l'ai baisée encore une fois, sur la table. Le repas avec le chaste a été fixé à quinze jours plus tard.

Vous pouvez imaginer avec quelle joie je redescendais l'escalier de l'immeuble, direction la rue. Enfin je voyais la lumière au bout du tunnel, enfin je tenais le salut de David entre mes mains. J'ai toujours pensé que c'était le plus sûr moyen avec ce garçon ; que moi, son meilleur ami, je sois aussi son professeur. Je veux dire qu'une très belle amitié nous attendait. Avant d'arriver en bas, j'entends qu'on m'appelle d'en haut. Pssst, pssst, attends un moment. C'était elle, Carmencita Iznaga, c'était son nom. Elle a dévalé l'escalier avec ces sandales qui tiennent entre deux orteils et elle m'a remis un paquet de moyenne dimension. Partage ça avec ton copain, elle a dit à voix basse en regardant autour d'elle, ouvre-le à l'abri des regards et, au moindre danger, brûle-le ou jette-le. Et là-dessus, elle a disparu. J'ai examiné le paquet. Il s'agissait d'une enveloppe jaune, comme celles qui servent à ranger les clichés à l'hôpital, collée, cachetée et enveloppée dans du papier journal, contenant une pochette en polyéthylène non moins collée, cachetée et ficelée, renfermant une autre pochette jaune qui avait subi le même sort. Comme je mettrai un temps infini à atteindre le sachet en polyéthy-lène, il vaut mieux mettre fin à ce chapitre, nous ouvrirons le paquet plus tard, dans le calme, et nous verrons ce qu'il y a dedans.

18

DAVID

Et nous arrivons, enfin, à l'histoire de Vivian. On était samedi à la fin des cours, quand on est revenus dans la chambre, pendant que les autres allaient à la douche, je me suis étendu sur le lit et me suis plongé dans mes lectures comme j'en avais l'habitude. Bien des années plus tard, face au peloton d'exécution, le colonel Aureliano Buendia devait se rappeler ce lointain après-midi au cours duquel son père l'emmena faire connaissance avec la glace. Bien des années plus tard, face au peloton d'exécution… Je n'arrivais pas à dépasser les premières lignes, que je ne parvenais même pas à déchiffrer. Je surveillais, du coin de l'œil, le paysage, désireux que tous finissent de se laver et s'en aillent. Bien des années plus tard, face au peloton d'exécution… David, a dit quelqu'un que je n'ai pas vu arriver, tu n'as pas envie de sortir ? C'est la journée idéale pour une balade. Si, mais je préfère rester à lire, la prof m'a prêté ce roman, qu'elle trouve excellent, mais que je dois lui rendre lundi à la première heure. Ah, David, comme toujours tu passes ton temps à lire, a dit un autre. Et un troisième, Rappelle-toi ce qui est arrivé au vieil Alonso Quijano, c'est toi qui me l'as raconté. Ce soir, j'irai peut-être faire un tour ou j'irai à la cinémathèque. Avec Vivian, sans doute, a dit un quatrième. Non,

non, pas avec Vivian, elle a une cousine dans le quartier résidentiel Juanelo qui est tombée malade et elle est allée lui tenir compagnie. Dommage pour Vivian et pour la cousine qui, si elle a suivi la tradition familiale, doit être à croquer, si je peux me permettre. Dis donc, Davidovitch, Vivian ne risque pas la contagion ? Non, ce n'est rien de contagieux, une inflammation des amygdales, je crois, ou de la graisse dans le foie. Ah tant mieux, une chance dans ton malheur. Au revoir David, ils ont tous dit, et que la lecture te nourrisse. Et ils sont partis en faisant résonner leurs claquettes en bois, comme une danse, ces canailles et ces gredins. Je ne me suis pas laissé démonter. Bien des années plus tard, face au peloton d'exécution, le colonel Aureliano Buendia devait se rappeler ce lointain après-midi au cours duquel son père...

Alonso Quijano, son ami Sancho Pança, sa fiancée Dulcinée, les plaines de Triana. J'avais Miguel pour ami, Vivian pour fiancée, et La Havane pour décor, et ce soir-là je ferais l'amour avec ma copine parce que mon fidèle écuyer avait déniché pour nous une chambre dans une maison de passe humble mais propre. Et quand enfin, du coin de l'œil, j'ai vu le dernier des Mohicans quitter le dortoir, j'ai jeté le livre dans l'armoire, attrapé ma serviette et, quittant la solitude de la chambre, je suis parti à la salle de bains au pas et en chantant *Les Martiens sont arrivés, arrivés en dansant rica cha ; rica cha, rica cha, rica cha...* Je ne sais pas pourquoi cette chanson, mais je la chantais avec joie, et sous le jet glacé j'ai écarté les bras comme un personnage de comédie musicale et j'ai crié à pleins poumons *Les Martiens sont arrivés, arrivés en dansant rica cha ; rica cha, rica cha, rica cha !*

Je déteste cette musique et ces paroles, mais le refrain m'obsède, pas moyen de me l'enlever de la bouche ni de la tête, je peux le répéter toute une semaine. Ensuite, j'ai frotté avec ardeur. Savon par-ci, savon par-là. Se laver sans avoir vingt ou trente condisciples qui veulent prendre ta place, qui pissent pour te chasser du bac à douche ou qui cachent ta serviette pour t'obliger à sortir en grelottant pour la chercher, c'est un vrai bonheur. Et je suis parti à rêver : Un jour, Vivian et moi, on aura un petit logement avec une salle de bains et un W.-C. pour nous tout seuls. On s'entendra bien avec les voisins, on participera aux activités de la communauté, on fera nos gardes et on donnera notre sang, mais on ne laissera personne entrer chez nous comme si c'était un lieu public, on mangera dans des assiettes, pas sur des plateaux, on boira dans des verres ou des coupes, pas dans des récipients en alu crasseux et cabossés, on utilisera des couverts et des serviettes même si elles sont en papier, et au milieu de la table on mettra un pot de fleurs ou un grand plat avec des fruits. Si on nous traite d'intellectuels, de bourgeois ou de connards à cause de ça, aucune importance, on supportera, cela ne nous empêchera pas d'être révolutionnaires et de lutter pour un monde meilleur, on préservera un peu notre intimité et on apportera peut-être notre contribution au socialisme démocratique.

Mais ce n'était pas le moment de philosopher. L'eau sortait en jets puissants, comme dans *Psychose*, et j'étais heureux parce que j'allais faire l'amour pour la première fois, et pas avec n'importe qui, avec la fille que j'aimais et qui m'aimait. Je n'allais pas, comme les autres, baiser, forniquer, tringler ou gauler. Pas du tout. J'allais aimer, et cela me rendait euphorique. Je me frottais par-ci, je me frottais par-là, la poitrine, les bras, les aisselles, la queue, les fesses, tout. Quand une femme aime vraiment un homme, on m'avait dit, au milieu de l'acte amoureux elle est parfois prise d'une envie subite de t'embrasser, de te sucer, de te lécher ou te mordre dans des endroits que tu es loin d'imaginer, et moi je voulais, au cas où Vivian serait prise d'une envie de ce genre, être propre et sentir bon partout. Moi aussi j'aurais mon petit grain de folie, à en croire Miguel, toutefois chez les hommes le danger n'est pas dans ce qu'ils font mais dans ce qu'ils disent, c'est la bouche que nous devons surveiller, car si dans le feu de la passion on dit à la fille qu'on l'aime on foire tout. Quand une femme réalise que l'homme l'aime, elle renverse la situation et le mène par le bout du nez, même pour descendre au café du coin il faut sa permission. Au lit, beaucoup de queue et peu de théorie, préconisait Miguel ; au lit, on parle de n'importe quoi sauf de sentiments ; elles n'ont pas à savoir ce qu'on a dans le cœur, qu'elles se contentent de ce qu'on a entre les jambes. Il me disait tout ça parce que, à son avis, j'étais le genre à céder à la faiblesse de lui faire ma déclaration, il me parlait par expérience, et non par ouï-dire. Et c'était vrai, il avait eu plus de petites amies que tous les autres à l'école, et son harem comprenait nombre de femmes mariées et divorcées qui sont, de l'avis général, les meilleures pour éduquer un jeune homme.

Après la douche, je me suis brossé les dents. Devant, derrière, de haut en bas, de bas en haut, en rond, sans oublier la langue. Il faut bien la brosser quand tu vas faire l'amour. Ensuite, j'ai exploré mes oreilles au cas où il serait resté du savon, je me suis coupé les ongles et je suis passé au rasage, mon moment préféré. Le mien, mais aussi celui de tout le monde. Quand on est devant un miroir, nu ou avec une serviette autour de la taille, le visage savonné et le rasoir à la main, on se sent plus homme que jamais. Si le rasoir est de ces vieux modèles avec des lames à double tranchant, hérités du père ou du grand-père, le plaisir est décuplé. Etre un homme est une grande chose, à n'en pas douter, et être cubain aussi, car il suffit d'entendre en même temps à la radio un boléro ou un morceau de Los Zafiros, par exemple celui qui dit, *Dieu veuille que tu te fâches / avec celui qui va t'aimer / et que tu ne puisses épouser / l'homme qui va te plaire*, et le bonheur est complet.

Vous allez peut-être penser que je tourne un peu trop autour du pot, mais je n'avais qu'une idée en me rasant, maintenir Vivian loin de mes préoccupations. Je ne voulais pas, quelques heures avant de nous retrouver dans l'intimité, avoir une érection qui risque de me pousser à une folie. Les érections malencontreuses sont fréquentes chez les jeunes, en particulier chez les timides et surtout en classe, quand le risque d'être appelé au tableau joue le rôle d'une stimulation. Un jour, j'étais dans un bus quand, presque arrivé à l'arrêt, elle s'est mise raide comme une trique et j'ai dû descendre deux kilomètres plus loin et revenir à pied, parce qu'on ne trouve jamais un bus quand on en a besoin !

Pour le reste, pas de problème pour la nuit. Aucun souci. Le problème de la chambre, le plus délicat, Miguel l'avait réglé, quant à l'acte amoureux en soi, j'avais reçu suffisamment de conseils de sa part, et pour les imprévus je comptais sur mon intuition. Miguel, inquiet de mon incompétence en la matière, ou désireux de me donner des preuves de ses connaissances, m'avait emmené sur la terrasse du bâtiment des dortoirs, où personne ne viendrait nous déranger, et il m'avait débité son discours sur le dépucelage des vierges, digne d'une admission à l'académie américaine de sexologie. Si la fille n'a pas encore été déflorée, il avait dit pour commencer, la jouissance n'est pas terrible, mais ce n'est pas l'objectif. D'ailleurs, je vais le laisser parler sans lui couper la parole, sa conférence en vaut la peine. Tu arrives dans la chambre, tu ouvres la porte et tu laisses passer la dame, question de courtoisie ; ensuite tu entres, tu mets le verrou et tu racontes quelques plaisanteries et des histoires qui n'ont rien à voir avec la situation, révolutionnaires ou contre-révolutionnaires, peu importe car tu n'es pas dans une situation idéologique, il faut d'abord la détendre et l'empêcher d'être trop gênée de voir qu'elle vient d'entrer dans une chambre avec un homme et que celui-ci vient de fermer la porte à clé ; quand elle s'est détendue, au bout de dix minutes environ, tu commences à l'embrasser et à la caresser au-dessus de la taille, avec délicatesse et sans insister si elle a des réticences ; à chaque instant tu marques une pause, tu la regardes dans les yeux et tu lui lances une phrase du genre, Il n'y a que toi qui me plaît, avec toi je n'ai pas besoin de penser à une autre, tu comprends, comme ça tu lui prouves que tu es fidèle et sentimental, ça l'attendrit et ça l'excite un peu ; vous serez debout ou assis sur le lit, comme elle voudra, et au milieu des embrassades tu laisses échapper un soupir, à cette étape les femmes aiment les romantiques, pas les bêtes du Moyen Age ; puis tu t'écartes brusquement, tu marches de long en large au milieu de la pièce, tu te prends la tête dans les mains pour lui montrer que tu luttes contre tes instincts animaux, ensuite tu reviens auprès d'elle et tu la serres contre ta poitrine en lui faisant presque mal, histoire de lui montrer que sa beauté et ton amour sont plus forts que la raison, ce qui la flatte et fait monter la température ; tu lui mordilles les lèvres, lui mouilles la bouche, lui presses les mains, mais pas question de lui attraper les seins ni de descendre de un centimètre en dessous de la ceinture, manière de lui indiquer que, bien que dominé par la passion, le respect reste le plus fort ; l'heure est venue d'éteindre ; la première fois, les femmes préfèrent le faire dans le noir et tous les prétextes sont bons pour éteindre la lumière : elle te blesse les yeux, il y a peut-être des trous dans le mur et des pervers regardent dans la pièce voisine, le prix du pétrole est exorbitant et il faut économiser l'électricité, la première chose qui te vient à l'esprit, elle te croira, car c'est tout ce qu'elle attend, et une fois dans cette délicieuse pénombre continue à la caresser, à l'embrasser au-dessus de la ceinture, et déshabille-la sans précipitation ; une fois nue, elle courra se réfugier dans le lit, se glissera sous les draps et se tournera vers le mur ; ce n'est pas un affront, elle ne cherche pas à te fuir ; non, c'est juste de la nervosité, des manières de fille encore pucelle ; maintenant, c'est à toi de te désaper, et tu t'arranges, en posant ton pantalon sur la chaise, pour faire tinter la boucle de ta ceinture ou ta monnaie, pour qu'elle comprenne bien que toi aussi tu es à poil, le zob à l'air, sans doute durci ; ça l'effraie et l'excite encore plus, et s'il n'y avait pas trop d'obscurité tu la verrais prier, bien qu'elle ne soit pas croyante ; tu t'assieds au bord du lit, tout au bord, et, sans écarter les draps, tu reprends les petits baisers et les caresses au-dessus de la ceinture ; très sagement, presque sans le vouloir tu effleures un sein, attention, je n'ai pas dit nichon, tant le geste doit être délicat, car nous en sommes toujours au préambule et c'est le romantisme qui doit primer, comme je te l'ai déjà dit.

Satisfait de l'attention que je lui prêtais, Miguel s'est mis à jouer les deux personnages. Dans la peau de la fille, il recevait les caresses et les baisers qu'il s'administrait lui-même en tant que séducteur. S'il l'avait vu, le directeur du théâtre Carlos Díaz l'aurait immédiatement engagé dans sa troupe, tant pour ses dons d'histrion que pour d'autres de ses qualités.

La taille, c'est ta frontière magique, poursuivait-il ; en ne la franchissant pas, tu laisses entendre que, bien que vous soyez seuls dans une chambre d'hôtel, tu es un gentleman en plein XXe siècle et qu'elle pourrait, si telle était sa volonté, arrêter le jeu, se rhabiller et partir sans que tu te vexes ni le prenne mal, mais ça, mon mignon, pas question, tu as atteint le point de non-retour et toute annulation nuirait à ton prestige ; elle-même se chargerait par la suite de colporter dans tout Cuba qu'elle était dans ton plumard, nue et fraîche comme une laitue, et que tu ne lui as rien fait, ce qui signifie que tu es un rigolo, un impuissant ou un pédé ! Que jusqu'à présent tu ne l'as même pas encore effleurée avec ton engin, tu ne l'as pas davantage laissée voir ou toucher ; pour elle la dimension et la forme de ton instrument demeurent un mystère complet ; il faut qu'elle crève d'envie de les constater par elle-même, et c'est cette curiosité, plus que l'ardeur ou l'amour, qui va la perdre ; elle en a marre du préambule et elle va te le signifier, non par des mots mais par des gémissements, des roulements de hanches, des battements de paupières, autant de messages que tu feindras de ne pas comprendre ; de son côté, en dépit de son état d'excitation, elle trouvera que tu n'es pas très malin, que tu n'es pas ce salopard dont on lui avait parlé, elle en sera flattée, reprendra confiance et finira par t'encourager à l'enfourcher, à entrer en matière, peut-être même qu'elle te griffera, te mordra ou te frappera les côtes, car dans ces moments-là les femmes préfèrent qu'on soit des bêtes plutôt que des romantiques, mais tu te domines encore, et quand enfin ses exigences sont sans équivoque, quand elle est sur le point de supplier, tu cèdes ; tu as bien entendu ce que je t'ai dit ? Tu acceptes son invite, tu accèdes à sa demande, c'est le moment le plus important de tout ce que je t'ai dit, car ensuite, s'il y a des problèmes, je veux dire si elle tombe enceinte ou si on veut vous marier, elle te rendra responsable de ce qui est arrivé, elle dira que tu l'as séduite, que tu l'as emmenée au cinéma et qu'elle s'est retrouvée dans une maison de passe, mais au fond tu sauras que c'était elle la responsable, elle qui t'a supplié et pratiquement obligé, du coup elle se sentira coupable et tu auras l'avantage s'il y a conflit ; arrivé au moment crucial, tu te mets devant ses genoux, tu lui écartes les jambes, tu descends, tu lui embrasses le minou ; en savourant cette mine au trésor, tu risques de te bestialiser encore plus que le fauve de *La Belle et la Bête*, mais tu dois faire un dernier effort, te maîtriser, car ce qu'il reste à accomplir requiert plus d'intelligence que d'ardeur ; tu reprends la position précédente, à genoux entre ses cuisses, qu'elle ne voudra ni pourra refermer, tu empoignes ton outil, écoute bien, dans la main droite, tu diriges la pointe vers le centre de tempête qu'il va pénétrer sans difficulté particulière, ce n'est pas très sorcier ; tu gigotes en vrille et sur les côtés, pour distendre le passage, et quand tu la vois lancer les hanches en avant et la tête en arrière, c'est que tu as le feu vert et que la bataille est gagnée ; mais attention, mon frère, il reste un danger de dernière heure auquel tu dois parer s'il se présente ; un pourcentage de femmes, heureusement très faible, prend peur à cet instant précis ; elles s'imaginent que la douleur va être insupportable, ou bien que la possibilité qu'on les épouse va être minime, et elles reculent, trempées de sueur, ou bien elles pleurnichent, Je t'en supplie, arrête, pousse-toi, ne me touche pas, on remet à plus tard, parce que son père est une brute et qu'il va te tuer s'il l'apprend, qu'elle est militante de la Jeunesse communiste et qu'elle se doit de donner l'exemple sur tous les plans, y compris sur le plan moral, et mille autres raisons, mais maintenant tu te fous de tout, tu lui tiens fermement les hanches, tu appuies la pointe des pieds sur le bord inférieur du lit, tu lèves le cul et, avec toute ta force et ta brutalité, tel un chasseur soviétique, tu pars en piqué et tu n'arrêtes qu'en entendant s'entrechoquer ses os ; si elle veut crier, qu'elle crie ; si elle veut saigner, qu'elle saigne ; si elle te traite de salaud et de fils de pute, à son aise ; si elle te plante les ongles dans le dos et te mord un bon coup, encore mieux, ça veut dire que tu as fait un travail d'orfèvre, que tu viens de graver ton nom au plus profond de son être et que jamais, même si elle se marie quatre fois, elle ne t'oubliera ; et voilà, mon frère, tout ce que tu dois savoir pour la nuit de samedi, tu as tout noté dans ton carnet ou tu veux que je te répète un passage ?

Pas besoin, j'avais tout noté dans mon carnet et dans ma mémoire. Mais Miguel avait beau en savoir long sur les femmes, il n'était jamais tombé amoureux. En cela j'avais un avantage sur lui, nous le savions et cela le contrariait. Il plaisait à beaucoup de filles, pas de doute là-dessus ! Il avait couché avec beaucoup d'entre elles, mais pour ce qui est de tomber amoureux, ça ne lui était jamais arrivé, et aucune fille n'était tombée amoureuse de lui. Au fond, j'ai de la peine pour lui, car avec sa vision des femmes j'étais sûr qu'il ne connaîtrait jamais le bonheur ni l'harmonie d'un couple. Depuis ce jour peut-être, j'ai tendance à croire que les hommes qui ont connu beaucoup ou trop de femmes ne savent finalement pas comment elles sont. En dominant les techniques de la séduction et du sexe, ils détiennent à n'en point douter une bombe atomique, mais elle ne leur sert qu'à se détruire et à s'inhiber. Les filles voyaient chez Miguel ce qu'il voyait chez elles, l'occasion de passer un bon moment, ce qui l'inquiétait et suscitait un peu de rancune à mon égard.

19

ARNALDO

Pourquoi avoir parlé de sorcellerie et de mauvais œil ? Depuis, j'ai dans la tête une histoire qui démontre, mieux qu'aucune autre, que le mauvais œil est aussi dévastateur que la sorcellerie, et qu'il sévit toujours dans notre pays, bien qu'on ait adopté une philosophie scientifique et objective. Ce que je vais vous raconter, aussi brièvement que possible, n'est pas une de mes inventions ni un conte de bonne femme, c'est une histoire véridique, car elle est arrivée dans notre village, en ma présence et en celle de vingt mille autres personnes.

A l'école, je ne disais pas un mot de ces mystères, sinon, si c'était parvenu aux oreilles de la prof de littérature ou de la grassouillette Ofelia, n'importe laquelle, toutes les deux m'auraient attrapé par une oreille et traîné jusqu'à la direction ou jusqu'au local de la Jeunesse communiste, selon le cas, et là on m'aurait jeté sur une chaise et accusé, sans que j'aie le droit de me défendre, d'être porteur d'une vision rétrograde du monde dépassée par notre peuple, et en moins de temps qu'il n'en faut pour le dire j'aurais été renvoyé de l'école et interdit pour la vie de toute carrière de droit, de journalisme, de psychologie, de pédagogie, de certaines branches de la médecine, de quelques domaines des sciences sociales et des lettres, autant de carrières qui me laissaient froid comme le marbre, car j'ai toujours été intéressé par les carrières d'ingénieur ou de mécanique. Ne croyez pas que j'exagère. Allons donc ! A l'époque, il était mal vu de se poser des questions du genre d'où on vient, qu'est-ce qu'on est et où on va. On venait du singe, on était révolutionnaires et on allait vers des formes supérieures d'organisation productive et sociale, point final, prière de ne penser à rien d'autre. Les déités elles-mêmes, qu'elles viennent du panthéon catholique ou africain, l'avaient bien compris et avaient dispensé leurs fidèles de toute manifestation publique de loyauté et, en attendant des vents plus favorables, elles allaient rejoindre les cafards au fond des malles ou bien elles rentraient le ventre et s'adaptaient à l'espace qui leur restait entre le mur et un portrait de Lénine.

Mais en toute justice, si l'affaire m'avait concerné, moi ou tout autre de ceux qui avaient conservé leurs propres croyances, je ne crois pas que de sa propre initiative le directeur aurait mené l'affaire très loin, car il avait sûrement lui-même quelques petites croyances, mais comme il était issu des rangs de l'ancien Directorio Revolucionario, cette organisation étudiante qui avait participé à la lutte armée contre Batista, alors que la prof venait du Partido socialista popular, première appellation du parti communiste actuel, ou le contraire, une chamaillerie parmi d'autres entre vieux révolutionnaires, aucun des deux ne voulait apparaître, en matière d'idéologie, de philosophie et de superstructure, moins radical que l'autre, ce qui allait devenir le troisième grand problème de notre pays : vous pouvez couler l'industrie sucrière ou démolir le réseau électrique national, pas de problème, on vous nommera bien directeur de la

Culture dans une province, mais au moindre faux pas sur le terrain de l'idéologie ou de la super-structure, tu ne pourras plus jamais relever la tête. Et dans ce domaine on ne fait pas dans la nuance. Mais revenons à notre histoire.

HISTOIRE DU MAUVAIS ŒIL ET DE L'ŒUVRE D'ART

Sachez d'abord que le premier secrétaire de notre commune, le secrétaire de la Centrale des travailleurs, le secrétaire des Comités de défense, le secrétaire de la Jeunesse communiste et la secrétaire de la Fédération des femmes, seul élément féminin dans l'équipe locale de direction, prirent à l'unanimité la décision, sur proposition du premier secrétaire, de construire à l'entrée de la ville une fresque murale qui souhaite la bienvenue aux visiteurs et en même temps qui les convainque qu'ils entraient dans une agglomération résolue, travailleuse, historique, avant-gardiste, décidée, bastion invincible de la révolution et plus prête que tout autre à mériter d'être le lieu d'une cérémonie nationale, quelle que soit la date à commémorer, car cet espace restait à remplir. Maintenant, on voit ce genre de fresque partout, elles ont toutes tant de mètres de long sur tant de haut, à tant de mètres des premières maisons et à tant de pieds du bord de la route, mais à l'époque elles étaient encore inconnues, cette proposition était donc une nouveauté. Le projet fut commandé à un artiste local, après qu'on eut longuement analysé sa biographie et mesuré les pour et les contre : rien n'avait été relevé contre lui, on ne l'avait jamais pris en faute, mais les camarades du ministère de l'Intérieur avaient leurs jugements, et les jugements du ministère de l'Intérieur comptaient énormément dans notre village, car le plus souvent ils s'avéraient justes. Le choix se porta finalement sur l'artiste local : s'agissant d'une chose artistique, ce genre de personnage était finalement le mieux placé pour le mener à bien, lequel conçut un projet de dix mètres de large sur trois de haut qui dans sa troisième version fut approuvé avec enthousiasme, y compris par les camarades du ministère de l'Intérieur. Le mur fut construit en quinze jours, au lieu des quarante-cinq prévus, et on s'aperçut qu'on n'avait pas affaire à une fresque murale, mais à un monument. Un palmier royal, symbole de cubanité et deuxième arbre présent dans nos campagnes après le petit mimosa clochette, occupait le centre, séparant la fresque en deux zones et la transformant en diptyque, comme l'avait prédit l'artiste. A droite s'étendait une plantation de tabac avec des feuilles en relief qui, grâce à une stylisation très réussie, prenait l'apparence d'une superbe cannaie de la variété Cuba-1051, celle qui poussait sur notre territoire, laquelle cannaie devenait ensuite, grâce à une nouvelle stylisation, panier ou corne d'abondance débordant de tout ce que notre commune produisait ou avait produit un jour. Sur la gauche de la fresque, ou diptyque, étaient représentées nos luttes indépendantistes, avec un large panel de personnages allant de l'Indien précolombien à l'étudiant rubicond et joufflu de nos écoles à la campagne. Sur l'espace central on voyait l'avenir industriel de la commune sous la forme d'une usine flanquée d'une puissante cheminée, derrière laquelle se dressaient trois bras vigoureux, un blanc, un noir et un jaune, correspondant aux trois races qui composaient notre identité. Les mains ouvertes tenaient un atome de la science, une fusée de Iouri Gagarine, une mitraillette, une roue dentée, une colombe de la paix, un livre ouvert et enfin la palette et les pinceaux d'un artiste, pour symboliser l'union harmonieuse entre soldats, ouvriers, paysans, artistes et intellectuels, qui régnait dans notre localité. Le monument, ou la fresque, était dominé par les rayons d'un soleil naissant qui pointait derrière de douces montagnes azurées et illuminait une rangée de drapeaux latino-américains et autres, afin d'évoquer notre vocation internationaliste. Autour de la fresque on sema des fleurs, des plantes ornementales en tout genre, et on répandit de jolis galets de rivière. La fresque eut un grand succès, tant par sa forme que par son contenu, par son engagement artistique et social, et spontanément les habitants la baptisèrent *L'Œuvre*. L'artiste fut inscrit, certes pas en première position, sur la liste de ceux qui avaient besoin d'une réfection de la toiture. Après la réception officielle organisée à l'occasion de l'inauguration de la fresque, il fut non seulement invité mais appelé, avec les autres personnalités, dans le petit salon du protocole où il n'eut pas besoin de courir après les plateaux chargés de nourriture, comme c'était le cas dehors, car un serveur attentif l'alimentait et lui donnait à choisir entre jus de fruits, bière, rhum blanc ou doré et même un petit whisky. Et il atteignit le comble de l'émotion quand le premier secrétaire vint lui serrer la main, le féliciter et émettre un commentaire sur *L'Œuvre*. Il manque la rivière, aurait dit semble-t-il le secrétaire, de son modeste point de vue il faudrait la rajouter quelque part, sous la forme d'une allusion dans le fond, d'un clin d'œil sur le flanc de cette colline, en tout cas impossible d'en faire l'économie. Les gens qui l'accompagnaient partageaient ce point de vue et le secrétaire expliqua, Il ne s'agit pas que ce soit le Danube, le Nil ou l'Amazone ; rien à voir, ce n'est même pas l'Almendares ; elle est à sec en de nombreux points de son cours presque toute l'année, elle s'enfonce dans des cavernes, barbote et se pollue dans des mares dégoûtantes où cohabitent grenouilles, moustiques et autres bestioles, mais c'est notre rivière. Ça peut s'arranger, admit l'artiste. Le secrétaire eut comme un petit soubresaut, racontent encore ceux qui assistaient à cette conversation, et il avoua à l'artiste qu'il venait de recevoir une leçon, car il pensait, il était même sûr, que devant la critique, ou plutôt la suggestion, l'artiste adopterait une attitude de défense égoïste et mesquine de son œuvre, et voilà qu'il était humble et réceptif. L'artiste afficha ce genre de sourire que les intellectuels improvisent en présence des politiciens, et il dit, La première fois que je vous ai vu, c'était au QG de Covadonga. Au QG de Covadonga ? répéta le secrétaire sans comprendre et en fronçant les sourcils. Oui, poursuivit l'artiste, j'étais de garde à l'état-major quand vous êtes arrivé avec ceux qui avaient les mortiers, vous étiez tout jeune. Le premier secrétaire pâlit. Vous me parlez de la bataille de Girón, en 1961 ? Oui, oui, dit l'artiste, j'étais détaché auprès de l'artillerie ; et je vous ai revu du côté de Limones Cantero. Il paraît qu'en entendant ces mots le secrétaire recula. Vous me parlez de l'époque du nettoyage de l'Escambray ? Oui, oui, dit l'artiste ; j'étais de ceux qui avaient ratissé le coin pour retrouver ce bandit de Tomás López San Gil. Et quand l'artiste raconta que la troisième fois qu'ils s'étaient vus c'était dans un champ de canne à sucre, à l'époque de la grande récolte des dix millions, où le secrétaire, alors secrétaire de la Jeunesse communiste, était venu voir les coupeurs pour remettre la bannière du millionnaire à la brigade avant-gardiste, qu'il avait remise au manieur de machette le plus remarquable, à savoir l'artiste de la localité. Par chance, raconte-t-on encore, le second secrétaire était à côté du premier secrétaire, lequel s'appuya sur l'autre, comme toujours. Vous ne vous en souvenez pas, ajouta l'artiste, parce que nous étions dans un champ brûlé et que la suie me recouvrait de la tête aux pieds, mais on était dans le journal, vous et moi, j'ai gardé la coupure. L'excès de travail, aurait paraît-il alors déclaré le secrétaire, les préjugés et les mauvais conseils créent de fausses distances entre les dirigeants et les camarades intellectuels et artistes. L'artiste sourit sans oser répondre ni oui ni non. Ne te sens pas engagé par ce que j'ai dit tout à l'heure à propos de la rivière, aurait paraît-il déclaré le premier secrétaire, qui envisageait déjà une amitié, toutefois il devrait au préalable revoir les statuts et demander des informations plus poussées. Ce n'est pas une orientation, loin de là, pas même une recommandation, juste l'opinion d'un camarade, néophyte en art mais expérimenté en politique ; sens-toi libre et n'ajoute la rivière que si tu crois que c'est artistiquement valable. L'artiste ne le croyait ni valable ni nécessaire, et il pensait que le secrétaire était un homme véritable, intègre et simple, de ceux qui ne disposent pas du pouvoir pour le pouvoir, mais qui, dans le domaine artistique, par leur fonction, étaient encore plus analphabètes que néophytes. Le premier secrétaire avait cependant, outre sa fonction et sa sensibilité, une particularité à vous couper le souffle pour des hommes dans le genre de l'artiste local : la bouche, ou plus exactement les *bembas*, en cubain les babines. Personne ne comprenait comment cette paire de *bembas* sensuelles et casanovesques avaient pu échouer sur le visage d'un homme qui s'en servait presque exclusivement pour parler canne à sucre, pourcentages et mobilisations. Par respect, on n'abordait pas le sujet en ville, mais il était de notoriété publique que le premier secrétaire n'aurait jamais dû participer aux assemblées de la Fédération des femmes ni assister à l'inauguration et à la clôture des cours, car les fédérées et les écolières de plus de quatorze ans n'écoutaient pas ses propos, elles n'avaient d'yeux que pour les *bembas* qui les prononçaient. Il s'efforçait de citer Marx et Martí, afin de comparer le présent et le passé, d'accuser la mondialisation et les conspirations médiatiques de passer nos réussites sous silence, mais elles ne regardaient que ses *bembas*, plus faites pour sucer et être sucées que pour prononcer des discours. Certaines avaient des vapeurs, d'autres perdaient toute mesure et lui sautaient dessus comme s'il était un vulgaire Beatle. On doit à la vérité de dire que la rivière fut ajoutée, et il faut reconnaître qu'elle apporta à l'œuvre cette touche qui permit à celle-ci de passer du rang de *distinguée* à celui de *maîtresse*, et qui fut à l'origine de son malheur, comme on va le voir bientôt.

La réputation de la fresque, si c'en était vraiment une, se répandit si vite qu'il fallut construire une esplanade pour accueillir tant de personnes et de véhicules. De toute façon, c'était le chaos, le quart d'heure ne suffisait pas et tous ces gens voulaient rester des heures devant la fresque, mais était-ce une fresque ou un monument ? et il fallut engager des gardes, installer des toilettes publiques, une antenne médicale et ouvrir une cafétéria pour vendre du rhum, des cigarettes et des allumettes. On eut droit aussi à ces gens – il n'en manque jamais – qui examinèrent l'ensemble à la loupe, était-ce un monument ou une fresque, signalant que tel martyr avait été représenté à moitié bigleux, que la main noire n'aurait pas dû être aussi foncée, que les fruits en haut du palmier royal ressemblaient à un nid de termites, ou que certains espaces topiques supratextuels envahissaient les unités narratives. Les enfants et les adolescents voulaient savoir pourquoi certains personnages vaguement surréalistes étaient coincés entre les fruits, et les adultes de répondre, après leur avoir balancé une gifle et un sermon, En art comme en politique on ne pose pas de questions et on ne montre pas du doigt, puis ils expliquaient sommairement après avoir jeté un coup d'œil circulaire que c'étaient des corossols, des cachimans, des caïmites, des anones, des ignames, des canistels et des bananes douces, autant de fruits qui n'apparaissaient pas souvent dans la production collective et qu'ils arrêtent de poser des questions. Une polémique ne tarda pas à surgir : fallait-il considérer l'œuvre comme une fresque murale, une peinture ou un monument, question à laquelle l'artiste lui-même ne sut répondre, car les auteurs sont les pires interprètes de leurs œuvres, ou alors ils vous sortent qu'ils ont préféré utiliser des concepts plutôt éclectiques. La question ne fut pas tranchée avant la disgrâce, le jour où arriva ce monsieur. Comme on l'aura compris, la réputation de *L'Œuvre* avait très vite atteint et dépassé les communes voisines, touchant d'autres provinces plus lointaines et se répandant dans tout Cuba. Mais, à l'époque, quand on disait tout Cuba, cela n'incluait pas la province de Pinar del Río, plutôt considérée comme un appendice du Yucatán que comme une partie du territoire national. Pinar del Río était, depuis l'époque coloniale, le plus attardé et le plus délaissé de nos territoires, considéré avec dédain par le reste des Cubains. Je ne déménagerai pas à Pinar del Río, même si on me donne une maison avec piscine, disait mon père qui, comme vous le savez, n'appartenait pas à la société civile. Tant de moquerie et de mépris engendrèrent un sentiment de rancœur et d'autodénigrement parmi les habitants, ce qui eut pour conséquence de transformer beaucoup de ces gens, sans que ce fût leur intention première, en porteurs du mauvais œil. Même si cette théorie n'est pas fondée, il faut bien dire que ce monsieur était de là, artiste selon certains, dirigeant selon d'autres, mais que nous qualifierons d'artiste pour ne pas dramatiser, avec en tout cas une force mortelle dans le regard. Il paraît que lorsque ce type descendit de la jeep russe vert olive qui l'avait amené, précision qui va dans le sens de la théorie selon laquelle il s'agissait d'un dirigeant, sa première réaction, après avoir posé les yeux sur L'Œuvre, fut d'en définir le genre. Ni peinture, ni fresque murale, ni monument, aurait dit l'homme, non, il s'agit d'une frise ; et dans la foulée il se prosterna devant elle et tomba en extase, précision en faveur de ceux qui penchent pour la théorie de l'artiste. Les villageois qui avaient déjà voyagé à l'étranger racontent encore qu'ils n'avaient même pas vu cette expression d'hébétude et d'admiration sur les visages émerveillés des touristes dans la chapelle Sixtine ou devant le *David* de Michel-Ange, en Italie, ni même sur le reflet de leur propre visage dans les vitrines du Corte Inglés, à

Madrid. Après être resté cinq heures à contempler *L'Œuvre* ou la frise, le visiteur fit demi-tour et se dirigea vers son véhicule qui l'attendait, moteur au ralenti, portière ouverte et chauffeur – un bidasse des troupes spéciales qui avait fière allure – au garde-à-vous, précisions qui confirment l'idée qu'il s'agissait d'un dirigeant, à part cette allusion à la fière allure du chauffeur. Mais avant de remonter dans le véhicule, racontèrent ceux qui étaient présents, l'homme se retourna et jeta sur *L'Œuvre* un dernier regard, un regard d'adieu, qui fut fatal. Toutefois, avant de poursuivre, il y a plusieurs choses à dire pour la défense du visiteur. La première, que ses intentions étaient pures, car il était fermement résolu à répandre cette trouvaille dans tout le pays ; et la seconde, que le mauvais œil n'est pas délibéré, mais provoqué par une force à la fois mystérieuse et involontaire, il s'agit d'une manifestation des forces occultes, pas d'un acte de volonté humaine. Celui qui regarde est un simple instrument. L'homme partit, et ceux qui restaient racontent encore qu'il n'avait pas franchi les limites de notre commune que retentissait, à quatre heures trente-deux de l'après-midi, un fracas tellurique suivi d'un tremblement et d'un coup de tonnerre, bref, pour ne pas laisser cette histoire traîner en longueur, *L'Œuvre* ne passa pas la journée. La peinture, jusqu'alors brillante, se lézarda en un clin d'œil, se ternit en divers endroits, donnant aux héros un teint maladif, aux soldats un air peureux, aux Noirs un profil de pickpocket, aux Chinois une tête de métis, à l'Indien précolombien un aspect mongoloïde et à l'étudiant rubicond une mine d'obsédé de la branlette, tandis que les fruits, légumes et végétaux superbes et luxuriants jaillis de la corne d'abondance se fanaient soudain et ressemblaient définitivement à ceux qui étaient vendus sur les étals et dans les boutiques de la ville. Mais ce n'était qu'un début. A quatre heures trente-cinq une tornade prit naissance en quelques secondes ; elle ne dura pas plus de trois minutes et ne parcourut pas plus de cent mètres, mais elle arracha sauvagement les plaques de zinc, les poteaux, les montants en acier, les pointes, les punaises et les céramiques, de même que les plantes ornementales et les pierres des abords, et on ne revit plus rien de tout cela. En un clin d'œil, il ne resta de la fresque qu'un amas de ferraille et de bois rongé par les termites. Mais les malheurs n'étaient pas finis. On découvrit que l'artiste local, maintenant riche et célèbre, s'était mis en ménage avec un un bel Apollon de Holguín ; le premier secrétaire prenait un bain chez lui quand il glissa et s'ouvrit les lèvres, deux plaies transversales qui nécessitèrent respectivement quatre et sept points ; on découvrit aussi que le trésorier local avait la main aussi baladeuse que la tête gaffeuse. Les fossés débordèrent, les puits se vidèrent et on connut une succession de fléaux, sauterelles, moustiques, grenouilles, taons, plaies diverses, grêle et obscurité. Avec le temps et l'aide des brigades d'autres provinces, notre ville refleurit, mais ne retrouva jamais la splendeur d'antan. Maintenant, à vous de me dire s'il faut croire au mauvais œil. Il y en a qui pensent autrement, et moi je vous dis que les révolutions triomphent, que les philosophies vont et viennent, mais que la vie et l'homme restent toujours les mêmes.

20

DAVID

J'ai fini de me raser. J'ai rangé mon rasoir dans son étui, le reste dans ma trousse et, une serviette verte autour de la taille, je suis retourné dans la chambre, sans soupçonner la surprise qui m'attendait. Dès que j'ai montré le bout de mon nez, ils m'ont sauté dessus. Sous le commandement de Miguel, ces renards et ces fripons avaient joué la comédie du départ, mais en réalité ils se cachaient dans les parages, il en sortait de partout, de dessous les lits, de derrière les colonnes, de l'intérieur des armoires et même de la gaine de l'horloge, comme dans l'histoire des petits cochons. Ils avaient bien failli étouffer de rire, disaient-ils, quand j'avais lâché mon livre et filé aux douches en tortillant des fesses et en chantant *Les Martiens sont arrivés* ; et quand ils m'avaient vu réciter queue en l'air les dates de naissance des Beatles. Au fait, McCartney est bien né le 18, mais en juin, pas en juillet. Et à propos de musique et de chevelus, la scène méritait un truc plus moderne et plus relevé qu'un cha-cha-cha. Pour illustrer leur critique, ils ont mis un disque et nos cousins de Liverpool se sont mis à beugler *She loves you, yeah, yeah, yeah...* Alors, comme ça, je pensais passer mon examen d'homme sans en faire profiter les copains ? ils ont demandé. Voilà qui mérite punition, attrapez-le, il se sauve ! Les uns m'ont saisi par les bras, d'autres par les jambes, et le reste a formé une double rangée, une garde d'honneur pour un roi dans son jardin, et m'a obligé à la traverser sous une pluie d'oreillers, de tapes et de nuages de plumes et de laine, comme dans *La Ruée vers l'or*. *Yes, she loves you, And you know you should be glad.* Miguel, adossé d'un air maussade contre une colonne, savourait la scène en mangeant une goyave mûre avec un sourire en coin. Parfumez-le ! ils ont crié. Alors, ils m'ont perché sur une banquette et m'ont arrosé d'eau de Cologne et de talc. On lui passe les couilles au cirage pour les faire briller ? Non, les gars, pas ça, est intervenu Miguel, écartant la goyave de sa bouche, et aussitôt l'arôme du fruit a embaumé la chambre. Puissent les dames de la Faculté te pardonner ces couilles abusives, a dit un autre, David n'a pas de couilles mais des testicules, des gonades, des parties génitales ; c'est nous qui avons des couilles, pauvres niais ignares. Et du dentifrice sous les bras ? Non, non plus. Ah, regardez-moi ça, comme il est silencieux, hein ? Et s'il leur révélait le nom de l'heureuse élue ? Même pas un petit indice ? Oh, ils savaient bien de qui il s'agissait, ces salopards, mais je ne lâcherais pas le morceau. Ils insistaient : Elle était blonde ? Châtaine ? Brune ? De l'école ? Du quartier ? Elle avait une tête de souris ? Ils ont décrété que je ne serais pas élégant avec ma chemise de péquenot, cousue par ma mère en une soirée, que je devais mettre le pull qu'on avait rapporté de Bulgarie pour Mauro. Je n'avais pas mangé d'huîtres ? Je ne savais donc pas que les huîtres décuplent l'énergie sexuelle, qu'après un bol de pieds-de-cheval je pouvais tirer neuf coups à la suite et enchaîner sur trois tours de piste de quatre cents mètres ? Ils m'ont traîné devant le miroir, m'ont fait la raie au milieu, la raie sur le côté, la raie de l'autre côté, les cheveux en arrière et à la Accatone, mais il y avait mieux que le pull-over de Mauro : la chemise de Lahera ! car le bleu est la couleur la mieux assortie aux faux jetons. Et la blanche de Miguel ? La blanche de Miguel ! Avec la chemise blanche de Miguel il ressemblerait à un Italien du Sud qui débarque à Milan, avec la *mamma* et les *fratelli*. Ils étaient moqueurs, ces chers amis, jaloux, mais il était presque trois heures, les gars, il se faisait tard pour le jeune homme et pour eux aussi. Après avoir glissé dans mon porte-monnaie la contribution des copains, ils ont chanté *She loves you, yeah, yeah, yeah, She loves you, yeah, yeah, yeah, whith a love like that, you know you should be glad...* et ils se sont barrés, disparaissant lentement dans les escaliers. Quel dommage que le photographe Alberto Korda n'ait pas été là, l'auteur du portrait du Che ! La photo qu'il aurait prise à ce moment-là aurait aussi fait le tour du monde.

J'aurais voulu leur rentrer dans le chou, et j'ai dit à Miguel qu'il avait trahi mon amitié, mais intérieurement je crevais de rire et de bonheur. Il m'a juré qu'il n'était pour rien dans cette histoire, que quelqu'un ou quelqu'une avait eu la langue trop pendue, qu'en effet sa chemise blanche m'allait très bien, qu'il était ravi qu'un de ses vête-ments m'accompagne pour ma grande première, et que je n'oublie pas son conseil essentiel, à savoir de ne surtout pas dire à Vivian que je l'ai-mais, surtout pas au moment suprême, en tout cas à celui-ci moins qu'à aucun autre. Et il a continué de m'instruire pendant que nous traversions la cour à grandes enjambées : A la maison de passe, pas d'hésitation ni de nervosité, sinon les gars de la réception s'apercevront que tu es un bleu et ils te feront payer double. Il aurait été du meilleur effet, dans un film, que la caméra nous prenne des fenêtres du deuxième étage, c'est-à-dire de dos pendant qu'on s'éloignait, en plan général. Je n'étais pas non plus obligé de dire monsieur ou camarade au réceptionniste, ni de lui dire vous, a continué mon ami. C'était un porc, un voleur et un fils de pute, un rebut du capitalisme ; je devais garder mon vocabulaire distingué et intellectuel pour le moment où je m'adresserais à Vivian ou à Alfredo Guevara, le responsable de tout le cinéma à Cuba, si je le rencontrais un jour. On était maintenant dans la rue, on marchait sous les arbres. Pour Vivian, il m'avait déjà tout dit, beaucoup de queue, peu de théorie. C'est alors qu'est passée une Chevrolet bleu azur 57. On était arrivés à l'angle et il s'est arrêté pour me souhaiter bonne chance, il m'a donné l'accolade, la dernière, qui n'a pas été la dernière, car il m'en a donné une autre et m'a fait jurer de faire les choses comme il me les avait décrites et de le réveiller quand je reviendrais, quelle que soit l'heure, pour être le premier à embrasser et féliciter l'homme nouveau que je serais devenu. Cela dit, il est parti. Je l'ai regardé s'éloigner avec ce balancement si caractéristique et si sympathique, qui est une raison suffisante pour qu'on l'aime. Avant de tourner le coin, il m'a fait le signe de la victoire, sans se retourner, sûr que je le suivais des yeux. Je suis parti à mon tour.

Vivian pour fiancée, Miguel pour ami, La Havane en guise de plaine de Montiel, tel était l'heureux état où je me trouvais, comme si j'allais jouer dans un orchestre plein de violons, dirigé, excusez du peu, par le Cubain Leo Brouwer ou l'Israélien Barenboïm. J'ai respiré à fond, gonflé les poumons et lancé un coup d'œil à la ronde : la rue, les maisons, les arbres, un cycliste qui passait, le ciel, un camion, deux enfants avec un chien, un slogan sur un mur, un homme poussant une charrette. J'étais plein d'amour pour tout cela : pour la rue, pour Cuba, pour le socialisme, pour Silvio, pour Pablo, pour les *polimitas*, ces magnifiques coquillages, pour l'hymne national, pour Elena Burke, pour Celia Cruz, pour Olga Guillot, pour la Vierge de la Charité. Et je souhaitais de tout cœur l'avènement de la paix et la justice sur la planète, le départ des Yankees du Viêtnam, la hausse du prix du sucre, la baisse de celui du pétrole, la faillite de Wall Street, le retour de Vargas Llosa à gauche, et je marchais avec cette musique de fond, prêt à dévorer le monde. Tacata-tacata, ainsi résonnaient les pas du jeune révolutionnaire sur les pavés, tacata-tacata. Des tacata-tacata m'entraient par une oreille, et les autres par l'autre, en dolby stéréo. Tacata-tacata, tacata-tacata, les pas du jeune révolutionnaire qui voyait clairement sa mission, savait où il allait et ce qu'il devait faire. Cependant, un doute a éclaté. Plof ! une explosion comme les bulles à la surface d'une masse en ébullition. David Álvarez, a résonné cette vieille Voix qui me parlait, ce que tu fais est-il correct ? Je n'avais pas à lui accorder d'attention, c'était la voix de l'ennemi, la voix du passé. Tacata-tacata, tacata-tacata, les pas du jeune révolutionnaire. David Álvarez, ce que tu fais est-il vraiment correct ? Est-ce bien toi qui marches d'un air si décidé ? T'ai-je amené jusqu'à La Havane pour en arriver là ? L'angoisse est comme une pierre poreuse qu'on avale : elle descend en vous râpant l'œsophage et elle tombe dans la mare fumante des sucs gastriques, plaf ! Ma façon de demander à Vivian de coucher avec moi était-elle correcte ? Et la place que j'avais donnée à Miguel dans mes histoires ? Etait-il normal que je prenne les décisions les plus importantes de ma vie sous l'influence et la pression d'un autre, qui valait encore moins cher que moi ? Etait-ce ainsi que je respectais la jeune fille que j'aimais et qui m'aimait ? N'essayais-je pas de prouver, aux dépens de Vivian, ma condition de mâle aux yeux de Miguel et des autres ? Peut-être n'étais-je toujours pas le maître de mes propres décisions, ballottées par les vents ? Cette fin d'après-midi, jusqu'alors brillante, a tourné au gris. Cela arrive aussi dans les récits romantiques du XIXe siècle, où la nature est contaminée par l'âme des personnages. Soudain, une averse : j'ai couru m'abriter sous un porche. Cela peut sembler normal sous les tropiques : le ciel est dégagé, il se couvre d'un seul coup, déverse des trombes d'eau qui inondent les rues en trois minutes, se dégage comme s'il ne s'était rien passé, et les gens sortent de chez eux et filent au cinéma. Sous le porche, illuminé par les éclairs, secoué par les coups de tonnerre et assourdi par la rage avec laquelle la pluie tombait, j'ai cru voir le fantôme de Miguel.

Tu n'as pas envie de Vivian ? m'avait-il dit quelques jours plus tôt, alors qu'on se promenait le long de la rivière. Pour le freiner avant qu'il ne devienne trop grossier, et parce qu'il faut protéger sa copine dès le début, je lui avais dit, Moi, avant toute chose, je la respecte. Et tu as bien raison, qu'il répondit ; je t'en félicite : tu la respectes, elle te respecte et nous vous respectons tous les deux, mais vous devez coucher ensemble, sinon elle en aura marre de toi, elle te quittera pour un autre qui ne la respectera pas autant et ce sera lui, et pas toi, qui l'emmènera au lit et qui restera gravé dans sa mémoire toute sa vie, c'est ça que tu veux ? Non, ce n'était pas ce que je voulais. Pour éviter un tel désastre, il avait un plan merveilleux, et si je l'autorisais à me l'expliquer, et si nous le mettions en pratique dès le lundi suivant, en l'espace de deux semaines ma Dulcinée bien-aimée et moi-même aurions liquidé notre pucelage. J'acceptai. Mais d'abord, il dit, on va aller par là, parce que cette rivière empeste plus fort qu'un égout. Elle a beau être puante, je dis, une de nos meilleures poétesses, fille d'un général des guerres d'Indépendance, avait écrit un poème sur elle : Sur cette rivière ? Oui, et je récitai, *Sa couleur, entre pâle et brune, Couleur des femmes des tropiques, Son cours est léger et languide, Tel celui d'un oiseau à l'air libre...* je ne me rappelle pas la suite, mais il se termine ainsi : *Mais c'est ma rivière, mon pays, mon sang !* Toi, comme tu ne lis pas, tu n'es au courant de rien. Il écarta ce sujet éminemment poétique et m'expliqua son plan, et à la fin je dis : Et la chambre ? C'était très secondaire. Il s'en chargerait. Il connaissait un type, un vieux pote à lui, dans une maison de passe de la plage, presque un hôtel, ou, si je préférais un lieu plus éloigné pour éviter le risque d'être vu à l'entrée par quelqu'un de l'école, il avait un autre pote dans une autre maison de passe, avec air conditionné et tout le tremblement, mais en banlieue, dans la direction de Matanzas. Laquelle je préférais ? Celle de la plage, bien sûr. Alors on décida de mettre le plan en pratique dès le lendemain, c'est-à-dire le lundi, mais ce fut impossible...

Ce jour-là, en arrivant à l'école, on remarqua une drôle d'ambiance, rien qu'on puisse définir, mais ça rendait nerveux, comme un présage. Tous les élèves étaient dans la cour centrale, ceux de première et de troisième année, qui avaient cours le matin, et ceux de deuxième année, qui avaient cours l'après-midi, et les profs de toutes les disciplines, le personnel de bureau et d'entretien. De loin, Vivian m'interrogea d'un geste, d'un regard, est-ce que je savais ce qui se passait ? Je demandai à Miguel, mais celui-ci ne savait rien non plus et il regardait dans tous les sens pour essayer de comprendre. On avait peut-être surpris un professeur avec une élève, il hasarda ; ou, pire encore, avec un élève. Mais non, il ne s'agissait pas de cela. Les profs étaient sous les amandiers, les uns contre les autres, tête basse. Pas de doute, il se passait quelque chose de grave, mais quoi ? Une invasion américaine imminente ? Il soufflait un petit vent froid qui vous coupait la respiration et, pendant un long moment, on resta silencieux, presque sans bouger, jusqu'à ce que le directeur, qui ne montait jamais sur l'estrade et ne parlait jamais au micro, montât sur l'estrade et s'approchât du micro, il nous regarda tous, lui qui ne nous regardait jamais, tapota le micro qui n'avait vraiment pas besoin de ça, et dit d'un trait, sans respirer, ce qu'il avait à dire : On avait tué le Che en Bolivie, ce soir nous allons sur la place, tous à la place, pour une veillée solennelle, et maintenant en cours comme tous les jours, dans l'ordre et la discipline. Sur le moment, personne n'obéit, et ce n'est que lorsque les haut-parleurs commencèrent à cracher des hymnes révolutionnaires qu'on se ressaisit et qu'on commença à bouger, comme une masse hébétée. Je vis que Vivian pleurait, qu'Esther pleurait, que les hommes regardaient ailleurs. J'avais mal au ventre. Je m'approchai de Vivian et on se regarda dans les yeux. Nous savions que cela pouvait arriver, je lui dis, car on en avait parlé, mais elle ne voulait pas l'entendre. On rejoignit les classes, avec l'impression de voir le Che partout, d'entendre sa voix ordonner sans commander, une voix amie ; de voir son sourire, le clin d'œil qu'il fait dans le documentaire où il prend un sac de sucre, le ton argentino-cubain avec lequel il affirme : *On ne peut pas se fier à l'impérialisme, même pas un tout petit peu.* Esther nous rejoignit. Aïe, Vivian ! Aïe, David ! Miguel nous rejoignit. Putain de merde ! Et on continua d'avancer tous les quatre. Dans la salle de classe, Vivian dit qu'elle n'arrivait pas à y croire, qu'elle n'y croyait pas, non, qu'elle n'y croyait pas et qu'elle n'y croirait pas tant que Fidel ne l'aurait pas dit. On la regardait tous, on savait qu'elle disait un truc impossible, mais on s'accrochait à cet espoir, même s'il fallait pour cela admettre l'existence de Dieu qui ferait alors un miracle. Et on se retrouva finalement sur la place, tous ensemble, et le Fidel le plus triste du monde dit que oui, que le Che était tombé en Bolivie, mais que nous, les révolutionnaires, nous ne pouvions pas mourir, au contraire nous devions élever notre esprit et, avec un regard optimiste sur l'avenir, sur la victoire définitive des peuples, lui dire, ainsi qu'aux héros qui avaient combattu et péri à ses côtés, Jusqu'à la victoire, toujours ! Et ce n'est pas parce que tu es tombé, a retenti la grosse voix de Nicolás Guillén, que ta lumière brille moins haut, *Che coman- dante*, mon ami. Vivian et moi, on retourna à l'école main dans la main, pas parce que nous étions fiancés, mais pour nous épauler.

Je repensais à tout ça sous le porche où je me protégeais de la pluie et du vent. Le lundi suivant, conformément au plan de Miguel, je suis resté à distance de Vivian, réservé, pendant toute la semaine. Naturellement, elle s'est étonnée. Qu'est-ce qui t'arrive ? elle m'a demandé à la première occasion. Tu as un souci ? Ta grand-mère est malade ? J'ai dit ou fait sans le vouloir quelque chose qui t'a choqué ? En voilà des questions ! j'ai répondu d'un air renfrogné, fidèle au scénario. Qu'est-ce que tu peux être casse-pieds parfois ! La désinvolture, ça vous tue une femme, et en même temps ça la rend plus malléable et plus docile, avait dit Miguel, sans doute à juste raison, car Vivian a baissé la tête et s'est éloignée, plus triste qu'offensée, et plus vulnérable. Comme cela m'a fait mal ! Je ne lui ai plus reparlé jusqu'à la fin des cours. Alors, je lui ai dit, Demain je te dirai un truc très important, et de ta réponse dépend l'avenir de notre relation : soit elle continue, soit elle s'arrête. Elle a écarquillé les yeux, mais elle n'a rien pu répondre parce que j'étais déjà parti. Cela faisait aussi partie du plan. Quand on a seize ans et qu'on est comme moi, on brûle la moitié de son énergie vitale à prononcer ce genre de phrases, typiques des feuilletons de la télé. Miguel m'attendait au bout du couloir, tout sourire. Je t'assure que cette nuit elle ne va pas fermer l'œil, il m'a dit à l'oreille, tu as dix sur dix pour la première partie de l'examen.

Mais c'est moi qui n'ai pas fermé l'œil. Faut-il vraiment traiter les femmes de cette façon ? je me demandais. C'est vrai qu'en les traitant comme je l'avais fait jusqu'à présent, je n'arriverais jamais à rien avec elles, c'était clair. Le plan de Miguel avait beau ne pas me plaire, je n'en avais pas d'autre à proposer et le sien me donnait le cran d'agir. Je ne voulais pas décevoir Miguel, et encore moins qu'il se moque de moi, je puiserais donc en moi les forces que je n'avais pas. Passé minuit, comme je ne dormais pas, je me suis levé pour aller aux toilettes et, assis sur le rebord d'une fenêtre, j'ai contemplé les étoiles. Les gens de la ville ne regardent jamais le ciel, les arbres non plus, autant de choses qu'ils considèrent comme dérisoires. Tous ces bâtiments, ces lumières artificielles et ces appareils électriques qui les entourent, ils ne les quittent pas des yeux. Tant pis pour eux. J'ai imaginé Vivian au fond de son lit, incapable de dormir, elle aussi. Peut-être qu'elle s'était levée comme moi et qu'elle était assise sur le muret de la terrasse, ses bras autour des jambes, le menton appuyé sur ses beaux genoux. Je me rappelle d'un jour où, au cinéma, en cherchant ma main elle avait posé la sienne sur mon sexe et dit : Aïe, qu'est-ce que j'ai trouvé ! On rit, et sa main resta un bon moment, on s'embrassa et, oubliant qu'on était au cinéma, j'ouvris sa blouse et lui suçai les seins, la pointe des seins, comme si j'avais affaire à un grelot qui ne se laissait pas capturer. Quand les lumières se rallumèrent, il y avait sur mon pantalon une tache humide qui n'était pas encore ma semence, mais qui en prenait le chemin. C'est le plus beau film que j'ai jamais vu de ma vie, elle dit à la sortie en me regardant d'un air coquin. On aurait aimé continuer, et je crois que ce soir-là on aurait même osé aller quelque part, mais il était presque dix heures et il fallut se dépêcher pour arriver à temps à l'école. *Horloge, ne marque pas les heures*, disait une chanson de l'époque.

Quel est ce sujet si grave et mystérieux que David veut me confier ? devait-elle se demander maintenant, sur la terrasse. Pourquoi avais-je été si bizarre toute la journée ? Quelle réponse, dont dépendait notre relation, devait-elle me donner ?

Etais-je malade, ou avais-je été choisi pour une mission secrète qui m'obligeait à partir dans un pays d'Amérique latine ou du Moyen-Orient ? Quand on ne peut pas fermer l'œil, qu'on est amoureux et qu'il y a dans l'air une question en suspens, n'importe quelle bêtise semble raisonnable. D'ailleurs, dans notre pays, ce ne sont pas des bêtises. S'il s'agissait d'une guérilla, Vivian se mettrait à réfléchir, à imaginer des situations, je ne pouvais rien lui confier, je ne pouvais même pas lui dire au revoir, ce qui expliquait mon comportement bizarre et buté. Et si je m'étais mis en tête de rompre avec elle avant de partir, pour lui rendre sa liberté au cas où je ne reviendrais pas, en tout cas pas avant de nombreuses années ? Si c'était cela, comme je la connaissais mal ! Même en moi, qui étais différent, subsistaient les préjugés machistes. Elle m'attendrait, comme il sied à la femme du soldat. Mais, songerait-elle ensuite, c'était peut-être autre chose, ma famille quittait le pays et je me retrouvais coincé entre l'arbre et l'écorce, devais-je rester dans ma patrie ou suivre les miens ? Devant ce genre de raisonnement, Vivian hausserait les épaules et se moquerait des élucubrations qui lui traversaient l'esprit. Moi-même j'en riais. Elles ne tenaient pas debout. Ma famille était pauvre et révolutionnaire, sauvée de l'oubli et de l'indignité par la révolution, elle n'envisageait même pas de quitter Santa Clara, la capitale de la province. Mais alors, y avait-il d'autres explications à mon attitude ? Il en restait une qui lui avait échappé : j'étais envoyé en mission aux Etats-Unis, comme agent secret, dans les entrailles du monstre. Ce n'est pas un délire, beaucoup de Cubains doivent réaliser ce genre de mission pour éviter attaques, attentats, complots et assassinats. Cette fois, elle avait mis le doigt dessus. Justement, en raison de mon caractère réservé et de ma personnalité un tantinet anodine, je n'éveillerais pas les soupçons et, une fois à Miami, je pourrais infiltrer sans difficulté l'organisation contre-révolutionnaire Alpha 66 ou la Fondation cubano-américaine. Tout cadrait, car en dépit de mon origine paysanne et modeste je possédais des talents artistiques et intellectuels, le péché originel m'habitait, je n'étais pas un authentique révolutionnaire, j'étais donc un bon candidat pour trahir ma classe sociale et embrasser celle des puissants. L'ennemi me courtiserait en m'accordant deux ou trois petits prix littéraires, créant ainsi une petite célébrité artificielle autour de ma personne, et je me mettrais très vite à écrire dans les journaux du monde entier. Si c'était bien le cas, Vivian persisterait dans sa démesure, je ne pouvais en effet pas lui dire un mot. Au contraire, le lendemain tant attendu, peut-être le dernier à vivre ensemble, moi, froid comme un glaçon, raide comme un soldat de plomb, je lui dirais que mes sentiments pour elle s'étaient éteints et qu'elle était donc délivrée de tout engagement vis-à-vis de moi, de la même façon que j'étais délivré de tout engagement vis-à-vis d'elle, bonsoir et merci, tant que ça a duré c'était chouette, et je m'en irais sans me retourner. Elle aurait à peine la force de remonter dans sa chambre, de s'affaler sur son lit, de mettre la tête sous l'oreiller et de pleurer avec amertume jusqu'à épuisement. Elle raterait les cours sous prétexte d'un malaise quelconque et resterait trois jours sans manger. Mais elle n'avait pas encore vécu le pire. Le lundi matin, ah, ces lundis ! la rumeur se répandrait dans l'école que moi, cet être opportuniste, perfide et madré, comme le sont tous les paysans, profitant de la permission du week-end, je m'étais enfui à Miami sur un radeau. Puissent les requins me dévorer tout cru ! Certains diraient que la nouvelle n'avait rien d'étonnant, qu'ils s'étaient toujours méfiés de moi, qu'avec mes penchants culturels et ma réserve, c'était prévisible. Seuls Miguel et Lahera garderaient le silence, ils ne diraient ni oui ni non, pour ne pas être mêlés à ça, et ne me chasseraient pas de leur cœur. Vivian, de son côté, demande qu'on me déclare disparu et supplie le directeur de prévenir la police et d'appeler les hôpitaux, de sonder les eaux de la baie, mais le directeur, assisté d'un représentant de la Sécurité qui, pure coïncidence, est de passage dans l'école, l'emmène dans les bureaux et, après lui avoir proposé une tasse de tilleul qu'a préparée la secrétaire, lui confirme l'information, on m'a entendu à Radio Martí et j'ai déjà accordé une interview dans les pages infâmes du *Nuevo Herald*. Et qu'est-ce que j'ai dit ? Qu'ici il est interdit de lire Cabrera Infante, qu'on persécute les homosexuels et que Rosita Fornés est la maîtresse d'un *comandante*, les sornettes habituelles. Vivian n'en croit pas ses oreilles, ça ne peut pas être moi, j'admire tant Rosita Fornés, mais le représentant de la Sécurité, qui sait tout de source sûre, lui en donne la confirmation. A l'infirmerie, tandis qu'elle reprend ses esprits sous l'effet d'un calmant, elle se rappelle les mots étranges que j'ai prononcés quelques jours plus tôt, hors de propos en apparence, pendant que nous dégustions une glace à la fraise au *Coppelia*. J'avais dit, textuellement, que, quoi qu'il arrive, elle ne devait pas cesser d'avoir confiance en moi et en notre amour. Je lui avais tenu ces propos les yeux dans les yeux, et ensuite j'avais parlé d'autre chose, par exemple je m'étais demandé pourquoi on faisait tant de glaces à la fraise alors que les Cubains adorent le chocolat. Le mardi, Vivian participerait comme tout le monde aux procédures de déchéance me concernant, le mercredi elle se joindrait aux manifestations réaffirmant que pour chaque traître comme moi il y avait des milliers d'étudiants comme eux, prêts à donner leur vie pour la révolution. Le jeudi, il serait décidé que mon nom ne serait plus jamais prononcé et, deux semaines après, tous s'étonneraient qu'elle n'ait pas un nouveau fiancé, séduisante comme elle était et vu la quantité de vautours qui l'assiégeaient depuis ma disparition, les commérages iraient bon train et on soupçonnerait qu'elle m'était restée fidèle ; finalement, les membres de la Jeunesse communiste, plutôt affectés par ce problème brûlant, la convoqueraient dans leurs locaux et lui demanderaient de définir sa position vis-à-vis de l'apatride. Etant un peu vague dans ses réponses et ne me condamnant pas avec ardeur, démontrant ainsi qu'elle ne comprenait pas la gravité des faits, elle serait écartée de l'organisation et, le jour où elle décrocherait son diplôme universitaire, on la nommerait dans un petit village de l'intérieur avec la recommandation de ne pas lui confier des postes où elle pourrait exercer une influence sur des enfants ou des adolescents. Il ne serait pas nécessaire d'arriver à une telle extrémité, car tout serait éclairci quelques mois plus tard, un lundi matin, quand le directeur, souriant, heureux, euphorique, face à tous les élèves convoqués dans la cour centrale, annoncerait qu'il avait une nouvelle, une nouvelle très agréable qui nous remplirait tous d'une fierté bien légitime, et cette nouvelle bien agréable c'est moi qui monte sur l'estrade et, au milieu des applaudissements et des acclamations, le même camarade de la Sécurité, à nouveau de passage, lit un ordre ou une résolution selon laquelle on me décerne une médaille en reconnaissance de l'accomplissement héroïque de mon devoir dans les entrailles mêmes du Monstre. Des jeunes comme moi, dit le directeur à son tour, avec du tempérament, du caractère, une vocation, de l'abnégation, voilà ce qu'il faut pour construire le socialisme. Et, bouquet final de ce moment historique, il appelle sur l'estrade la fille chargée de réciter, qui a maintenant seize ans. *Premier janvier !* commence-t-elle en mêlant convulsions et hurlements. Lui succède le groupe de danse de l'école, qui interprète une chorégraphie tellement abstraite qu'elle peut aussi bien servir à fêter le triomphe de la révolution qu'à condamner l'intervention militaire yankee en République dominicaine ou à commémorer le quarante-deuxième anniversaire de la fondation du Kampuchea démocratique. Pour conclure, on annonce une autre fille, mais celle-ci se contente de chanter. Et quand elle ouvre la bouche, on est tous paralysés. Quelle voix ! dit Miguel. D'où il sort, ce monstre ? Quelqu'un sait comment elle s'appelle ? Il y en a un qui sait : Liuba María Hevia, et elle est de La Havane. Alors notez son nom, insiste Miguel, et rappelez-vous ce que je vais vous dire : on entendra parler d'elle. Après la cérémonie, Vivian et moi, au ralenti, nous courons l'un vers l'autre et nous étreignons, pendant que les élèves, un peu flous, applaudissent et sourient. Ensuite j'embrasse Miguel et Lahera, dont Vivian me dit que ce sont les seuls qui sont restés inébranlables dans leur amitié, sans jamais essayer de se défiler. Tigre, me dit Miguel après les premiers moments d'émotion, tu es un petit malin, tu as profité de la mission pour bouffer du jambon et des hamburgers, comme tu as grossi ! L'après-midi, j'ai des interviews avec des journalistes de *Juventud rebelde* ; le soir, le camarade de la Sécurité, qui, en aparté, m'a conseillé de sauter sur l'occasion pour épouser cette fille, nous emmène tous les deux dans une maison secrète de Cubanacán, où on nous offre un bouquet de fleurs et un panier avec deux bouteilles de rhum, six de sodas à base de cola, un pot de mayonnaise Doña Delicia, un paquet de biscuits salés Pinocho, trois portions de fromage à tartiner Nela, une barre de pâte de goyaves Conchita, quatre jus de mangue Taoro, une boîte de sauce tomate Vita Nova, un paquet de pâtes La Pasiega et une demi-dinde congelée. Quelle merveille de faire l'amour pour la première fois dans une chambre avec l'air conditionné et deux rouleaux de papier hygiénique, et de fixer la date de la noce ! Ensuite, nous allons vivre dans un petit appartement d'Alamar, du côté de Micro X, où nous disposons d'une cuvette de W.-C. dans laquelle nous sommes les seuls à pisser et à caguer.

Voilà l'ennui quand on n'arrive pas à fermer l'œil, on ne pense qu'à des bêtises. Glacé jusqu'aux os, le jeune Daniel, écrasé par ses problèmes, a décidé de retourner au dortoir. Il écrirait le roman de cette façon. Miguel dormait à poings fermés, la queue dépassant du caleçon. *Les salauds dorment en paix*, proclamait le titre d'un film japonais. J'ai lu l'heure à son poignet : quatre heures cinq du matin à La Havane, neuf heures cinq du matin à Madrid, trois heures cinq de l'après-midi à Novossibirsk, Russie, huit heures cinq du soir à Wellington, Nouvelle-Zélande. Il était le seul à avoir une montre dont on pouvait voir les chiffres dans le noir, et il en était très fier. Ce n'était pas une montre russe, ou alors une montre russe du KGB. J'ai remonté le drap au-dessus de ma tête et de tout mon cœur j'ai prié la Vierge de la Charité du Cuivre pour que Vivian dorme en paix jusqu'au bout de ce qui restait de nuit et que moi aussi je puisse dormir un peu. J'ai fermé les yeux et la Vierge a fait son boulot.

Le lendemain, je suis arrivé en classe en retard et Vivian n'a pas pu me parler avant le début des cours. On l'avait planifié comme ça, Miguel et moi. A l'heure de la récréation, elle est venue pour qu'on aille prendre le casse-croûte. Je l'ai regardée fixement et je lui ai dit, Tu ne te rap-pelles pas que j'ai un truc très important à te dire ? Si, elle a répondu, mais tu me le diras pendant qu'on mange, il y a des gâteaux à la goyave et si on ne se dépêche pas il n'y en aura plus. Miguel m'avait prévenu, les femmes ont le sens pratique en toute circonstance. S'il ne restait plus de gâteaux à la goyave, il faudrait se contenter de *trancabuches*, des biscuits farineux archisecs et insipides que nous détestions. Laisse tomber le casse-croûte, j'ai dit, on va parler de nos affaires à l'abri des oreilles. Elle m'a suivi dans la cour des amandiers, on s'est assis sur le banc qui était notre banc et, sans préambule, je lui ai lâché le morceau que j'avais appris par cœur et répété avec Miguel. Ce que j'ai à te dire, c'est que si tu m'aimes vraiment comme tu le prétends, tu dois m'en donner la preuve concrète par les faits, pas seulement par les mots : ce week-end, je veux que nous fassions l'amour dans un petit hôtel de la plage où je vais réserver une chambre. J'ai presque honte de raconter des choses aussi niaises. J'avais tout lâché d'une traite, mais sur le ton adéquat, semblait-il. D'après mes calculs,

Vivian réagirait avec indignation, elle me donnerait peut-être une paire de claques, me dirait
qu'elle ne se serait jamais attendue à une telle proposition formulée en ces termes de ma part,
comme un chien parlant à une chienne au coin
d'un parc, me conseillerait d'oublier cette idée, me
laisserait en plan et partirait en courant, pour être
aussi loin que possible de moi ou pour avoir des
gâteaux à la goyave avant qu'il n'en reste plus.
D'après les pronostics de Miguel, elle se ferait un
peu prier, prendrait des airs offensés et verserait
même une petite larme, mais elle finirait par
accepter en disant, quand même, qu'elle le faisait
pour moi, pas pour elle, parce que c'était moi qui
le lui demandais, et parce qu'elle voulait me prouver combien elle m'aimait. Ensuite elle s'enfuirait
comme dans ma version, pour tout raconter à ses
copines et leur demander des conseils et quelle
robe elle devrait mettre à cette occasion.

Et maintenant, la version réelle. Vivian n'a pas
baissé les yeux. Au bout de quelques secondes,
elle a dit, Très bien, elle s'est levée et est partie.
Je me suis laissé tomber sur le banc. Je vous jure
que j'en avais besoin, et j'ai compris que j'avais
l'estomac barbouillé et j'ai pensé que je ferais
mieux de filer aux toilettes. Personne ne soupçonne que ces histoires sont difficiles à vivre
aussi pour les hommes, en tout cas les hommes
comme moi. J'étais incapable de dire si j'étais
joyeux ou triste, si j'étais l'homme le plus heureux ou le plus déçu de la terre. Je ne pouvais
même pas dire si je dormais ou si j'étais réveillé,
et c'est Miguel qui m'a sorti de mon hébétude.
Alors ? il a demandé. J'ai souri. Affaire conclue,
mon pote, j'ai dit. Si vite ? Si facilement ? Heu
non, ça n'a pas été si rapide ; elle a un peu protesté, elle s'est fait prier, mais je n'ai pas cédé, je

l'ai harcelée jusqu'à ce qu'elle accepte, je ne lui ai pas laissé le choix. Il a souri, ravi. Alors, samedi prochain, tu vas voir ce que c'est qu'un ciel de diamants ? Exactement. Comme il était content ! Tu es un tigre, il a dit en me serrant contre lui ; et regarde, il a ajouté en me mettant sous le nez le gâteau à la goyave qu'il y avait au casse-croûte, tu n'as rien perdu : je l'ai pris pour toi. Et celui de Vivian ? Celui de Vivian ? Qu'est-ce que j'en sais ! Vivian goûtera samedi prochain un truc bien plus savoureux. Et il a éclaté de rire. Parce que si vous voulez savoir à quelle époque tout ça se passait, je peux vous dire qu'au même moment Silvio composait *Ojalá* et Pablo, *Yolanda*, des chansons qu'on n'a pas oubliées et qu'on chante encore.

Miguel prétendait que si je n'avais pas perdu ma virginité avant mes dix-sept ans je deviendrais dingue et que dans une crise de folie je pouvais m'ôter la vie. Il était intarissable sur le sujet. Moi, ce que j'avais entendu dire, c'est que si un garçon n'a pas connu de femme avant vingt et un ans, il devient pédé. Tout simplement. Cette théorie n'est pas arrivée à l'école n'importe comment, c'est le professeur de physique, parrain de notre groupe, qui nous l'avait révélée. La jeunesse, affirmait-il, était une étape difficile et complexe chez un garçon, car c'est une période où le masculin et le féminin se mélangent, s'entremêlent et patatras ! La théorie, d'ailleurs, n'était pas de lui mais de Freud, nous avait-il prévenus, et Freud, même s'il n'était pas marxiste, on a tous nos limites, était un scientifique digne de considération, surtout dans le domaine de la sexualité. Chaque jeune, avait affirmé l'Autrichien, héberge un homosexuel, assoupi jusqu'à l'âge de vingt et un ans, qui disparaît alors, s'il n'a pas été réveillé avant. Il ne voulait pas nous effrayer, nous faisait observer le professeur, aussi surnommé Proboscide, mais au contraire nous expliquer que lorsque nous étions impressionnés par la beauté ou la personnalité d'un camarade, c'était une réaction naturelle, il ne fallait pas s'en inquiéter ni s'accuser d'avoir de l'affection pour cet ami, objet de notre admiration. Deux amis peuvent échanger des mots tendres, s'avouer leur fascination mutuelle et se livrer à des jeux de mains sans leur donner une signification dangereuse. Les petites aventures que nous avions pu avoir avec nos cousins dans les montagnes arides d'où nous provenions, les rencontres fortuites avec une tantouse dans les gares routières ou en attendant un train pour nous procurer dix ou quinze pesos de plus n'étaient pas moins insignifiantes. Les garçons ont ri quand il a fait son allusion aux cousins et aux montagnes arides d'où nous provenions, mais ils sont redevenus sérieux et nerveux en entendant parler des gares routières et des trains. Au cours de l'adolescence et de la première jeunesse, expliquait Proboscide, les garçons, pour l'exprimer de façon imagée, se trouvent sur un pont suspendu comme on en voit au cinéma. Tout en bas, il y a les crocodiles et à l'autre bout l'ennemi qui s'acharne sur les cordes fragiles. Un faux pas, une main qui lâche prise, et nous tombons dans l'abîme, où les crocodiles de la pédale nous attendent, la gueule béante. En observant l'expression effrayée de son jeune auditoire, le professeur se hâtait de nous rassurer. En général, disait-il, le garçon arrive sain et sauf de l'autre côté du pont, comme au cinéma, et il oublie aussitôt les dangers et les malheurs qu'il a vécus, qui ne laissent aucune trace dans sa mémoire. Pendant la semaine qui a suivi cette dissertation, nous parlions tous à voix basse, errions dans la résidence sur la pointe des pieds pour ne réveiller aucun des soixante pédés assoupis qui cohabitaient avec nous. Quand les lumières étaient éteintes, quelques-uns de ces pédés ouvraient un œil et criaient, au milieu de l'obscurité, Ubaldo, je veux de ton chocolat vitaminé ! Mauro allumait et déclarait "à tous les zalauds zintérezés" que, lui, il n'avait rien d'une tantouse. Par contre, s'il y en avait un qui semblait avoir un peu glissé en traversant le pont de la rivière Kwaï, c'était justement Proboscide, le professeur de physique. Il agitait trop les épaules et les mains quand il parlait, ne restait pas en place une seconde sur sa chaise, et s'affolait devant tous ces garçons athlétiques et à demi nus qui étaient devant lui. Ses conversations, qu'il s'agisse des lois de Newton ou des principes de la mécanique, débouchaient toujours sur Freud et ses théories déjà citées, quand ce n'était pas sur les canons de la beauté de la Grèce antique. Il nous parlait aussi de l'histoire universelle de la masturbation. Nous pouvions nous masturber autant que nous voulions, affirmait-il, car la croyance selon laquelle cette pratique affectait l'entendement ou générait de la fatigue, des infections ou une infertilité, était d'origine bourgeoise et totalement dépourvue de fondements scientifiques et objectifs. Au contraire, il a été démontré que la masturbation apporte un soulagement, détend les nerfs et est bonne pour la prostate. Si nous la pratiquions cinq minutes avant les cours, nous verrions que notre pouvoir de concentration et notre rendement ne seraient pas le moins du monde affectés. Et il nous exposait les données irréfutables d'une étude qu'il avait épluchée. Par exemple, le plus long jet de sperme, d'après des expériences effectuées par des chercheurs français auprès de jeunes militaires de la région de Poitiers âgés de seize à dix-sept ans, avait été de 1,73 mètre. Les résultats prenaient en compte la force de départ du sperme, le degré d'inclinaison du canon, et la concentration du jeune homme. Par ailleurs, la plus grosse éjaculation observée par les érudits français, dans les conditions mentionnées ci-dessus, avait été de trente-huit millilitres de sperme ou, ce qui revient au même, à trois cuillers à soupe remplies à ras bord, œuvre d'un bidasse du nom d'Alain Sicard, lecteur passionné de romans à l'eau de rose. Statistiques du premier monde, décrétèrent plusieurs des nôtres. Si, pour notre *petit-déjeuner**, au lieu d'un bol de lait coupé d'eau et d'un quignon de pain rassis, on nous servait *deux omelettes, une baguette avec du beurre et de la confiture, un glace, un yogourt et quatre crêpes à la crème au chocolat*** et si au déjeuner on remplaçait le riz aux pois chiches par un bifteck d'une demi-livre, un plat de riz aux fruits de mer, deux côtes de porc fumé, une demi-portion de roquefort, de la salade et du vin à discrétion, les professeurs français verraient combien de sperme on aurait à cinq heures du soir : on le compterait par seaux, par bassines. Ce n'était pas le genre de choses à crier sur les toits, car on prêterait le flanc à la contre-révolution, sur ce point il valait mieux être aussi discrets que le *Granma*, mais à l'école on avait sacrément faim. On n'oubliait pas le dérapage du prof de physique, surnommé Proboscide, sur le pont de la rivière Kwaï, mais nous n'en disions pas un mot, car ce prof n'était pas seulement le parrain de notre résidence, il

* En français dans le texte. *(N.d.T.)*
** En français dans le texte. *(N.d.T.)*

était militant, or il ne pouvait pas être en même temps militant et pédé. Mais quand on voyait ses regards, ses touchers sur les biceps et les triceps de tout un chacun, sa ponctualité à l'heure de la toilette ou du "Debout !" matinal, au moment où on était tous en pleine érection, on ne pouvait pas ne pas y penser. Dans une envolée de Makarenko tropical, il se mettait sous les douches avec les élèves et jouait volontiers à "si tu laisses tomber ton savon n'essaie pas de te baisser pour le ramasser". Quand Lahera approchait, sa serviette nouée à la taille, le prof préférait s'en aller. Lahera ressemblait, je crois l'avoir déjà dit, à un prince yorouba, du Nigeria ou du Sénégal, et s'il y avait bien une chose qu'il n'avait pas oubliée en Afrique c'était sa lance, dont la pointe obscure et polie dépassait du bord inférieur de la serviette. Pour en revenir à Proboscide et clore ce chapitre, qui a un peu traîné en longueur, c'est un phénomène fréquent dans notre pays : tout le monde a conscience d'une chose parce qu'elle est évidente, mais on dirait que tout le monde est d'accord pour ne pas en parler, comme si le problème n'existait pas. Dans l'exemple du prof, pourtant, je ne vois ni hypocrisie, ni morale à deux vitesses, ni crainte, mais un comportement plutôt positif : le critère de nos âmes est sans doute en avance sur celui qu'imposent les normes, bien souvent étrangères à notre nature et nos traditions. Nous n'avons pas eu, disait Miguel qui répétait les propos de son père, les tanks russes dans notre pays pour nous libérer, mais ces engins ne sont pas seulement militaires, il y a aussi ceux de la pensée et des méthodes, qui rôdent autour de nous.

21

ARNALDO

Une brise est entrée par la fenêtre, s'est introduite dans mon oreille, m'a soulevé et propulsé vers le lit de David, j'ai écarté le livre de ses yeux, je lui ai chanté un passage des Beatles, lui ai dit, Tigre, tu as réalisé qu'il y a des gonzesses dans cette école ? Ecoute, on se donne un mois pour se dénicher une petite amie et le gagnant paie une pizza à l'autre, ça colle ? Ce garçon s'est assis sur le lit, a posé son livre, respiré à fond et répliqué :

— Tu ne vois pas que je suis en train de lire ? C'est donc si difficile à voir ? Et si tu le vois – comment pourrait-il en être autrement ? –, tu ne crois pas que tu devrais respecter ça ? On ne te l'a pas appris chez toi ou dans les écoles que tu as fréquentées, qui n'ont pas été très nombreuses ni très bonnes, j'imagine ? Maintenant, à cause de ton impertinence, je suis obligé de tout reprendre en haut de la page.

Je ne m'attendais pas à ça. J'ai gardé mon sang-froid et affiché un sourire japonais.

— Mais voyons, Tigre, j'ai balbutié, ce que j'en dis, c'est pour ton bien. Tu ne peux pas rester éternellement enfermé entre ces quatre murs. Mis à part que tu vas avoir une réputation impossible, le célibat à ton âge est un crime qui est même condamné par Dieu et les philosophes, parce que si on faisait tous pareil, ce serait la fin de la race humaine.

— Je te suis reconnaissant de ton intérêt et de tes sages paroles, il a dit, mais je te serais encore plus reconnaissant si tu me laissais tranquille une fois pour toutes. De grâce, arrête de me dicter ma conduite à chaque instant. Qui t'a chargé de cette tâche ? Je te serais aussi reconnaissant de me laisser lire, si tu me trouves en train de lire ; de me laisser penser, si je suis en train de penser, et de me laisser à la fenêtre si je suis à la fenêtre à regarder le paysage, car je n'ai pas l'intention de sauter dans le vide. Si tu suis mon conseil, tu n'imagines pas combien je vais apprécier. Tu penses pouvoir y arriver ? Tu penses que c'est trop compliqué ? Attends, je n'ai pas fini. Apprends à écouter les autres jusqu'au bout. Arrête de me chercher une fiancée ou une *gonzesse*, comme tu le dis si plaisamment. Tu crois peut-être que tu as inventé ce mot ? Pas du tout, il est utilisé dans les prisons et dans les faubourgs de La Havane depuis le XIXe siècle, il est dans *Hommes sans femme*, le magnifique roman de Carlos Montenegro dont la première édition date de 1938. Avoir une fiancée n'est sûrement pas un signe de virilité, contrairement à ce que tu affirmes. L'homme véritable est celui qui respecte les femmes, pas celui qui se moque d'elles ou les prend pour de simples animaux dotés d'un sexe. J'en ai par-dessus la tête de tes chèvres, de tes putes et de tes gonzesses, et aussi de cette histoire à dormir debout comme quoi on est des frères et que je suis envoûté. Il n'y a que les ignorants pour croire à la sorcellerie et au mauvais œil, la femme de ma vie arrivera au moment voulu, et je la reconnaîtrai sans avoir besoin que toi ou un autre me tape sur l'épaule pour me la montrer.

Tu devrais aller dans un endroit discret, où souffle le vent, et feuilleter un de ces magazines dont tu raffoles, si bien assortis à ton esprit.

Nom de Dieu, qui aurait pu décrire la rage qui m'a pris en me voyant insulté de si belle manière ? Mes oreilles bourdonnaient, mes lèvres tremblaient, mes yeux chaviraient, et si je n'ai pas eu un infarctus, c'est que ce n'est pas mon genre. "Va-t'en feuilleter un de ces magazines dont tu raffoles, si bien assortis à ton esprit !" Quel coup bas ! Quel ingrat, quel salaud ! Les timides et les gros lecteurs ont le démon en eux, ils se croient supérieurs aux autres et ils nous méprisent.

Je savais très bien ce qu'il avait voulu dire, moi aussi je pige les choses. Dans la résidence circulait un magazine ou un traité sexuel qui présentait, déployée sur la double page centrale, la photo d'une gonzesse qui se faisait mettre par deux mecs à la fois. Comment étaient-ils arrivés à une telle intimité ? Le magazine n'en disait rien, mais il racontait sans ambiguïté que le garçon doté du plus gros instrument, moi par exemple, s'était allongé sur un canapé recouvert d'une couverture rayée, que la gonzesse s'était assise sur lui et après, s'étant bien empalée, s'était allongée sur la poitrine du garçon, mettant l'autre grotte à découvert, ce qui avait permis au deuxième mec de s'amener et de la défoncer avec son engin, et le photographe s'était juste planté devant le paysage ainsi réalisé. L'instantané qu'il avait pris était bien sûr impressionnant, mais quelle indécence de laisser circuler une telle image dans une résidence de jeunes révolutionnaires comme nous ! Pour égarer le KGB, c'est-à-dire les membres de la Jeunesse communiste, nous avions baptisé ce magazine *Das Kapital* : pour savourer ces pages pendant dix minutes il fallait donner à la CIA, c'est-à-dire à nous, les non-militants, une boîte de lait concentré, et si on voulait une séance individuelle d'étude dans les toilettes, deux boîtes ou l'équivalent en confiture de goyaves, *gofio*, biscuits salés, bonbons, chocolat ou n'importe quoi d'autre, et encore, à condition de connaître le mot de passe de la semaine et de ne pas être militant, ou bien, si tu l'étais, à condition de ne pas avoir la langue trop pendue ou la manie de faire des rapports sur des affaires aussi peu importantes que celle-ci. Vous trouverez peut-être ces précautions exagérées, pourtant elles ne l'étaient pas à l'époque, car toute personne surprise à posséder, prêter ou vendre ce genre de publication était expulsée du Système national d'enseignement et n'avait plus aucune chance de devenir un homme nouveau, un risque que personne ne voulait prendre.

A quoi bon me faire prier, vous savez presque tout : le magazine était à moi, et aussi à David. Oui, à David aussi, à parts égales, car c'était justement le contenu de ce paquet, collé, cacheté et enveloppé, et de nouveau enveloppé et ficelé, que Carmencita Iznaga, l'infirmière inoubliable, m'avait donné dans l'escalier de son immeuble pour le partager avec mon ami et lui donner un avant-goût de ce qui nous attendait lors du repas auquel elle nous invitait. Elle me l'avait donné avec les meilleures intentions du monde, peut-être sur les conseils de sa mère, mais quand je l'ai apporté dans la chambre, j'ai l'impression que la sorcière qui domine David avait travaillé ce garçon au corps, et lorsque ce dernier a vu ce que je posais sur le lit, il a dit, ou plutôt il a crié, Enlève cette cochonnerie de mes draps ! Mais, Tigre, j'ai dit un peu étonné, tu ne sais même pas de quoi il s'agit, je t'assure que c'est un truc sensationnel. Retire-le de mon lit ou alors tu peux oublier mon amitié ! qu'il a ajouté, et moi, pour ne pas avoir de problèmes, et persuadé que je retrouverais bien l'occasion de le lui montrer, j'ai remballé mon trésor et je suis allé le montrer là où il serait apprécié, c'est-à-dire dans la chambre de Lahera.

Je vois d'ici ce que vous devez penser : toute cette histoire est une invention, un flagrant délit d'incohérence, car ce garçon n'a pas pu deviner le contenu du magazine étant donné que je l'amenais de l'extérieur, tout emballé. Premier point. Et deuxième point, le souffle d'air tiède avait interrompu à cet instant mon mirage avec la mulâtresse des rues Prado et Neptuno, la scène qui avait précédé ma rencontre avec Carmencita.

Bon, j'ai dû tout mélanger. Les événements sont multiples, le temps a passé et je cite de mémoire. Mais dans notre pays on ne peut pas toujours raisonner en suivant le cours de la logique habituelle, car les trois magies les plus puissantes que l'on connaisse sont encore très vivaces chez nous, à savoir la noire, venue d'Afrique avec les esclaves, la chinoise, venue de Canton, et celle des îles Canaries, moins connue mais aussi puissante que les autres. Pour vous donner un exemple, une femme de Camagüey, après avoir parcouru des centaines de kilomètres, s'est présentée devant un sorcier de Guanabacoa, c'est là qu'on trouve les plus fameux *babalaos* de l'île, et lui, avant qu'elle ait ouvert la bouche pour l'informer, il a dit, Vous vous appelez Margarita, vous avez des douleurs à la colonne vertébrale, votre époux s'appelle Jesús, vous êtes journaliste et il est ingénieur, vous avez deux enfants qui sont à l'étranger, vous avez enfin la possibilité d'aller les voir, et vous vous demandez si vous devez donner votre ordinateur avant de partir, ne sachant pas très bien si vous allez revenir, car vous pensez être une révolutionnaire ; écoutez, madame, vous auriez pu économiser le billet du voyage, donnez-le à la première personne qui débarquera chez vous. Comment vous expliquez ça ? Tiens, encore un exemple : un musicien cubain de renommée mondiale voyageait en autocar entre La Havane et Cienfuegos, soudain il se leva, s'approcha du chauffeur et lui demanda d'arrêter le car pour descendre pisser, et quand il mit le pied sur la route une voiture qui arrivait le renversa. Qu'est-ce qui s'est passé ? Une chose très simple. C'était le jour de la mort du musicien, mais la camarde avait traîné avant de prendre sa décision et le car était déjà parti ; elle fut obligée de prendre un taxi – ceux qui se font payer en dollars –, mais comme elle ne pouvait pas rattraper le bonhomme, ce dernier, pour que son destin s'accomplisse, fut obligé d'arrêter le car et de descendre pour créer la situation où la voiture transportant la camarde l'écraserait. Cette dernière histoire que je viens de vous raconter est un fait consigné dans le journal *Granma*, peu porté sur les considérations métaphysiques et sur la description de faits non confirmés. On ne trouve pas grand-chose dans *Granma*, mais le peu qu'on y trouve est vrai.

De la même façon, je peux vous assurer que le magazine et l'infirmière sont véridiques. Le repas aussi, qui n'a évidemment pas été annulé. Elle cuisinait trop bien pour qu'on lui fasse un tel affront. A l'heure convenue, je me suis présenté chez elle et je lui ai expliqué ce qui s'était passé, à savoir qu'au dernier moment mon ami de cœur avait reçu un télégramme qui l'appelait de toute urgence à Las Villas pour assister aux funérailles de sa chère grand-mère, malade du cœur depuis quelque temps, mais qu'à sa place j'avais amené un autre camarade, le second par ordre de préférence. Il est où ? elle a demandé en haussant les sourcils : elle sentait qu'il y avait anguille sous roche. Il est en bas, j'ai pensé qu'il valait mieux d'abord te consulter parce que je ne suis pas raciste mais, toi, je ne sais pas. Mulâtre ? elle a demandé. J'ai secoué la tête énergiquement pour laisser entendre qu'il était plutôt tendance ébène. Tu peux le voir si tu te penches à la fenêtre ; s'il n'est pas à ton goût, je descends lui dire d'aller voir le film qu'on donne au *Payret* et il n'y aura pas de problème, il comprendra. Carmencita s'est mise à la fenêtre et a vu l'infortuné Lahera qui passait d'un trottoir à l'autre, comme un prince nigérian qui aurait envoyé son serviteur chercher du tabac et qui, le temps passant, commençait à se douter qu'il était peut-être parti avec l'argent. Elastique et fibreux comme il était, avec son mètre quatre-vingts, il a dû l'impressionner beaucoup parce qu'elle s'est tournée vers moi et m'a demandé, Et quel film on donne au *Payret* ? *L'Eléphant et la Bicyclette*, de Juan Carlos Tabío. Ah non, le pauvre garçon ; descends lui dire de monter. Et c'est comme ça que Carmencita, Lahera et moi, nous avons déjeuné comme des rois.

Et maintenant, revenons à nos moutons, sinon je vais encore m'égarer. Toi, Arnaldo, me faisait souvent observer David, tu fais trop de circonlocutions ; et si tu racontes ton histoire en répétant sans arrêt ce que tu dis ou en t'en écartant complètement, dans deux jours tu en seras encore au même point ou alors tu seras tellement épuisé qu'à la fin tu n'auras plus la force de conclure ;

dis les choses les unes à la suite des autres, ou alors ne dis rien.

Moi, quand j'ai entendu les grossièretés que me lançait David, et vu l'air de supérieure indifférence avec lequel il me regardait, la colère m'a aveuglé. Mais dis donc, ce n'est pas parce que ton père a quitté ta mère quand tu étais petit que tu dois te venger sur moi, j'en ai par-dessus la tête de cette histoire et de ta manie de pleurer sur ton sort ! Il a bien eu raison de la quitter, merde alors, ta mère est une sainte nitouche et il devait en avoir plein le cul, et maintenant écoute bien ce que je vais te dire, parce que c'est la dernière fois : si tu veux arriver à quelque chose dans la vie, sans être ni intellectuel ni pédé, tu as intérêt à filer dans la rue vite fait et à perdre ton pucelage avec la première venue, tu m'entends ? avec la première venue, sans lui demander quels sont ses poèmes ou ses chansons préférés. Quant à moi, je regrette le jour où je t'ai connu et où je t'ai donné mon amitié. Voilà ce que je voulais lui dire, mais pas un mot n'a franchi mes lèvres, car une main invisible mais ferme m'a bâillonné avec une force incroyable, pendant que des bras puissants me saisissaient, me sortaient brutalement de la pièce, me poussaient dans le couloir vers l'escalier et me jetaient en bas des marches. Etourdi et meurtri, je me suis redressé, une cheville tordue, et je suis sorti dans la cour. Il ne pleuvait pas. Il y avait six mois qu'il ne tombait plus une putain de goutte d'eau. Il y avait dans le pays une sécheresse à tout casser, responsable, d'après les journaux, de la pénurie sur les marchés et du mauvais fonctionnement du courrier. Un groupe jouait au base-ball. Je suis allé directement au *home*, j'ai pris la batte de celui qui allait jouer et j'ai crié à Lahera, qui faisait le *pitcher*, Vas-y, lance, négro de merde, descendant des singes, chaînon manquant, et tu vas savoir ce que c'est qu'un homme. Lahera m'a lancé la balle, avec plutôt l'intention de me casser une jambe que de l'envoyer sur l'aire de *strike*, mais je l'ai frappée de plein fouet et j'ai fait un *home run* comme on n'en voit pas deux en dix ans. La balle est montée et s'est perdue au-dessus des eucalyptus. Tous, ils étaient bouche bée, c'était un coup digne des ligues majeures. Bande de pédés, c'est pour vous apprendre à respecter ça, je leur ai dit en attrapant l'autre batte, celle que j'ai entre les jambes, par-dessus le tissu du pantalon. A l'époque on faisait ce genre de truc quand on voulait être respecté. Je les ai laissés à leur ahurissement et je suis allé au fond de la cour, c'est-à-dire sous les eucalyptus, ruminer ma rage et mon impuissance, et essayer de trouver une explication aux derniers événements.

22

DAVID

Le ciel s'est éclairci et, plus serein après la pluie
et mes réflexions, j'ai repris ma route. Je n'avais
pas d'autre possibilité. Vivian attendait que je la
mette dans mon lit et Miguel attendait que je lui
raconte l'épisode. Les autres aussi étaient au courant, comme les copines de Vivian, je ne pouvais
donc plus faire marche arrière. Par chance, le
lendemain je n'avais pas à montrer, comme chez
nos collègues de Sicile et de Naples, les draps
tachés. Tacata-tacata, tacata-tacata, résonnaient
les pas du jeune révolutionnaire. Quand je suis
arrivé à l'angle, en vue de la résidence des filles,
plusieurs d'entre elles, qui étaient devant le
porche, sans doute aux aguets, se sont précipi-
tées à l'intérieur. Il arrive ! elles ont dû lui dire,
surgissant hors d'haleine dans la chambre. Il porte
la chemise blanche de Miguel et il est mignon
comme tout. Ce rouge à lèvres me va bien ? aura
répondu Vivian. Il est assorti à la robe ? Mais oui,
ma vieille. Et les boucles de Lola, elles me vont
ou je mets celles d'Esther ? Non, ma vieille, celles-
ci te vont très bien ; tout te va très bien, tu es
magnifique, ne le fais pas languir, il va s'angois-
ser. J'attendais sur le trottoir et elle n'a pas tardé.
Il ne manquait plus qu'un photographe ! Je vous
le dis du fond du cœur : une blonde de seize ans
habillée en noir, il n'y a rien de plus beau sur

269

cette terre. Quel bonheur j'ai ressenti en la voyant, et quel vide soudain au creux de l'estomac. La robe laissait ses épaules et ses bras nus, et je l'ai vue descendre l'escalier. Crois-moi, une femme qui descend les escaliers, c'est aussi un des plus beaux spectacles du monde. Tu n'as pas remarqué que dans les films l'héroïne vit toujours au premier ? Et pour quelle raison, sinon pour qu'on la voie descendre quand son soupirant vient la voir ? Vivian m'a embrassé sur la joue, s'est accrochée à mon bras, on a dit au revoir à ses amies et on est partis sous les arbres feuillus. A la cinémathèque, on donne un film qui s'appelle *Le Désert rouge* et je veux que tu m'emmènes le voir, elle a dit tout de suite ; la prof de littérature dit qu'il va beaucoup nous plaire, à toi et à moi. J'étais d'accord. Si on m'avait demandé de l'emmener dans le désert du Sahara ou de lui montrer la grand-place de Santa Fe de la Segarra, j'aurais accepté pareil. Si on se dépêche, on peut attraper la séance de six heures qui finit à neuf, elle a ajouté. J'ai réfléchi à toute vitesse : on entre à six, on sort à neuf, à dix on est à la maison de passe, parfait. Dix heures du soir à la maison de passe, onze heures du soir à Rio de Janeiro, trois heures du matin à Madrid et Liverpool, cinq heures du matin à Damas, Syrie. A la maison de passe, grâce à Miguel, on ne serait pas obligés de faire la queue. La chambre 39 était déjà réservée, car le mardi soir, comme Vivian avait accepté de coucher avec moi, Miguel et moi on était allés à la maison de passe où travaillait le type qu'il connaissait. On avait la chance qu'il soit de service, et la malchance qu'il vienne de partir manger. Le gros est imprévisible, dit son collègue, il peut en avoir aussi bien pour dix minutes que pour une heure. On décida de l'attendre dehors.

On s'assit au bord du trottoir et, chose peu fréquente entre Miguel et moi, on n'avait rien à se dire, donc chacun réfléchissait de son côté. Je me rappelai une histoire de ma grand-mère. Elle racontait qu'un soir où elle dormait avec sa sœur Eusebia celle-ci s'était mise à rêver d'Alejo, le jeune frère qu'elles venaient de perdre. Dans le rêve, Alejo poussait la porte de la chambre, entrait délicatement et s'asseyait sur le lit du côté d'Eusebia, celle qui rêvait, celle qu'Alejo était venu voir, mais grand-mère, comme elle était enlacée à sa sœur, le voyait aussi, sans doute un peu plus flou, et elle n'arrivait pas à interpréter les mots qu'elle voyait prononcer par cet être rêvé. Après avoir terminé le discours qui l'avait ramené dans le monde des vivants, Alejo était reparti, mais pas à la façon qu'on attribue aux fantômes. Il embrassa Eusebia sur le front, regarda amoureusement ma grand-mère, et ressortit par où il était entré sans oublier de tourner la clé, car les deux sœurs étaient déjà considérées comme des demoiselles et la maison était pleine de saisonniers embauchés pour la récolte du tabac. Grand-mère ne tarda pas à se réveiller. Tu rêvais d'Alejo ! lui dit l'autre en la secouant violemment pour qu'elle n'ait pas le loisir de méditer sa réponse. Eusebia acquiesça. Et qu'est-ce qu'il te disait ? insista grand-mère. De parler demain à papa, au petit-déjeuner, pour qu'il liquide une dette qui traîne en longueur à l'épicerie de Ramón : dix pesos soixante-trois centimes. Et il n'a pas laissé de message pour moi ? Si, il a dit que tu durerais cent trois ans et que tu aurais un petit-fils écrivain. Et toi, tu vas durer combien ? Quatre-vingt-dix-neuf. Et c'est en effet ce qu'ont duré ma grand-mère et sa sœur.

Le type finit par revenir. Il accueillit Miguel comme si c'était son neveu préféré, et quand

Miguel me présenta il faillit me sauter dessus comme si j'étais son deuxième neveu favori. Mais soudain il changea d'attitude, il se mit à se curer les dents et à parler avec Miguel du championnat de base-ball, du dernier épisode de *Dix-sept instants d'un printemps*, le célèbre feuilleton soviétique d'espionnage qui nous tenait tous en haleine, avec les mésaventures de Stirlitz et de Katia au milieu des nazis, et de tout ce qu'on voit dans la rue et que Fidel ne sait pas. Quand Miguel, profitant de l'arrivée de l'autre réceptionniste dans le bureau, lui raconta que j'étais un pote qui avait un problème en lui montrant un billet de dix pesos, le gros s'empara du billet et me demanda quand je voulais résoudre mon problème. Samedi à dix heures du soir, dit Miguel. Une heure très demandée, dit le type en fronçant les sourcils, mais il sourit et déclara que puisque c'était nous il me donnerait une chambre avec eau et ventilateur, et qu'à l'avenir je pouvais compter sur lui sans être obligé de passer par Miguel, les copains étaient là pour ça, pour se donner un coup de main, comment savoir, peut-être que demain il allait se retrouver à l'hôpital avec les tripes à l'air et moi comme médecin de garde. Là-dessus l'autre type rappliqua, et Miguel, pour ne pas dévoiler notre combine, se remit à discuter base-ball, mais le gros refila le billet à son collègue et lui recommanda de bien regarder ma bobine parce que je reviendrais le samedi à dix heures, et de me réserver la chambre 39, qui était presque une suite. L'autre me regarda et rangea l'argent dans un compartiment spécial de la caisse enregistreuse. Ces deux hommes se laissaient acheter, ils en avaient bien la tête, pourtant ils transpiraient, se lavaient et se curaient les dents comme ceux qui ne se laissent

272

pas acheter. Je les détestai et me promis que c'était la seule fois de ma vie où j'aurais recours à leurs services, même si je ne devais plus refaire l'amour jusqu'à la fin de mes jours. En plus, j'aurais aimé avoir le courage de dire, Non, Miguel, si c'est comme ça, je ne marche pas, mais j'avais honte de passer pour un idiot. Miguel était toujours en grande conversation avec le gros, et l'autre s'était joint à eux, ils représentaient trois équipes différentes et je fixai du regard le panneau accroché au mur pour ne pas les voir. Pas de pot. Sur le panneau il y avait une coupure de journal, l'éphéméride du mois, avec la nationalisation des compagnies américaines et anglaises Esso et Shell en 1960 parce qu'elles avaient refusé de raffiner du pétrole acheté en URSS, quelques nouvelles internationales, un appel pour tenir à jour le carnet de santé, un diplôme certifiant que c'était le meilleur lieu de travail de son genre à telle période, et une photo de Martí sous laquelle on pouvait lire les vers suivants : *D'une femme ? C'est possible. En effet c'est possible, Que tu succombes à sa morsure ; mais ne gâche pas ta vie A dire du mal des femmes !* Mon sang ne fit qu'un tour en lisant cette strophe dans un endroit pareil, en plus Miguel me donnait des coups de coude pour que je participe à la conversation et que je sois sympa avec ses potes qui bossaient dans ce lieu hautement stratégique. Où pouvait-on dénoncer ces gens ? Pourquoi fallait-il recourir à une telle engeance pour avoir un endroit où faire l'amour ? Ne disait-on pas que notre économie était planifiée ? En ce cas, il n'y avait qu'à planifier les endroits où faire l'amour ! Le pire de tout, c'est que ces deux hyènes pouvaient bien être du syndicat et même du Parti, et si je protestais, je serais dénoncé à la police pour avoir voulu les acheter et c'est eux que la police écouterait, pas moi. Et si, en sortant d'ici, j'écrivais une longue lettre dénonçant ce qui se passait et réclamant des lieux modestes mais propres et jolis où faire l'amour, à qui l'envoyer ? Qui comprendrait que ce n'étaient pas les élucubrations d'un jeune puritain illuminé, mais un problème aussi important que tous les autres ? Celia Sánchez, Haydée Santamaría, Alfredo Guevara, eux, me comprendraient peut-être et me répondraient, comme ils avaient compris et protégé Pablo Milanés et Silvio Rodríguez quand les autres leur fermaient la porte et les accusaient d'être des farfelus. Je vous l'assure, ce problème me gâche encore l'existence, d'autant que, contrairement à mes intentions, j'ai dû continuer de recourir aux faveurs du gros et d'autres de son acabit, comme beaucoup de mes amis et amies, et même comme nos propres enfants, car les endroits propres et présentables pour faire l'amour ne sont toujours pas à l'ordre du jour dans notre pauvre économie planifiée.

Mais laissons tomber, rien à voir avec notre histoire. C'est le genre de choses qu'on écrit sous le coup de l'indignation et de la douleur, et voilà le patron de la maison d'édition qui rapplique en se grattant la tête et qui vous demande, au nom de la vieille amitié qui nous unit, de les retirer du texte, à quoi bon évoquer ce problème qui ne mènera à rien, sauf à se compliquer l'existence. Et on est tellement minable qu'on finit par l'enlever, dans un mouvement que par-dessus le marché on croit empreint de sagesse. Comme il était dans le brouillon, on se dit qu'ainsi il est sauvé, qu'à l'heure du Jugement dernier il pourra dire, Ah, je l'avait écrit mais on me l'a enlevé, je ne suis pas responsable, vous n'avez qu'à regarder le brouillon ! Il y a une variante, bien pire : tu pars à l'étranger et là, ayant mis beaucoup d'eau entre les censeurs et toi, tu l'édites, tu joues les courageux et tu critiques la tiédeur de ceux qui la veille encore étaient tes collègues. Dieu nous pardonnera-t-il si, après nous avoir mis entre les mains la plus belle des occasions, nous gâchons tout avec notre circonspection, notre incapacité à nous compliquer l'existence.

23

ARNALDO

J'étais là, sous les eucalyptus, assis sur le tronc couché, les dents serrées, le regard fixé sur un brin d'herbe. Quand on n'est pas dans son assiette, le mieux est encore de se mettre hors de portée des autres. Et c'est là que j'ai compris le raisonnement qui avait traversé l'esprit de ce garçon. Par une cabriole mentale plus compliquée qu'un filigrane chinois, il avait interprété ma proposition comme un piège pour l'écarter du droit chemin et l'amener à la scène de la photo. C'était donc là mon seul objectif, le seul but de tous mes actes et de ma fausse bienveillance ? Ah, mais ! qu'il s'était dit aussi, je négligeais deux minuscules détails : son intelligence et sa sensibilité, capables de détecter les tentations les plus subtiles dès qu'elles se présentaient, et de les repousser. L'homme qui ne suit pas les conseils des pécheurs est comme l'arbre planté au bord d'une rivière, qui donne ses fruits le temps venu et ne voit jamais ses feuilles faner. Ça, on le sait. Et c'est avec ce raisonnement mesquin qu'il a renié mon amitié en moins de deux secondes. Crois-moi, le camouflet d'un ami est amer, mais l'injustice l'est encore plus. Il n'y avait pas de photos dans mon esprit ! Il n'y en avait jamais eu ! Elles étaient, c'est vrai, dans celui des deux compères quand ils avaient rencontré la fille dans la rue ; et dans le sien quand elle avait accepté leur invitation à boire un coup ; dans celui du photographe, qui avait accepté ce travail sur le nu artistique ; dans celui de Carmencita Iznaga, qui m'avait donné le magazine ; dans celui de Lahera, qui s'était allongé sur le canapé à couverture rayée dès qu'il l'avait vu ; et dans celui de David, mais pas dans le mien. Oui, dans celui de David aussi, car il lui avait suffi du mot pizza dans tout mon discours pour en tirer cette conclusion délirante. Le pari gagné, avait-il raisonné, et les couverts placés à côté des assiettes, je lui aurais dit, David, après d'aussi succulentes pizzas au jambon et au chorizo, tu n'aurais pas envie d'un petit café créole ? Et comme il en aurait eu envie, parce qu'il aime le café et n'y verrait pas malice, il aurait dit oui, à quoi j'aurais répondu, Tu sais la gonzesse que j'ai séduite vit au coin de la rue, si on allait le prendre chez elle, manière de faire sa connaissance ? Comme il ne s'agissait que d'une tasse de café et de rencontrer une dame, il n'y verrait rien de répréhensible, mais voilà qu'en arrivant chez ma prétendue fiancée il y aurait déjà une lumière tamisée, une musique de fond et la couverture étalée sur le canapé, il ne manquerait plus que le photographe, s'il n'était pas déjà caché quelque part dans l'appartement. Et toute la scène, ce garçon l'avait déduite à partir du mot pizza ! Ce mot lui avait suffi pour me mettre dans le même sac que ceux qui ne pensent qu'à eux et rêvent de voir les autres se vautrer dans la même fange qu'eux-mêmes.

J'en étais là quand une ombre a envahi mon champ visuel. Je suis resté figé, sans bouger un muscle. Elle s'est assise à côté de moi et n'a pas tardé à prendre la parole. Je n'en reviens pas, qu'elle a dit, comment un garçon aussi innocent et crédule a-t-il pu détecter la manœuvre subtile dissimulée dans ta proposition. On ne parle pas à la Vierge, sauf si elle formule une question. Parce qu'il devine mes pensées. Ça je le sais, il est très intelligent, en tout cas tu arrêtes les idées, et tu n'en auras pas avant lundi, au cours de littérature qui sera consacré à *La Célestine*. Je l'ai regardée un peu interloqué et elle m'a expliqué. C'est une très belle œuvre, attribuée à Fernando de Rojas, elle raconte l'histoire d'amour entre un jouvenceau et une belle demoiselle qui se fait aider par la vieille Célestine ; à ta proposition, il aurait dû répondre, Bien sûr que je suis d'accord, mon frère ! Et dans la foulée il se serait jeté sur son lit, aurait pris tous ses bouquins et les aurait balancés par la fenêtre dans un grand feu au milieu de la cour, sans même hésiter sur *Conversation dans la cathédrale*, de Vargas Llosa, péruvien de naissance, ni sur *Les Portes du paradis*, du Polonais Andrzejewski, ni sur *Trois tristes tigres*, de Cabrera Infante, le Cubain dissident et mauvaise langue, ni sur *L'Attrape-Cœurs*, de J. D. Salinger, l'ermite yankee, ni sur *Le Grand Meaulnes*, d'Alain-Fournier, lecture considérée comme indispensable par le maître Eliseo Diego, ni sur *Un monde pour Julius*, de Bryce Echenique, le Péruvien dont l'âme ne vieillit pas, ou sur *Ce royaume t'appartient*, d'Abilio Estévez ou Estenoz, je ne me rappelle plus très bien le nom, ni sur les *Mémoires de Marie Brizard*, l'incomparable entreprise française de spiritueux, ni sur *Paradiso*, de José Lezama Lima, ce sacré roman dont le chapitre VIII avait mis sens dessus dessous la moitié de la ville et tout le ministère de l'Intérieur, bref, tous ses préférés ; et en lançant le dernier il aurait accompagné son geste des mots suivants, Qu'ils aillent se faire foutre tous ces branleurs, et la bite divine avec ! Il faut dire aussi qu'il crève d'envie de jurer mais qu'il n'ose pas, comme vous le savez. J'avais mon silence pour toute réponse, ébahi de tout ce qu'elle me disait. Et le samedi suivant, qu'elle a enchaîné, tu l'emmenais au *Coppelia* pour commencer la chasse, là, vous tombiez sur deux filles avec qui je me suis entendue, prêtes à tout, ensuite je m'en remettais à ton initiative ; voilà ce qui devait arriver, mais il semble que j'ai sous-estimé le sorcier qui a envoûté David et en moins de deux secondes tout a foiré, saloperie de merde (sauf le respect dû aux dames de la Faculté). Alors, qu'est-ce qu'on va faire ? j'ai dit, un peu perdu dans cette histoire à dormir debout. Ce garçon va bientôt avoir dix-sept ans. La seule chose qui me vient à l'esprit, m'a dit la Vierge, c'est de recourir à un de ces trucs qu'utilisent fréquemment les jeunes écrivains dans leurs romans sans scénario. J'ai compris que j'allais employer une de leurs ruses et je me suis hâté de poser une question sur un sujet qui me tient particulièrement à cœur depuis le début de notre histoire. S'il te plaît, tu peux m'expliquer pourquoi on est frères, David et moi ? Non, et elle a aussitôt fait quelques passes devant mon visage et je me suis retrouvé dans notre chambre, étendu sur mon lit, comme si je n'en avais pas bougé et que rien de ce que je viens de vous raconter n'était jamais arrivé. Là-dessus, un souffle d'air tiède, moins belliqueux que le précédent, est entré par la fenêtre à persiennes modèle Miami ou français, excusez-moi mais je ne sais pas très bien distinguer entre les deux. Le souffle a jeté par terre un exemplaire du journal *Juventud rebelde* qui se trouvait sur le bureau, je me suis levé, je l'ai ramassé et je suis retourné m'étendre pour y jeter un coup d'œil. David, j'ai dit au bout d'un moment, le journal dit qu'à la cinémathèque de Cuba, membre de la Fédération internationale des archives du film, FIAF, on donne un cycle de westerns, et que samedi on donne *La Chevauchée fantastique*, tu connais ? En entendant ce titre, le garçon a ouvert des yeux tout ronds et son visage s'est transfiguré. *La Chevauchée fantastique*, de John Ford ? Oui, en personne, avec ce nom de voiture. Nom de Dieu, Arnaldo, il y a des années que je cours après, c'est un excellent film, un chef-d'œuvre du genre. Tu aimerais y aller ? j'ai demandé sans y mettre trop d'enthousiasme. Pardi ! Je ne le manquerais pour rien au monde, et si tu m'accompagnes je t'offre une pizza à la sortie du ciné. Affaire conclue, j'ai dit, et chacun a vaqué à ses affaires le reste de l'après-midi, mais vous comprendrez que depuis que nous avons commencé cette histoire véridique je n'avais pas connu un instant de bonheur qui puisse égaler celui-ci. J'avais le cul plein de nouilles. Non, bordé, me corrigerait David plus tard, on dit bordé de nouilles.

24

DAVID

Nous en étions restés au moment où Vivian descendait les marches et où je l'accueillais dans la rue. De là nous sommes allés au cinéma, et du cinéma à l'hôtel. Cependant, j'aimerais ajouter quelque chose à la scène que j'évoquais tout à l'heure. Vous vous rappelez que lorsque nous sommes arrivés à la maison de passe le gros pote de Miguel n'était pas là et qu'on était allés l'attendre dehors, et que chacun avait ruminé ses pensées. Au bout d'un moment, j'ai senti le poids de la main de Miguel sur l'épaule. Où tu en es, Tigre ? Je pensais à une gonzesse que j'ai baisée dans cette taule, et son truc c'était de me la tenir pendant que je pissais, tu veux que je te raconte ? C'était une de ses histoires préférées, une des plus vulgaires de son répertoire, il me l'avait racontée plusieurs fois et elle ne me plaisait pas du tout. Ce que je t'en dis, c'est parce que si le type n'arrive pas, il faut bien tuer le temps, hein ? J'ai pensé que, comme je connaissais l'histoire, je pourrais suivre le cours de mes pensées pendant qu'il la racontait, à la fin je rirais un peu, je lui poserais deux ou trois questions et il serait content. J'ai donc fait comme ça, et j'ai réfléchi à un truc auquel je ne m'attendais pas, à nous deux. Combien de temps durerait notre amitié ? Pendant combien de temps je supporterais ses histoires grossières, sa façon désagréable de parler des femmes, son manque de spiritualité ? Ce n'était sans doute pas moi qui formulais les questions, mais cette vieille Voix qui parlait dans mon for intérieur, de toute façon une fois qu'elles ont été posées je me suis senti minable. Ce type s'occupait de moi et je lui cherchais des défauts. C'est ça, son jeu, a dit la Voix, il faut que tu te sentes attaché à lui par des liens de gratitude, que tu n'oses pas le remettre en question et encore moins t'en éloigner ; la gratitude est l'autre tranchant de la bonté, à elles deux elles forment une dague qui coupe le cou à n'importe qui. Peut-être, mais ce n'était pas juste de lui chercher des défauts. Il m'avait sauvé la vie. Il a commencé à me la sauver à l'instant où, sans rien demander, il a pris la brosse à chaussures dans mon armoire, il a continué quand il m'a incorporé au groupe de nos amis et appris à me balader, et il le faisait encore maintenant que, grâce à ses pressions, j'avais éveillé l'amour de Vivian au point de coucher bientôt avec elle, dans une chambre qu'il allait obtenir pour moi. Ou alors, était-ce pour les raisons mêmes qui démontraient mon inutilité que je lui adressais des reproches ? Quand j'aurais avancé sur mon chemin, les événements que j'évoque maintenant auraient l'air d'obstacles de peu d'importance, sauf qu'il était indispensable de les franchir pour arriver sur le grand chemin, et que je n'y serais jamais arrivé sans son aide. La Voix a repris la parole. Rien n'est plus dangereux ni plus compromettant que les faveurs, rien ne conditionne plus la liberté que la gratitude ; ne crois pas qu'il soit désintéressé ; il calcule chacun de ses pas, s'il a tardé à reparaître c'est qu'il se demandait en coulisses de quelle brosse il allait s'emparer, il cherchait la victime idéale, il ne se contentait pas du premier venu, pourquoi n'avait-il pas pris celle d'un ingrat, d'un vaniteux ou d'un indifférent ? Non, il a pris la tienne, qui est marquée par la gratitude. Ce que j'entendais me paraissait raisonnable, mais odieux. C'est simplement un garçon tout simple, ai-je hasardé pour prendre sa défense. Peu importe : la bonté, même authentique, est un acte d'achat, qui dissimule le désir de soumettre ; il t'accorde maintenant une faveur minime, qui ne lui coûte pas grand-chose, mais plus tard, quand tu seras solvable, il te présentera la facture et tu seras obligé de payer, sinon tu serais le premier à te répudier, tu es donc tombé dans un piège, tu lui as vendu trop d'actions à bas prix et tu vas finir entre ses mains ; les amis de l'enfance et de l'adolescence finissent par devenir des poids, je te préviens ; méfie-toi d'eux autant que tu peux, surtout s'ils sont calculateurs.

Quelle horreur ! Ce que j'entendais me semblait énorme. C'était moi le monstre ! Qu'est-ce qui se passe ? a demandé Miguel. Pourquoi tu fais cette tête ? tu n'aimes pas mon histoire ? Je l'ai regardé, essayant de le percer du regard, de chercher tout ce qu'il y avait de vrai dans mes inquiétudes, mais le bougre avait pris un air japonais. Je crois que je ne me sens pas très bien, j'ai dit, sans doute l'estomac, si le type ne revient pas je vais aux toilettes, c'est le problème des puceaux, les nerfs se portent sur l'estomac. Allons, ne t'inquiète pas, voilà notre homme qui revient ; si je ne me trompe pas, il a pris dix livres depuis la dernière fois que je l'ai vu ; toi, tu ne dis rien, laisse-moi faire. On s'est avancés. N'est-ce pas qu'elle était vachement bien, cette gonzesse ? Oui, formidable, sacrément délurée. On n'est pas encore arrivé au meilleur moment, quand on aura réglé ça, je te raconterai. Eh, Pereira, mon pote ! il a crié au gros, qui s'est arrêté et a regardé partout autour de lui, cherchant qui l'appelait.

En allant à la cinémathèque, Vivian m'a raconté qu'elle venait de recevoir une lettre de sa mère qui lui racontait que pour une serviette et deux boîtes de lait concentré elle avait déniché une paire de bas et qu'elle les lui envoyait par un neveu qui venait se faire opérer d'une boule de graisse à la nuque. Tu t'imagines, David, une paire de bas ? elle crevait d'envie d'en avoir une paire, elle en avait toujours rêvé et la mère avait sillonné la moitié du quartier de Santa Clara avec ses deux boîtes et sa serviette dans un sac pour trouver quelqu'un qui accepte l'échange, et maintenant les bas étaient en route et ils étaient noirs avec des dessins noirs ajourés et ils lui arriveraient à mi-cuisse. Si je m'imaginais, des bas ajourés jusqu'à mi-cuisse ? Elle allait être la seule de toute l'école à avoir une telle paire. C'est incroyable ce qu'une fille peut être heureuse à l'idée de recevoir une paire de bas ou n'importe quelle autre bêtise ! Que ce soit le socialisme ou le capitalisme, les bas, les boucles d'oreilles, les bagues et je ne sais quelles merdes à la mode les rendent folles, et ça vaut la peine de consentir quelques sacrifices pour les voir heureuses. Ensuite, elle a dit que la maman s'inquiétait à propos de la boule de graisse de son neveu et qu'est-ce que j'en pensais. Je lui ai dit que, normalement, une boule de graisse n'était rien d'autre qu'une boule de graisse, on te l'enlève et tu rentres chez toi le jour même. Ça l'a soulagée, et elle m'a raconté qu'elle s'était levée à six heures du matin, comme les jours de classe, car elle n'avait plus sommeil, à huit heures elle avait déjà lavé tout son linge de la semaine et pris son petit-déjeuner à neuf, à dix heures elle s'était méchamment disputée avec Nena à propos d'un rouge à lèvres parce que Nena est très culottée et prend sans demander la permission ce qui n'est pas à elle, à onze heures elle s'est lavé les cheveux et verni les ongles, à midi il y a eu une autre dispute entre Nena et María Estela à propos d'une chanson de Julio Iglesias, il s'agissait de savoir si Julio Iglesias était contre-révolutionnaire ou pas, et s'il l'était, s'il fallait vraiment écouter ses chansons, à midi elle a repassé sa robe et à une heure, avant d'aller déjeuner, il y a eu une autre dispute à laquelle se sont mêlées toutes les filles de la résidence. Cette fois, la raison c'était que Nena avait trouvé un chaton au fond de la cour, on ne savait pas comment il y était arrivé, la moitié des filles voulait le chasser et l'autre moitié le garder. Côté chatophiles, il y avait Carmen, Mercedes et la China, des militantes de la Jeunesse communiste ; côté chatophobes la grassouillette Ofelia et Margarita, qui sont aussi militantes ; soudain la grassouillette Ofelia, avec sa manie de toujours commander, a emmené les trois autres dans sa chambre, s'est enfermée avec elles, et quand les cinq sont revenues, elles ont voté contre le chat, mais on voyait bien que Carmen, Mercedes et la China n'avaient pas l'air contentes et avaient de la peine. Dès que les militantes sont parties, la controverse a dévié sur la question de savoir si une militante doit forcément défendre une position avec laquelle elle n'est pas d'accord, et bien que la controverse ait eu lieu en petit comité, dix minutes plus tard la grassouillette Ofelia revenait, plus grassouillette que jamais, et elle a dit, Au cas où tout le monde ne le saurait pas, il y a quelque chose qui s'appelle le centralisme démocratique et qui veut dire que les problèmes sont débattus au sein de l'organisation, mais qu'une fois qu'on arrive à un accord, tout le monde doit l'exécuter sans tenir compte des critères personnels, parce qu'on appelle ça le centralisme démocratique et la discipline, et c'est en cela que consiste l'unité, OK ? Il y a encore des doutes ? Non, mais ça s'applique même aux chats ? a demandé Petra, qui est comme tu le sais d'Alto Songo et qui est plus costaude qu'un mec, même si c'est une femme. Au chat et à toute sa sainte Famille, a répondu Ofelia, parce que Ofelia, en matière de révolution et de militantisme, n'accorde aucun crédit aux Petras. Tu ne vas pas nous jouer les petites malignes comme Miguel ? elle a ajouté. Petra a détourné les yeux, la grosse nous a regardées et elle est repartie. Tu sais que je ne m'entends pas très bien avec Ofelia, d'abord parce qu'elle est amoureuse de toi, même si tu prétends le contraire, mais en tant que militante nous la respectons, et il m'a semblé qu'elle avait raison, et je suis furieuse qu'elle ait raison ! Ofelia n'est pas amoureuse de moi, nous sommes juste amis, ou nous l'étions. Ouais, ouais ; conclusion : Regolis – c'est le nom qu'on a donné au chat – vit clandestinement dans un placard, comme Alain Delon dans *Les Félins* sous la surveillance de Jane Fonda. Ce pauvre Regolis Delon est tellement intelligent qu'il ne miaule même pas, et comme Vivian et David avaient été désignés pour lui apporter un bout de pizza, elle voulait savoir si après *Le Désert rouge* ils pourraient passer par une pizzeria. Mais bien sûr. Quel genre de pizza peuvent aimer les chats ? A la souris et au fromage. On a ri et on est arrivés. Par chance, il n'y avait pas beaucoup de queue, pas trop de ces intellectuels, hippies, psychédéliques, glandeurs et crados qui hantent la cinémathèque et ne laissent pas de place aux autres. Par contre, il y avait le groupe des critiques, mais ceux-ci entrent avec des billets spéciaux et ils ont des places réservées. Cette bande était menée par un petit gros habillé de couleurs vives qui regardait tout en biais avec un air ironique, même ses ongles, il y avait aussi un type à moitié japonais, un autre type très blanc et très maigre, un autre à l'air militaire, un autre qui à mon avis se teignait les cheveux et enfin un petit mulâtre et un grassouillet qui venaient de Camagüey, m'a-t-il semblé, car ils parlaient de la place de San Juan de Dios et de la collection de grandes jarres ajourées que l'un d'eux possédait. Le petit gros qui avait l'autorité assignait les places, loin ou près de lui selon la catégorie qu'il leur avait assignée, et une fois installés ils se sont mis à parler dans un jargon incompréhensible qui ressemblait au roumain. J'ai demandé à Vivian, Et pourquoi Regolis ? En hommage à Lénine, il avait un chat de ce nom. Là-dessus les lumières se sont éteintes et moi, au lieu de me concentrer sur l'écran comme c'était mon désir, je me suis imaginé Nadejda Kroupskaïa, la femme de Lénine, assise devant la fenêtre du bureau, le chat Regolis sur les genoux, et lui caressant le dos ; c'était l'automne 1921 et l'eau pour le thé frémissait dans le samovar ; Lénine, à sa table, travaillait au brouillon de ce qui deviendrait la résolution sur *La Culture prolétarienne*, et je voyais, en gros plan, la pointe de sa plume tracer les caractères cyrilliques sur le papier ; il avait terminé le point 4 et s'apprêtait à rédiger le 5 quand le samovar se mit à siffler et Regolis, effrayé, sauta du giron de Nadejda Kroupskaïa sur le bureau ; Lénine, surpris mais amusé, posa sa plume et l'attrapa. Viens ici, lumpenprolétaire, il lui dit gentiment, tu t'es tapé combien de chattes de la haute bourgeoisie cette nuit ? C'est pour cette raison que le point 5 du projet déjà mentionné commence par "En aucune façon…" et ne va pas plus loin, c'est du moins ainsi qu'il apparaît dans l'anthologie des textes de Lénine sur la culture que j'ai lue, cadeau de la prof de littérature. Peut-être parce qu'il était un homme d'action et que beaucoup de ses écrits sont des discours ou des programmes de travail, ces textes sont toujours clairs et stimulants, ils donnent envie de laisser tomber les âneries et les intellectualismes et de se mettre au boulot. Dans notre école on était à l'apogée de la campagne visant à populariser les carrières pédagogiques et militaires, et la prof avait voulu que Lénine m'aide à m'ancrer dans ma voie, c'est-à-dire à comprendre que la littérature n'est pas moins légitime pour un jeune révolutionnaire, voilà pourquoi elle m'avait offert ce recueil d'écrits. Elle s'était aussi engagée à assister à notre assemblée pour donner son point de vue sur moi et sur ma vocation, mais la grassouillette Ofelia, flairant le truc, avait commencé la réunion un quart d'heure plus tôt. Debout devant le tableau, qu'elle cachait presque entièrement, la grosse dit qu'il s'agissait d'un appel à la conscience et à l'âme des révolutionnaires. Toi, David, par exemple, qu'est-ce que tu penses ? Moi ? Miguel me souffla quelque chose que je ne compris pas, et je vis toute la classe qui me regardait. Heu, je crois que oui, bien sûr, je m'inscris. Nous en avons déjà un, dit Ofelia sur un ton triomphal, et deux avec moi, qui d'autre ?

C'est alors que la prof, en sueur et à bout de souffle, apparut à la porte de la salle. Ah, professeur, excusez-moi, on a dû commencer sans vous, mais je vous donne le résumé : David et moi avons fait le pas en avant et tenez, Yolanda Maza aussi lève la main, bien que sa préférence aille à la chimie. Yolanda Maza sourit en serrant les dents et haussa les épaules. La prof, déjà pâlotte, devint presque transparente et resta muette jusqu'à la fin de la réunion. Le lendemain, sous prétexte d'un concours à organiser pour célébrer l'anniversaire de la naissance de José Maria de Heredia, le père de la poésie cubaine, elle me convoqua à la bibliothèque. Quand j'y arrivai, la bibliothécaire me prit par la main et m'entraîna derrière un paravent, où elle manipula un mécanisme secret sur le côté d'un rayonnage, comme dans les films, lequel rayonnage coulissa, découvrant une porte que nous franchîmes. La prof était au fond de la chambre secrète, debout, sirotant un café, et elle se retourna. Discutez tranquillement, dit la bibliothécaire, aussi émue qu'une comédienne qui joue son premier rôle ; je fais le guet dehors et si une difficulté se présente je préviendrai en frappant trois coups brefs ; il pourra sortir par la porte qui donne sur le couloir, et de là filer aux ateliers. La bibliothécaire aurait été ravie de participer davantage, mais la prof la remercia et elle fut obligée de partir. Les rideaux de la seule fenêtre avaient été tirés et nous n'étions éclairés que par la lumière opaque d'une lampe posée sur une table basse, ce qui donnait encore plus l'impression que la scène était en noir et blanc. Favorisée par la pénombre, la prof semblait jeune et jolie. Elle portait une blouse claire à dentelles aux manches et au col, sur laquelle elle avait jeté un châle gris. Sa poitrine, que je distinguais très bien dans l'obscurité, était agitée. Elle évitait de me regarder et, en raison de sa nervosité, sa tasse avait du mal à rester sur sa soucoupe, ce qui provoquait un tintement. Tout cela m'excitait. J'ai honte de l'avouer et je ne m'explique toujours pas pourquoi c'est arrivé, mais c'est arrivé. Soudain, je l'avais plus raide qu'une tige de canne à sucre. Et elle commença : Pour une enseignante, un élève est comme un fils ; tu peux être mon fils et je peux être ta mère ou ta sœur aînée, je veux que tu comprennes que ce sont des sentiments de sœur ou de mère qui me poussent à agir de la sorte. Un moment de silence. Ses seins blancs étaient toujours aussi agités, montant et descendant dans l'obscurité, puis elle m'expliqua ce que c'était que le talent : Un don, un cadeau de la nature, et ceux qui le reçoivent sont obligés de le cultiver, car le talent n'appartient pas seulement à l'individu qui le détient, mais à toute la société, dont l'individu se nourrit et est le fruit, et en ce sens uniquement l'art est collectif et appartient au peuple ; la société doit veiller à ne pas gaspiller ses talents, ceux de tant de garçons et de filles, de paysans et d'ouvriers qui maintenant accèdent aux études… Bref, je devais me réserver pour la littérature et oublier la carrière professorale, car si beaucoup pouvaient devenir professeurs ou militaires, très peu pouvaient devenir écrivains. Elle me prit les mains, chaudes comme les siennes. Mais, de grâce, que je n'aille pas interpréter ses paroles de travers, penser qu'elle me conseillait une attitude égoïste ou non révolutionnaire, qu'elle était contre la campagne en faveur des écoles pédagogiques et militaires ; non, rien de tout cela ; jamais, au grand jamais, comment croire une chose pareille alors qu'elle-même était professeur ? En réalité, elle me respectait infiniment, non seulement comme garçon mais comme homme, et en prononçant le mot homme elle me lâcha les mains, fit un pas en arrière et ajouta, comme un fils ou un petit frère, elle avait foi en mon talent et me demandait de penser à moi, à ma carrière, à mon avenir. Mais, professeur Marta, j'ai déjà dit oui à cette orientation. En entendant son nom sur mes lèvres, elle ferma les yeux. Les femmes sont toujours émues d'entendre leur nom prononcé par un homme qu'elles apprécient, même si celui-ci n'a pas atteint les dix-sept ans, qu'il est un garçon timide et peu sûr de lui. Et j'ai enchaîné, Si je recule maintenant, ce sera très mal vu, je serai un déserteur, je tournerai le dos à la révolution. Tu ne comprends donc pas qu'en réalité Ofelia est amoureuse de toi et qu'elle veut t'embarquer avec elle ? Tu ne te rends pas compte qu'il y a beaucoup de filles amoureuses de toi ? Je vais arranger cela, mais tu dois me donner ton consentement : je vais parler au directeur. J'étais sans voix. C'était un beau gage d'amitié de sa part. En théorie, personne n'était au courant, mais nous savions tous qu'entre la prof et le directeur il y avait de très mauvaises relations pour des raisons qui plongeaient dans le passé et qu'eux seuls connaissaient en détail. S'il n'y consent pas, je le menacerai de démissionner. On pourrait croire que le directeur n'attendait que ça, car ainsi il ne serait pas obligé de la renvoyer ou de l'accuser publiquement d'être une apatride qui trafiquait des papiers pour nous abandonner. D'accord, ce n'était pas elle mais son mari qui les trafiquait, mais elle le suivrait docilement et le directeur ne le lui pardonnerait pas. Que le mari s'en aille, et qu'elle reste, voilà ce que voulait le directeur. Te faut-il d'autres preuves pour te convaincre que cet homme, qui abandonne son pays et t'oblige à le suivre en emmenant ta fille comme otage, ne vaut rien du tout ? l'avait-on entendu lui dire. Et on n'avait entendu d'elle, de la prof, que ses sanglots, racontait la personne qui avait surpris cette conversation, et puis on avait entendu des bruits de baisers, comme s'ils s'étaient jetés dans les bras l'un de l'autre pour se consoler. Dis donc, on dirait qu'ils te cocufiaient, dit Miguel quand on nous racontait l'histoire, mais je me suis figé et je l'ai regardé avec une telle dureté qu'il a reculé. Je rigole, on ne peut pas rigoler avec toi ? Il y a des choses avec lesquelles on ne rigole pas, j'ai répliqué. Le directeur accorda le rendez-vous, l'annula deux fois, au dernier moment, mais finalement il la convoqua au moment où elle s'y attendait le moins. Il cherchait à prendre l'avantage quand elle serait devant lui. Il lui dirait, sans la regarder ni lui proposer de s'asseoir, qu'il avait une réunion avec le ministre et qu'il disposait de dix minutes pas plus, elle devait donc aller droit au but. Mais dès qu'elle eut mentionné mon nom, le directeur, comprenant que le sujet à traiter n'était pas du tout ce qu'il avait prévu, se détendit. Je me souviens de ce garçon, dit-elle avoir entendu de la bouche du directeur ; d'ailleurs, il n'était même pas inscrit à tes groupes, c'est moi qui l'ai déplacé pour qu'il soit ton élève et je vois que je ne me suis pas trompé, que vous vous entendez bien, naturellement il vaut bien mieux que David étudie les lettres et le journalisme, j'en parlerai à Ofelia pour qu'elle le raye de l'orientation pédagogique, elle est plus raisonnable qu'on ne le croit. Oui, mais elle est amoureuse de lui. Raison de plus pour qu'elle veuille son bien et accepte un sacrifice… Cinq minutes à peine s'étaient écoulées et ils étaient arrivés à un accord, le directeur aurait pu mettre un terme à l'entretien et arriver à temps pour sa réunion avec le ministre, mais mon penchant pour la littérature les amena à discuter poésie, et ils réalisèrent trop tard qu'une heure s'était déjà écoulée, et si la prof n'avait pas commis l'imprudence de mentionner son mari ils auraient continué une heure de plus. Mais en entendant ce nom honni le directeur se rappela sa réunion avec le ministre et leva la séance. La prof se détesta d'avoir gaffé. Moi qui attendais dans le couloir, en la voyant avec un air contrarié, et vu le temps qu'avait duré l'entrevue, je craignis le pire, je me voyais déjà devant quarante jeunes dans une petite salle de la Sierra Maestra alimentée en énergie électrique par des panneaux solaires, accessible uniquement à dos d'âne ; mais elle se transfigura en me voyant, dit que le directeur était un grand homme, qu'il avait ses défauts, mais que c'était un grand homme, un homme juste, c'était lui qui aurait dû être ministre et pas l'autre ; bref, l'affaire était résolue, le directeur en personne parlerait à Ofelia, d'ailleurs Ofelia était beaucoup plus raisonnable qu'on ne pouvait le croire. Tu n'as vraiment pas de pot, avec cette grosse sans sex-appeal ! me disait Miguel. Il faut que je trouve le moyen de t'en débarrasser. Je croisai la grosse sans sex-appeal le jour même. Elle sortait d'une salle et se planta devant moi. Elle faisait semblant de me tomber dessus par hasard, mais en réalité elle m'attendait. Ah, mon petit David, c'est une chance que je te voie, qu'elle me dit en me prenant par le bras, le directeur m'a demandé de te libérer de ton engagement de devenir professeur ; tu ne peux pas savoir le poids que ça m'enlève, tu n'imagines pas le cas de conscience que j'avais ; je t'en prie, dis à tout le monde que j'ai refusé, que j'ai essayé de te convaincre, que j'ai fait pression sur toi, que je t'ai menacé, que j'ai été très sèche ; je ne veux pas que les gens pensent que je me suis laissé attendrir parce que c'était toi, je ne veux pas non plus que d'autres en profitent pour se défiler, le directeur s'est démené comme un beau diable pour me convaincre, mais j'étais prête à céder depuis le début, mon vieux. Merci, Ofelia, je lui dis reconnaissant, mais mon esprit, ce fils de pute, s'empressa d'ajouter, Chaque fois que tu t'enlève un poids, c'est toujours ça de gagné, et voilà la grosse qui fond en larmes, et quand une femme pleure, grosse ou maigre, laide ou jolie, intelligente ou sotte, elle lève les yeux pour que tu voies comme ils sont noyés de larmes et que tu saches qu'elle pleure et souffre par ta faute, pour que tu te sentes un pauvre type le restant de tes jours. Moi, abasourdi, je voulus la consoler, mais elle fit demi-tour et partit en courant comme une perdue. A cette époque, bien sûr, elle ne s'était pas encore jetée du quatrième étage en laissant ce tas de lettres, dont la mienne. "Je rêvais que j'étais couchée et que le lit bougeait ; alors j'ai regardé et j'ai vu que j'étais sur des sables mou-vants et que je m'enfonçais, que je m'enfonçais." Ce n'étaient pas des phrases d'Ofelia, mais celles de Giuliana, l'héroïne du *Désert rouge*, car j'étais soudain revenu dans la salle de cinéma et j'ai entendu ces mots. Vous me croirez si je vous dis que tout ce qui précède je l'ai pensé pendant que les images du film d'Antonioni défilaient sur l'écran ?

25

ARNALDO

Je suppose que, sur le point d'aborder la prise de La Havane par les Anglais, vous aurez envie de savoir en quoi celle-ci consistait. La première est historique, elle eut lieu en juin 1762 et se prolongea jusqu'au mois d'août de l'année suivante, quand Sa Majesté George III comprit que, s'il ne se grouillait pas d'enlever les troupes de l'île, les mulâtresses, la musique et les bals de rue allaient vite les démoraliser, aussi refila-t-il la patate chaude aux Espagnols. La seconde, en revanche, appartient à notre époque et à notre histoire. Il restait encore en ville quelques bouges de perdition, *Le Corbeau et le Renard*, *Le Chat Borgne*, le cabaret *Las Pampas*, l'*Ali Bar* et d'autres, des endroits que j'avais envie de connaître et de fréquenter avant qu'ils ne soient fermés et transformés en cercles de jeunesse ou en hôpitaux, comme il sied à une société comme la nôtre. Après minuit, venaient y échouer chanteuses et stars plus ou moins interdites, les unes parce qu'elles étaient putes, les autres lesbiennes, les autres ivrognes ou droguées, la plupart parce qu'elles combinaient diversement ces qualités et toutes parce qu'elles représentaient trop bien le monde décadent et putréfié d'où nous voulions sortir. Dans ces antres on buvait, on fumait et même on baisait. Venaient aussi s'y entasser pêle-mêle maquereaux, vieilles matrones, accros à la marijuana, pédés, coiffeurs, travestis, vedettes de la radio et de la télévision, bref tout une faune en voie d'extinction. Au petit matin, quand il ne restait presque plus de public, les chanteuses, sans y être autorisées, à leur table ou au comptoir, lançaient des boléros ou des thèmes des années 1940, les écouter était un privilège et un moment d'histoire, comme on l'a reconnu par la suite. Je rêvais d'entrer dans un de ces bouges, bras dessus bras dessous avec mon frère David, une fois qu'il aurait terrassé son pucelage et sa pruderie, en compagnie de deux gonzesses, genre cinquante kilos toutes mouillées, impossible de savoir si elles sont mulâtres ou blanches, mais pour le reste des phénomènes. Le portier, Antonio ou Anselmo, représentant typique de la classe sociale humble qui a souscrit aux intérêts de la classe sociale exploitante, nous barre le passage, car il est interdit, au nom de la loi et même de la nouvelle constitution, de laisser les jeunes fréquenter ces lieux de perdition, mais quand que je lui mets un billet de dix pesos sous le nez, l'autorisation est accordée. Une fois à l'intérieur, je conduis mon groupe jusqu'au comptoir, mon lieu préféré, je m'accoude avec ma gonzesse, à côté de David avec sa gonzesse, toutes les deux portent une robe à bretelles minuscules de 0,5 millimètre, l'une est bleue, l'autre est jaune, car elles ont une dévotion pour Yemayá et pour Olofin, qu'elles disent. A mon poignet, brille une montre en or et à celui de David une autre que je lui ai offerte pour son anniversaire, des montres qui pèsent au moins dix livres. On s'accoude au zinc et les lumières, les verres, nos visages reflétés dans le grand miroir du fond me donnent l'impression que nous avons pris la machine à remonter le temps ou que, même si ce n'est que du remplissage, on s'est retrouvés dans un film en noir et blanc. Le barman, homme du bar en anglais, un colosse rougeaud, nous prépare les boissons, et, tout en le regardant faire, je hume et savoure l'ambiance : la fumée des cigarettes, le léger bruit de l'air conditionné un peu défectueux, la couleur dorée du vieux rhum, les verres et leurs éclairs bleutés, les couples qui discutent ou dansent sur la piste, la pénombre, les petites pancartes *Exit* dans les angles, les parfums féminins, les eaux de Cologne masculines, mon pote David, les deux gonzesses qu'au bout de la nuit on a l'intention de baiser comme des bêtes. Tout est merveilleux. Je goûte mon verre et une légère brûlure me réjouit la langue et me convainc que nous produisons le meilleur rhum du monde. Quelqu'un met un disque dans le juke-box et, *Oh, oh, oh, la vie*, c'est l'irruption de la voix de Benny Moré. Je ferme les yeux et me dis intérieurement, Ah nom de foutre ! La gonzesse qui m'accompagne, avec sa petite robe blanche excitante et ses os à fleur de peau, me tripote la cuisse, pas avec passion mais pour me ramener à la réalité, et elle me dit à l'oreille, Mon mignon, est-ce que cette chanson te rappelle quelqu'un d'autre que moi ? Mais non, mon trésor, je lui réponds tendrement, qui tu veux que ça me rappelle ? C'est simplement Benny, Benny qui chante, tu n'aimes pas Benny ? Je regarde sa petite bouche pulpeuse et ses petits yeux liquides qui révèlent qu'elle a eu du mal à finir l'école primaire, et comme je n'ai pas encore avalé mon rhum, je la serre contre moi et le déverse dans sa bouche et elle dit, Mmm comme c'est bon, mon lapin. Je lui souris pour la rassurer, pour lui confirmer que ce qu'elle tient dans la main lui appartiendra cette nuit, mais d'ici là qu'elle me laisse tranquillement dans mon trip, moi aussi j'ai mon petit grain de folie. Par-dessus son épaule je lance à David, Eh, David, mon pote, qu'est-ce qui te prend ? On ne paie plus son coup ? Et David lance au barman, Hep, garçon, encore une tournée, et on rit, je me sens heureux et couillu et je ne comprends pas pourquoi les révolutionnaires veulent la peau de ces endroits où on se sent si bien. Sous les minirobes à bretelles, nos gonzesses ont leurs petits seins, leurs araignées nourries de résine des forêts, leurs petits os, leurs toisons hirsutes, leurs petits nombrils tout ronds, leurs petits culs qui n'ont pas encore beaucoup chié dans cette vie. A cette idée, je me mets à bander. Si j'étais écrivain et si j'écrivais ce qui me passe par la tête, je vous jure que je ferais la moitié du boulot avec la bite raide. Ah oui, je prendrais mon pied à écrire un roman ! Pourvu qu'on ne le publie pas, en tout cas qu'il ne tombe pas entre les mains de Fidel, sinon celui-ci appellerait le directeur du Livre, lequel arriverait en nage et la moustache de travers, et Fidel, lui montrant le livre au bord de la table, lui dirait, Maintenant je comprends pourquoi tu es si gros. Je bois un coup pour arrêter de penser à des merdes et j'en commande un autre, et pendant que le barman le prépare je me retourne pour regarder la piste de danse. Je regarde, mais je ne vois rien, ou presque rien, mais j'aime autant ce que je ne vois pas ou presque. L'établissement est bourré de gens, je m'en aperçois à la fumée, aux chuchotements, aux bruits, qui peuvent être aussi bien ceux d'un baiser que d'une bonne pipe, les ricanements, et un peu partout les petits panneaux rouges *Exit*, sortie en anglais, filez par là si la police débarque.

Au fond, je distingue les lumières clignotantes du juke-box et, dans un angle, les yeux et les dents du pianiste, qui n'est ni Bola de Nieve ni Sam, car on ne peut voir Sam que dans *Casablanca* et Bola de Nieve a eu la mauvaise éduction, le mauvais goût, la sale idée, la vacherie, de mourir en 1971. Voilà une chose que je ne vous pardonne pas, Bola de Nieve, et je ne pardonne pas davantage à Benny d'être mort en 1961, ni à Celia ni à Olga de s'être tirées. Maintenant, putain de merde, qu'est-ce que j'entends ? Si c'était Bola le pianiste, je demanderais au barman un autre verre, j'irais le poser sur le piano et je dirais, Bola, sachez que je ne suis pas saoul, pas du tout, que j'ai vingt et un ans et que je suis célibataire, et sachez que je m'en bats les couilles que vous soyez noir, moche et pédé, comme le racontent les gens, et même que vous ayez ces grosses ratiches, vous chantez à merveille, Bola, vous êtes une gloire de Cuba, Bola, et tout ce qui compte pour moi c'est que vous chantiez à votre manière, bien ou mal, je ne sais pas, figurez-vous, mais à votre manière, et si vous voulez je pars avec vous ce soir à Guanabacoa, on m'a dit que c'est là que vous vivez, je dors avec vous et je fais tout ce que vous voudrez, et demain matin vous me jouez une chanson au piano de chez vous et voilà, comme ça vous m'aurez payé, à la seule condition que vous ne tombiez pas amoureux de moi et que vous ne cherchiez pas à recommencer parce que je ne rentre pas dans ce jeu-là, mais une fois, en votre honneur et parce que vous êtes ce que vous êtes, parce que vous chantez comme vous chantez et jouez du piano comme vous en jouez, Bola, Ignacio Villa, je me mets à votre disposition pour vous offrir, sans complications ni problèmes, ce que vous aimez, à en croire les rumeurs, vous voyez ce que je veux dire ? Moi, au nom de notre peuple, je vous offre un moment de l'autre gloire, et si je me trompe je vous prie de m'excuser, je n'ai été attiré que par l'admiration et le respect, je pose votre verre ici, ensuite je fredonne *Bola que rompe tambó* en parodiant son grand air, *Chivo que rompe tambó*, Si vous avez besoin de quoi que ce soit je suis au comptoir. Mais je peux ravaler mon discours, parce que Bola est mort avant que je l'écoute pour la première fois, il a eu cette mauvaise éducation, cette impertinence, ce culot. Et j'offrirais et dirais la même chose à l'olympe des divas cubaines du boléro et de la chanson sentimentale. Elena, Moraima, Ela, Olga, Martha, Gina, Freddy, Lupe, Omara, Celeste, Ce que je veux vous dire, mesdames, c'est que ça m'est égal que vous soyez un peu plus âgées que moi et que vous ayez des vices, si vous en avez, mais vous n'avez qu'un mot à dire et ce soir je vous raccompagne dans la plus grande discrétion, et je ferai ce que vous voudrez : je cire vos chaussures, je vous passe du vernis à ongles sur les doigts de pieds, je suspends vos costumes dans le placard, je vous brosse les cheveux, je fume de la marijuana, je parle ou je me tais, ce que vous ordonnerez, ensuite on éteint la lumière et je vous rends heureuses toute la nuit ou quelques instants, à votre convenance, et tant que ça durera je vous ferai oublier les désagréments, les médisances, les incompréhensions, les bas salaires, les loges obscures et sans eau, les passeports confisqués par les fonctionnaires, le coup fourré de la tournée au Mexique et le disque qui n'a pas pu être enregistré, tout, je vous comblerai quels que soient vos goûts et vos caprices, parce que j'ai tout juste vingt et un ans

et que je suis célibataire et j'ai beau être de la
nouvelle génération, un homme nouveau, les
choses ne sont ni bien ni mal, pourvu qu'on soit
d'accord ; le matin je partirai de bonne heure,
avant que les voisins ne se lèvent, et vous
pouvez être sûres que je ne dirai jamais rien à
personne, que jamais je ne me vanterai de la nuit
folle que j'ai passée avec vous toutes, je ne vais
pas vous créer des problèmes avec vos maris,
vos macs ou les gars de la Sécurité, parce que je
vous aime toutes, vous êtes pour moi des prin-
cesses, des reines de Cuba, vous comprenez ce
que je veux dire et excusez-moi si je me suis
trompé, Elena, Moraima, Ela, Olga, Martha, Omara,
Rosa, Celeste, Lupe, Gina, Freddy ! Je suis en
plein dans ce trip quand je vide mon verre et
vois une grosse très grosse sortir des W.-C., toilettes en anglais, alors je lance à l'homme du bar,
Remets-nous deux doubles, un pour moi et
l'autre pour mon pote. La grosse, et là on dirait
un roman, s'assied à côté de moi, me bouscule
en installant ses grosses fesses et ses cuisses
gigantesques, et un autre mec, qui semble coller
au train de la grosse depuis un bout de temps,
pose son verre sur le bar, renverse un peu de
liquide sur le bois et dit, La Estrella, moi je vous
aime. Tu es complètement saoul, répond la
grosse. Non, je ne suis pas saoul, je suis sobre.
Tu es rond comme un trou du cul. Le barman
passe son chiffon à l'endroit où l'autre a posé
son verre, apporte nos consommations et prépare celles des nouveaux venus sans rien leur
demander, car ce sont des habitués, il connaît
leurs goûts. Vous êtes une dame – l'ivrogne
revient à la charge – et les dames ne disent pas
de gros mots. Je ne suis pas une dame, je suis
une artiste, merde. Vous êtes La Estrella. Mais tu

es bourré. Je suis comme une bouteille, plein d'alcool, et on peut dire que les bouteilles sont bourrées ? J'adore les dialogues, et il n'y a pas que moi, à l'autre bout du comptoir un type plus ou moins métissé écrit dans un petit carnet, je retrouverai la conversation de la grosse avec ce type dans *Trois tristes tigres*. En ce qui me concerne, j'ai l'honneur de vous informer que, sur le coup de cinq heures du matin, on est ressortis du bouge dans le froid de la 23e Rue, qu'on a surnommée dans le coin La Rampa, un peu pompette, nous, pas la rue, et, pour parler sans détour et sauf le respect dû aux dames de la Faculté, avec une envie terrible de baiser. On va chez moi, propose une des gonzesses, je vais préparer un bouillon de poulet pour liquider l'ivresse, je fais des bouillons de poulet à réveiller un mort. A faire bander un mort ? dit... devinez qui ? L'autre gonzesse ? Non, froid, froid. David ? Oui, David ! Lui, quand il se lâche on ne peut plus le retenir. Là tous les timides sont pareils, des faux jetons. Mais est-ce qu'on dit faux jeton ou faux comme un jeton ? Le "chez-moi" de la gonzesse est une petite chambre à La Habana Vieja, dans un immeuble du genre où quand on montait les escaliers raides on envisageait de revenir le lendemain pour faucher les azulejos des XVIIe ou XVIIIe siècles qui recouvrent les murs, jusqu'à ce qu'Eusebio Leal en fasse l'inventaire et les inscrive au Patrimoine national. Après le bouillon de poulet, un couple va au lit et l'autre sur le canapé, à un mètre et demi les uns des autres, si bien que nous entendons les bruits et les suçons des voisins, ce que ne devraient pas faire des jeunes révolutionnaires comme nous, qui devons donner l'exemple au monde, mais puisqu'il n'y a pas de témoin, admettons, et pour ne pas user votre patience ni vous exciter par des détails, dans ce qui reste de la nuit on agite les bijoux de famille bien plus que l'aristocratie anglaise lors de ce fameux concert des Beatles. Nous *narrivons* à nous réveiller, on dit comme ça à Las Villas, *narrivons* au lieu de *arrivons*, et on dit aussi *na quelques jours* ou *des jours avant* pour *il y a quelques jours*, voilà pourquoi les gens considèrent que nous avons une drôle de façon de parler, un peu comme les ânes. Enfin, nous narrivons à nous réveiller vers deux heures de l'après-midi, épuisés mais heureux, et ma gonzesse se remet à me la sucer, mais juste le bout. Par pitié, que je lui demande, qu'elle la suce tout entière, mais elle dit que non, que la pointe, la pointe, la pointe c'est plus distingué, et pour un peu elle me rendrait fou. Mais tu as appris ça où, mon trésor ? je lui demande quand on a fini. Dans un roman, ou plus exactement dans le chapitre VIII d'un roman, parce que le roman dans son ensemble est énorme et ne parle que de cul. Comment cela, mon trésor ? je demande, étonné. Ce roman est écrit par un gros très connu, et à un moment, en parlant d'une dame, il dit : "Son intuition vivante l'amena à montrer une spécialité capable de faire impression, en deux des huit parties que compte une opoparika ou union buccale d'après les textes sacrés de l'Inde. Il s'agissait de ce qu'on appelle le mordillement des bords, c'est-à-dire qu'avec deux doigts elle exerçait une pression sur le bas du phallus en même temps qu'avec les lèvres et les dents elle parcourait le pourtour de la calotte." Voilà ce que je t'ai fait, le phallus c'est la biroute. Pendant que je m'activais, tu n'as pas senti quelque chose d'analogue à la morsure de la tige d'un cheval ébloui par un tigre nouveau-né ? Je l'ai attirée vers moi et, tout ému, je l'ai embrassée sur les lèvres, comme on embrasse sa fiancée adorée, pendant que je me disais, Ah, comme cette révolution est grande !

L'ennui, avec les circonlocutions comme celle qui nous occupe, c'est qu'une pensée en entraîne une autre, puis une troisième, et quand on s'aperçoit qu'on a dévié on est déjà loin du point de départ. La pipe que m'a taillée la gonzesse m'a rappelé, à cette heure matinale, mon père et ma tante. L'obsession de ma tante, c'étaient les trois frères. L'oncle Rodolfo n'aurait pas été gêné de cocufier une fois ou deux l'oncle Adriano, le frère aîné qui avait épousé ma tante, comme ça, sans engagement, mais en comprenant que mon père était aussi de la partie il a préféré passer la main, car mon père était sacré pour lui, alors ma tante, pour ne pas rompre le trio, a jeté son dévolu sur moi, qui avais pas mal grandi. Le jour fatal, à trois heures cinquante-cinq de l'après-midi, ma tante m'a vu devant le porche, mon bouquin de maths sur les genoux. Elle a jeté un coup d'œil dans la maison et, voyant que ma mère n'était pas là, elle m'a dit, Neveu, qu'est-ce que tu fais ? Quand une femme te voit avec un livre ouvert sur les genoux et te demande ce que tu fais, quelque chose en toi se raidit même si tu n'es encore qu'un gamin de quatorze ans. Rien, tata, que j'ai dit. Après avoir jeté un coup d'œil dans la maison, je suis passé au porche voisin, ce qui m'était interdit, et du porche au salon où m'attendait la tante, qui a refermé la porte de la rue derrière moi, mais sans mettre le verrou. Il était quatre heures de l'après-midi, et mon père, à son travail, en banlieue, fermait son bureau et enfilait le couloir. Il n'alla pas directement au parking où l'attendait sa polonaise couleur merde de chat, il fit un détour par la cuisine et sur le seuil, sans entrer, il dit à Tomasa, la cuisinière noire, A demain, Tomasa. L'interpellée leva le nez de ses fourneaux et mon père lui dit, Et les petits-enfants, comment vont-ils ? Il y a long-temps que je ne t'ai pas demandé de leurs nou-velles. Ah, Alejandro, merci de t'intéresser à eux, ils vont très bien, l'aîné est toujours en prison, mais le petit est entré à l'école des sports et l'autre est dans un orchestre, vous savez com-ment sont les jeunes, des têtes brûlées qui rêvent de voyager. La vie finira bien par leur mettre du plomb dans la tête, répondit mon père, ne t'in-quiète pas pour ça, moi aussi j'en ai un à l'âge difficile, et prends soin de toi, tu es ce qu'il y a de mieux dans cette cuisine. Tomasa la cuisinière fut très émue qu'un chef s'intéresse à ses enfants et lui parle gentiment, des choses qu'on ne voit que dans le socialisme, et elle lui dit, Alejandro, tu veux rapporter ces blancs de poulet et quel-ques pilons à la maison ? Ils sont délicieux, ce sont des poulets bulgares, je vais vous donner aussi quelques crevettes, vous les aimez telle-ment, il n'y en a pas assez pour un *enchilado* mais on peut les mettre dans une soupe. En-tendu, répondit mon père, si ça ne te pose pas de problèmes, tu sais comme l'administrateur est tatillon. Tomasa sourit et répliqua, Lui ? C'est moi qui le nourris, et mon père se dit, Tiens tiens, l'administrateur aime les peaux noires, il prit le sac contenant les blancs, les pilons et les cre-vettes et se dirigea vers le parking. Il était quatre heures dix. Viens, m'a dit ma tante en m'emme-nant à la salle de bains. Je me suis aperçu qu'elle s'était mise à l'aise, je veux dire qu'elle était nue sous son peignoir. Si quelque chose m'a impres-sionné, c'est que dans la salle de bains tout brillait, le blanc était très blanc et le bleu très bleu, et il y flottait une odeur particulièrement agréable. Elle a dénoué ses cheveux, penché la tête et, en s'aidant d'une main, a ramené toute sa chevelure en avant, une image que je n'oublierai jamais. Ensuite elle a mis la masse de ses cheveux dans le lavabo et m'a demandé de lui verser de l'eau avec des pétales de fleurs et des brins de romarin d'un seau qu'elle avait préparé, ensuite de lui mettre du shampooing Fiesta renforcé de blanc d'œuf et de jus de citron, ensuite de lui masser le cuir chevelu avec le bout des doigts. Je faisais tout cela par-derrière, collé sans le vouloir à son corps, et nous bougions l'un contre l'autre. Il devait être quatre heures et quart. Mon père était toujours dans le parking, discutant avec Hemenegildo, le gardien, un Noir tout ce qu'il y a de noir, il aurait pu être le père de Lahera, qui passait une peau de chamois sur les vitres de la polonaise. Chaque fois que je pense qu'on vous a donné la polonaise et que cet enfoiré de merde a eu une Lada, je suis fou de rage, lui dit Heme. La Lada, spectaculaire et brillante, écoutait la conversation à quatre mètres de là. Qu'est-ce que vous voulez y faire, Heme, à qui Dieu fait un don, saint Pierre doit bénédiction. Mais on s'en fout de Dieu et de saint Pierre, Alejandro ! dit Heme. C'était une injustice ; remarquez, on a eu de la chance parce que, vous voyez, cette polonaise marche plutôt bien, alors que, la Lada, j'ai déjà dû nettoyer le carburateur je ne sais combien de fois et le démarreur marche mal parce que cet homme ne sait pas s'occuper d'une voiture, pas comme vous. Quand la polonaise fut prête, mon père remit à Hemenegildo le stylo bille, l'agenda et la pochette qu'il avait reçus à la dernière réunion. Tiens, pour tes petits-enfants. Merci beaucoup, Alejandro, il ne fallait pas, vous êtes si attentif, vous n'êtes pas comme les autres ; tenez, j'ai quelques litres d'essence en rab, vous les voulez ? D'accord, dit mon père, si ça ne te pose pas de problèmes, tu sais que l'administrateur est un chien féroce. Heme, le bouchon du réservoir d'essence à la main, demanda de mes nouvelles. C'est un homme, répondit mon père, tout comme vous, c'est devenu un vrai *bandolero*, dans le bon sens du terme, il a déjà une gonzesse et l'autre jour je l'ai surpris à me voler des préservatifs. Les jeunes d'aujourd'hui n'ont aucune retenue, a dit l'autre, dans le bon sens du terme. Ils se dirent au revoir et la polonaise démarra lentement en direction de l'entrée principale. Il était environ quatre heures vingt-cinq de l'après-midi. La tante s'est retournée. Son peignoir était trempé, collé au corps, par respect j'ai essayé de ne pas lui regarder les seins. Elle a souri et dit, Maintenant je vais prendre un bain, va prendre dans le réfrigérateur un flan qui est dans une soucoupe bleue, tu peux le manger. Mais je ne bougeais pas, ma tante, ses seins toujours collés à son peignoir, m'a pris par la main et emmené à la table de la salle à manger, elle a ouvert le réfrigérateur, la lumière intérieure a illuminé son corps, elle a pris le flan et l'a posé devant moi. Il est au coco. Elle est retournée à la salle de bains en tortillant des fesses sans le vouloir, mais elle a laissé sa serviette sur un dossier de chaise. Il devait être quatre heures et demie. Mon père passa devant la guérite de la porte principale et cria au portier, Alors, Miguelón? Comment ça va ? On se bat, Alejandro. Et à Nuevitas, ça se passe bien ? Et la littérature ? On s'en occupe, on s'en occupe, souriait Miguelón avec son gros visage, mais soudain il prit un air sérieux. Dites, Alejandro, je suis fou de rage chaque fois que je vous vois dans cette polonaise alors que l'autre se pavane au volant de sa Lada, j'aimerais que vous entendiez le boucan que fait cette bagnole, il va la foutre en l'air, que d'injustices en ce bas monde ! A qui Dieu fait un don, saint Pierre doit bénédiction, dit mon père. Rien à foutre de Dieu et de saint Pierre, vous devriez écrire à García Márquez et tout lui raconter pour que García Márquez en parle à Fidel ! A demain, Miguelón. A demain, Alejandro. Il devait être quatre heures trente-cinq. Petit, m'a appelé la tante toujours dans la salle de bains, je n'aurais pas laissé la serviette dans la salle à manger ? Si, tata. Il est bon, le flan ? Oui, tata. Apporte-moi la serviette, mon chéri, s'il te plaît. J'ai lâché le flan et pris la serviette. J'aurais pu me contenter d'introduire le bras à l'intérieur de la salle de bains et dire, Ma tante, je te laisse la serviette sur la poignée de la porte, mais je suis entré, et puisque j'étais entré, j'aurais dû regarder ailleurs et tendre le bras pour que ma tante prenne la serviette en écartant à peine le rideau, mais au lieu de cela j'ai écarté le rideau et je lui ai dit, Tiens, ma tante, voilà la serviette, je la mets où ? J'aurais dû ne regarder que ses yeux. Viens, elle a dit, rejoins-moi, tu mérites bien de te rafraîchir un peu aussi. Oh non, ma tante, j'ai honte, et je suis entré à reculons, sans mon pantalon. Il devait être quatre heures quarante. Mon père gara la polonaise deux rues en dessous de la nôtre, il avait prévenu ma mère de ne pas l'attendre avant sept ou huit heures, car il avait une réunion à Santa Clara. En sortant de la voiture, il tomba sur son ami Colorao, le père de mon ami Colorao, et Colorao, en le voyant, s'attaqua au mur à coups de poing en disant, Merde, je suis fou de rage chaque fois que je te vois dans cette bagnole de merde pendant que l'autre se pavane dans sa Lada ! et dans la foulée il donna un coup de pied dans le garde-boue de la pauvre polonaise. Il devait être quatre heures quarante-cinq. Nous étions déjà au lit, moi sur le dos et ma tante penchée sur moi. Avec deux doigts elle exerçait une pression sur le bas du phallus en même temps qu'avec les lèvres et les dents elle parcourait le pourtour de la calotte, et moi, les yeux mi-clos, j'éprouvais quelque chose d'analogue à la morsure de la tige d'un cheval ébloui par un tigre nouveau-né. Tu aimes ? me demandait ma tante. Oui, je répondais, le souffle coupé. Tu préfères ça au flan ? Oui. Et tu préfères ça à l'école ? Aussi. Il devait être quatre heures cinquante. Mon père avait dit au revoir à Colorao et il marchait sur le trottoir d'un pas à la fois prudent et rapide, car si ma mère le surprenait, si elle était par hasard devant le porche, il aurait été contraint de dire, Je suis rentré plus tôt que prévu de Santa Clara, prépare-moi de l'eau pour me laver, et de passer le reste de la soirée dans la maison, à cran parce qu'il avait un problème au travail, dirait-il, dont il ne pouvait pas parler, parce qu'on ne pouvait pas parler du travail de mon père ; mais comme ma mère n'était pas devant l'entrée, mon père mettrait encore environ cinq minutes pour arriver, deux pour ouvrir avec sa clé la porte de chez ma tante, trente secondes pour entrer, trente pour enlever ses chaussures dans la salle et, une fois pieds nus, pantalon baissé et piston en batterie, il entrerait dans la chambre, où devait l'attendre ma tante, à cinq heures tapantes, fraîchement lavée et parfumée, sur le lit, sur lequel nous étions déjà, moi sur le dos et ma tante par-dessus,

bougeant délicatement, de crainte que je n'éjacule trop tôt, car j'étais un débutant, pendant que
je la regardais en contre-plongée, comme on dit,
voyant ses nichons gigoter, ses cheveux danser,
la bouche entrouverte et la langue dehors, alors
une grosse coulée de salive s'est détachée de la
commissure des lèvres et est tombée pile,
comme une pierre, dans le creux de mon nombril, et j'ai senti un coup d'aiguillon, je ne sais
pas exactement si c'était dans le cul ou dans les
couilles, mais où que ce soit ça m'a obligé à soulever les hanches pour me planter aussi profondément que possible dans le trou de ma tante et
la porte s'est ouverte et mon père est apparu à
poil, son pistolet en main, et il s'est écrié, Mais
merde qu'est-ce que c'est que ça ?! Qu'est-ce
qu'il fait là-dessous, Arnaldo ? Tout s'était passé
très vite, bien plus vite que le temps de le raconter. La première idée qui m'a traversé l'esprit,
c'était qu'il s'agissait d'un voleur qu'on n'avait
pas entendu arriver, mais j'ai réalisé qu'il n'en
était rien. Mon père avait eu la même idée, il a
d'abord cru qu'il s'agissait d'un voleur qui avait
ligoté ma tante et qui lui prenait tous ses bijoux,
mais il a vite compris qu'une ligotée ne gémissait
pas ainsi. Ensuite, j'ai pensé que c'était mon
oncle Adriano, le mari de ma tante, mais c'était
impossible, mon oncle était en train de couper la
canne à Camagüey, comme volontaire. Ensuite,
mon père a cru qu'il s'agissait de son frère, qui
aurait obtenu de façon inattendue une permission, auquel cas il regarderait dans le miroir et en
voyant cette pute en pleine jouissance avec son
mari, son propre frère, alors qu'elle lui avait toujours dit qu'elle ne le laissait pas la toucher, il
souffrirait mais s'en irait, décidé à régler plus tard
ses comptes avec elle ; mais les pattes du mâle

qu'il a vues sur le lit n'étaient pas les jambes velues de mon oncle Adriano, c'étaient celles d'un gamin qui va à l'école, et je l'ai vu attraper ma tante par les cheveux et la projeter contre le mur, badaboum ! avec une telle force que le crucifix en bois qui était suspendu trois pieds au-dessus est tombé et a rebondi sur ma tête, badaboum ! Mais je n'ai pas eu le temps de me plaindre, car je me suis de nouveau retrouvé en l'air, et j'ai été lancé contre l'armoire en acajou à portes vitrées, badaboum ! héritée par ma mère de la sienne, son cadeau de noces à mon oncle Adriano. Ça m'a fait une autre blessure sur le sommet du crâne, et ne parlons pas du miroir qui s'est brisé en mille morceaux, un miroir très précieux, du XIXe, XVIIIe, XVIIe, XVIe ou XVe siècle. Avec ta tante, salopard, avec ta tante, disait mon père, avec la femme de ton oncle ? Et il m'a envoyé son poing dans l'œil. Ne le tue pas ! est intervenue ma tante, effrayée. Ce n'est pas sa faute, il est innocent, c'est ton fils, c'est un enfant, tue-moi parce que je suis une pute et une folle. Et pendant tout ce temps, comme j'avais les nerfs à fleur de peau et que je n'avais pas fini, je ne débandais pas. Ma tante m'a jeté un drap dessus et m'a dit, file, petit, et ne dis rien à ta mère, qui est une sainte, dis-lui que tu es tombé dans la rue, invente une histoire, et si tu veux emporte tous les flans qu'il y a dans le réfrigérateur. C'est ce que j'ai fait, et j'ai entendu les échos d'une raclée, mais je ne suis pas retourné pour voir si mon père frappait ma tante ou si ma tante frappait mon père, car tous les deux poussaient des hurlements. Je suis arrivé à la maison, où je me suis laissé tomber sur un tabouret de la salle à manger, hébété. Comment ça va, à l'école ? m'a demandé maman dans sa cuisine. Ne m'en parle pas, je viens de faire une chute à bicyclette. Et ça t'a ouvert le ventre ? a demandé maman sans passer la tête à la porte. Non. Alors ce n'est rien, va te laver, il est cinq heures et quart, n'attends pas que ton père revienne de sa réunion à Santa Clara. Comment pouvais-je deviner, moi, un garçon de treize ou quatorze ans et de bonne famille, que cette maîtresse, dont on parlait tant à la maison et qui faisait souffrir et maigrir ma mère à vue d'œil, vivait dans la maison d'à côté ? Et comment pouvais-je deviner que mon père, qui avait une réunion à Santa Clara, allait nous surprendre ? A cet âge, je ne savais pas que les adultes étaient si compliqués. Tu as entendu ce que je t'ai dit ? a insisté ma mère. Oui, maman, et je me suis enfermé dans la salle de bains et j'ai fini, par la bonne vieille méthode, ce que j'avais commencé chez ma tante. J'étais encore à la salle de bains quand j'ai entendu mon père entrer dans la salle à manger. Ah, ça alors, s'est écriée ma mère effrayée, qu'est-ce qui t'est arrivé ? Tu as cassé la gueule à ce salopard ? Ne m'en parle pas, pour m'amuser j'ai emprunté sa bicyclette à Hemenegildo et je suis tombé. Après cet épisode, mon père a dû se contenter d'aller voir ma tante le lundi, mercredi et vendredi, sauf le dernier lundi du mois. Moi, j'y allais le mardi et le jeudi, et le dernier lundi du mois. Résultat, la femme qui s'occupait des tours de garde dans notre pâté de maisons, Modesta, s'est mise à regarder ma tante d'un sale œil, pour des questions de morale, et parce qu'elle disait que ma tante écrivait à des étrangers. Au moment où la révolution avait triomphé, cette dame allait devenir nonne, mais elle avait vite compris que la religion était l'opium du peuple et elle était devenue révolutionnaire, la plus enragée du quartier, et elle distribuait les gardes du voisinage et tout le reste, vous voyez ce que je veux dire. Il lui était resté quelques traces de son ancienne foi, surtout en matière de morale, comme celle d'imposer des punitions à ceux qui commettaient des fautes ou vivaient dans le péché. Pour toutes ces raisons, elle imposait à ma tante les pires horaires, ceux dont personne ne voulait, en pleine nuit, de deux à quatre, ou de quatre à six, tandis que ma mère était de service de dix à douze, et encore, pas systématiquement. Tous les derniers lundis du mois, quand notre comité nous assignait la garde, après le feuilleton radiophonique de quatre heures, Modesta, son carnet à la main, se plantait sur le trottoir et hélait ma tante, car elle ne franchissait même pas le seuil de l'immeuble. Ma tante se penchait à sa fenêtre, une fenêtre énorme, qui commençait à cinquante centimètres du sol et qui montait jusqu'au plafond, avec des balustres du XIXe siècle, et Modesta lui disait, Oristela, demain tu t'y colles de deux à quatre et tu ne peux pas changer, parce que tous les tours de garde sont déjà pris. Ma tante voulait se venger, elle a demandé à mon père de se coucher par terre contre la fenêtre, tout nu, jambes écartées à cent quatre-vingts degrés, au moment où Modesta lui donnerait ses tours de garde, de façon que celle-ci ne le voie pas, et quand Modesta lui dirait, Oristela, aujourd'hui tu es de garde, elle, penchée à la fenêtre, se laisserait tomber sur le pieu gaillard et, fermant les yeux à demi, elle demanderait à Modesta, A quelle heure, Modesta, je suis de garde ? Modesta la regarderait un peu étonnée et répondrait, De deux à quatre, et tu ne peux pas en changer parce que tous les tours de garde sont déjà pris, à ces mots mon père s'activerait et ma

313

tante en aurait les yeux révulsés. Et qu'est-ce que je dois surveiller, Modesta ? Comme d'habitude, l'ennemi, répondrait Modesta épouvantée, et aussi les voleurs. Parce que les voleurs ce ne sont pas des ennemis ? demanderait ma tante en se passant la langue sur les lèvres. Politiquement, non, dirait Modesta, et elle refermerait son carnet et s'en irait, tandis que ma tante s'accrocherait aux balustres de la fenêtre, du XIXᵉ siècle, et, en décrivant des cercles sur mon père qui resterait les jambes écartées à cent quatre-vingts degrés et le dos sur les carreaux, elle répéterait bien fort pour que Modesta l'entende, Je suis de garde de deux à quatre et je vais surveiller l'ennemi et les voleurs... Mon pauvre père a viré au vert quand ma tante lui a expliqué son plan et, bien entendu, il a refusé. Modesta était sans doute une commère qui se mêlait de la vie de tout le monde, mais c'était une camarade responsable, solide et respectable. Mais ma tante insistait, revenait à la charge, disant qu'il ne s'agissait pas d'un manque de respect mais d'une fantaisie érotique parmi d'autres, comme lorsqu'il prenait plaisir à la voir s'introduire un quartier de mandarine dans la chose pendant qu'il se déguisait en Giselle et jouait les grandes folles. Mais ce n'est pas pareil, protestait mon père. Côté sexe, tout est possible, exposait ma tante ; dans *Germinal*, le célèbre roman d'Emile Zola, m'a raconté un de mes amis, deux amants, coincés dans une mine, sans oxygène, à deux doigts de mourir et sachant qu'ils ne remonteraient jamais à la surface, se sentirent pris d'une forte pulsion sexuelle et finirent leurs jours en faisant l'amour avec une intensité proportionnelle au désespoir du moment. En réalité, mon père redoutait surtout la sciatique. Il craignait que ces contorsions ne déclenchent une

crise ou une crampe qui lui ferait perdre l'équilibre, et que soudain une de ses jambes velues
n'apparaisse entre les balustres, et que Modesta
ne la reconnaisse immédiatement, la partie cachée
de l'iceberg dans l'histoire de Modesta que ma
tante ignorait. Mais il ne voulait rien révéler de sa
vie antérieure, et il s'en est tenu au manque de
respect, il y avait des limites à tout et ce qu'ils
infligeaient au pauvre Adriano était déjà bien suffisant. Ma tante lui a tourné le dos et lui a claqué
au nez la porte de sa chambre. Tu peux t'en
aller, elle lui a dit de l'autre côté de la porte, pas
de séance aujourd'hui. Mon père en a été déprimé pendant une semaine et a demandé à ma
mère d'acheter une bouteille de rhum Bocoy.
Il avait accédé à tous les caprices de ma tante :
quand elle lui avait demandé de s'habiller
en colonel Aureliano Buendía, il s'était habillé en
colonel Aureliano Buendía, quand elle lui avait
demandé de se déguiser en Artemio Cruz, il
s'était déguisé en Artemio Cruz, quand elle lui
avait demandé de se faire passer pour Pantaleón
et de lui rendre visite, il s'était fait passer pour
Pantaleón et lui avait rendu visite, quand elle lui
avait demandé d'exagérer comme Martín Romaña,
il avait exagéré comme Martín Romaña, et quand
elle l'avait supplié de le faire à travers un trou
découpé aux ciseaux dans un drap blanc, ciseaux
que ma tante avait empruntés à ma mère, il avait
aussi beaucoup aimé, mais il ne pouvait pas faire
ce qu'elle lui demandait maintenant, il n'avait
plus l'âge et, debout devant la porte close de la
chambre, il comprenait qu'il devenait vieux et que
ma tante pouvait chercher un remplaçant plus
jeune. C'est cela, et pas l'affaire de la polonaise,
qui l'a plongé dans la dépression. Pour le reste,
mon père avait raison : la gymnastique exigée

par ma tante n'était pas facile, nous avons dû la
répéter plusieurs fois avant de la mettre en pratique.

26

DAVID

De même que le colonel Aureliano Buendía, face au peloton d'exécution, s'était rappelé son enfance, moi, face aux images terreuses du *Désert rouge*, j'ai revu ma vie entière. Le colonel était face à la mort, moi face à l'amour et au devoir. A la fin du premier semestre, j'avais été sélectionné *jeune exemplaire*, une reconnaissance qui me donnait le droit de demander d'entrer à l'Union des jeunes communistes. C'est Ofelia qui l'avait proposé, ce qui donnait plus de poids à ma candidature. Déjà à l'époque on murmurait que la grosse était amoureuse de moi, mais côté politique et révolution tout le monde savait qu'elle était plus stricte que Marx, Engels et Lénine réunis. Je crus qu'elle était folle, ou qu'elle agissait par rancœur, mais l'acclamation qui suivit sa proposition me laissa ébahi et heureux. Nous voyons tous en toi un garçon exemplaire, m'avait dit Miguel un jour, discipliné, studieux et solidaire, nous pensons seulement que tu dois consacrer plus de temps aux femmes. Pendant quelques secondes, je pensai que c'était peut-être un de ces rêves où tout le monde m'aime, mais comme la date était écrite au tableau, je compris que j'étais dans la réalité et qu'en définitive il n'y avait rien de désastreux à être comme j'étais, que cela commençait même à me plaire. La prof de littérature, en apprenant mon élection, dit que c'était très bien que la Jeunesse communiste s'enrichisse d'éléments comme moi, futurs intellectuels, et Ofelia, en tête à tête, m'assura que j'étais de la meilleure pâte et qu'elle avait de bonnes raisons de croire qu'un jour en ouvrant le *Granma* elle trouverait un article signé par moi, aussi bon et combatif que ceux de Leopoldo Ávila dans *Verde olivo*. Dans son enthousiasme, elle m'embrassa presque sur les lèvres, et je regardai autour de moi pour m'assurer que personne ne nous avait vus. Une semaine plus tard, deux militants de dernière année, rompus à cette procédure, commencèrent à m'interroger et à se pencher sur le dossier de ma vie ; deux semaines plus tard, ils me convoquèrent pour me communiquer leurs conclusions. J'avais devancé les événements et écrit chez moi, sûr du résultat, pour annoncer que je recevrais bientôt la carte rouge de militant et qu'il y aurait trois communistes dans la famille. Grand-mère vendit deux poulets, les frangines et maman se serrèrent la ceinture et à quatre elles m'achetèrent une montre Poljot qu'elles me donneraient aux vacances. En attendant, j'étais devant les deux membres du tribunal. L'un des deux militants, celui qui regardait de biais et en bas, avait flairé un truc bizarre dans mon dossier, un truc qui montrait que tout ne tournait pas rond dans mon fameux monde intérieur. J'étais très discipliné, certes ; très studieux, certes ; je lisais pendant que les autres se baladaient, certes ; mais comme jeune de notre temps il me manquait *un truc*, un petit truc, qu'il n'arrivait pas à définir mais qu'il flairait. Peut-être la maturité, hasarda l'autre pour essayer de préciser. Celui-ci regardait dans les yeux et avait un beau sourire, comme s'il était toujours content et voulait que les autres le soient aussi. Il portait des lunettes à verres très épais, car il avait eu un accident, et il voyait la vie à travers ces verres avec un enthousiasme double de celui des autres. Ou alors il consacre trop de temps à penser à lui ou à Dieu, dit le premier avec ironie. Ça, on l'a mis au clair, expliqua le jeune à lunettes, David n'a pas de croyances religieuses, il invoque Dieu comme une habitude héritée de sa grand-mère, qu'il va bientôt surmonter. Apparemment, ils avaient déjà discuté ce point et, naturellement, ils étaient tombés d'accord. Celui qui ne regardait pas en face reprit la parole. Je considère qu'il n'est pas seulement réservé, il est aussi un peu égoïste. Je baissai les yeux. Le garçon à lunettes se tortillait sur sa chaise. Mais le plus grave, renchérit le premier, et il marqua une pause pour mettre un peu de suspense, ce qui nous incite à déconseiller ton entrée dans les rangs de la Jeunesse communiste, c'est ton amitié avec la prof de littérature. Moi, surpris, je regardai l'autre qui, à son tour, détourna le regard je ne sais où. La prof de littérature, on la soupçonne, poursuivit le premier, on la soupçonne. De quoi ? osai-je demander. Il me regarda avec mépris, il trouvait les candides méprisables, parce qu'il ne croyait pas à la candeur. D'avoir un mari amer, frustré, autosuffisant, réactionnaire et sournois, si elle était en accord avec les idées révolutionnaires qu'elle revendique, elle l'aurait quitté et l'aurait empêché d'emmener sa fille hors du pays, mais nous savons que ce n'est pas sa position, nous croyons aussi qu'on ne peut être élève et ami, qu'on ne peut tenir des conciliabules dans la bibliothèque qui peuvent prêter à des commentaires en tout genre, y compris moraux. Je devais être plus blanc que les murs. Toutefois, nous n'en faisons pas une question de principes, souligna le garçon au sourire, nous comprenons qu'il est naturel qu'un étudiant porté sur la littérature soit ébloui par un excellent professeur. Ce n'est pas une question de principes si l'étudiant rectifie à temps, précisa l'autre, laissant entendre qu'il n'était pas persuadé que je sois de ceux qui rectifient à temps. En outre, enchaîna le sourire, tu es très jeune, ta famille est révolutionnaire, un petit coup de pouce de tes camarades te permettra de dépasser ces faiblesses et à la prochaine promotion nous aurons le plaisir de t'accueillir dans nos rangs. Je compris qu'il aurait aimé que l'entrevue s'arrête là, mais son camarade ajouta, Tu dois analyser soigneusement tes goûts littéraires, certes il y a Guillén et Martí, Brecht et Cholokhov, et même Gorki et Maïakovski, mais n'oublie pas ce qu'a dit le Che, que les artistes et les intellectuels sont frappés du péché originel, ils ne sont pas d'authentiques révolutionnaires, nous ne devons pas les laisser exercer une influence négative et pernicieuse sur notre jeunesse ; il y a aussi, si je ne me trompe, les Sartre, Lukács, Boris Pasternak et Cabrera Infante, et dans nos plates-bandes Miguel Barnet, Pablo Armando Fernández et César López. Cela ne figure pas dans les conclusions, dit le garçon à lunettes, je trouve que le talent littéraire de David est positif. Cela ne figure pas, mais c'est mon opinion personnelle et je voulais qu'elle figure dans le procès-verbal. Alors, ajouta-t-il en me regardant, tu es d'accord ? Car il est essentiel que tu sois d'accord, que tu intériorises les critiques et que tu t'efforces dorénavant, en toute sincérité et honnêteté, d'être un meilleur révolutionnaire et de suivre les principes de la classe ouvrière, de lire les journaux et de te maintenir au courant de la situation internationale, ainsi tu pourras acquérir la maturité politique qui te manque, dans le domaine social et personnel. Je répondis que oui, que j'intériorisais les critiques et que je lirais les journaux et merci beaucoup et est-ce que je pouvais me retirer. Le garçon au sourire, croyant mes paroles sincères, me raccompagna à la porte et me dit au revoir avec deux tapes affectueuses sur l'épaule.

Je descendis l'escalier, traversai la tour centrale, remontai un autre escalier et dans la chambre je dis à Miguel, Ces types sont un bel exemple d'étroitesse d'esprit et de dogmatisme, plus jamais de la vie je ne m'intéresserai à la Jeunesse communiste ou au Parti ! Miguel ouvrit les yeux et regarda autour de lui. Va prendre une douche à la salle de bains, et on en rediscutera. Après la douche, on monta à la terrasse où, un peu calmé, je lui racontai en détail le déroulement de la réunion, sans faire de distinction entre les deux types, qui étaient cependant le yin et le yang du Parti. En tout cas, je dis pour conclure, je serais plutôt égocentrique, pas égoïste, et je donnai une définition de ces termes, d'après le dictionnaire : l'*égocentrique* se situe au centre du monde, il ne voit pas d'autres intérêts que les siens ; l'*égoïste* éprouve un amour immodéré pour lui-même, qui le pousse à se désintéresser des autres ; l'*égolâtre* est l'égoïste au dernier degré, il a élevé sa personne au rang d'adoration ; on peut être égocentrique sans être ni égoïste ni égolâtre (les enfants en sont souvent un exemple, car ils ont une faible conscience sociale), mais pas le contraire ; et donc, au pire je serais égocentrique, ce qui n'est pas le cas. Et qu'est-ce que ça peut te faire si tu es égoïste, égolâtre ou égocentrique ? dit Miguel. Tu es forcément un des trois et les types l'ont bien senti, mais le plus chiant c'est qu'ils t'en font la critique, que tu l'acceptes et que tu la ramènes maintenant avec des précisions de dictionnaire ; alors tu veux que je te dise une chose ? Je pense qu'on t'a coupé la tête proprement, mais que ton vrai problème, la cause de tous tes maux, n'est pas dans la politique mais dans le reste.

Je commis l'erreur de demander quelle était, selon son docte critère, la véritable cause de mes problèmes. Ecoute, il répondit du tac au tac, j'ai une faim de loup, on se barre, accepte une invitation à la pizzeria et à table je t'explique tout. A la pizzeria, au lieu d'entrer dans le vif du sujet, il raconta une histoire de femmes complètement étrangère à notre propos, je ne me rappelle plus si c'était celle de la boiteuse qui faisait de l'autostop sur la vieille route de Zulueta à Remedios, ou celle de la fille de Camagüey qui préservait sa virginité mais pas son intégrité. Comme les pizzas tardaient et que je devais subir ce préambule avant d'aborder le sujet, je décidai de penser à autre chose. Je ne pouvais pas abandonner la prof de littérature, comme le prétendait le mec de la Jeunesse communiste. La prof traversait un sale moment, et nos brèves rencontres aux récréations ou en fin de cours étaient les seules oasis de ses tristes journées. C'est elle-même qui me le disait. Les meilleurs titres de sa bibliothèque étaient déjà passés entre mes mains. Elle était ravie que j'aie apprécié tant de nouvelles cubaines – *Conejito Ulán*, de Labrador Ruíz ; *La Nuit de Ramón Yendía*, de Novás Calvo ; *Retour aux sources* et *Le Chemin de Saint-Jacques*, de Carpentier ; *Le Cheval de corail*, d'Onelio Jorge Cardoso, *Le Jeu des décapitations*, de Lezama

Lima et *Figures sur la toile*, de Francisco López Sacha –, car c'étaient aussi ses préférées, les seules qu'elle mettrait dans une *Anthologie indispensable de la nouvelle cubaine*. Elle était convaincue, par ailleurs, que je penserais toujours à elle comme à la personne qui m'avait fait connaître *Paradiso*. A ce sujet, elle m'avait raconté une anecdote entre le poète Gastón Baquero et le critique et essayiste Jorge Mañach. Ce dernier reprochait au premier d'encenser l'œuvre de Lezama, et le poète répondit qu'ayant été le premier à en parler il s'était déjà assuré une place dans l'histoire de la littérature cubaine. Il avait assez lu les Cubains, dit ensuite la prof, le moment était venu d'attaquer les grands de l'Amérique latine et de la littérature universelle, mais aussi de me méfier de l'influence que ces différents auteurs exerçaient sur moi. Je ne pouvais continuer dans cette voie, dans ce système qui voulait que si je lisais le *Quichotte* j'en insère des passages entiers dans mes textes ; que si je lisais *Les Mille et Une Nuits* je raconte des histoires du même genre ; que si je lisais *Paradiso* je le cite toutes les quatre pages, sans l'identifier par des guillemets, et pareil avec chaque auteur ou livre qui m'avait impressionné, dont certains étaient mal vus des autorités, pareil aussi avec les paroles des chansons. Voyant l'air catastrophé que je prenais parce qu'on avait repéré un procédé que je croyais invisible, elle sourit et me dit que je ne devais pas non plus en faire une montagne, que le moment viendrait où tout finirait par cuire dans ma marmite, car autrement j'étais frit ! C'était son propre terme, frit, il me sembla entendre le bouillonnement de l'huile et sentir le coup de crayon rouge qu'Ambrosio Fornet tirait sans compassion sur mon nom, me chassant de

l'*Histoire de la littérature cubaine* qu'il composait.

Un jour, à la fin des cours, la secrétaire du directeur, postée devant la porte, me dit à l'oreille,
au moment où je passais devant elle, que le
directeur me convoquait dans son bureau et que
je devais la suivre, *ipso facto*. En descendant l'escalier, j'envisageais le pire, par exemple un télégramme, Grand-mère décédée hier arrêt du
cœur, viens vite enterrement demain. J'avais la
gorge nouée. Les télégrammes de cette nature
devaient avoir ce ton abrupt pour être crédibles
à la gare routière, sinon on n'avait pas la priorité
et on arrivait à l'enterrement une semaine trop
tard. Je vivais dans la peur permanente de recevoir un de ces télégrammes. Tes sœurs mortes
hier soir regrettable accident voiture, viens vite
enterrement demain ; Ta mère morte hier étouffée par os poulet, viens vite enterrement demain ;
Famille de David Álvarez entièrement péri dans
terrible incendie SVP lui permettre assister obsèques. Pour le prochain mort, dirait le préposé à
la gare routière, mettez enterrement ou funérailles, *obsèques* ça fait bizarre et ici on n'a pas de
philologue. Je me préparais à recevoir la pire des
nouvelles avec dignité, mais en entrant dans le
bureau la secrétaire me sourit et je compris que
la convocation du directeur n'avait rien à voir
avec des télégrammes et je me sentis plus sou-
lagé que curieux. David est arrivé, dit la secrétaire au directeur. Le directeur me fit asseoir dans
un des deux grands fauteuils réservés aux visiteurs ou aux chefs de département, et il s'installa
dans l'autre. Ce n'est pas le directeur qui va te
parler, qu'il me dit, mais l'homme, le camarade,
alors ne me demande pas d'explications parce
que la première chose que j'ai à te dire c'est que

je n'en ai pas. Il me regardait fixement dans les yeux, comme pour voir s'il pouvait me parler d'homme à homme, comme il l'avait dit. Il dut en tirer une conclusion positive, car sans détourner le regard il ajouta, Elle est excellente, extraordinaire, c'est la femme la plus méritante que j'ai connue, elle est aussi très belle, mais elle a pris le mauvais navire et elle ne sait pas comment le quitter, on ne peut pas la sauver parce qu'elle ne veut pas être sauvée, toi, ne l'abandonne pas, elle t'aime beaucoup et ton amitié lui fait du bien, tu es une oasis dans les journées tristes qu'elle est en train de vivre. Il avait dit, Une oasis dans les jours tristes qu'elle était en train de vivre, une phrase que je connaissais bien. Il n'avait pas dit de qui elle était, mais c'était aussi superflu pour lui que pour moi, de même que pour la secrétaire et la concierge, qui écoutaient derrière la porte. Et rien d'autre. Le type de la Jeunesse communiste était un dogmatique, je n'avais pas à y faire trop attention. Il se leva, je l'imitai, il me serra la main énergiquement et m'indiqua la porte. La secrétaire m'attendait avec ses stylos bille, la concierge n'était plus là. C'est pour toi, dit la secrétaire, et elle sourit. Elle avait la réputation d'offrir des stylos bille. Elle croyait sincèrement qu'avec des stylos bille et des sourires on pouvait résoudre les problèmes du monde. Avec deux stylos bille, un pour Kennedy et un pour Khrouchtchev, elle aurait réglé en cinq minutes la crise des missiles, et avec deux autres stylos bille elle aurait obtenu un Etat pour les Palestiniens et un pour les Israéliens. Merci, Marilda, je lui dis, je vais les garder pour le jour où j'entrerai à l'université. Oui, mais ce n'est pas moi qui te les offre, c'est elle, regarde bien, il y a un Parker ; comme elle ne

325

vient plus, elle m'a demandé de te donner tout ça et ce petit mot. Merci, Marilda, je répétai en prenant la lettre, et Marilda me lança un regard peiné. Je lus la lettre en retournant en classe. Elle ne disait pas grand-chose, que je passe la voir samedi, et elle ajoutait l'adresse et l'heure. Comme je lisais la lettre et pensais à la prof, je passai devant ma salle et continuai ma route...

J'étais ponctuel. C'est elle-même qui m'ouvrit et me précéda sur une terrasse qui donnait sur un jardin, lequel à son tour donnait sur la rue. On s'assit dans des fauteuils en osier couleur crème, devant une table en osier aussi, de la même couleur. Il n'y avait que dans les films anglais, où l'aristocratie discutait sur les dangers graves et imminents qui menaçaient l'empire, que j'avais vu des meubles semblables. Après m'avoir servi une tasse de thé, accompagnée de *masarreales*, qu'elle me présenta comme ce qu'il y avait de plus proche des madeleines de Proust qu'elle ait pu trouver, elle m'annonça que cette rencontre était le moment de nos adieux. J'étais absorbé par la contemplation du jet doré du thé tombant dans la tasse. Je n'avais jamais vu non plus, sauf dans les films ci-dessus mentionnés, un service à thé semblable, avec sucrier et petites cuillers distinguées, le tout sur un plateau d'argent et accompagné de serviettes en pur fil. J'aimerais décrire le service à thé et le monogramme à l'angle des serviettes, mais il faudrait recourir à un langage exquis auquel je n'ai pas accès. Cette rencontre était le moment de nos adieux, disait-elle. Je voulus protester, mais elle ne m'en laissa pas le temps. Ce n'est pas parce que notre amitié a empêché ton admission à la Jeunesse communiste ; ça compte, mais il y a de nombreuses autres raisons, et c'est une décision irrévocable contre laquelle tu ne peux rien. Je savourai l'expression, si un jour je racontais l'événement je ne l'oublierais pas : une décision irrévocable. Je pourrais même l'utiliser comme titre. Elle s'était coiffée et maquillée pour notre rencontre, elle portait une robe qui lui allait comme un gant, de charmantes petites boucles d'oreilles et une épingle sur la blouse. Deux femmes sur dix seulement savent choisir les pendants d'oreilles et les vêtements adaptés à la circonstance. J'étais ravi d'avoir devant moi une femme aussi belle et aussi élégante qui, peut-être à son insu, s'était habillée et arrangée pour me faire bonne impression, une femme mûre qui dans la conversation utilisait avec naturel des expressions comme celles-ci, une décision irrévocable, des *masarreales* présentées comme ce qu'il y avait de plus proche des madeleines de Proust, et pourtant, si Proust avait croqué une de nos *masarreales*, il n'aurait eu qu'une idée, courir chez un dentiste. Ma mère ne les aurait jamais utilisées. La prof me raconta sa vie à grands traits. Elle aimait son époux et sa fille, commença-t-elle, mais le premier, par ailleurs, l'effrayait et lui faisait de la peine. La peine, David, est le sentiment le plus triste qu'on puisse éprouver ; méfie-t'en, car tu as de la peine pour Ofelia et, parfois, pour toi-même. Je déglutis et pour détourner la conversation je lui demandai un verre d'eau. Mon mari était médecin, reprit-elle, un excellent chirurgien, mais il n'exerçait plus. Il était issu d'une famille communiste quoique aisée, ce qui expliquait qu'ils aient une maison comme celle-ci, héritée de son père à lui, médecin aussi et aux idées révolutionnaires ; le mari avait participé à la lutte clandestine contre le tyran Batista, avait été fait prisonnier et avait été torturé, par miracle il avait échappé à ses bourreaux et repris la lutte clandestine en ville, la ligne d'action préconisée par son organisation. La prof détestait être obligée d'employer une telle expression, la ligne d'action préconisée par son organisation, mais elle n'avait pas le choix, car le langage révolutionnaire a aussi ses lois. Lui et d'autres camarades, impressionnés par les succès du Mouvement 26 juillet dans la Sierra Maestra, voulaient ouvrir un front de guérilla de soutien dans les montagnes de l'Escambray, au centre du pays. Il n'y avait que deux choses qu'elle ne supportait pas chez le mari, avoua-t-elle en aparté, la phraséologie révolutionnaire et la calligraphie du médecin ; avec l'une il outrageait le beau parler, avec l'autre l'écriture, avec les deux la langue. Comme le langage révolutionnaire peut être laid, David ! m'avait-elle confié un jour. Comme il est aride, quels noms horribles on donne aux années et aux campagnes, comme les mots en *-tion* sonnent mal, comme *promotion, résolution, émulation.* C'est un problème pour les poètes, continuat-elle, car un langage aussi rigide finira par éloigner leur poésie de la révolu-*tion* : une nuit, j'ai eu un cauchemar horrible, on me séparait de mon mari et on m'obligeait à épouser un rédacteur de la page 2 du journal *Granma*, tu imagines ? Cet homme parlait comme il écrivait, il m'appelait dame au lieu de femme et quand il avait soif, au lieu de demander de l'eau, il réclamait le précieux liquide. Mais je m'égare, où en étais-je ? Je voulais encore du thé ? Des "madeleines" ? Ah, mon Dieu, les secrets de la pâtisserie cubaine se perdaient ! Son époux et ses compagnons convainquirent leurs chefs de l'opportunité d'ouvrir un front de guérilla dans l'Escambray ; ils étudièrent la géographie, les accès et les caractéristiques du terrain, car on dit cordillère de l'Escambray, mais le vrai nom est cordillère de Guamuhaya, et il savait seulement qu'elle se trouve dans la province de Las Villas, au centre de l'île, et que c'est le deuxième système montagneux en importance du pays, qui en compte trois ; ensuite, ils recrutèrent d'autres compagnons, démasquèrent les traîtres et les opportunistes infiltrés, trouvèrent des armes, ouvrirent le front, et quand le Che arriva dans la zone avec sa colonne n° 8 Ciro Redondo, la guérilla déjà bien implantée contribua de façon décisive à remporter les batailles et en particulier la prise de Santa Clara, prouesse tant célébrée aujourd'hui. Et c'est là que ça se gâte, qu'on aborde la délicate question du rôle de l'individu dans l'histoire. Quelques jours plus tard, c'était la victoire des révolutionnaires, le lumineux 1er Janvier comme on dit, et la marche des troupes rebelles sur la capitale, les mesures et mises en garde de Fidel pour que les révolutionnaires ne se laissent pas confisquer la victoire comme lors de la guerre de 1895, et l'entrée glorieuse et festive des barbus à La Havane. A cette époque, les bulletins d'information étaient en noir et blanc, mais tout le monde se rappelle ces événements en couleurs. Parmi ces combattants barbus et souriants devait se trouver mon époux, supposait-elle. Bon, ils ne s'étaient pas mariés, ils n'en avaient pas eu l'occasion à cause de la lutte clandestine dans la ville, mais ils n'allaient pas tarder à le faire, elle en blanc et lui en vert olive. Elle cueillit un bouquet dans ce même jardin qui nous écoutait maintenant, alors à l'abandon, elle se précipita dehors et s'arrêta à l'angle pour attendre le passage de la colonne. L'enthousiasme mobilisait balcons et trottoirs, criait dans l'encadrement de chaque fenêtre et jubilait, cyclone de drapeaux et de clameurs, les jeunes barbus, diamants rebelles, descendaient des sommets en tenue vert olive ; leur douceur leur donnait l'apparence de colombes armées et courageuses, ils venaient en vainqueurs de la faim, des balles et du froid, ils venaient avec leurs sourires de frère et d'ami, ils venaient portés par les ardeurs d'un peuple enflammé ; défilèrent les capitaines, les paysans tannés qui avaient labouré l'Histoire, passèrent les *Marianas*, Cubaines martiales qui un jour s'étaient faites lionnes sous le baiser de *doña* Mariana, sans autre couronne que leurs sacrifices, Camilo Cienfuegos fit un passage fulgurant, son visage éclairé par les cent feux de la gloire, passa Che Guevara, âme des Andes qui avait gravi le Turquino, tel un San Martín enflammant Santa Clara, un Antonio Maceo del Plata, un Máximo Gómez argentin, et, sur cet océan populaire, resplendissant comme un astre, le bras dressé, le front chaud, le sourire amène, Fidel passa. Tout comme l'Indien Naborí l'a décrit dans un poème. Mais son mari n'était pas là, elle donna ses fleurs à un jeune homme aux yeux clairs qui lui cria, Je m'appelle Rodolfo, car elle avait trouvé qu'il était le plus beau de la troupe. Ce n'est que le troisième jour après l'entrée triomphale qu'elle reçut un appel du mari, d'un village appelé Fomento. Le ton du bien-aimé lui fit dresser les cheveux sur la tête. L'époux lui disait qu'eux, ceux de son organisation, avaient été retenus dans l'Escambray ; qu'eux, ceux de son organisation, avaient été empêchés de marcher sur La Havane ; qu'eux, ceux de son organisation, étaient écartés, qu'on leur jouait un tour de cochon. Elle comprit immédiatement : il y avait contradiction entre les lignes d'action préconisées par les organisations, l'une en préconisait une, et l'autre, une autre. Au téléphone, elle résolut de faire la niaise. Mais, toi, tu vas bien ? Ta blessure ne te fait pas souffrir ? Pour toute réponse, il répondit que ceux de son organisation on les retenait, on les écartait, on leur jouait un tour de cochon. Et il le répéta encore quand elle lui demanda de ne pas se couper la barbe ni les cheveux pour faire une photo ensemble, alors elle lui dit que, le soir où il lui avait demandé, avant de partir à la guérilla, de se donner à lui dans ce minable petit hôtel qui en réalité était une maison de passe, elle était tombée enceinte et une fille était née et elle l'avait appelée Victoria. Il répondit que ceux de son organisation on les avait retenus dans l'Escambray, et qu'eux, ceux de son organisation, on les écartait et on leur jouait un tour de cochon, et la prof comprit que son mari ne ramènerait pas seulement des blessures. En effet, l'homme qui revint n'était plus le même. On lui avait inoculé le venin du ressentiment, qui devint bien vite le venin du dépit, qui se distilla bientôt en nectar de rage, de haine et de folie. Ils se marièrent, mais sans festivités ni invités ni robe blanche ni costume vert olive. Elle s'aperçut vite que le mari détestait tout : les discours, les banderoles, les pionniers, les marches, les rassemblements, les journaux, les objectifs, les missions accomplies, les queues, les slogans, les parcs, les téléviseurs, les radios, les carrefours glorieux, la Sierra Maestra, l'Escambray, le mois de juillet, le mois de janvier, le mois d'avril, le fils de pute qui dirigeait notre école, et même le plus culotté de tous, et il prit la décision qu'il lui semblait impossible de prendre : Miami. Miami, comme un vulgaire *gusano*. Ou, encore pire, comme les traîtres. Alors elle dit non. Si tu ne me suis pas, je te tue, toi et ta fille, et je me tire une balle dans la tête, répondit-il. Les autorités débarquèrent, firent l'inventaire de tout ce qu'il y avait dans la maison, même lui, David, ne pouvait plus en sortir un seul livre, et elle, la prof de littérature qui avait expliqué avec tant de passion et de plaisir l'histoire de Calixte et Mélibée, elle passait à l'agriculture le lundi suivant, enrôlée dans une de ces brigades qu'on appelait *Las Jacquelines*, où, en compagnie des petites-bourgeoises et des vraies *gusanas*, elle retournerait la terre en attendant qu'arrive l'autorisation de prendre l'avion. Voilà où en était sa vie.

Et là, elle se tut. Pendant quelques minutes, son visage prit un air très vieux, mais elle se reprit. Tu trouves ça juste ? La question semblait plus adressée à Dieu qu'à moi. Patrie ou famille, quand l'une et l'autre représentent la même chose à mes yeux, est-ce ainsi que Dieu met ma foi à l'épreuve, m'écartant du travail et du sacrifice en pleine période de fondation, m'arrachant à mon lieu quand il sait que dès la première seconde je souffrirai, rêvant d'y revenir ? Non, ce n'est pas juste, David, pas du tout, car pour moi cela signifie l'exil, et un exilé politique, ce n'est pas un exilé tout court ; mais je ne veux détester personne, même pas moi-même, ce n'est qu'un mauvais tour que me joue le destin, une épreuve pour mesurer mes forces, je ne peux pas abandonner mon mari sous prétexte que c'est un homme dans l'erreur, même pour ceux qui se trompent il doit y avoir une place sous le soleil. Evite aussi de haïr, elle ajouta, ne hais jamais, sauf l'ennemi quand il se comporte comme tel, quand il veut confisquer ta liberté ou celle des tiens ; la haine ne donne pas de forces ; on le dit, mais c'est le contraire, elle appauvrit et empoisonne, car elle a son siège dans le cœur ; beaucoup d'autres événements tristes, inexplicables ou injustes t'attendent, la révolution cessera d'être ce fait simple qu'un jour elle nous a vus dans les rues agiter les bras, déployer des drapeaux, crier nos noms et sentir qu'ils se confondaient en un seul, pour apparaître, comme la vie même, dans toute sa complexité, et si nous prétendons – tu vois que je m'implique, que je ne m'efface pas de la liste – transformer la conscience des gens, la mener vers plus de lumière, c'est cette même tâche que le Christ entreprenait il y a deux mille ans ; beaucoup d'obstacles nous attendent ; l'âme humaine est une machinerie délicate, elle ne change pas en l'espace d'une seule génération, ceux qui se lanceront dans cette aventure n'en verront pas les résultats, car c'est une mission qui dépasse le cadre d'une vie. Elle sourit. Tu vas dire que j'ai pris un ton un peu grandiloquent ; en définitive, je n'ai qu'une chose à te dire : la révolution a besoin d'hommes dans ton genre, même si elle ne le montre pas toujours ; il y a des dangers plus graves qu'une invasion, tous ensemble nous devons éviter d'en arriver à cette mentalité que les petits malins définissent comme "là, tu ne peux rien démolir, mais rien arranger non plus", car on serait dans la pire des situations, celle où l'ennemi est le plus insaisissable. Elle prit ma main et la serra entre les siennes. Oui, j'ai pris un ton un peu doctoral, dit-elle avec un triste sourire, j'ai juste évité d'ajouter quelques mots terminés en *-tion*. Ma main devint trop chaude entre les siennes, et elle la lâcha. Maintenant, il faut que tu t'en ailles, mon mari va arriver, et, tu sais, cet halluciné est jaloux de toi, j'ai eu beau lui dire que tu étais presque un enfant, il a peur qu'on n'ait une liaison, que je ne veuille emporter ton souvenir ou rester dans l'île en laissant quelque chose de moi en toi. On était tout près de la porte de la rue, dans un petit vestibule un peu obscur, et soudain on se rapprocha l'un de l'autre et on s'embrassa sur la bouche, un baiser amer mais doux. Je sentis ses mains sur ma nuque qui m'attiraient contre elle, et les miennes firent sauter les boutons de sa blouse, se remplirent de ses seins ronds et tièdes, et je commis l'erreur d'abandonner ses lèvres pour chercher ses tétons, alors elle se vit dans le miroir suspendu au mur et elle me repoussa violemment. Va-t'en, j'ai ton adresse et un jour tu recevras de mes nouvelles. Mais elle ne faisait rien pour reboutonner sa blouse, je regardais ses seins qui resplendissaient dans la pénombre, j'aurais aimé les embrasser et les sucer toute la nuit. Elle n'était pas incroyable, la boiteuse ? s'est exclamé Miguel à cet instant en donnant un coup de poing sur la table, et je suis revenu à la réalité et j'ai compris que nous étions à la pizzeria où je m'étais laissé entraîner pour discuter de mes problèmes. Avant d'aborder le sujet, pour me détendre, il avait débité sa fameuse histoire de la boiteuse qui faisait de l'autostop sur la route de Zulueta à Remedios. Le pauvre garçon avait passé une demi-heure à pérorer sans que je lui prête la moindre attention, mais comme je ne l'avais pas quitté des yeux un seul instant avec un air faussement concentré, il ne s'était rendu compte de rien. C'est ce que nous appelons prendre un air japonais. Bien sûr que si, je lui ai dit pour me sortir de la situation et parce qu'on peut toujours dire ça à la fin de n'importe quelle histoire. Mais merde, il a proféré en regardant autour de lui, on n'a pas pris notre commande, tu crois qu'il va venir un jour, ce serveur ? Hé, camarade, il a dit en interpellant l'un d'eux, il y a une heure qu'on est ici et personne ne s'occupe de nous, c'est ça le respect du peuple dont parle le Che ? Le garçon l'a regardé d'un sale œil et a continué son chemin. J'ai souri au souvenir de cette pizzeria et au cinéma, à côté de Vivian, car n'oubliez pas que je n'ai pas bougé de mon fauteuil une seule seconde, ce que je vous raconte est uniquement un film mental. *Le Désert rouge* en était au moment où Monica Vitti faisait les cent pas sans but précis, mais ça ne vous dira pas grand-chose, car c'est à peu près tout ce qu'elle fait dans le film. Pourtant, comme elle était belle, quels beaux yeux, avec quelle fragilité de l'âme elle nous regardait !

27

ARNALDO

Quand on est arrivés à la cinémathèque, membre de la FIAF, on est tombés sur un attroupement furieux massé autour d'une affiche. On s'est approchés, on a joué des coudes et on a pu lire l'avis qui suscitait la révolte.

> Information à l'honorable public : En raison de problèmes de sulfatation du nitrate d'argent sur la copie de *La Chevauchée fantastique*, de John Ford (1894-1973), on ne peut pas la projeter et à sa place on passera un autre film de notre réserve ; nous prions les spectateurs d'excuser les perturbations que cet inconvénient peut entraîner, mais des raisons majeures et <u>complètement indépendantes de notre volonté</u> nous ont contraints à ce changement.

Le soulignement était d'origine.

> Porté à la connaissance générale : Nos sous-sols et nos entrepôts ne réunissent pas les conditions minimum indispensables de conservation et de réfrigération exigées par les normes internationales, par ailleurs le projecteur (soviétique) de notre salle est en très mauvais état et a besoin d'être remplacé de toute urgence (*remplacé*, et non réparé ou rafistolé), les toilettes exigent d'être débouchées et nettoyées, autant de

points exposés et maintes fois transmis, par tous les canaux prévus dans des situations semblables ou analogues, aux instances compétentes, sans que jusqu'à présent nous ayons rencontré l'attention requise pour résoudre le problème.

Cher public, nous sommes au bord de la catastrophe : la perte de l'inestimable patrimoine filmique national, qui inclut les précieuses archives cubaines depuis 1902, les collections les plus complètes du cinéma latino-américain et de l'Est européen, uniques au monde, ainsi que les images de l'événement historique de notre révolution depuis la lutte dans la Sierra jusqu'à l'entrée des rebelles à La Havane en 1959. Nous invitons les spectateurs qui voudraient déposer une plainte ou une réclamation à NE PAS s'adresser à nous qui ne pouvons plus rien faire, mais au siège de la sOciété de prOductiOn, sise au numéro 111 de cette même rue, et si pOssible auprès de la persOnne de son directeur, s'il n'est pas lui-même en vOyage.

Signé : le directeur de la cinémathèque de Cuba, membre de la FIAF.

Pas besoin d'être très malin ni spécialiste en hypertexte pour comprendre que le directeur de la cinémathèque était en bisbille avec celui de la sOciété de prOductiOn, un type très encombré par ses kilos, comment expliquer autrement ces "O" volumineux, gorgés de haricots et de lard. Dès que les gens avaient fini de lire l'affiche, ils se précipitaient vers les bureaux de la sOciété de prOductiOn, à huit cents mètres de là, où s'agitaient une foule très remontée et un détachement de la police, de très jeunes gens en première mission – débarquant d'Alto Cedro, Cueto, Mayarí et Marcané – qui essayaient de calmer les esprits, détournaient en même temps la circulation vers la 10e Rue, demandaient la patente et le reçu des derniers impôts à ceux qui essayaient de vendre des sodas, du café et des pizzas à leur propre compte, et leurs papiers aux autres citoyens, essayant de respecter le pourcentage de la population nationale, interpellant donc quatre Noirs pour six Blancs, toujours avec un langage persuasif et mesuré, presque affectueux, supportant les bousculades et s'abstenant de répondre aux insultes des plus furieux, car si un seul de ces policiers très jeunes et fraîchement débarqués d'Alto Cedro, Cueto, Mayarí et Marcané perdait la tête et se mettait à malmener les gens, à traiter un Noir de Nègre ou à traiter un pédé de pédé, surgiraient alors des égouts une meute de reporters des agences internationales de presse et du journal madrilène *El País*, et en moins de temps qu'il n'en faut pour le dire l'affaire serait aux mains de la Commission des droits de l'homme à Genève, présentée par le délégué de la République tchèque, du Tadjikistan, de la république de Palau ou des îles Marshall, car c'est très compliqué de vivre dans un pays comme le nôtre, objet de l'attention mondiale, où le moindre fait divers tourne au scandale international, ce qui une semaine après obligerait les étudiants, les bidasses et les révolutionnaires en général, à abandonner la paix de nos foyers, de nos centres de travail, de nos casernes et de nos écoles pour accourir en masse au carrefour historique de la 23e Rue avec la 12e, également à huit cents mètres de la cinémathèque mais dans la direction opposée, pour manifester en faveur des conquêtes culturelles de la révolution, qui en cette même année 1959, trois mois après la victoire, avait créé par sa première loi culturelle l'Institut cubain d'art et d'industrie cinémato-graphiques et sa cinémathèque, membre de la FIAF, celle-là même qui traversait aujourd'hui la crise de conservation et stockage que son direc-teur et celui de la société productrice, des imprudents qui n'avaient pas mesuré les consé-quences politiques de leur négligence, faisaient supporter au public.

David qui, vous le savez, vivait plus dans l'ir-réalité de ses lectures que dans la réalité toute crue, a cru identifier dans ce remue-ménage l'an-tichambre d'une manifestation dans le style de celles d'Upsalon, décrites par Lezama Lima dans *Paradiso*, et, y voyant l'occasion de donner sa version d'un attroupement, il a sorti de sa poche son désormais fameux carnet de notes et il allait se joindre à la foule quand je l'ai tiré par sa manche de chemise en lui expliquant que l'af-faire ne méritait pas qu'on gâche notre samedi après-midi. Par chance, il l'a bien compris, on est allés à la caisse, on a pris la queue derrière des pédés qui traînaient par là, d'autres pédés sont arrivés derrière nous, on a acheté nos billets et on est entrés. Une fois à l'intérieur, on s'est bouché le nez en passant devant les toilettes et dans la salle vaste et confortable on a pu choisir les places qu'on voulait, parce qu'elle était encore à moitié vide. Il était écrit dans le Grand Livre que nous agirions de la sorte et d'aucune autre, car le changement de programme n'était pas dû, comme on le verra bientôt et de façon éton-nante, au mauvais état de *La Chevauchée fantas-tique* ou d'une brouille entre le directeur de la sOciété de prOductiOn et celui de la cinémathè-que, mais à des raisons plus complexes et obs-cures liées à notre histoire.

Une semaine auparavant, quand le Cubano-Japonais responsable de la programmation, pointilleux et perfectionniste comme ses ancêtres, avait vérifié la copie de *La Chevauchée fantastique*, il l'avait estimée en bon état et l'avait dit en ces termes dans son rapport ; néanmoins, elle ne l'était plus quand l'assistant du projectionniste alla la chercher. Pour parler du film. Pour parler de nous, le sorcier responsable de l'envoûtement de David, ou plutôt de son esprit en pénitence, comprenant que la Vierge l'avait devancé, car notre garçon était dans la rue, dans les rues dangereuses de La Havane, décida de se donner à fond. Il ne pouvait pas affronter la Vierge, qui était d'une catégorie supérieure, mais il avait le droit de jouer ses propres cartes et en désespoir de cause il recourut à l'effet vinaigre, c'est-à-dire qu'il sulfata la copie de *La Chevauchée fantastique*, indifférent au fait que c'était le seul exemplaire de la cinémathèque, obligeant ainsi la projection d'un nouveau titre qui lui soit favorable. Il n'avait pas mal calculé, car après avoir vu le nouveau film David est sorti du cinéma tête basse, larmoyant, triste et plus zombie que jamais, proclamant à tous les vents qu'il voulait retourner tout de suite à l'école.

Mon étonnement était majuscule, parce que le film avait été plutôt émouvant, mais je n'avais jamais vu personne s'émouvoir à ce point en regardant un western. Dans notre village, il y avait un garçon qui se masturbait en regardant des films de guerre, mais ça ne compte pas, il était fou. Au début, je croyais que, mine de rien, ce garçon était victime de l'ouvreuse pleurnicharde, une dame un peu fêlée qui s'asseyait dans les cinémas de La Havane à côté des spectateurs solitaires ou s'agenouillait dans l'allée à côté d'eux, et qui leur racontait ses malheurs et ceux du cinéma national. D'après ce qu'on disait, la dame avait été une catholique fervente et disciplinée avant de débloquer, mais dans les années dures elle sentit que ce n'était pas le moment de rigoler et chez elle la sagesse l'emporta sur la foi, qu'elle abjura publiquement. Je sais que je m'écarte un peu de mon sujet mais permettez-moi d'aller jusqu'au bout de cette histoire effrayante. Cette femme tourmentée, maintenant militante de la ligne dure, travaillait comme ouvreuse à la cinémathèque de Cuba. Elle rentrait chez elle sur le coup de une heure du matin, à Juanelo, ce quartier lointain et difficile, et, après avoir récité sa prière, à laquelle elle n'avait pas renoncé dans la solitude de son logement exigu, elle tombait épuisée comme un loir sur son grabat d'une austérité toute franciscaine. La paix du sommeil ne durait pas longtemps, car les remords de son apostasie et la perturbation due aux cycles de Godard, Szabó, Buñuel, Pasolini, Bergman, Glauber Rocha et Emilio "Indio" Fernández la harcelaient la nuit, provoquant des hallucinations terribles. Elle se réveillait en nage, le système nerveux en capilotade, et elle attendait l'aurore en sanglotant. Le plus curieux, c'est que ses cauchemars ne concernaient pas ses malheurs personnels, mais des catastrophes liées au cinéma cubain, dont elle se sentait solidaire, un phénomène inexplicable, car notre cinéma traversait alors sa grande période de splendeur, et toute personne prédisant des jours de grisaille, d'abandon et d'indifférence gouvernementale, ne pouvait être prise que pour une folle. Un soir, après la deuxième projection de *Partition inachevée pour piano mécanique*, de Nikita Mikhalkov, un spectateur oublia un petit livre, qui aggrava la démence de l'ouvreuse. Il s'agissait d'un exemplaire des *Portes du paradis*, du Polonais Jerzy Andrzejewski, et l'ouvreuse, avant de rappeler le spectateur dont elle voyait la tête rousse et frisée s'éloigner dans l'allée, portée par on ne sait quelle tentation, ouvrit le livre et lut les premières lignes. *Pour le temps de la confession générale on avait interrompu tous les chants, le troisième jour de la confession générale tirait justement à sa fin et ils allaient toujours par les forêts profondes du Vendômois.* Si étrange que cela paraisse, ces phrases, ou la musique qui en émanait, l'incitèrent à glisser le volume dans la poche de sa veste, contrairement à toutes les règles. Elle l'en ressortit à minuit vingt, dans le bus qui la ramenait chez elle, et elle n'arrêta de le lire qu'à la dernière phrase *Et ils marchèrent toute la nuit*, après quoi elle posa le petit volume sur la table de nuit, car elle était déjà au lit, ferma les yeux, s'endormit et eut, au lieu des rêves habituels, une vision semblable à celle de l'enfant Jacques de la petite œuvre polonaise, connu aussi sous le nom de Jacques le Beau. Elle se trouvait non pas dans la vallée de Vendôme mais dans celle de Viñales, et elle avait la vision du Dieu tout-puissant Notre-Seigneur, comme saint Jacques tel que nous connaissons l'épisode par le tableau qui est ou qui était accroché dans tous les foyers cubains, et Dieu tout-puissant lui faisait une révélation, comme il l'avait déjà faite à Jacques le Beau aussi appelé Jacques le Trouvé, qu'elle devait ensuite communiquer aux spectateurs en s'asseyant à côté d'eux dans les salles de cinéma ou en s'agenouillant dans les allées. Dieu tout-puissant, leur dirait-elle, m'a révélé qu'en raison de l'insensible aveuglement des fonctionnaires et des politiciens il faut que les spectateurs véritables se mobilisent en faveur du cinéma national, car seule la foi fervente des spectateurs peut réaliser l'impossible, éviter que notre cinématographie ne tombe aux mains des infidèles et des fonctionnaires, et ne disparaisse en tant qu'art et industrie, étouffée par l'apathie, la censure, l'incompréhension et l'effondrement partiel ou total de toutes les salles. Le cinéma cubain doit être libre dans sa forme, son contenu et ses points de vue, continuait-elle, il doit être conçu pour penser et non pour endoctriner, et les spectateurs véritables doivent défiler humblement dans les rues et les avenues pour le sauver. Ceux qui l'écoutaient ne comprenaient pas le message, car, je l'ai déjà dit, notre cinéma était en plein essor, mais elle gardait courage et restait ferme dans sa résolution, racontant qu'elle avait eu une vision terrible : en l'an de grâce 1980, encore lointain, l'homme lucide et aimé qui était le père et le fondateur de notre cinéma investissait tous ses efforts et son budget dans un seul projet, persuadé que si la cinématographie nationale produisait un chef-d'œuvre, reconnu comme tel par l'univers et par la France, elle serait à jamais et pour toujours à l'abri de la foi mauvaise des infidèles, des censeurs et des fonctionnaires qui la regardaient d'un sale œil, il entreprit donc le combat impossible contre un mythe, celui de la mulâtresse Cecilia Valdés, qui serait le sujet du film sur lequel il fondait tous ses espoirs ; mais comme n'arrive que ce qui doit arriver, continuait au milieu des larmes et des sanglots l'ouvreuse pleurnicharde, assise à côté des spectateurs solitaires ou agenouillée dans les allées, le film fut remarqué mais nullement considéré comme un chef-d'œuvre, selon les opinions de la France, l'homme lucide et aimé fut aimablement

343

congédié et il dut filer à Paris, sa veste violette sur l'épaule ; alors, infidèles, censeurs et fonctionnaires s'aiguisèrent les crocs, s'assirent devant leur porte et attendirent de voir passer l'enterrement du cinéma national en tant que tentative indépendante et perspicace de pensée. Ils en eurent l'occasion, avouait ensuite l'ouvreuse pleurnicharde sans perdre le fil de sa vision, presque une décennie plus tard, sous les traits d'un jeune metteur en scène dont le film compliqué soulèverait une tempête de polémiques, et pour les apaiser il faudrait rappeler l'homme sage et aimé, père de notre cinéma révolutionnaire, le voilà qui entre dans le bâtiment d'où il n'aurait jamais dû sortir, avec sa veste violette et une certaine fatigue, mais si sa lucidité, sa grandeur et ses relations sont restées les mêmes, quelque chose a changé, car le cinéma ne retrouve pas sa grandeur, et l'homme lucide et aimé quitte encore une fois le bâtiment, épuisé par le vain effort, alors les infidèles, les censeurs et les fonctionnaires, assis devant leur porte ou leur bureau, se dirent que leur longue attente touchait à sa fin, qu'ils allaient s'emparer enfin du cinéma national, le profaner, le mettre au service de l'endoctrinement et des campagnes de propagande. Les sanglots étouffaient l'ouvreuse pleurnicharde quand elle en arrivait là, mais elle se ressaisissait, se redressait, levait les bras dans l'obscurité de la salle, regardait les têtes de tous les spectateurs et disait, répétant sans s'en apercevoir les mots de la petite œuvre polonaise, *Grand Dieu tout-puissant moi qui sais tous les péchés du monde et qui connais jusqu'au dernier souffle tous les errements humains, moi qui en dépit de ma robe de bure, de ma peau rêche, de mes lèvres gercées, de mes vieilles jambes enflées qui constituent une offense à la joie et à l'harmonie, moi qui connais aussi bien le fond des gouffres noirs que les emportements des ardeurs illusoires, je vous en supplie, Dieu grand tout-puissant, ne permettez pas que se réalise un jour ce rêve cruel* que j'ai connu le soir où j'ai décidé d'aller de cinéma en cinéma réveiller les consciences assoupies des spectateurs véritables, car il est nécessaire de manifester et de faire pénitence pour sauver le cinéma national ; j'ai vu dans mon rêve, ô Seigneur tout-puissant ne permets pas que cela se réalise jamais, une manifestation de masse sur une place immense avec des drapeaux multicolores, la foule se perdait à l'infini, et j'entendais le speaker dire à la tribune d'une voix terrible, Et voiciiiiii le président de l'Institut cubain de radio et de télévision (ICRT), la foule applaudissait et le speaker enchaînait, Et voiciiiiii le président de l'Institut cubain d'art et d'industrie cinématographiques (ICAIC), la foule applaudissait et les deux présidents, ô Dieu tout-puissant ne permets pas que mon rêve devienne réalité, s'avançaient vers la tribune, et sous le regard haletant de la foule qui s'étendait à l'infini avec ses drapeaux multicolores, ils se donnaient l'accolade, une nuée blanchâtre les enveloppa et le speaker disait d'une voix terrible et vibrante, comme si on l'avait directement branché sur du 220, Et iiiiiil n'existe plus d'Institut cubain de radio et de télévision (ICRT), et iiiiiil n'existe plus d'Institut cubain d'art et d'industrie cinématographiques (ICAIC), il n'existe plus maintenant que l'INSTITUT CUBAIN DE LA RADIO, DE LA TÉLÉVISION ET DU CINÉMA (ICRATECI), à ces mots la nuée se dissipait et à l'emplacement occupé par les deux présidents qui se donnaient l'accolade il n'en restait plus qu'un, qui se mettait au garde-à-vous et saluait la foule

345

en portant la main à son front, ô Dieu tout-puissant, arrache-moi ce rêve de la tête, ne permets jamais, jamais, jamais, qu'il se réalise. Et ainsi se termine l'histoire de l'ouvreuse pleurnicharde.

Le titre choisi par le sorcier pour remplacer *La Chevauchée fantastique* était *L'Homme des vallées perdues*, de George Stevens, avec Alan Ladd dans le rôle-vedette. Pas de quoi fouetter un chat, même s'il avait remporté plusieurs oscars. Ça parle d'un type qui a la tête dure et finit quand même par découvrir la valeur d'un foyer et l'amitié d'un enfant, mais qui doit continuer sa route et *The End*. C'était suffisant pour démolir David, et pour l'éloigner des arrêts de bus je l'ai entraîné dans la 10e Rue, ensuite on a longé le cimetière et on en a même fait deux fois le tour, ce qui n'est pas rien. Après, j'ai pris ce garçon par le bras et je l'ai obligé à traverser l'avenue en direction d'un parc proche. Nous étions au milieu du parc quand il a freiné pile. Son arrêt a été si soudain que j'ai encore fait trois pas avant de m'immobiliser. Arnaldo, il a dit quand je l'ai rejoint, je vais te révéler pourquoi je suis comme je suis, je n'ai pas assez envie de vivre et je ne sers à rien et je n'ai pas envie d'avoir une fiancée et de me promener, envie de rien ! Allons ! j'ai soupiré intérieurement, il va enfin le sortir ! J'ai seulement déploré qu'il se décide à craquer un samedi après-midi, alors qu'à l'école on avait plein de temps libre, mais je me suis plié à l'idée que mieux vaut tard que jamais. Il a fixé du regard un point quelconque du sol et s'est mis à parler. Je n'étais pas né depuis un mois quand mon père a abandonné la maison. Allons ! j'ai pensé, encore une histoire triste, je parie vingt pesos que le type a dit, Estela, je vais acheter des cigarettes au coin de la rue, et qu'on n'en a plus jamais entendu parler. Nous vivions à la campagne, a continué David, en pleine misère, il n'y avait pas de voisins à dix lieues à la ronde, l'épicerie la plus proche était à une journée de marche, et le chemin lui-même à une demi-journée, par-dessus le marché il pleuvait onze mois sur douze, et un jour mon papa a dit, Estela, je vais seller le cheval devant la porte qui donne sur la route et aller acheter du tabac à l'épicerie, il est parti et il n'est jamais revenu. Là, il a marqué une pause et il m'a regardé, sans doute pour évaluer l'effet de son récit sur moi. Quelle saloperie, la vie ! j'ai dit. Si je calculais le temps qu'il avait mis pour arriver jusque-là, la confession prendrait encore une heure, j'ai donc considéré que la soirée était foutue. Et tu n'as jamais revu cet enfoiré ? j'ai demandé. Si, une fois, chez mes grands-parents, ses parents à lui. J'y étais allé passer Noël avec les frangines, on fêtait encore Noël, et au petit matin du 24 ma grand-mère et moi étions dans la cuisine quand mon grand-père est entré avec un seau de lait pour le petit-déjeuner, il a posé le seau sur la table et en s'adressant à moi mais sans me regarder il a dit, Aujourd'hui c'est Noël et on va rôtir un cochon, mais ce n'est pas ça l'essentiel, le père de ce garçon va venir et ils pourront faire connaissance, que ses tantes le lavent et l'habillent dès que possible, et qu'il prenne garde de ne pas se salir pour que le père, quand il entrera, le trouve présentable. C'est ce qu'il a dit, employant plus de mots dans ce message qu'il n'en disait en une semaine, car mon grand-père était des Canaries et il n'aimait pas trop parler, craignant de dire quelque chose qui le mène à se rappeler sa famille et ses îles. Quand mes tantes ont appris que mon père nous rendait visite, elles se sont montrées ravies, elles ont nettoyé la maison, frotté les meubles, rempli les pots de fleurs, râpé du coco pour faire de la confiture, du maïs pour les *tamales* et des malangas pour les fritures, on m'a lavé et on m'a mis mes plus beaux habits, elles se sont pomponnées et se sont mis des fleurs sur la tête. Mon père est arrivé à midi passé. Là, David a marqué une pause. L'émotion l'étouffait et il ne voulait pas que ses larmes l'empêchent de parler. Pour avancer un peu, parce que je ne voudrais pas que vous perdiez aussi votre après-midi, je vais accélérer un peu. Le mec est descendu de cheval, il a embrassé tout le monde et il allait filer vers le fond de la cour où, à l'ombre d'un caïmitier, le grand-père grillait le cochon de lait à la broche, quand la grand-mère lui a montré David. Joaquín, qu'elle lui a dit toute fière, voici ton fils. David a pensé que, comme dans les films, la scène allait passer au ralenti et que le père, un peu flou et joué par Alan Ladd, se retournerait et le regarderait, son foulard rouge noué autour du cou, ouvrirait les bras, et lui, aussi au ralenti, se précipiterait à sa rencontre et le père le soulèverait et ils tourneraient et resteraient un long moment embrassés, cœur contre cœur. Mais rien de tout cela n'est arrivé. Peut-être que le père n'a pas entendu sa mère, en tout cas la vérité historique est qu'il a continué son chemin vers son propre père qui s'approchait en lui disant, Je croyais que vous ne viendriez plus, et les deux hommes se sont étreints, flous à travers les larmes de David, et, enlacés et souriants, ils se sont approchés du cochon de lait qui grillait à côté d'une bouteille de rhum Matusalén. David était cloué sur son siège, et voilà que le cheval de Shane, négligemment attaché à une colonne de l'entrée, s'est mis à s'agiter. Un sacré cheval, Arnaldo, presque roux. Il avait une grosse tête, des yeux ronds, les babines retroussées, la crinière frisée, la queue très longue, et je t'assure que tous ceux que tu as pu voir au cinéma n'avaient ni son intelligence ni sa classe. Quand il l'avait décidé, il marchait à la façon militaire, caracolait, faisait des additions et des soustractions, donnait un coup de sabot ou deux sur les pierres selon qu'il voulait répondre par oui ou par non aux questions qu'on lui avait posées. Et ce cheval presque humain, qui s'appelait Eshinla, comme celui de l'orisha Changó, le dieu de la guerre des Africains, a regardé David, en tout cas il l'a cru, et ce garçon s'est approché. L'animal a montré les dents et s'est mis à ruer. En entendant l'animal, la famille rassemblée s'est retournée, paralysée comme sur les photos. De droite à gauche, les deux oncles, chapeau à la main, ensuite la grand-mère et le père de David, qu'elle tient serré contre elle, puis le grand-père, un bras autour des épaules du fils, et les tantes pour parachever le tableau, avec des fleurs dans les cheveux et des papillons autour d'elles. Le père a imposé silence à sa mère qui allait s'écrier, Eloigne-toi de ce cheval, petit, pour l'amour de Dieu et de toutes les Vierges ! Si tu cries, c'est pire, il lui a soufflé entre les dents ; à tout hasard, priez, et tous étaient pétrifiés, se demandant ce qui allait se passer. David, pendant ce temps, ignorant qu'on l'observait et qu'il courait un danger, s'est approché d'Eshinla et a posé la main sur la crinière frisée, l'animal ne s'est pas rebellé, alors David l'a caressé, il l'a caressé entre les oreilles et lui a dit tout bas, Eshinla, joli cheval, prends soin de mon père même s'il n'est pas gentil. C'est un miracle, a dit le père de David, ce cheval a tué deux hommes et en a mis une bonne dizaine en charpie. Non, a dit la grand-mère, il a reconnu l'odeur du sang, le même chez un père et son fils, car c'est ton fils, Joaquín, Eshinla te l'a prouvé, tout ce qu'on a pu raconter, c'étaient des racontars de cette mauvaise femme qui te poursuivait. David croyait savoir ce qui allait se passer ensuite, car il avait imaginé la scène plusieurs fois et l'imagination anticipe la réalité. Le père s'approcherait et lui proposerait une promenade sur la croupe d'Eshinla, et lui, avec une agilité qui surprendrait tout le monde, il monterait d'un bond et le cheval les emmènerait au galop à travers la prairie verdoyante, en passant sous les robiniers le père dirait, Comment va ta maman, fiston ? Maman va bien, je te remercie. Je veux que tu saches, dirait le père, que ta mère est une grande femme, une vraie, très respectable, et que je suis la cause de tout, non, même pas, c'est à cause d'un sort ou d'une malédiction ; ta grand-mère aussi est une femme bien, dis-lui que je lui souhaite une bonne santé, et prends soin de tes sœurs, car tu es l'homme de la maison ; il paraît que tu es le premier dossier présenté par l'école, que tu as une bourse et qu'en septembre tu vas faire tes études à La Havane ? Oui. Les gens peuvent dire ce qu'ils veulent, continuerait le père, et c'est vrai qu'il y a de plus en plus de bureaucratie, que les paysans deviennent des délinquants, que l'oreille de souris a envahi les champs et que certains poissons ont un goût de terre, par exemple les tilapias, mais ce que la révolution fait pour les pauvres, personne ne l'avait jamais fait dans ce pays, je ne regrette pas d'avoir vendu des bons pour le 26 Juillet ni d'avoir risqué ma peau en me battant contre les bandits dans l'Escambray, et écoute bien ce que je vais te dire, quand tu auras une décision à prendre, pense à la classe ouvrière, et si ce que tu décides est bon pour la classe ouvrière, la décision est correcte, sinon, c'est une erreur, et tiens, vingt pesos, c'est tout ce que j'ai sur moi, achète-toi une paire de chaussures et garde-la pour le voyage ou dépense-les avec des gonzesses à La Havane. David prendrait le billet de vingt pesos avec la photo de Camilo Cienfuegos et le père dirait au cheval, Hue, Eshinla, montre à mon fils de quoi tu es capable ! Et Eshinla partirait au grand galop dans le pré, roux sur vert, eux sautant sur l'échine, avec en toile de fond les montagnes bleutées de l'Escambray. Les cheveux de David lui fouetteraient le front, le vent balaierait les larmes de bonheur qu'il verserait. Mais tout cela c'était dans ses rêves et dans le roman qu'il écrivait ; dans la réalité, la seule part de vrai, c'était qu'on grillait un cochon de lait ce jour-là, qu'il s'était approché du cheval et que celui-ci ne s'était pas cabré, ne l'avait pas mordu, même s'il s'était mis à ruer et à reculer, l'obligeant à s'écarter. Hé, gamin, lui a crié le père sous le caïmitier, vas-y, déconne encore, fourre-toi dans les pattes du cheval et tu vas voir la ruade qui va t'envoyer tout droit le cul sur la lune ! Tu entends ce que t'a dit ton papa ? a dit une des tantes. Tu devrais plutôt aller voir les nids des poules et me rapporter cinq œufs, je voudrais faire des beignets. Plus tard, au moment de partir, au bord du crépuscule, le père est remonté sur son cheval, il a glissé la main dans les fontes qui pendaient à la selle et en a tiré une touffe de poils, c'était un chiot d'à peine un mois, pattes attachées, qui avait à peine la force de gémir. Eh, gamin, a dit le père à David, tu la veux ? Si tu la veux je te la donne, sinon je la balance dans la rivière, parce

351

que c'est une femelle. Il l'a lancée et David, qui n'avait pourtant rien d'un joueur de base-ball, l'a attrapée au vol. Elle s'appelle Carolina, a ajouté le père en aiguillonnant Eshinla, il a pris le chemin et s'est éloigné comme Shane à la fin du film, disant adieu de la main sans se retourner, c'est-à-dire pour toujours, la deuxième fois que David a revu le père, c'était dans le cercueil. Je n'avais jamais encore raconté tout ça, concluait-il maintenant devant moi dans le parc, tremblant, et j'ai l'impression d'être soudain plus léger qu'une plume. Alors, pour dédramatiser la scène, j'ai dit, Ecoute, là-bas je vois une pizzeria, on y va et tu verras, après quelques pizzas les émotions s'envolent et on voit le monde moins sombre. Il a accepté et, à la table du restaurant, si tant est qu'on puisse donner ce nom à un tel lupanar, car deux ans étaient passés depuis qu'on avait inauguré les pizzerias et il n'y en avait pas une pour racheter l'autre, je lui ai dit, Ce que tu viens de me raconter est terrible et m'a ému, mais je pense que tu ne peux pas passer ta vie à en souffrir, d'abord parce que ça ne te rapporte rien ; ensuite parce que ton père est mort et que tu ne peux plus lui coller ton poing sur la figure, si tu en avais encore envie ; troisièmement, le point essentiel, parce que tu n'es pas le seul à avoir eu des mésaventures avec le père, que crois-tu qu'il est arrivé à John Lennon avec le sien ? John n'avait pas un an quand son père a embarqué sur un bateau et a disparu, il est parti en Australie, beaucoup plus loin que le tien, pour te donner une idée, en Australie il est en ce moment dix heures du lendemain matin, et le pauvre John est resté sans nouvelles de lui pendant cinq ou six ans, et un beau soir le type s'est ramené, ivre et du pognon sale plein les poches, pour obliger Julia, la mère de John, à repartir avec lui ; comme celle-ci refusait, il a enlevé John avec l'idée de l'emmener en Nouvelle-Zélande si elle ne cédait pas, mais il en a été empêché, grâce à l'intervention de la tante Mimi, et ce type s'est de nouveau évaporé ; il est réapparu un paquet d'années plus tard, et il faisait la plonge dans un hôtel proche de la maison de John – les hasards de l'existence ! – quand il a découvert, assis sur la cuvette des W.-C., en lisant le journal qui allait lui servir à se torcher le cul, que son fils abandonné était un des fameux Beatles pourris de fric, alors il s'est pointé chez lui, dans la propriété de Kenwood de soixante-dix mille livres, pour toucher sa part du gâteau, et tu sais ce qu'il a fait, John ? Il lui a claqué la porte au nez et est retourné à son piano, il ne lui a même pas donné de quoi s'arranger les dents, qui étaient pourries, et pourtant, malgré ce traumatisme et beaucoup d'autres, par exemple la tante Mimi lui avait offert la petite chienne Sally dont la mère avait été écrasée par un camion, il n'a pas cessé de composer, jouer, chanter, et tu vois où il est arrivé et comme il nous a rendus tous heureux, pour ne parler que de John, car côté malheurs, manque de pot, syphilis et père enfoiré, le champion de tous était Ringo Starr, qui aurait bien aimé avoir ton caractère et ton intelligence, et qu'est-ce que tu veux que je te dise ? Il y a des gens comme ça, qui mettent des enfants au monde et qui les oublient, et ils vont faire quoi, les enfants, en grandissant ? Les tuer ? Se traumatiser ? Devenir des bons à rien ou des branleurs ? Sûrement pas, ça ne résoudrait rien, et moi, à ta place, vu que tu aimes écrire, j'écrirais une nouvelle avec cette histoire et qu'on n'en parle plus, fin du drame. Ce discours, tel que je viens de vous le débiter, a duré une bonne demi-heure, et pendant tout ce temps le garçon n'est pas venu une seule fois à notre table, ne serait-ce que pour changer la nappe salie par les clients précédents. Dites, camarade, j'ai lancé à l'un d'eux qui passait devant nous, il y a une demi-heure qu'on est là et personne ne s'occupe de nous, c'est ça le respect du peuple ? Il nous a regardés comme si nous étions de sales bestioles et il a continué son chemin, mais il est revenu cinq minutes après et il a demandé sans trop s'approcher, Qu'est-ce que vous voulez ? Deux au chorizo. Du chorizo, il n'y en a plus. Alors au jambon, oignon et piment. Deux au jambon et oignon, on n'a plus de piment. Entendu, camarade, qu'est-ce qu'on peut y faire, et deux bières. Les bières, il n'y en a plus. Alors deux sodas ou n'importe quoi, mais illico presto, comme en Italie. Le type est reparti. La situation des pizzerias était si catastrophique que pour redresser la barre j'ai cru comprendre qu'il avait été envisagé de créer le MIPISP, le ministère de la Pizza et des Spaghettis, on avait déjà le ministre, qui avait donné les preuves de son incapacité à Santa Cruz del Sur, mais qui était très aimé ; finalement l'idée fut abandonnée : on craignait que les travailleurs du pain et des biscuits ne réclament également un ministère, car ils avaient aussi un tas de problèmes. David n'avait pas encore récupéré, mais j'ai vu que ma psychothérapie faisait son effet, alors pour ne pas reperdre le terrain gagné j'ai continué à tenir le crachoir en attendant les pizzas. Quand on grandit, j'ai commencé, on doit avoir une compréhension vaste et psychologique du comportement du père, parce qu'on est aussi un homme, et là on ne peut pas compter sur les femmes, ni sur la mère, ou plus exactement sur la mère moins que

sur tout autre, car dans leur désir de ne pas nous
voir hériter de nos géniteurs elles préféreraient
nous voir curés. Quand j'étais gamin, je lui ai dit
aussi, ma mère a surpris mon père avec sa belle-
sœur, tu vois le tableau ! Avec la femme de son
propre frère qui vivait à côté de chez nous ; ma
mère avait sur le feu une casserole de haricots
noirs quand Modesta, la femme qui distribuait les
gardes dans notre pâté de maisons, l'a appelée à
la porte et lui a dit, Poisson frit a les yeux ouverts
mais poisson frit ne voit pas, et elle lui a indiqué
la porte d'à côté où ma tante balayait, dans son
peignoir qui laissait presque dépasser ses nichons, et en un éclair ma mère a tout compris,
elle est retournée à la cuisine, elle a pris la casserole où mijotaient les haricots et l'a écrasée sur la
tête de mon père qui lisait le journal dans son
fauteuil ; quand mon pauvre père s'est relevé,
groggy, le sang coulant d'un côté et les haricots
noirs de l'autre, on aurait dit qu'il s'était enveloppé la tête dans un drapeau du 26 Juillet, il a
balbutié quelques mots et il est tombé dans les
pommes ; Voilà, ça t'apprendra à me respecter !
lui a crié ma mère ; à ce moment-là, j'ai pris le
parti de ma mère et j'ai juré que plus jamais je ne
parlerais à mon père, mais plus tard, presque
devenu un homme, j'ai compris que mon vieux
avait fait ce qu'il avait à faire, en effet sa belle-
sœur lui faisait des avances et mon oncle lui
devait cinq cents pesos, d'une façon ou d'une
autre il fallait bien qu'il se rembourse, et là-
dessus le garçon a apporté les deux pizzas. Il
allait mettre la plus grande et la plus dorée
devant David, mais celui-ci a dit, Non, elle est
pour lui. Il allait la mettre devant moi, mais j'ai
dit, Non, elle est pour lui. Alors le garçon a posé
les deux au milieu de la table. Arrangez-vous

comme vous voudrez ! qu'il a dit, et il est reparti à la cuisine, sans doute persuadé qu'on était des pédés. Cependant, j'ai conclu en entamant ma pizza, moi, comme Lennon et Ringo, je n'ai pas une attitude négative devant la vie ni devant les femmes, au contraire, et tu devrais suivre notre exemple.

Comme on ne venait pas nous encaisser, on a laissé l'argent sur la table et on est partis. On n'a pas eu les sodas et on ne les a pas payés, bien qu'ils figurent sur la note. J'aimerais savoir si les pizzerias en Italie traitent les gens de cette façon. On était arrivés à l'angle quand on a entendu, Hé, les mecs, attendez. C'était le serveur. Tiens, il va vouloir qu'on lui paie les sodas et ça va barder, parce que je n'ai pas l'intention de les payer, je me suis dit. Mais il ne s'agissait pas de ça, l'homme nous a rattrapés et nous a dit avec un large sourire, Ça vous botterait d'acheter quatre livres de fromage et une boîte de chorizos ? Combien ? j'ai demandé. Non, est intervenu David indigné, nous sommes révolutionnaires et nous n'achetons pas au marché noir. Bien sûr, j'ai dit, nous n'achetons pas. Excusez-moi, excusez-moi, les gars ; ne vous vexez pas, on nous donne tout ça parce qu'on est des travailleurs décorés, a grommelé le serveur, et il est reparti ventre à terre. Tu es gonflé, a dit David en me regardant avec colère, il faut dire non au marché noir, il faut l'arrêter net. Oui, bien sûr, je suis de cet avis. Tu es de cet avis mais tu allais lui en acheter. Pas question, je voulais surtout savoir combien il le vendait, combien d'argent il gagnait ; regarde cette gonzesse, David, tu ne trouves pas qu'on dirait un tableau ? Sur le trottoir d'en face passait une de ces filles mignonnes et bien élevées comme tout, un genre qu'on ne trouve, en dépit des nombreuses avancées de la révolution, que dans les quartiers havanais d'El Vedado, Miramar ou Nuevo Vedado. Un vrai tableau, on aurait dit une María Carla Martí ou une María Carla Marinello, vous ne les connaissez pas, mais ce sont deux fleurons de ce pays. Cette garce s'est aperçue qu'on l'observait et à la porte de son jardin elle nous a lancé un petit regard de feinte indifférence avant de disparaître à l'intérieur de la maison, une villa sur deux niveaux construite en 1957 ou 1958, avec plusieurs terrasses et double garage, je ne vous raconte pas. On a beau être en plein socialisme et les parents de ce genre de minettes ont beau être de hauts fonctionnaires, ils n'oublient tes origines modestes que si tu réussis tes examens de médecine ou d'ingénieur, ou si tu occupes un poste important dans la Jeunesse communiste, en effet, pour la pensée paternelle égoïste, qui parfois supplante celle du révolutionnaire, une fille reste une fille et l'avenir est l'avenir. Les quinze ans ou la noce de la fille, avec orchestre de réputation nationale, décapotable, quatre cochons de lait grillés, bière pression et la moitié du grand monde invitée, c'est la peau de banane sur laquelle dérapent nombre de nos dirigeants.

Il était presque neuf heures et on est allés à l'arrêt de bus, moi j'espérais arriver assez tôt à l'école pour voir le match de base-ball à la télé, histoire de ne pas gâcher complètement ma journée. Mais en chemin, et j'en ai encore la chair de poule en le racontant, on a croisé deux filles qui arrivaient en sens contraire, main dans la main, elles nous ont regardés de haut en bas, se sont regardées, et ont éclaté de rire. Elles étaient de la catégorie des moins de cent livres. Hep ! a sonné une cloche au fond de moi. Très excité, je me suis retourné vers les belles inconnues et je leur ai dit, Les filles, vous êtes bien pressées ! Vous avez un feu à éteindre ? Attendez-nous, on y court avec vous. Et vous le croirez si vous voulez, mais les deux filles, et ça c'est la réalité de la vie, rien à voir avec les histoires des *Mille et Une Nuits* ni autres fariboles, vous savez quoi ? elles nous attendent ! Je n'en croyais pas mes yeux. David, je dis à ce garçon, regarde, elles se sont arrêtées, elles nous attendent. Et vous le croirez si vous voulez – ô Sainte Vierge qui êtes au ciel, soyez louée jusqu'à la fin des temps –, mais le garçon me regarde et dit, On y va ? Alors on a très nettement entendu un coup de canon, et j'ai compris que la seconde conquête de La Havane par les Anglais venait de commencer.

28

DAVID

Un jour, j'étais au fond de la cour et je ramassais des feuilles d'eucalyptus. C'est une tâche qu'il fallait recommencer souvent, ramasser les feuilles d'eucalyptus, car si une inspection débarquait et en voyait par terre la permission du week-end était supprimée, notre conscience révolutionnaire était vilipendée, on nous imposait un long tour de garde et je ne sais quoi encore, si on ne ramassait pas les feuilles dans les cours. Les eucalyptus étaient hauts, magnifiques, et ils bouchaient le monde de ce côté. Le vent soufflait du nord, plus ou moins, entraînait les feuilles vers la cour et la terrasse, et jusque dans les chambres. Il fallait les ramasser, les mettre dans une poubelle et les brûler, mais beaucoup nous échappaient. Elles étaient rouges, jaunes, grandes, violettes, moyennes, petites. Parfois, une rafale soulevait un tourbillon et si j'étais dans la cour et ouvrais les bras les feuilles s'écrasaient sur moi et les autres disaient, en aspirant une bouffée de la cigarette collective, Regardez ce fou, c'est un poète ou quoi ? Sur un côté de la cour, il y avait un petit bassin avec une fontaine qui représentait un faune perché sur des rochers. Personne ne prenait les rochers pour des vrais, sauf le faune, et vous allez rire, mais les rochers étaient vrais, apportés de la plage voisine, quant au faune, pas besoin de vous faire un dessin. Il était haut comme un gamin de deux ans, un peu penché en avant, tenant une grappe de raisin dans une main et sa petite affaire dans l'autre, d'où sortait un jet qui retombait dans le bassin, et l'ensemble était gracieux. La cour servait de terrain de base-ball, et comme l'eau du faune débordait du bassin et inondait la zone de *home*, pour y remédier les garçons avaient bouché la queue de la pauvre bête avec un bout de crayon et le bassin était devenu un élevage de grenouilles. Il y en avait autant qu'en Egypte au temps des grenouilles, des grandes et des petites, des vertes et des marron. Les petites et les marron étaient les mâles, elles passaient leur temps à grimper sur les grandes et les vertes, les femelles, ce qui signifiait qu'elles forniquaient, cent ou deux cents couples de grenouilles qui forniquaient pendant qu'on regardait jouer au base-ball ou qu'on ramassait des feuilles d'eucalyptus, mais elles ne bougeaient pas, n'introduisaient rien, ce n'était donc pas très folichon, il fallait avoir une imagination débordante pour s'échauffer les sangs avec ça, seul Mauro y arrivait, qu'il disait. Un jour très particulier, j'étais en train de ramasser les feuilles, pas parce qu'on me l'avait ordonné ou qu'une inspection était annoncée, juste pour le plaisir, soudain j'ai levé la tête et je suis resté rêveur : d'abord une grande tache verte qui correspondait à la cour, ensuite une grise qui était la maison, un fil rouge, le toit, et au-dessus un bout de bleu saupoudré de taches blanches. Je contemplais cela en me rappelant certaine fenêtre, quand soudain, dans la zone grise, est apparu un point qui s'est avéré être Miguel portant un mystérieux paquet sous le bras. Je ne sais ce qu'il contenait, mais il l'a déposé sur une table et, m'apercevant au fond de la cour, il m'a appelé avec enthousiasme en agitant la main pour me presser de venir. Viens, me disait-il sans paroles, amène-toi, aujourd'hui c'est un jour historique et tu vas en tomber sur le cul. J'y suis allé, quoi faire d'autre ? J'aurais pu lui crier, Je ne viens pas, tu m'emmerdes, tu ne vois pas que je ramasse des feuilles d'eucalyptus et que je suis très content comme ça ? Tu ne t'es jamais dit que cela méritait un minimum de respect ? On ne te l'a pas appris chez toi ou dans les écoles que tu as fréquentées ? Tu n'as qu'à venir, toi, sinon va te faire voir. Mais ce n'était pas ma façon de parler, alors j'y suis allé. Tu ne devineras jamais ce que j'apporte ? il a dit, mystérieux et heureux, quand je me suis retrouvé devant lui. J'ai regardé le paquet, bien emballé, archi-emballé. Un magazine, j'ai dit. Comment ça, un magazine, David ? De cette dimension ? Tu déconnes ! Il a ouvert le paquet. Alors j'ai dit, Le magnétophone UHER de ton ami Carlos. Bien sûr, ce n'est sûrement pas le fantôme du magnétophone UHER de mon ami Carlos ; je te parle de ce qu'il y a sur la bande du magnétophone UHER de mon ami Carlos, alors, c'est quoi ? J'ai regardé sur la bobine, je l'ai regardé, il souriait toujours, au comble du bonheur et du mystère. Tu ne devineras jamais, même si tu es devin, il a dit. Il avait l'air ravi de son secret, et il avait envie de le partager avec moi ! Ça commençait à me plaire. Aujourd'hui, c'est un des jours les plus importants de ta vie, qu'il a dit, aujourd'hui tu vas naître, mais naître pour de vrai, pas comme il y a seize ans, quand ta maman s'est contentée d'accoucher de toi, et n'oublie pas que je fais tout ça pour ton bien, je veux que tu le notes bien distinctement dans tes carnets, et si tu écris un roman, ce jour-là doit apparaître comme celui où tu as connu le gel, le feu et le vent ; je vais dans la chambre de Lahera, il ne vaut mieux pas se trimballer à découvert avec cette bombe ; laisse tomber ton boulot et rejoins-nous, mais n'oublie pas le mot de passe. Il a pris le magnétophone et il est parti. Pendant trois ou quatre minutes je n'ai rien fait, n'ai pensé à rien, je suis resté vide, entre parenthèses, sans bouger, ni physiquement ni mentalement. Pourquoi fallait-il que j'aille dans la chambre de Lahera ? Juste parce que Miguel disait que c'était un moment historique, parce qu'il me l'avait ordonné ? Pourquoi, à chaque moment, ne me disais-je pas à moi-même ce que je devais faire ? Enfin, je suis passé par la cuisine, j'ai bu deux verres d'eau fraîche et je me suis apprêté à monter. Je n'avais pas soif, mais d'après ma grand-mère je devais boire deux litres d'eau par jour pour bien nettoyer les reins. J'ai peut-être pris un peu de temps pour ça, car en arrivant devant la chambre du fameux Lahera j'ai trouvé la porte ouverte, je l'ai donc poussée et je suis entré, et ça a déclenché la panique, cavalcades, cache-cache, claquements d'armoires et de tiroirs et quintes de toux comme dans toute salle de classe cubaine quand la porte s'ouvre et que quelqu'un entre sans prévenir. La première chose à laquelle on pense, c'est qu'il s'agit d'un membre de la Jeunesse communiste, et comme on ne sait pas si c'est un ami prêt à résoudre les problèmes mineurs par la voie politique et amicale ou un membre qui va immédiatement tout raconter à ses supérieurs pour gagner des points et monter en grade, il vaut mieux prendre ses précautions. Ah merde, David ! ils ont tous dit, tu veux nous péter le cœur ? Tu ne sais plus le mot de passe ? Vu la pénombre et la fumée ambiantes, on aurait dit une scène d'un film tchèque ou polonais du temps où leur socialisme était à l'agonie. Les militants étaient plus pâles que les autres. Je l'ai trouvée ouverte, j'ai dit pour me justifier. Merde alors ! Les gars, a dit quelqu'un, qui est le dernier enfoiré ou pédé qui est entré ? Mais il n'y avait là ni Tchèques ni Polonais, il n'y avait que nous, vingt ou vingt-deux garçons dans une chambre de trois mètres sur quatre, enveloppés de fumée, la plupart en short ou en caleçon. Il y avait de tout : Noirs, Blancs, mulâtres, métis, Orientaux, fils de paysans, d'ouvriers, de militaires, de fonctionnaires, et, comme dans la chanson de Silvio, nous étions frères de sort, de vie, d'histoire, de projets. Du calme, les gars, du calme, tout va bien. Quelques-uns fumaient et tous étaient émus. On est plus tranquille derrière une porte close, a dit quelqu'un d'autre, alors, Alvarovitch, surnommé non sans raison Toujours dans les Nuages, tu veux bien nous faire le foutu honneur de mettre le loquet, j'ai tellement serré les fesses que j'ai fait de l'huile, qui veut la récolter ? J'ai agi en conséquence, je veux dire que j'ai fermé la porte et je me suis adossé au mur. Maintenant, a dit Miguel après avoir ressorti le magnétophone de dessous le lit, où il l'avait caché, voici la deuxième. Il a rebranché l'appareil et a ajouté en me regardant, Tu as raté la première, et au ton qu'il a pris j'ai compris qu'il était content que celle-ci soit ma première, voici la deuxième. Vous allez tomber sur le cul ! Il a levé l'index, l'a maintenu en l'air pendant quelques secondes, pour tenir les autres en haleine, l'a laissé tomber en piqué, comme un Mig soviétique, et a appuyé sur la touche *play*. L'instant d'après, on entendait une petite musique, d'abord deux ou trois accords qui se répétaient inlassablement, pendant que des types, l'air plutôt blasé, chantaient en anglais, racontant l'histoire d'un mec qui se trouvait dans une situation plus ou moins comme la mienne, mais qui espérait s'en tirer avec l'aide de ses amis, avec l'aide des amis, ils disaient, il s'en sortirait quoi qu'il arrive, et à un moment donné on demandait au jeune, *Do you need anybody ?* et il répondait, *I need somebody to love*, et c'était tout, il n'y avait même pas de boucan ni de débordements de guitare électrique et de batterie, comme d'autres fois. A la fin, ils étaient tous en transe, aussi bien les militants que les autres. Le morceau avait duré deux minutes quarante-trois secondes et ils l'avaient tous écouté sans respirer, établissant ainsi un record. Notre disc-jockey a souri, s'est humecté les lèvres, heureux du bonheur qu'il offrait, et il a continué le programme avec *Lucy in the Sky with Diamonds*, *Getting Better* et d'autres, jusqu'à l'appel *A Day in the Life*. A la fin du concert, il a fixé ses yeux lumineux sur moi, pour me rappeler secrètement que tout ce spectacle m'était dédié. Qu'en penses-tu ? il m'a demandé. Ils m'ont tous regardé pour savoir ce qu'en avait pensé le garçon spécial qui lisait, qui pensait, qui observait la nature et qui écrivait un roman secret. Heu, j'ai dit, je n'ai pas tout compris, parce que c'était en anglais. Mais oui, bien sûr, qu'ils ont dit, mais c'est pas le problème, qu'est-ce que tu as ressenti ? Ça t'a retourné le sang ? Quelles images folles t'ont traversé l'esprit ? Je les regardais sans trouver de réponse et ils ont explosé. Ah merde, David ! s'est exclamé l'un, et c'est toi qui d'après la prof vas écrire ce que ressent notre génération ? Et qu'est-ce qu'il a dans les veines ? Un alcool pourri, du soda ? ils ont dit en écho. Il vient d'entendre les Beatles et il n'est pas bouleversé ! Mettez-lui la télé, peut-être que les danses folkloriques ont commencé et qu'il va prendre son pied ; c'est son truc, *cucumbí-cucumbí*, dizains et séguedilles. Quand on ne baise pas, on n'entend pas, a décrété un autre. Ceux qui n'ont jamais vu une chatte n'ont pas de sensibilité musicale, a renchéri un troisième. Et ils sont partis, offensés, ces nobles et inoubliables gaillards de Pinar del Río, Jovellanos, Sierra de Cubitas, Cueto et Mayarí, qui jusque-là n'avaient jamais chié dans une cuvette de W.-C. et qui ne savaient même pas à quoi ressemblait l'eau courante. Quand je me suis retrouvé seul, je crois que jamais je ne suis resté aussi longtemps le souffle coupé, et si je ne me suis pas évanoui, c'est parce que Miguel n'a pas tardé à revenir. Eh, Tigre, ne t'inquiète pas, tous ces types sont des plouts ; les Beatles, parfois, ça fonctionne comme une bombe à retardement : la grande explosion survient en chemin, prie seulement qu'elle n'explose pas quand tu dors ; je vais te montrer la pochette du disque, là aussi tu vas halluciner. Il est ressorti et je me suis retrouvé dans cette pièce impersonnelle et vide.

29

ARNALDO

En moins de deux secondes on a rattrapé les filles et on a fait les présentations. Catherine et Marilyn, de La Víbora. Omar et Carlos Alfonso, de l'université. De l'université, avec ces crinières ? Allons donc, vous n'êtes que des boursiers ou des bidasses à la manque ! Non, les filles, c'est la mode en France, lui c'est le cousin d'Alain Delon et moi celui de Jean-Paul Belmondo, sauf que j'ai un plus joli nez. Elles sont mortes de rire et on les laisse choisir. Une copine m'a dit qu'avec les chiens de race on procède de la même manière. Tu t'amènes à l'unité canine du ministère de l'Intérieur, tu demandes à l'instructeur de lâcher les chiots, et celui qui s'approche de toi et qui te lèche la main est celui qui te convient. Je prends celui-ci, que tu dis à l'instructeur. Le lieutenant doit donner son accord, qu'il répond. Celle qui m'a léché la main, c'est la brune, et si les théories de Lombroso étaient justes elle devait être une sacrée suceuse. David a eu la blonde. Elles étaient au collège, qu'elles nous ont dit, et elles ont accepté d'aller au *Coppelia*, où, naturellement, il a fallu leur payer des glaces, mais une fois le ventre plein elles nous ont proposé en remerciement une balade du côté de la plage. L'important, sur la plage de Marianao, ce n'est pas la plage en soi, cent pour cent flics et caillasses, mais la zone boisée voisine. Pour la brune, Lombroso ne s'était pas trompé. Elle m'a entraîné dans les buissons, a baissé mon pantalon et, quand le soldat s'est pointé dans la jungle, elle l'a rattrapé au vol. Ah, cette fille, quel talent ! Quelle vocation, quel caractère, quel tempérament ! Elle dominait à la perfection deux des huit parties que compte une opoparika ou union buccale d'après les textes sacrés de l'Inde. Elle avait à peine quinze ou seize ans, et elle était là, à une heure pareille, faisant les quatre cents coups avec un type qu'elle venait de rencontrer. Cela n'aurait pas dû arriver dans le socialisme et, sans doute influencé par David, une image m'a traversé l'esprit, celle de la pauvre mère assise dans le salon, un petit manteau râpé sur les épaules, déplorant que, même le samedi, sa pauvre fille soit obligée d'étudier jusqu'à point d'heure chez sa copine. Mais cette pensée ne m'a pas ramolli, ne me l'a pas ramollie. J'ai jeté un coup d'œil pour voir où David en était avec sa blonde, mais je les ai vus sur la route, à distance l'un de l'autre et sans se parler, comme des personnages du *Désert rouge*. J'ai dit à la brune, Ma chérie, attends-moi, je reviens tout de suite, je vais voir ce qui se passe là-bas. J'ai rentré mon affaire et je suis sorti du sous-bois. Omar, viens voir ! Et quand il s'est approché je lui ai dit, David, qu'est-ce qui se passe ? Rien. Comment ça, rien, je ne te vois même pas la peloter, ces filles sont des bai-seuses, la mienne je l'ai déjà eue par-devant et par-derrière. Marilyn, on s'en va, a dit Catherine Deneuve, la blonde ; ces deux-là sont comme tous les hommes, tout ce qu'ils veulent c'est pro-fiter de nous. Et je vois la brune sortir du bois et ranger ses nichons. Je l'ai regardée, l'âme au bord des yeux. Ma chérie, où vas-tu ? Ah, Carlos

Alfonso ou je ne sais quoi, je suis désolée ; si mon amie s'en va, moi aussi, parce qu'on ne me laisse sortir qu'avec elle, alors tu imagines ! Mais elle ne… ! Non, elle n'est pas vraiment à la page. Et les voilà parties, toutes les deux, emmenant leurs petites affaires, nourries à la résine des pinèdes. Mais j'étais tellement excité que j'ai dit, David, s'il te plaît, attends-moi ici et ne viens pas de ce côté, je suis retourné dans les buissons où j'ai recouru à la solution habituelle. Avec tout ce qui a giclé, j'aurais pu peupler une ville. A mon retour j'ai demandé, Qu'est-ce qui s'est passé ? Rien. Comment ça, rien. Je lui ai juste dit qu'on ne s'appelait pas Omar et Carlos Alfonso, qui sont les prénoms de deux jeunes poètes cubains. Et comment tu lui as dit qu'on s'appelait ? Il m'a regardé avec son regard limpide qui ne savait pas mentir. Je me suis arraché les cheveux et j'ai donné quatre coups de pied sur le macadam, car on était maintenant sur la route. On ne s'appelle pas David et Arnaldo ? il a demandé. Bien sûr qu'on s'appelle David et Arnaldo ! Comment veux-tu qu'on s'appelle autrement ? Alors, pour-quoi j'aurais menti ? Et si elles tombent enceintes, petit malin ? Tu lui as aussi donné le nom et l'adresse de l'école ? De nouveau il m'a regardé avec son regard limpide qui ne savait pas mentir. Ecoute, Arnaldo, il a dit, j'ai pris la décision de ne jamais mentir aux femmes. Ah, David, mon petit David de mon cœur, je me suis exclamé, il faut d'urgence que le docteur Luis Feduchi t'examine, qu'est-ce qu'elle a fait de toi, ta mère ? Allons, rentrons à l'école, tu vas aller dormir. Je vous jure que j'ai dû me dominer pour ne pas lui rentrer dans le lard. Lui, pour se justifier, il a dit en bégayant, C'est que, quand on s'est retrouvés seuls, je n'ai pas su de quoi lui parler, elle n'a jamais rien lu, et j'ai encore moins su passer d'une chose à une autre ; toi, de quoi tu parles avec les femmes ? Sa candeur m'a fendu le cœur. J'ai passé le bras autour de ses épaules et je lui ai dit, Ne t'inquiète pas, on en trouvera bien deux autres ; comme début, ce n'est déjà pas si mal. Et c'était vrai, comme début ce n'était pas mal, non pas vis-à-vis des filles mais vis-à-vis de lui : il était dans la rue et il avait peloté une gonzesse. Et pour renforcer un peu l'estime qu'il pouvait se porter, je l'ai attiré vers moi et je lui ai dit, Ne crois pas que je n'ai pas compris que Catherine Deneuve était folle de toi ; des deux, c'était la meilleure, et toi, si je ne me trompe, timide comme tu es, tu l'avais raide. Il a souri, comme sourient les timides, alors, je ne sais pas pourquoi, mais cela m'a vachement réjoui et je me suis mis à brailler cette chanson des Beatles qui dit, *Paperback writer, paperback writer, Dear Sir or Madam, will you read my book ? It took me years to write...* David a éclaté de rire et si j'avais eu un appareil j'aurais fait clic-clac ! et hop, j'aurais eu sa photo.

On a beau retourner la chose dans tous les sens, on est en présence d'un des problèmes fondamentaux des garçons élevés dans les jupes de leur mère : ils ne savent pas tenir une conversation avec les femmes. Pour les timides, la difficulté vient d'encore plus loin. Sur le mont Sinaï, Dieu apparut à Moïse et lui donna l'ordre de réunir tous les anciens d'Israël, esclaves en Egypte, et de leur annoncer qu'il allait les délivrer de leurs souffrances et les emmener dans une terre où le lait et le miel coulaient comme de l'eau ; Moïse, qui était timide comme David, répondit, Ah, Seigneur, je vous en supplie, envoyez quelqu'un d'autre ! Je n'ai pas la parole

facile, chaque fois que je parle ma langue four-
che, je ne m'en sortirai jamais. Dieu se mit en
pétard comme vous n'imaginez pas. David réagirait pareil s'il était convoqué un jour au Comité
central où Fidel en personne lui dirait, David,
voici ce que j'ai pensé : je veux que tu ailles à
l'Assemblée générale de l'ONU et que tu dises
devant les représentants de toutes les nations
que notre peuple a choisi librement le chemin
du socialisme et qu'il n'y renoncera pas tant que
nous aurons une goutte de sang dans nos veines,
va et dis-leur cela ! Ah, *comandante*, répondrait
David ; je t'en prie, envoie quelqu'un d'autre, je
vais tout mélanger, et je risque de faire dans mon
pantalon ; envoie plutôt López Sacha ou Felipe
Pérez Roque, ils aiment parler et ils se débrouil-
lent très bien. Mais à quelle école a été formé ce
rigolo ? s'exclamerait Fidel. Convoquez le directeur ! Et notre directeur arriverait, livide, pensant
qu'on l'appelle parce que dans le dernier rapport,
dans son désir de dépasser les objectifs, il avait reçu
cent un pour cent de la promotion. Il avait admis
plus d'élèves que n'en contenait l'école ! Mais il
ne faut pas s'en faire, il n'y est pour rien, les objectifs sont comme ça, il faut les tenir.

Je ne comprends pas, qu'il me disait pour en
revenir à l'ordre du jour, comment tu peux parler
pendant des heures avec des filles dont tu viens
à peine de faire la connaissance ou avec d'autres
dont toi-même tu dis qu'elles ont la cervelle en
courant d'air. Très simple, j'ai répondu, et toi
aussi tu devrais apprendre la technique ; je vais
te donner un exemple, un simple exemple, pour
que tu voies comment ça marche ; disons que je
suis dans un couloir et que je croise une de ces
filles qui ont la cervelle en courant d'air, mais elle
est super chouette et elle me botte vachement, et

je vois qu'elle lit *Juventud rebelde*; comme je sais qu'il y a dans ce journal une rubrique sur la vie des artistes, je lui dis, Tu as vu que Raúl Gómez a quitté Mirta Medina pour Leonor Zamora ? Son regard s'allume, comprenant que je suis au courant des derniers potins du monde du spectacle, et elle me répond qu'on le lui a dit à la résidence et qu'elle n'en croyait pas ses oreilles, parce que Leonor Zamora est plus jolie, mais Mirta a une plus belle voix, alors Raúl a perdu au change ; et voilà déjà une demi-heure de conversation ; quand je sens que le sujet s'épuise, j'introduis un élément nouveau, plus personnel : Et qu'est-ce que tu faisais à la résidence quand on te l'a dit ? Moi ? qu'elle dit. Oui, toi, toi en personne, en chair et en os. Et pourquoi tu veux le savoir ? Parce que je m'intéresse à tout ce que tu fais quand je ne te vois pas ; et c'est reparti pour une demi-heure, si ça se trouve je lui prends la main et lui dis qu'elle a le regard le plus intense que je connaisse, ou la voix la plus mélodieuse, un truc de ce genre qu'on ne peut pas vérifier, parce qu'elles sont sottes mais pas idiotes, si tu lui dis qu'elle a les jambes les plus jolies de toute l'école elle saura que tu te fous d'elle parce qu'elle n'est pas aveugle et qu'elle passe sa vie à regarder celles des autres. Ouais, m'a interrompu David, tu parles aussi bien d'un cerf-volant que d'un paon ou du combat homérique entre une perruche et un plumeau ; moi, ce genre de conversation ne m'intéresse pas. Je t'ai dit que c'était juste un exemple, ne le prends pas au pied de la lettre. Exemple ou pas, ça revient à dire des bêtises. Bon, dans ton cas, tu peux lui demander si elle considère normal que des écrivains comme Lino Novás Calvo et Carlos Montenegro aient été bannis de la littérature cubaine parce qu'ils avaient fui le pays. Il a fait ce genre de grimace qui lui était familière quand il pensait que j'avais dit un truc qu'il aurait mieux valu ne pas entendre, ce qui m'a vachement vexé, et j'ai ajouté, Ou alors, si tu veux un peu plus de profondeur, tu lui demandes ce qu'elle pense des critiques du Che sur les Soviétiques à Alger, ou de la participation des communistes au premier gouvernement de Batista. Tu n'es pas toujours drôle, il a fini par dire. Il avait raison, les comiques ne sont pas toujours drôles. La prof de littérature nous disait que juger les événements historiques est une tâche délicate qui n'a rien à voir avec une activité sportive. Joseph Vissarionovitch Djougachvili, dit Staline, fils de paysans, expliquait-elle, a été le grand artisan de la victoire contre le fascisme, mais tout homme, dans sa grandeur, a aussi des faiblesses, qui ne font que confirmer celle-là. On se regardait en se demandant quelle faiblesse pouvait avoir Joseph Vissarionovitch Djougachvili. A Cuba, quand on dit qu'un homme a des faiblesses, presque toujours ça veut dire qu'il est pédé, ce qui était impensable dans le cas de Joseph Vissarionovitch ; au contraire, il avait libéré l'URSS de ce fléau. La prof ne nous laissait pas beaucoup de temps pour réfléchir et elle ajoutait, Quand les Etats-Unis d'Amérique ont refusé les exportations de sucre de Cuba et nous ont agressés, a-gres-sés, c'est l'URSS qui nous a tendu une main amie ; par conséquent, ce n'est pas à nous, les révolutionnaires, de procéder à des révisions qui sapent l'unité et encouragent l'ennemi.

Un autre dilemme des garçons élevés dans les jupes de leur mère, c'est qu'ils veulent réparer le mal commis par leurs parents en se comportant bien avec les femmes, et pas avec une ou deux, avec toutes, avec le genre féminin dans son ensemble, ce qui n'est pas du goût des femmes elles-mêmes. Elles apprécient, elles en ont d'ailleurs besoin, une main dure, un peu de violence qui les fasse bouger, qui les mette au défi, qui les arrache à des siècles d'inertie, en les traitant avec fermeté nous leur faisons donc une faveur. Je l'ai expliqué à ce garçon je ne sais combien de fois, que c'était bien d'avoir des égards pour nos compagnes de classe, mais que si, dans la rue, on rencontrait deux filles et qu'elles nous avaient à la bonne, comme Marilyn et Catherine, on pouvait les peloter sans remords, cela n'allait pas à l'encontre du socialisme, de l'homme nouveau et tout le bataclan ; c'était simplement la loi de la vie. Il me regardait sans sourciller. C'est quoi, ton problème ? je lui disais. Que la fille tombe enceinte, qu'elle abandonne ses études et devienne putain ? Rien à foutre ! Tu voudrais te sentir responsable ? Non, c'était son destin, sa vocation, son caractère. En le voyant toujours silencieux, je donnais un nouveau tour de vis, Voyons, explique ce qui peut encore te retenir, que tu chopes la syphilis ? Les vieux de la vieille comme Fleming, Chain et Florey ne se sont pas penchés sur la question pour rien : tu nettoies tout à la pénicilline. C'est un problème d'éthique, qu'il finissait par répondre, de respect, de solidarité avec les femmes. En le voyant prendre un chemin aussi dangereux, je lui demandais, Tu admires les Beatles ? Oui. Ah, et tu crois que les Beatles y réfléchissaient à deux fois avant de recevoir dans leur chambre les filles qui les suivaient d'hôtel en hôtel pendant leurs fameuses tournées ? Je n'imagine pas Neil Aspinall ou Brian Epstein postés à l'entrée de l'hôtel et exigeant un certificat de majorité et d'autorisation des parents pour laisser les filles se joindre au paquet de fans qui se battaient pour monter dans leurs chambres ; et sans parler des Beatles, Silvio Rodríguez, un type qui a une conscience sociale nettement plus élevée, sacrément élevée, il balance la purée dès qu'il voit une jambe en l'air ; alors, mon vieux, ce n'est pas nous, pauvres boursiers de l'intérieur de la République qui sortent le bout de leur nez tous les quinze jours, qui allons donner l'exemple et nous transformer en avant-gardes nationales ? Non, ce qui s'est passé avec Marilyn et Catherine ne doit pas se renouveler. Il restait silencieux et j'étais tout feu tout flamme avec ma conférence. Suppose qu'à la prochaine sortie on tombe sur deux autres filles qui acceptent de nous accompagner au club *La Pampa*, on entre, de caresses en papouilles je finis par regarder ma montre et je vois qu'il est presque minuit, tu crois que je vais dire à la fille, Eh, la fille, tu sais l'heure qu'il est ? Non, le gars, je sais pas, tu veux que je demande ? Non, j'ai une montre, il est minuit dix, il faut qu'on parte, parce que toi, à cette heure-ci, tu devrais être chez toi en train de dormir ou de réviser. T'as raison, mon chéri, mais laisse tomber, tu veux bien, et paie-moi encore un verre, allez ! Garçon, un soda pour la petite. Blanc ou noir ? Petite, tu veux un soda blanc ou noir ? Noir, mais avec quelque chose dedans pour le relever. A notre époque, on ne commandait pas les sodas en fonction des saveurs, mais des couleurs : les blancs étaient censés être au citron, les noirs au cola et les orangés à l'orange, mais ils avaient tous le même goût et c'était plus pratique de les commander en fonction de la couleur. Ta maman sait où tu es ? que je disais pour continuer mon interrogatoire. Ça va pas la tête ? Elle sait rien, elle croit que je révise chez Yusimí. Et elle bosse dans quoi ? Elle bosse pas,

elle est alcoolo. Et ton papa ? Mon papa ? Il est
en cabane parce qu'il a piqué un bateau pour se
barrer et qu'il a failli tuer un flic avec un pic à
glace, on lui en a collé un max. Ne parle pas
comme ça, tu vas attraper mal au ventre ! Garçon !
Et le soda de la petite ? Dis donc, mon vieux, je
suis tout seul au bar, la fille n'a qu'à attendre,
sinon qu'elle se tire, tu ne vas pas me la jouer à
l'européenne. C'est vrai, mon vieux, c'est vrai,
excuse-moi, c'est que j'ai mille trucs dans la tête,
vous vous crevez la patate à travailler. Et ta sœur ?
C'est une sacrée pute et une baiseuse à tout
casser ; elle a tout et ne me file rien. Je lui souhaite un bon cancer de la bouche. Hé, ne me
parle pas comme ça, et ne jure pas sinon Dieu va
te punir ! Moi ? Je suis agnostique. Ecoute bien
ce que je vais te dire et ce que tu vas faire tout
de suite : tu vas lever ton cul de ce fauteuil et
filer tout droit chez toi, et quand tu y arriveras,
au lit et dodo, et demain tu te lèves aux aurores,
tu ramasses tout le linge sale et tu le laves pour
que ta maman se repose, ensuite tu fais le
ménage, tu repasses ce qu'il y a à repasser, tu
prépares le déjeuner et quand tu auras fini tu iras
voir l'assistante sociale de ton quartier pour
qu'elle trouve un médecin pour ta maman, un
dentier pour ta sœur et un boulot pour toi, et si
l'assistante sociale n'est pas là tu vas voir la déléguée de la Fédération des femmes, et si la déléguée
de la Fédération des femmes n'est pas là tu vas
voir les jeunes de la Jeunesse communiste ou
une personne qui s'occupe des affaires sociales
dans ton coin, il y a bien quelqu'un, et tu lui décris
ta situation, parce que mets-toi bien une chose
dans la tête, tu n'es pas mauvaise par nature, ce
n'est pas scientifique, tu es victime de l'ambiance
marginale dans laquelle tu vis et des relents de

capitalisme qui persistent encore dans notre société malgré tous les efforts qui sont déployés, mais avec une bonne éducation tu peux redresser la barre, donc demain tu te lèves bien tôt et tu fais tout ce que je t'ai dit. Tu imagines la tête qu'elle ferait, la fille, si je lui parlais comme ça, à minuit et quart, au club *La Pampa*? Elle se dirait que je me suis farci le *Granma* au petit-déjeuner et que je le vomis tout entier au comptoir et elle crierait à sa copine, Yusimí, ma sœur, on file, ce type est un clétin fini ou alors c'est un flic ! Je ne sais pas comment ça se passe dans les autres pays, mais je t'assure que dans le nôtre il y en a, je ne te dis pas : aucun Dieu, responsable de surveillance des Comités de défense, chef de secteur de la police ou travailleur social ne pourrait les arracher au mauvais chemin, car ce dernier est le seul qui les intéresse. C'est ce qui s'est passé avec Zobeida, la sœur cadette de la fiancée Zaida, et avec Nancy, notre camarade de classe.

Je ne sais pas pourquoi, mais je suppose que vous n'avez pas cessé de vous dire intérieurement, Mais quel bavard, pourquoi, s'ils avaient à portée de la main leurs copines de classe, ces braillardes qui les avaient accueillis le premier jour, pourquoi aller draguer dehors et pas dans l'école ? Cherchez-vous à me dire qu'à l'intérieur il y avait des beautés, et qu'elles étaient aussi enfermées qu'eux ? Vous avez raison. Une fiancée à l'école, une fiancée officielle, d'une décence reconnue, qui vous soutiendrait et que vous soutiendriez et que, après un difficile travail de persuasion, vous emmèneriez au lit, voilà le but final, qui consolidait votre prestige et vous faisait entrer dans la modernité. Mais ce n'était pas facile d'y parvenir à l'intérieur de ces murs de Berlin. Il fallait oublier les filles des promotions supérieures. Elles ne s'intéressaient pas aux élèves de première année, alors que nos compagnes de classe se tournaient vers ceux de deuxième et troisième année, de vrais requins qui connaissaient La Havane comme leur poche. D'autre part, il y avait plus de garçons que de filles dans ces écoles, sept pour une, sans compter qu'elles ne boudaient pas le service militaire et que les parents, dans la mesure du possible, préféraient les garder sous leur surveillance, loin de la nouvelle morale socialiste et de ses idées sur l'amour, l'avortement, les droits de la mère isolée, le divorce et tout le tintouin. Et si vous enleviez aussi les prognathes, les grosses, les trop maigres, les péteuses, les dérangées de la cervelle et les très politisées, leur nombre se réduisait notablement et les difficultés ne faisaient que commencer, car rappelez-vous qu'il restait un problème majeur, celui de la virginité. Entre les filles de notre époque et nous s'est passé ce que les philosophes appelaient union et lutte des contraires, un truc marxiste. Nous étions leurs amis, mais aussi leurs ennemis, chaque fois que nous avancions d'un pas, elles reculaient d'autant et si elles baissaient la garde elles risquaient non seulement de perdre leur virginité mais aussi leur prestige et, ce qui était plus grave, l'estime de soi. Avant que les filles ne sortent, leurs mères les prenaient dans un coin et leur parlaient pour la première fois comme à des femmes. La fiancée de l'étudiant, leur disaient-elles, n'est pas l'épouse du médecin et si tu reviens avec le ventre ballonné ton père m'interdira même de te donner un verre de lait, alors tu as intérêt à ouvrir les yeux et à serrer les cuisses. Une chanson de Silvio aussi les a alertées. Si tu es une femme, chantait-il, n'essaie même pas de demander un verre d'eau ; si tu changes d'homme toutes les semaines, la haine te suit, inévitable, de lit en lit. C'est comme ça, et pendant ce temps elles s'adaptaient aux circonstances et s'orientaient toutes seules, elles adoptaient la stratégie de l'attente. Elles mettaient des jours et des jours à vous dire oui, des semaines pour vous autoriser un baiser, des mois pour vous laisser tripoter un sein par-dessus la blouse, des années pour vous laisser leur coller votre bête en chaleur contre leur corps, et quand, des siècles plus tard, vous passiez une main sous la jupe, écartiez le tissu tiède du slip et atteigniez enfin la tiédeur de l'entrejambe, elles vous repoussaient avec fureur, se redressaient en colère, vous donnaient une gifle et vous disaient, Il n'y a que ça qui vous intéresse, le sexe ! et dans la foulée elles empoignaient leur sac, ou ce qui en tenait lieu, car à l'époque il n'y avait pas de sacs à main, et elles partaient, raides, fières et révolutionnaires. Tout en vous caressant la joue, vous étiez tout ému de les voir partir, perchées sur leurs petites chaussures à talons, le rêve qu'elles réalisaient parce qu'elles avaient pu en avoir grâce à leur carnet de rationnement, mais que, pour les différencier de celles des copines, elles ornaient de rubans ou de graines de pin colorées avec je ne sais quoi, car à l'époque il n'y avait pas de couleurs non plus. Arrivées à la résidence, elles lançaient leur sac sur une chaise, ou ce qui faisait office de sac sur ce qui faisait office de chaise, et elles se laissaient tomber sur le lit, regardaient le plafond et se déclaraient heureuses. Aujourd'hui mon fiancé a essayé de me toucher la chatte mais je lui ai donné ce qu'il méritait ; maintenant, il va falloir qu'il pleure du sang pour que je lui pardonne. Les autres la félicitaient, l'appuyaient dans sa lutte pour l'égalité de la femme, et quittaient la chambrée pour la traiter de tous les noms. Dans la semaine, par l'intercession d'une amie commune, elles vous autorisaient à revenir, et à condition de leur jurer et archijurer que le sexe n'était pas la seule chose qui vous intéressait, mais que pour vous les valeurs spirituelles et révolutionnaires, l'étude, le droit des peuples opprimés et la poésie de César Vallejo et de Mario Benedetti étaient très au-dessus des basses considérations matérielles, elles vous accordaient une seconde chance. Et pour cette seconde chance, on se retrouvait dans le petit bois écarté auquel nous nous étions peu à peu attachés, on retombait dans le même travers parce que c'est dans notre nature de mâles, de nouveau elles écartaient votre main, mais cette fois avec moins de conviction et sans les gifles. Ah, les hommes, quels obsédés ! soupiraient-elles. Et ce que tu m'as promis l'autre jour ? Vous, rouge de honte mais la queue en l'air, vous confessiez votre faute, mais vous lui expliquiez que votre amour pour elle était plus fort que vous, car outre qu'elle réunissait toutes les valeurs spirituelles et révolutionnaires auxquelles vous aspiriez, elle était la fille la plus jolie que vous aviez connue. Elles n'en croyaient pas un mot, mais elles se laissaient enlacer et vous offraient le bout des lèvres et le bout de la langue et la bouche grande ouverte vous suciez ses lèvres et palpiez ses nichons et leur colliez le chibre contre le ventre et glissiez les mains sous la jupe et atteigniez la fleur, qui mouillait et brûlait. Alors, vous localisiez en vitesse le clitoris qui, comme vous saviez, se trouvait dans le coin, organe érectile par excellence, éminemment vasculaire et nanti de terminaisons nerveuses en abondance, selon les descriptions des manuels, et si vous le

trouviez, vous aviez déniché le trésor de la Sierra
Madre et elles étaient perdues, car en appuyant
dessus ou en le pinçant, elles commenceraient à
dire, Houuu, aaah, hiii ! et elles cherchaient votre
bouche, vous mordaient la lippe, dégrafaient leur
blouse, se frottaient contre vous et vous chucho-
taient à l'oreille, Non, pas avec le doigt, mon
amour, pas avec le doigt. Si vous déduisiez de
cette réclamation qu'elles espéraient un instrument plus contondant, vous n'étiez pas de votre
époque ou alors vous étiez un enfoiré de première. Elles vous rappelaient seulement qu'elles
étaient vierges, très vierges, et qu'elles attendaient de vous un comportement honnête et révolutionnaire. Vous vous dominiez à grand-peine,
mais vous étiez tous les deux tellement excités
que de deux choses l'une, ou bien elle s'agenouillait devant vous, ou c'était l'inverse. Quelle
que soit la variante, au moment de jouir, vous
vous écartiez et vous vous finissiez par vos propres moyens en canardant les mauvaises herbes.
Pendant ce temps, elles s'éloignaient le plus possible, car la candeur de l'époque, ignorant la
philosophie scientifique et objective qui nous entourait, laissait croire que les spermatozoïdes
étaient comme des petites souris blanches à la
queue très longue et très mobile, très coquins,
car à peine tombés par terre ils fonçaient vers
elles en braillant et grimpaient le long de leurs
jambes et si l'un d'eux atteignait leur grotte il les
engrossait sans leur laisser le temps de dire ouf.
Des centaines d'histoires circulaient, dans tous
les coins du pays, sur des filles angéliques qui
entraient dans les toilettes de la maison peu
après que le frère ou le grand-père s'y étaient
masturbés, qui s'asseyaient sans souci sur la
cuvette, écartaient les jambes et, en attendant

que ça vienne, se plongeaient dans un numéro de *Bohemia*, et les spermatozoïdes rémanents du frère ou du grand-père en profitaient pour sortir de leur cachette, fissures du sol ou replis d'une serviette, et les prendre d'assaut. Huit semaines plus tard, un médecin constatait : vierge, mais enceinte. Le père n'avalait pas la couleuvre et empoignait la machette. Deux docteurs le saisissaient par les bras et les jambes, un troisième lui confisquait son arme, et un quatrième, le chef de l'équipe, lui expliquait le phénomène avec une rigueur scientifique et un langage populaire, moyennant quoi l'homme, qui comme tous les citoyens avait fait l'école primaire, finissait par comprendre. Le calme durait peu, cependant, car la machette ne tardait pas à revenir pour s'en prendre aux branlettes du frère et du grand-père, quand ce n'était pas une tentative de suicide avant de devenir la risée de toute la ville. Ensuite, quand le cas avait été résolu grâce à la chloropromazine en intraveineuse et à l'intervention de la police, les médecins profitaient de l'attroupement ainsi provoqué pour attirer l'attention sur l'inconvenance de se masturber dans les toilettes quand il y a des femmes dans la maison et à tout hasard ils recommandaient aux mères de verser un seau d'eau bouillante dans la cuvette et par terre chaque fois que celle-ci était utilisée par un garçon de douze ans et plus. La politique de la révolution, disaient-ils, s'oriente plus vers la prévention que vers le traitement des maladies.

Je ne veux pas avoir l'air impertinent à force d'insister, surtout dans ce domaine, mais la plupart de ces problèmes auraient été évités si les lupanars d'avant la révolution n'avaient pas été fermés de la façon brutale qu'on a connue. Ce serait le quatrième problème grave de notre pays : en effet, chaque fois qu'on règle quelque chose ou qu'on remet un peu d'ordre dans un problème, ça devient plus pénible pour les autres. On aurait dû procéder, à mon avis, à une fermeture progressive de ces établissements et en maintenir un par province et cinq ou six dans la capitale, tous réservés aux boursiers, aux bidasses, aux cas extrêmes de timidité, complexes d'Œdipe, éjaculation précoce et autres dysfonctionnements et dérèglements détectés par des docteurs titulaires. Les bidasses se seraient présentés en grande tenue, les boursiers avec un supérieur, et les psychopathes auraient été envoyés par l'illustre docteur Feduchi. Tous auraient été préalablement débarrassés de poux, morpions et herpès, et les prostituées, qui porteraient un autre nom, les traiteraient tous de la même façon, sans distinguer entre les Noirs et les Blancs, les beaux et les moches, avec ou sans dents, minibites ou maxibites. De même, elles n'auraient accepté ni pourboires ni cadeaux, car elles auraient touché un salaire décent. Le temps passant, quand les nouvelles idées sur la virginité et la relation égalitaire entre l'homme et la femme auraient pris racine dans la société, alors et alors seulement on aurait procédé à la fermeture définitive de ces institutions, après une cérémonie publique dans la plus importante de toutes, qui serait conservée comme musée. Peut-être pourrait-on lire sur une des urnes : "Préservatif utilisé par l'écrivain David Álvarez le jour où il a perdu sa virginité" ; et sur un autre : "Patte de morpion surpris dans les couilles de l'ingénieur P. P. Capdevila." Voilà qui aurait été agir avec sagesse, je me disais, mais à qui adresser ma proposition ? Qui m'aurait prêté une oreille attentive ? J'aurais peut-être été reçu par Alfredo Guevara, le père Carlos Manuel de Céspedes García-Menocal, Mariela Castro ou Carmen Rosa Báez.

Heureusement, rien n'est assez mauvais pour atteindre au pire, tout n'était pas contre nous, car la plupart des filles étaient boursières, justement, pour échapper à la morale de village, et que pouvait signifier pour elles cette émancipation, sinon qu'elles pouvaient coucher avec leur fiancé sans perdre ni décence ni estime de soi, et notre devoir était de les conforter dans cette voie. Et je tire mon chapeau à nos filles, car c'est à elles que revient, et non à nous, le mérite d'avoir liquidé le tabou de la virginité, ce qui nous a permis à tous de vivre plus heureux. J'ai eu mon aventure et mon diplôme. En réalité, à la date où je vous parle, quelques jours avant que Vivian arrive à l'école, j'avais déjà vécu mon moment de splendeur, sauf que cette histoire n'a pas sa place dans ce récit, car, ainsi que nous en étions convenus au début, celle-ci concerne David, pas moi. Un jour, cependant, je vous raconterai ma propre idylle avec Esther, tel était le nom de mon premier amour.

30

DAVID

C'était une fenêtre, c'était l'embrasure d'une fenêtre. Grande, large, verticale, avec un encadrement marron. Une fenêtre réelle, devenue la fenêtre des souvenirs, et devant elle défilaient les paysages successifs de ma vie. D'abord, on voyait une large frange verte, le pré, un vert brillant où paissaient les vaches, interrompu par le fil argenté d'un torrent. Ensuite, une palmeraie d'un autre vert ; puis un chemin rouge et à la suite une cannaie, d'un troisième vert qui se diluait à mesure qu'il s'éloignait et allait mourir au pied d'une montagne ou plus exactement de petites éminences rocheuses, comme des jouets, qui passaient d'un encadrement à un autre, grises, sur l'horizon. Là, le paysage se terminait, mais nous avions à peine atteint la ligne imaginaire qui divisait la fenêtre en deux sections. La partie supérieure était occupée par le ciel, bleu comme je n'en ai jamais revu un autre. C'était un écran de cinéma. Traversé, de gauche à droite, par des nuages délicats : éléphants, chapeaux, bateaux, drapeaux, diverses têtes du quichottesque géant Facecul, poussins et vols d'oiseaux qui allaient en tous sens ou rapetissaient en filant vers l'infini. Aux limites du bord supérieur, on voyait une partie du toit du porche, en bois peint à la chaux, recouvert de tuiles en coquilles, rouges et

recourbées comme les ongles d'une femme qui
s'apprête à partir à la fête. En juillet ou en août,
les mois les plus chauds, aux poutres étaient suspendus des essaims d'abeilles au cul tout jaune,
on pouvait aussi voir passer un papillon ou un
moineau. Comme vous voyez, il y avait beaucoup de monde dans cette fenêtre, mais dans
tout cet espace on ne voyait ni une maison ni un
être humain, uniquement la solitude, cette solitude des champs faite pour l'oreille, car c'est un
concert inaudible de murmures et de chants d'oiseaux. Le vent berçait les panaches des palmiers
et, parfois, un cavalier dodelinant sur un mulet
avançait sur le chemin rouge, ou un vautour tei-
gneux tournoyait ou décrivait des figures qu'aucun autre oiseau cubain ne peut égaler. Ce genre
de solitude incite à improviser des dizains, et
grand-mère, qui n'avait pas encore le cœur
malade à l'époque, les entonnait, penchée sur sa
lessiveuse, à l'ombre du caïmitier touffu de la
cour. Moi, de mon point d'observation privilégié,
c'est-à-dire étendu sur le lit de ma chambre, sur
les draps amidonnés et repassés, les mains sous
la nuque, une jambe fléchie, l'autre allongée, je
regardais et je me demandais, déjà à l'époque, ce
qu'il adviendrait de moi, ce que je deviendrais, si
j'étais une personne ou un personnage. Je savais
que les personnages existaient, car le soir nous
allions chez une voisine écouter à la radio les
aventures de Leonardo Moncada, écrites par
Enrique Núñez Rodríguez, et les romans d'amour
d'Iris Dávila. Si j'étais un personnage, je me demandais pourquoi il ne m'arrivait pas des choses
comme à ces gens dans la radio ? Pourquoi personne ne commettait d'agression contre nous,
ne déplaçait les clôtures ou ne tuait la vache
Caramel, car alors, en constatant les dégâts, je

serais pris de courroux, saisirais les pistolets et partirais demander des comptes aux bandits ? Quand ce qui doit arriver ne vient pas tout seul, quand il faut d'abord prendre une décision et ensuite agir, c'est fatal pour les timides, pour ceux qui comme moi ne sont pas particulièrement ambitieux et atteignent le bonheur juste en regardant par la fenêtre. En revanche si une tierce personne te met dans le coup, prend l'initiative du mouvement, t'insuffle l'énergie initiale, tu t'intègres, peut-être même qu'au bout d'un moment tu te retrouves en tête.

La vache Caramel, heureusement qu'on ne l'avait pas tuée, même pas par jeu, par pensée ou par souvenir. Parfois, je m'avançais au milieu du pré, je mettais les bras en croix et je me disais, Je suis dans le paysage de la fenêtre, je suis un homme les bras en croix au milieu du vert, et si en ce moment j'étais dans la chambre à regarder par ici je me verrais. A l'époque, j'aurais aimé être un arbre, un oiseau, une feuille, un escargot du genre *gallito*, le cheval de mon oncle, le ruisseau, mon oncle, le coin de la table, le taureau. Surtout le taureau. Le taureau était amoureux de Caramel. Il était blanc avec une frimousse d'enfant parce qu'il était jeune, il avait des yeux gentils et humides, presque ronds, et il marchait lentement, avec raideur, conscient de sa beauté et de sa force. Il était beau sans être coquet ni imbu de sa beauté, il était beau comme un héros, comme Fidel, le Che ou Camilo Cienfuegos. S'il avait été un homme, il aurait été *comandante*. Il aurait mis en déroute le vieux taureau et il serait maintenant le seul mâle d'un pré de trente vaches, c'était son boulot, vingt-neuf d'entre elles étaient ses amantes et seule Caramel était sa fiancée, la seule qui en vérité comptait à ses yeux, ils s'isolaient à l'ombre d'un caroubier proche de la maison, elle se mettait à paître et il lui léchait les oreilles, la tête, le cou, comme s'il était le propriétaire, alors qu'il était l'esclave, si elle s'éloignait il la rattrapait, n'ayant d'autre volonté que celle de la suivre, et moi contre la clôture je regardais et rêvais d'être ce taureau amoureux, avec sa grosse bosse sur l'échine et ses testicules rougeoyants qui brinquebalaient entre ses pattes. J'aurais donné mon âme pour vivre sa vie au lieu de la mienne, qui n'était rien, du moins je le croyais, étendu sur mon lit et regardant par la fenêtre, comme si je voyais un paysage de Tomás Sánchez, mais le lit était celui de l'école et le film que je voyais sur l'écran, celui de ma vie actuelle.

Je me suis plongé dans les journaux, comme me l'avaient conseillé les représentants de la Jeunesse communiste, et me suis imprégné de la situation internationale, et de tout le reste. J'ai acheté un tas de livres d'histoire, d'ouvrages sur la politique, une anthologie de poésie révolutionnaire et un condensé de la pensée cubaine des origines à nos jours. Dans les dernières pages de mes carnets j'ai noté les phrases qui me plaisaient le plus. "Il y a des hommes qui se battent un jour et ils sont bons ; il y en a d'autres qui se battent un an et ils sont meilleurs ; il y en a qui se battent des années et ils sont très bons ; mais il y en a qui se battent toute la vie : eux sont indispensables", Bertolt Brecht ; "Je ne renie pas ce qui me concerne, je n'ai pas de regret car je n'y suis pour rien, mais j'aurais aimé pouvoir jouer toute la mort dans le passé, ou toute la vie dans l'avenir que je ne peux atteindre, et je ne veux pas dire par là que je vais pleurer, je sais qu'il faut encore naviguer, exiger de moi toujours davantage, ainsi pourrai-je continuer la route ou claquer", Silvio Rodríguez ; "Le plus précieux que possède un homme, c'est sa vie, on ne la lui donne qu'une fois, c'est pourquoi il doit la mettre à profit, en sorte que les années vécues ne lui pèsent pas, que la honte d'un passé misérable et mesquin ne le consume pas et qu'en mourant il puisse dire : j'ai consacré toute ma vie et toutes mes forces à ce qu'il y a de plus beau au monde, à la lutte pour la libération de l'humanité…" Nikolaï Ostrovski ; "Nous, les survivants, à qui devons-nous la survie ? Qui est mort pour moi au fond du cachot, Qui a reçu la balle qui m'était destinée, Celle qui était pour moi, pour mon cœur ?" Roberto Fernández Retamar ; "Au-delà d'un certain point il n'y a pas de retour ; ce point peut être atteint", Kafka. Ainsi acquérais-je conscience et maturité, mais un jour, dans le second quadrant du matin, propice aux coups de sang qui galopent dans les veines adolescentes, alors que j'étais plongé dans un problème de mécanique que le prof nous avait proposé en manière de défi, j'ai entendu la voix étouffée de la secrétaire du directeur qui disait, Professeur, avec votre permission, je vous amène une élève qui vient d'une autre école, c'est un transfert, et le directeur l'a inscrite dans ce groupe, tout le monde doit l'aider à s'adapter aussi vite que possible à notre centre, excusez-moi de vous avoir interrompu, professeur.

C'est ainsi que surviennent les événements dans la vie, quand on s'y attend le moins, d'une façon qu'on n'a jamais envisagée, au début vous ne comprenez même pas qu'il est pour vous, qu'il vous est destiné. Tout le monde a relevé la tête pour jeter un coup d'œil sur la nouvelle, et les garçons ont laissé échapper un murmure d'admiration, moi j'ai continué l'exercice et ce qui m'a fait relever la tête c'est que j'ai entendu une musique, une musique connue, même si je ne l'ai pas identifiée sur le moment. Comme vous devez le savoir, les moments les plus importants de la vie d'une personne sont associés à une musique, comme au cinéma, parce que la musique retentit quelque part ou bien parce qu'elle vient de soi, et c'était cette musique de Pablo Milanés, je la reconnaissais, qui m'avait incité à me tourner vers la porte, et je n'ai plus jamais connu la paix.

Voilà, c'est comme ça, tout simplement, que Vivian est entrée dans ma vie. Le soir, étendu sur le lit, pendant que les autres regardaient la télévision dans la salle, la musique et la voix de Pablo sont revenues me tirer complètement de la confusion dans laquelle j'avais plongé le matin, et m'expliquer en détail ce qui s'était passé. *Ce que tu as ressenti*, me demandait Pablo dans une émission de radio de la ville, *était-ce comme un éclair en toi qui t'a surpris le cœur ?* Oui, exactement. Pablo a souri sur les ondes. Mais non, il n'était plus derrière son micro, il était maintenant dans la chambre, assis sur une chaise, sa guitare à la main et il me regardait. C'était l'époque où il utilisait ce *plectre*, un peigne qui consistait à ne pas se peigner, et qui faisait un peu peur. *Et maintenant tu demandes*, chantait-il, *ce qui va se passer ? Où vont aller tes jeux et ton innocence ?* Oui, c'est ce que je me demandais. Pablo s'est levé, il trouvait tout cela amusant, il a quitté la pièce et a rejoint avec sa guitare mes camarades dans la salle, où il leur a annoncé, *David ne commande plus à son cœur ; quelle confusion, quel bonheur, quelle douleur.* Ils étaient tournés vers lui, ces inoubliables gaillards de Pinar del Río, Jovellanos, Sierra de Cubitas, Cueto et Mayarí, et tous se réjouissaient de la nouvelle, car ils m'aimaient vraiment, et ils sont partis derrière Pablo vers l'école, en tumulte derrière Pablo, et en avançant ils chantaient avec lui, *Comment savoir si elle l'aime ? Que va-t-il faire si elle dit non ?* Si elle disait non ? je me suis demandé dans la chambre : j'ai sauté sur le lit et me suis penché à la fenêtre. Cette possibilité existait-elle ? Dans la cour de l'école, sur l'estrade même où la veille le directeur avait annoncé la mort du Che, Pablo poursuivait, *David sent à travers son regard que tout vient de changer, il regarde les choses pour aimer...* Les garçons et les filles le suivaient. *Adieu enfance de David*, a chanté le chœur gigantesque, *puisse-t-il s'en souvenir avec amour, dans sa vieillesse...*

L'amour est aussi une inquiétude si étrange que c'en est presque une maladie. A certains moments, on a l'impression qu'on ne tiendra pas le coup, que le corps ou l'esprit va craquer. On ne commande pas à son cœur, comme venait de le dire Pablo, mais pas davantage à sa volonté ni même à sa capacité de respirer, et on a peur de s'asphyxier ou d'imploser. C'est agréable, mais par moments douloureux.

David, a dit Miguel, tu chantes ? Je n'avais pas remarqué sa venue et je me suis écarté de la fenêtre aux persiennes Miami. Non, j'écoute juste Pablo Milanés et je regarde pleuvoir. C'est à cause de la fille qui est arrivée ce matin en classe ? Je n'ai pas répondu, et devant ma non-réponse il a compris et souri avec bonheur. Tu parles d'un timide ! Une vache de timidité : dès que débarque une beauté, avec un beau cul et des nichons que je rêve déjà de sucer, il tombe amoureux ! Je savais bien que ça allait arriver ! Comme il était content, autant que s'il s'était agi de son premier amour. On a sauté dans les bras l'un de l'autre et Pablo, dans son émission, annonçait un autre titre, pour ses amis María Isabel Díaz et Jorge Luis Álvarez, où qu'ils soient, et il se mettait à chanter.

Aime-moi comme je suis, prends-moi sans crainte,
Presse-moi avec amour, sinon monte la plainte.
Embrasse-moi sans rancœur, donne-moi ta douceur ;
Regarde-moi de grâce, je veux toucher ton cœur…

Il est incroyable, a dit Miguel. Ce Pablo est incroyable. Et je me suis dit, Que serait-il advenu de nous sans vous, cher Pablo et cher Silvio ? En quel recoin obscur de la planète serions-nous maintenant ?

31

ARNALDO

Je sens que nous approchons de la fin et je ne
vous ai pas encore parlé de Nancy. Ça m'inquiète. Vous allez penser qu'au rythme où nous
allons une nouvelle histoire c'est un peu exagéré,
mais vous allez m'en être reconnaissants, car
Nancy n'est pas un oiseau de passage dans ce
roman ni un personnage de fiction. Elle réappa-
raîtra, sa vie va se tresser avec celle de David de
façon insoupçonnée, mais à ce moment-là je ne
serai peut-être plus là et vous ignoreriez encore
certains témoignages que moi seul peux vous
fournir.

HISTOIRE DE NANCY,
LA PLUS JOLIE FILLE ET LA PLUS TRISTE DU VILLAGE

Ce jour-là, quand le directeur du collège annonça
que les fils d'ouvriers, paysans et soldats qui
aspiraient à continuer des études à La Havane
devaient passer le lendemain dans les bureaux
de la direction pour les demandes de bourses,
David décida que nous serions le premier et le
deuxième de la queue. On se leva très tôt, mais
en pure perte. Quand on arriva, Nancy était déjà
là. Elle nous proposa le sandwich qu'elle mangeait. David le refusa mais je l'acceptai, car tout

ce que Nancy voulait manger, je voulais aussi y goûter. Nancy était, de très loin, le principal monstre de l'école. Que dis-je, de l'école ? du village. Son père avait été tabaculteur et dirigeant syndical, et sa mère une institutrice prestigieuse. Ils avaient pris leur retraite et se consacraient entièrement à l'éducation de leur fille unique. Elle ne leur donna jamais la moindre occasion de migraine. Parmi les premières dans ses études, elle brillait au piano, à la guitare et en sport, lisait beaucoup et ne sortait que le samedi après-midi, quand une amie passait la prendre pour aller au cinéma. Elles regardaient le film et rentraient à la maison sans même daigner prendre un goûter aux *Glaces de Paris*. Elle ne batifolait pas avec les garçons, ne tolérait pas les écarts de langage, et on ne lui connaissait pas de petit copain. Elle ne fréquentait pas non plus les fêtes et, contrairement aux autres filles, elle ne courait pas après les chanteurs à la mode. Mais ça, c'était jusqu'à douze ans plus un. Quand elle eut ses premières règles, et donc les hormones féminines qui vont avec, elle grandit du jour au lendemain, ses seins poussèrent, ses hanches s'élargirent, sa taille s'amincit et elle se transforma en monstre fabuleux. Comme si Claudia Cardinale, Brigitte Bardot ou Stefania Sandrelli, au choix, avait déménagé dans notre village : c'en était fini de la paix dans notre localité. Les fameuses sept filles du Canarien passèrent au second plan, d'autant que chez Nancy ce n'est pas seulement le corps qui se réveilla, mais aussi l'esprit, la vocation. Elle eut bientôt une liaison avec un professeur, ensuite avec le médecin chez qui on la conduisit pour voir si le professeur n'avait pas exagéré, plus tard avec le policier qui avait recueilli la plainte contre le médecin, avec l'avocat militaire qui avait défendu le policier, avec le juge qui avait déclaré l'avocat innocent et enfin avec un camionneur qui s'était arrêté cinq minutes pour casser la graine, le genre de type de six pieds et deux cents livres, avec des moustaches en guidon de vélo et des chemisettes avec des lisières en tissu aux manches et au col. A quinze ans, elle ne tenait plus en place. Il y avait plus de trafic dans sa rue que dans la grande avenue. C'est alors que le directeur nous rassembla dans la cour de sport et nous dit que les fils d'ouvriers, paysans et soldats qui aspiraient à continuer des études à La Havane et qui n'en avaient pas les moyens devaient se présenter le lendemain dans les bureaux de la direction. Comme nous passions par trois, je vis le doigt de Nancy glisser sur la liste des spécialités et des écoles, et s'arrêter sur une ligne à son goût : technicien en réfrigération industrielle dans un lycée technique de la banlieue de La Havane. Les parents poussèrent de grands cris. Technicien en réfrigération industrielle ? Une profession qui ne peut être étudiée qu'à La Havane ? Et nous qui n'avons pas de famille dans la capitale ? Plutôt mourir ! Ils n'en vinrent pas à cette extrémité, Nancy les convainquit que la réfrigération industrielle était, depuis son plus jeune âge, sa véritable vocation, qu'elle voulait construire le socialisme et aider les pays frères du Tiers Monde en réfrigérant des choses et en leur faisant connaître la glace, et qu'il serait honteux que la révolution lui en donne la possibilité, mais que ses propres parents révolutionnaires la lui refusent. Les parents furent bien obligés d'accéder à sa demande, et il paraît que Nancy, en arrivant à La Havane, à la gare routière même, se mit à la colle avec un Noir. Le problème des femmes qui se mettent avec un Noir, ce n'est pas le préjugé racial comme on le croit souvent ; c'est que tout le monde en tire des conclusions, rapport aux proportions des choses qu'elles préfèrent. Par ailleurs, ce Noir jouait dans l'équipe nationale de basket-ball. Il mesurait six pieds, et rien qu'à le voir on avait déjà mal au cul. Comme si cela ne suffisait pas, il s'appelait Massoud ou Massaoud, comme celui de sa propre race qui, dans *Alf Layla wa Layla*, autrement nommé *Les Mille et Une Nuits*, descend d'un arbre pour se taper l'épouse du roi Châhryâr, incident malheureux pour le monarque, mais heureux pour nous car il a donné naissance à ce livre merveilleux. Je l'ai rencontré. Je veux parler du Noir de Nancy. Un jour que j'attendais la séance de minuit au *Payret*, je la vis sortir au bras du Noir. La rencontre était inévitable, elle n'eut pas le temps de se sauver par une travée latérale mais, à sa grande surprise, je la saluai avec beaucoup de naturel et de gentillesse. Nancy, ma vieille, quel plaisir de te revoir, comme tu as les cheveux longs, comme tu es jolie, toute blonde ! et dans la foulée je me tournai vers Massoud ou Massaoud, je lui serrai la main et lui dis enchanté et lui demandai ce qu'il pensait du film et s'il me le recommandait, le tout avec beaucoup de sympathie et sans aucun préjugé. Massaoud répondit qu'il ne connaissait pas mes préférences esthétiques mais que si j'aimais les films graves c'était un des meilleurs, il s'appelait *Les Fraises sauvages*, d'Ingmar Bergman, un metteur en scène suédois, mais lui, personnellement, il préférait *Le Septième Sceau*, dont la symbolique lui semblait moins hermétique, donc plus dense et plus significative ; pour les metteurs en scène, il préférait István Szabó, Kurosawa, Godard et Antonioni, et comme on annonçait un cycle de ce dernier à la cinémathèque, il me recommandait *Le Désert rouge*, Lion d'or au Festival de Venise. Comme la révolution est grande ! je me dis intérieurement, même les Noirs sont critiques de cinéma ! Et je lui demandai si Chappé était toujours à la tête de l'équipe et s'ils s'entraînaient pour les Jeux centraméricains et il me répondit oui et oui, c'est-à-dire qu'en effet Chappé était à la tête de l'équipe, et qu'en effet ils s'entraînaient pour les Jeux centraméricains, alors je me tournai vers Nancy et lui dis que ma mère avait été opérée de la vésicule mais qu'elle allait beaucoup mieux, que moi aussi j'avais une fiancée mais que je l'avais laissée chez elle, parce que ses parents étaient très stricts et pourquoi ne pas envisager de sortir ensemble un de ces week-ends, les deux couples ? Massoud ou Massaoud trouva l'idée formidable et déclara qu'il prenait tous les frais à sa charge, car j'étais encore étudiant. Nancy me regardait avec une gratitude que vous ne pouvez pas imaginer, au moment de se séparer elle m'embrassa tout près de la bouche, me pressa la main et dit, Mon petit Arnaldo, prends soin de toi, tu m'as toujours plu, et quand je la revis, longtemps après, rousse cette fois, elle accepta une invitation dans un des clubs qu'il y avait sur La Rampa, et je ne tardai pas à la peloter, comme je savais ce qui lui plaisait et que je pouvais répondre à la demande, à quoi bon tourner autour du pot ? Elle m'emmena dans une maison de passe où travaillait un pote à elle, un gros dégueulasse, qu'elle me présenta pour qu'à l'avenir nous soyons potes aussi, on baisa comme des fous et ensuite on discuta jusqu'à la fin de la nuit. Elle me raconta que le premier ce n'était pas le prof, mais le directeur, mais il fallait que j'imagine l'ambiance, ça s'était passé dans les bureaux et la secrétaire les avait surpris. Moi je lui dis que depuis le collège elle me plaisait vraiment beaucoup, elle me dit qu'elle le savait et, par une étrange association d'idées, elle me demanda des nouvelles de David. Plus exactement, elle dit, Et David, il s'est réveillé ? Il y travaille. Alors je vais te dire un truc qui va t'étonner : moi, mon préféré, c'était David, j'étais amoureuse de lui et, sans vouloir être prétentieuse, parce que je sais que c'est un être spécial, je crois que moi aussi je lui plaisais, même s'il n'a jamais voulu me l'avouer. En voyant mon expression déconcertée, elle estima nécessaire de s'expliquer. Une fois, je me trouvais toute seule sur un banc et David m'épiait, caché derrière une colonne, rassemblant son courage pour s'approcher, c'est ce qu'elle croyait et d'ailleurs elle n'attendait que ça, s'il était tombé amoureux d'elle, elle aurait tout de suite dit oui, car elle désirait vraiment qu'il soit le premier homme avec qui elle ait des relations, pour en garder un doux souvenir, mais au moment où David allait sauter le pas, j'apparus et je gâchai tout. Là, pour le coup, j'étais vraiment ébahi et, sachant ce que je savais, je compris que c'était sûrement le sorcier qui m'avait poussé pour tout foutre en l'air et pour que David reste vierge. Et pourquoi tu ne m'as pas dit de m'en aller ? Je serais reparti, je dis en essayant de rattraper le coup. Je ne sais pas, peut-être parce que toi aussi tu me plaisais et qu'une idée folle me traversait l'esprit, je pourrais peut-être devenir la fiancée des deux. David est un garçon formidable, elle continua, un des plus valables qu'ait donnés ce pays, et je suis sûre que s'il s'était approché ce jour-là ma vie aurait été différente. Tu as dit que moi aussi je te

plaisais, alors qu'est-ce que tu voyais en moi ?
Une grosse bite sur deux pattes, tu sens le
sperme même quand tu sors de la douche ; c'est
une bonne chose, mais c'est aussi une mauvaise,
et si tu n'y prends pas garde, tu vas finir comme
moi ; on ne verra de toi que le sexe, tu n'inté-
resseras personne plus d'une semaine, et à la fin
de ta vie tu te retrouveras tout seul, fatigué de
tromper les femmes. Excuse-moi, elle dit en
voyant que je prenais un air sombre, je ne voulais pas t'offenser, tu m'as posé une question et
je t'ai dit ce que je pensais. Je ne sais pas à quel
moment ça se passe ni pourquoi, elle enchaîna,
mais au-delà d'un certain point, d'une relation
particulière, tu perds la capacité d'éveiller l'enthousiasme chez les autres, femmes ou hommes,
parce qu'il faut te dire qu'en cherchant quelqu'un qui m'aime j'ai tout essayé. Dis donc, je
m'exclamai soudain, ébloui par une idée et désireux de couper court au ton dramatique de cette
conversation, et si tu sortais avec David ? Elle
n'avait pas l'air emballé. Ou bien si on sortait
tous les trois pour évoquer le bon vieux temps,
on pourrait t'inviter dans une pizzeria qu'on
connaît ? Non, non, je ne veux pas que David
me voie, je ne veux pas qu'il entende parler de
moi, je ne suis plus une femme pour lui, je ne
donne plus de joie. Et à ces mots, elle sombra
dans une grande dépression, me raconta que sa
cervelle ne tournait pas rond, qu'elle dormait
mal et qu'elle allait voir le psychologue et
qu'elle prenait des cachets et que parfois elle
avait une envie irrésistible de se jeter sous un
camion ou de se couper les veines parce que
tout était de la merde, qu'elle était une merde,
une honte pour sa famille et pour le pays.
Après, elle enchaîna sur les hommes qui en la

voyant se disaient, C'est une pipeuse, elle doit être super au lit, elle est capable de faire la gouine, mais aucun ne se disait qu'avec elle on pouvait se balader, avoir un repas aux bougies, élever des enfants ou promener un chien ou lire en silence, et elle ne s'en sortait plus malgré tous ses efforts, elle glissait sur une planche savonneuse, ses yeux avaient perdu leur capacité de regarder, ils n'avaient pas d'autres lumières que celle du sexe, celle du désir. Et elle descendit jusqu'à mon sexe et le bouffa presque. Quand elle eut fini, elle dit, C'est la seule chose qui me calme, qui m'aide à m'oublier moi-même un moment, c'est ma drogue, pendant que je fais l'amour je ne pense à rien, sauf que c'est vachement bien, je ne suis plus personne ; et pourtant, je me demande à tout moment pourquoi dans ce pays on parle tellement de sexe, sans doute parce que, quoi qu'il en soit, c'est le moment où nous sommes le plus libres, ni directives, ni objectifs collectifs, ni devoir social, c'est un truc qu'on fait uniquement pour soi et pour l'autre. Elle m'embrassa sur la bouche. Elle s'endormit sur ma poitrine et se mit à ronfler, elle pesait deux ou trois fois plus lourd qu'avant, mais je la retins et la laissai se reposer, tout en ruminant ce qu'elle avait dit sur moi. Le lendemain, en sortant de la maison de passe, je lui demandai son numéro de téléphone. Je ne pense pas que tu aies vraiment envie de me revoir, tu le dis par politesse, et je t'en suis reconnaissante, qu'elle me dit ; si le hasard nous rassemble de nouveau, on repassera un moment ensemble, c'était très agréable, tu es très bon dans ce domaine. Elle m'embrassa sur les deux joues, me dit, Merci pour tout et pour m'avoir écoutée, et elle s'en alla. Elle avait raison, je n'avais pas très envie de la revoir. C'est ainsi que se termine l'histoire de Nancy. Provisoirement, je veux dire. Quant à la réfrigération, inutile de dire qu'elle n'a jamais été fichue de congeler une glace à l'eau.

32

DAVID

Une semaine plus tard, nous étions fiancés et plus célèbres que John et Yoko dans *La Ballade de John et Yoko*. Je ne peux pas dire qu'il y ait eu de déclaration d'amour, mais soudain nous n'étions plus qu'un. Certes, rien en ce bas monde, ni dans la vie ni dans les romans, ni en imagination ni dans la réalité, n'est parfait et éternel, et cette vérité selon laquelle il n'y a pas de bonheur complet était aussi valable pour nous. Une nouvelle assemblée avait été organisée pour sélectionner les jeunes exemplaires et, quand mon tour est venu, les copains se sont gratté la nuque, les yeux vissés par terre. Heureusement, les réunions se déroulaient séparément, les filles d'un côté et nous de l'autre, car si Vivian avait été dans la nôtre je crois que je n'aurais pas survécu. Finalement, quelqu'un, peut-être Ernesto, a dit qu'il y a des hommes qui se battent un jour et ils sont bons, d'autres se battent un an et ils sont meilleurs, d'autres se battent des années et ils sont très bons, mais que les indispensables étaient ceux qui se battaient toute leur vie, et pas deux semaines comme c'était mon cas. J'ai avalé de travers. Miguel a demandé la parole et a souligné qu'il était d'accord avec ce qui venait d'être dit, mais qu'il fallait aussi considérer que le camarade était tombé amoureux. Il l'a dit avec le plus grand sérieux, mais un éclat de rire unanime et nerveux a souligné ses propos et l'instructeur est intervenu pour expliquer que cette réunion était une assemblée, pas une séance de cirque où les clowns venaient faire leur numéro. C'était le type à grosses lunettes avec qui j'avais eu affaire la fois précédente, celui qui pariait sur moi, et il avait l'air déçu, contrarié que l'autre ait eu raison. Quand il a demandé de passer au vote, pas une main ne s'est levée en ma faveur. Avais-je intériorisé le problème ? a demandé l'instructeur, qui s'appelait Ismael. *Call me Ishmael*, m'avait-il lancé en manière de plaisanterie pour me laisser entendre que, au moins, il avait lu *Moby Dick*. Oui, j'ai dit, je l'intériorise, a suivi une succession de *cut*, comme au cinéma : je suis assis sous les eucalyptus et je vois maman debout au milieu du salon, à la maison, lisant la lettre où je les mets au courant de ce qui s'est passé. C'est une injustice ! dit maman. Les mères considèrent toujours que leurs enfants sont innocents. Pardi, il est le fils de personne ! surenchérit la grand-mère. Il a sûrement continué de dire mon Dieu par-ci et mon Dieu par-là et on le prend pour un religieux, décrètent les frangines. Quel rapport ? s'exclame la grand-mère en les attaquant de front. Il n'a qu'à écrire une lettre à García Márquez pour que García Márquez en parle à Fidel et au passage qu'il dise aussi que le pain qu'on vend à l'épicerie ne vaut rien du tout. Et comme tout est dans l'imagination, elle me dit en me regardant dans les yeux, Et toi ne reste pas bouche cousue ! Ne te retiens pas de dire ce que tu penses ! Je recompose aussi la scène de l'assemblée. Vous avez intériorisé le problème ? demande l'instructeur. Pas du tout, je dis en me levant ; c'est-à-dire, je continue avec vaillance, oui et non. Tous les regards convergent sur moi. Tu pourrais être un peu plus clair ? demande l'instructeur. C'est ce que j'attendais pour lâcher mon discours. Je suis d'accord, je commence, sur le fait que je ne mérite pas d'être considéré comme exemplaire ni admis dans les rangs de la Jeunesse communiste, mais est-ce que je veux y entrer ? Là, je marque une pause, peut-être pour créer un effet, mais je reprends vite la parole. Je ne sais pas, ce n'est pas très clair pour moi, et c'est bien le problème essentiel ; j'aime une organisation qui revendique les tâches les plus difficiles et nous met à l'épreuve pour que nous soyons acteurs et pas simplement spectateurs, mais je n'aime pas qu'elle ait du mal à nous soutenir quand il s'agit de défendre des causes gênantes pour nos aînés, parce qu'elles ne figurent pas parmi leurs priorités ou leurs intérêts. Tout le monde me regarde avec des yeux ronds sauf l'instructeur, qui recommence à croire en moi, et moi, encouragé, je lâche les paroles suivantes : "Tant qu'on ne peut pas être sûr que, tout le temps, à chaque instant, en toute circonstance et condition, vous cherchez la vérité jusqu'à la trouver, quelles que soient les têtes ou les causes qui tombent, tant que ce moment ne sera pas arrivé, j'ai le droit d'écouter ma conscience." L'enthousiasme d'Ismael retombe. Ce garçon s'est mélangé les pinceaux, qu'il se dit, c'est le problème des intellectuels : ils se mettent en quatre pour sortir une citation, adaptée ou pas. Pour conclure, je déclare que je préfère être un sans parti, car on peut être révolutionnaire sans être au Parti, ce qui serait mon cas. En entendant cela dans la bouche d'un fils de la classe humble, libérée par la révolution, les mains de Dieu tout-puissant écartent les nuages, ménagent un trou et, à son appel, on voit se pointer sur le bord les têtes de Marx, Lénine, Engels, Martí, le Che, Mella, Rubén Martínez Villena et beaucoup d'autres combattants pour notre indépendance depuis le XIXᵉ siècle jusqu'à nos jours. Dieu le père qui, en tant que catholique, n'a toujours pas digéré que la religion c'est l'opium des peuples, se tourne vers Lénine. Camarade Vladimir Ilitch Oulianov, qu'en pensez-vous ? Je ne peux dire que ce que j'ai déjà dit, répond le bolchevik sans se troubler, car dans sa lutte continuelle contre les impossibilités il a appris à être patient, il faut bien reconnaître que l'un des phénomènes les plus répandus de notre vie sociale est la répugnance – quand ce n'est pas une vraie répulsion – à adhérer ; c'est le propre des politiciens solitaires, des aventuriers de la politique, de nier le Parti et de prononcer des phrases emphatiques sur son étroitesse, ses formules stéréotypées, son intolérance et beaucoup d'autres choses, en réalité ces propos ne reflètent que cette présomption ridicule et mesquine ou ce désir de justification des intellectuels qui s'écartent des masses et perçoivent la nécessité de révéler leur faiblesse. Maman, grand-mère et les frangines, dans le salon, sont stupéfaites d'entendre ces phrases. On peut être révolutionnaire sans appartenir au Parti ? s'interroge maman. En effet, répond Lénine, mais il est plus normal d'y adhérer, et si on n'y adhère plus, le Parti n'a qu'à s'analyser. Cela dit, Dieu tout-puissant referme le trou, comme le rideau d'un théâtre qui annonce la fin de l'œuvre qu'on y jouait.

Je suis resté plusieurs jours en colère, mal à l'aise à cause de ces scènes, les réelles comme les imaginaires, sans savoir si c'était juste ou injuste, pensant aux ennuis sérieux qui m'attendaient quand je voudrais parler de tout cela dans le roman que je projetais d'écrire. Quelques mots de ma mère m'ont un peu rasséréné. Nous étions à table quand, reprenant une pensée dont elle ne nous a pas donné les détails, elle a dit soudain, Quand je vois qu'on commet tant d'erreurs et que beaucoup de choses se font de travers, j'ai mal et ça m'irrite, mais, contrairement à ce qui arrive à certains, au lieu de descendre du train en marche, j'ai plutôt envie de travailler davantage, pour bien montrer aux tire-au-flanc, aux bureaucrates, aux paresseux et à moi-même que nous ne laisserons pas gâcher notre révolution, car nous n'aurons pas de seconde chance et les pauvres le savent mieux que personne. Très bien dit, a approuvé grand-mère, il y a aussi ceux qui sont très révolutionnaires mais qui, dès que la révolution ne leur donne pas ce qu'ils veulent, parce qu'elle ne l'a pas ou parce qu'elle commet une injustice, tournent le dos et s'en vont. Ça alors ! ont dit les frangines, vous êtes de vraies enragées toutes les deux, et elles ont éclaté de rire. Moi pas, je n'ai pas ri, je suis allé dans ma chambre et j'ai noté tout cela dans mon carnet.

Il ne faut pas se noyer dans un verre d'eau, m'a dit Miguel plus tard, alors qu'on se promenait au bord de la rivière, ton problème ne concerne pas la politique mais le plumard, je vais t'expliquer ça en deux mots : tes relations avec Vivian sont arrivées au point que, comme le dit Pablo lui-même dans une autre de ses chansons, il ne leur manque plus que de la chair et du désir, ou bien, ce qui revient au même, si tu ne la mets pas dans ton lit tu ne seras jamais militant et tu ne serviras à rien, tu seras tout juste bon à te branler physiquement et mentalement. J'ai trouvé que c'était le comble du superficiel. J'en avais un peu marre de ses éternels refrains sur

ma virginité. Qu'est-ce qu'il en savait, que j'étais
puceau ! Est-ce qu'il sait vraiment tout sur moi ?
Qui le sait ? Toi ? Mes carnets de notes ? Moi ?

33

ARNALDO

Enfin, un matin la prof est arrivée en annonçant que nous allions commencer l'étude de *La Célestine*, œuvre maîtresse des lettres espagnoles attribuée à Fernando de Rojas sauf le début, sans doute de Juan de Mena ou de Rodrigo de Cota. Elle a répandu sur son bureau tout ce qu'elle apportait : cartable, livres, règle, montre, craies, colliers, ne gardant sur elle que sa robe, ses chaussures et le livre, et laissant les garçons le souffle coupé, comme si son rôle était joué par Susana Pérez, cubaine, ou par Aitana Sánchez Gijón, espagnole. Il s'agit, elle a dit, étrangère à la commotion provoquée par son *strip-tease*, d'une histoire d'amour entre un beau jeune homme et une douce demoiselle, aidés par l'intervention de la vieille Célestine. Enfin une histoire d'amour ! ont pensé beaucoup d'entre nous, fatigués des personnages héroïques. Vous, David, vous allez faire Sempronio, et vous, Arnaldo, Calixte. Moi ? Oui, c'est ce que j'ai dit, et je le précise pour l'examen, ce Caliste s'écrit avec un *s*, pas avec un *x*.

MOI (dans le rôle de Caliste) *: Je commencerai par les cheveux. Connais-tu ces tresses d'or fin qu'on file en Arabie ? Les siens sont plus beaux et n'ont pas moins d'éclat. Ils lui tombent jusqu'à* *l'assise du pied ; et la façon qu'elle a de les porter, tressés et noués d'un fin ruban, suffit à changer les hommes en pierres.*

DAVID (dans le rôle de Sempronio) : *(En ânes, vous voulez dire !)*

MOI : *Je n'ai pas bien entendu.*

DAVID : *Je dis que ces cheveux-là ne sont sûrement pas des crins d'âne.*

MOI : *Le lourdaud ! Quelle comparaison il fait !*

DAVID : *(S'il pense qu'il est plus léger !)*

MOI : *Les yeux verts et bien fendus, les cils longs, les sourcils hauts et minces ; la bouche, petite ; les dents menues et blanches, les lèvres roses et bien charnues ; l'ovale du visage parfaitement dessiné, la gorge haute. Quant à la forme et à la rondeur de ses petits seins, qui pourrait les décrire ? Tout homme se revigore quand il les voit. Une peau lisse, brillante ; une carnation qui assombrit la neige ; un teint dont elle-même a choisi et mêlé les couleurs.*

DAVID : *(Et il y croit, l'imbécile !)*

MOI : *Les mains petites et charnues, juste ce qu'il faut ; les doigts fins, les ongles longs et vermeils, rubis parmi les perles. Quant à cette taille que je n'ai pu voir, si j'en juge par l'apparence elle est incomparablement plus belle que tout ce que Pâris eut à départager entre les trois déesses.*

DAVID : *Avez-vous terminé ?*

MOI : *Aussi vite que j'ai pu.*

Quand j'ai prononcé *Aussi vite que j'ai pu* nous avons relevé la tête, David et moi, de nos textes respectifs pour constater que personne, même pas la prof, ne nous écoutait. Ils étaient tous bouche bée, les regards convergeant vers le même point, c'est-à-dire la porte. On a fait comme eux et on l'a vue, enveloppée de l'éclat doré de la lumière qui provenait du couloir. Elle avait les yeux verts, les cils longs, les sourcils hauts et minces, et tout à l'avenant sauf la chevelure, qui n'atteignait pas l'assise du pied, mais s'arrêtait aux épaules, tels ces écheveaux d'or fin qu'on file en Arabie. La prof qui, en raison de son militantisme et de sa philosophie, ne pouvait croire aux apparitions, était près de s'évanouir et de déchirer sa carte, quand Mélibée dit elle-même, Je m'appelle Vivian, je viens d'une autre école, c'est un transfert, et le directeur m'a demandé de me joindre à ce groupe. La prof a retrouvé couleurs, sourire et foi et a dit, Entre, nous sommes tous à ta disposition. Et Vivian-Mélibée, avec un rock doux en musique de fond, sans doute de Carlitos Varela ou de Polito Ibáñez, est passée devant nous et, plan américain d'après David, est allée au pupitre qui n'avait jamais été occupé et s'est assise, plan rapproché. Elle a retiré le cordon qui retenait ses cheveux et les fils d'Arabie sont tombés sur ses épaules, *close-up*. Et *close-up* aussi sur les lèvres, les ailes de son nez, les lobes de ses oreilles. J'ai tout de suite pigé, c'était la fille pour David, et j'ai eu la confirmation que j'avais toujours redoutée : elle allait me plaire, elle me plaisait déjà, la fiancée de David. Il n'est sans doute pas possible, a repris la prof en paraphrasant le passage d'une encyclopédie, de resituer cette œuvre dans le cadre de la production romanesque ou théâtrale : sa division en actes et sa forme dialoguée tendent à la rattacher au théâtre, mais la diversité de l'ensemble, ses dimensions démesurées, la grande richesse des épisodes et le folklore réaliste de certains tableaux relèvent plutôt du roman. Ainsi donc, s'agit-il vraiment d'un roman ?

Une semaine plus tard, ils étaient fiancés. D'après David, il ne s'était pas déclaré. D'après Vivian, elle non plus. Le groupe les a soutenus avec fierté, cet événement nous sortait de l'anonymat et faisait de nous le groupe de Caliste et Mélibée, d'autant que la prof les a déclarés couple parfait et leur a offert une anthologie des *Cent meilleures poésies d'amour de la langue castillane*, un exemplaire du *Socialisme et l'Homme à Cuba* et deux billets pour un concert d'Elena Burke. Pour ce qui est du livre du Che, je m'en souviens, car avant de le leur donner elle a lu à toute la classe, La culpabilité de beaucoup de nos intellectuels et de nos artistes est la conséquence de leur péché originel. Ce ne sont pas d'authentiques révolutionnaires. C'est ce qu'a dit le Che, elle a expliqué, mais il ne s'arrête pas là ; les citations, sorties de leur contexte, sont très dangereuses. Et elle a repris sa lecture : On peut essayer de greffer un orme pour qu'il donne des poires, mais en même temps il faut planter des poiriers ; les nouvelles générations seront libérées du péché originel ; plus nous élargirons le champ de la culture et les possibilités d'expression, plus nous aurons de chances de voir surgir des artistes exceptionnels ; notre tâche est d'empêcher la génération actuelle déchirée par ses conflits de se pervertir et de pervertir les nouvelles générations. Nous ne devons pas créer des salariés soumis à la pensée officielle, ni des "boursiers" vivant à l'abri du budget de l'Etat et exerçant une liberté entre guillemets ; les révolutionnaires qui chanteront l'homme nouveau avec l'authentique voix du peuple viendront ; c'est un processus qui demande du temps. Maintenant, ce qu'a dit le Che est complet, comme vous pourrez le vérifier par vous-mêmes dans le livre, a conclu la prof.

A la sonnerie de la récréation, tout le monde s'est précipité vers Vivian, sauf David et moi. Elle voulait qu'on lui montre l'école ? demandaient les garçons ; qu'on lui prête des cahiers pour se mettre à jour ? disaient les filles ; les garçons : qu'on lui tienne compagnie pour le goûter ? Les filles : qu'on lui présente les plus beaux mecs de l'école ? Elle a accepté toutes les propositions mais elle n'a pas bougé, et quand le groupe s'est retiré, en chœur comme il était arrivé, elle a posé les yeux sur le brun qui jouait Sempronio à son arrivée, il était resté à sa place, écrivant avec application dans son cahier. Elle s'est approchée, s'est excusée de le déranger et a demandé un truc dont aucun des deux ne se rappelle. Il s'est levé, a pris la main qu'elle lui tendait et quand ils se sont regardés dans les yeux elle a frémi jusqu'à la racine des cheveux. Moi, le blond qui jouait Caliste, je les observais à trois pas de là et je me suis manifesté. David, j'ai dit, on descend dans la cour ? Elle s'est retournée et en croisant mon regard elle a frémi pour la seconde fois jusqu'à la racine des cheveux. Elle entrait en contact, dans la rafale d'une seconde, avec l'avers et le revers de la médaille masculine, elle était sidérée, mais ça n'a pas duré. La brièveté du regard, cependant, m'a suffi pour la sonder et deviner l'avenir. Si David le lui demandait, elle coucherait avec lui dans la semaine. Si c'était moi qui le lui demandais, ce serait aujourd'hui, cachés quelque part, comme ce couple qu'on avait surpris dans un placard de la bibliothèque, parce qu'ils n'avaient pas pu se retenir. Mais comme le bijoutier la forçait à choisir, elle a choisi le plus beau bijou. On n'a qu'à y aller tous les trois ! elle a dit. Le chiffre a rebondi sur les murs : Bien, vérité et beauté ; Passé, présent et avenir ; Ligne, plan et volume ; Père, verbe et esprit ; David, Vivian et Arnaldo.

— A quoi tu penses ? demande David étendu sur son lit.

— Demain, c'est ton jour.

— Oui.

Il sourit.

— Tu sais quoi ? Je ne serai pas là quand tu reviendras pour être le premier à te saluer et à te féliciter, comme j'en avais envie.

— Pourquoi ?

— Un problème dans la famille. Je ne serai là ni samedi ni dimanche.

Mon rôle s'arrête ici. La prédiction de David se réalise : je ne peux pas en raconter davantage, je n'en ai ni le courage ni les mots. Tant de circonlocutions, tant d'histoires à la *Mille et Une Nuits*, m'ont laissé sans forces. J'ai un peu de peine pour vous, mais pas trop. Vous découvrirez peut-être ce qui reste à raconter par un autre canal. Un jour, David consultait ses carnets quand il a dû sortir de toute urgence en les laissant sur le lit, ce qui n'était jamais arrivé. Moi qui rêvais de les regarder, j'en ai profité pour y jeter un coup d'œil, et j'ai découvert avec surprise qu'il ne s'agissait pas d'un journal ni d'un cahier de notes, mais d'un roman dans lequel je figurais. Je n'y étais pas un personnage, mais quelque chose comme un alter ego, la personne qu'il aimerait être ou, au contraire, celle qui ne lui ressemblait en rien, parfois avec des airs de Holden Caulfield, le protagoniste de *L'Attrape-Cœurs*, ce qui lui permettait de mettre dans sa bouche quelques opinions un peu surprenantes. Je ne sais pas, tout était un peu confus et je n'ai pas pu en lire beaucoup, car il revenait déjà et j'ai dû m'arrêter.

Je regrette de ne pas avoir pu vous raconter l'histoire de la boiteuse qui faisait de l'autostop sur la vieille route de Zulueta à Remedios, celle de la fille qui satisfaisait son fiancé sans perdre son intégrité ni celle des jumelles qui se faisaient appeler Marta et Mirta, je regrette aussi que vous ne sachiez toujours pas ce que signifiait prendre un air japonais, ni pourquoi David et moi serions frères. Mais quand même, je veux vous expliquer avant les adieux définitifs, car il n'est pas question que vous restiez dans le doute, que la chèvre qui a sauvé David quand il était petit n'est pas celle dont j'étais tombé amoureux. Elles s'appelaient toutes les deux Canela, mais il s'agit de deux chèvres différentes. Si ça se trouve, la mienne est la petite-fille de l'autre. C'est tout. Pardonnez-moi si vous le pouvez, et sinon, que voulez-vous qu'on y fasse !

34

DAVID

Quand on est sortis de la cinémathèque, membre de la FIAF, comme la nuit était belle ! Il avait plu, la rue était mouillée, avec des lumières, des reflets dorés, des lueurs et des gens. Vivian marchait, serrée contre moi. Moi je marchais avec ma copine dans la ville. Tu ne m'as pas dit comment tu avais trouvé le film, elle m'a dit, et elle a donné son point de vue, l'aliénation à laquelle le capitalisme soumet les relations humaines et je ne sais quoi d'autre encore. Pourquoi on marche si vite ? L'école ne va pas changer de place. On ne rentre pas à l'école, j'ai dit. Ah bon ? Non. Et on va où ? On va quelque part, tu ne t'en souviens pas ? Ah, oui. Elle se le rappelait très bien, mais les femmes sont comme ça, elles aiment vous torturer. Quand on est arrivés à l'hôtel, je lui ai demandé de m'attendre dans le petit vestibule lugubre, parce que je ne voulais pas que les types de la réception voient sa tête. Je suis passé devant une statue que je n'avais jamais vue. Elle représentait une femme à demi nue qui souriait tranquillement. Les seins étaient très jolis, comme des moitiés d'orange, elle ne les montrait pas avec effronterie, mais avec une certaine innocence. Notre ami n'était pas là et à la place de son collègue il y avait une femme. Pour ne pas penser au pire, je n'ai pensé à rien. Camarade, s'il vous plaît, pouvez-vous me dire si le monsieur un peu enveloppé est ici. Tu veux dire le gros Cubillas ? Oui, Cubillas, c'est ça. Il est quelque part, là-derrière. Une fois de plus, Dieu ne m'abandonne pas. Je l'avais abandonné depuis un moment, mais lui ne m'abandonnait pas. Un jour, il faudra que je comprenne pourquoi il m'accorde autant d'attention, j'espère qu'il n'a pas l'intention que je devienne curé ou un truc de ce genre. Vous pouvez me l'appeler, s'il vous plaît ? Cubillas, un garçon te demande ! Cubillas ne se souvenait pas de moi, ne savait pas qui était Miguel, ne se rappelait pas que je lui avais laissé un acompte et moi, reprenant le rôle de Miguel, je lui ai lancé, Et qu'est-ce que tu en dis si je te règle tout de suite ? en lui montrant un billet de dix. Ce n'était pas une audace de ma part, j'ai pensé qu'il garderait cinq pesos et m'en rendrait cinq, ou qu'il les déduirait de la note de la chambre ; mais ce type a mis le billet tout entier dans sa poche et en se grattant la tête il a dit, Laisse-moi voir ce que je peux faire pour toi, parce que c'est vraiment mal barré, depuis que les cinémas donnent ce film avec Stefania Sandrelli, on est débordés ; le gouvernement aurait dû lancer un mandat d'arrêt international contre cette femme en raison des ravages qu'elle provoque dans notre jeunesse. La femme, qui ne battait jamais des cils, lui a tendu une clé et le type me l'a donnée. La 17, deuxième étage, qu'il a dit. Mais il ne devait pas me donner la 39 ? La 39 ? Ah non, tu es fou ? La 39 ? Je ne peux pas te donner la 39, c'est le directeur qui s'en occupe. Sept plus un huit, j'ai pensé à toute vitesse, mon numéro de chance d'après mon horoscope, pas autant que le 11 mais celui-ci on l'a déjà, je suis le 1 et Vivian l'autre 1, ça fait 11. Très bien, ça me convient, l'ascenseur marche ? Cubillas n'en revenait pas qu'on lui pose la question, il m'a regardé l'air de dire, Mais ce type, il débarque de Ouagadougou ? Je suis retourné auprès de Vivian, qui s'était installée à côté d'une statue dans le genre de celle que j'avais remarquée, mais là c'était un jeune homme, qui avait l'air de me faire un clin d'œil. Je l'ai regardé fixement, mais il ne s'est pas départi de son sourire. On voyait son engin, ça n'avait rien de grossier, c'était même assez beau, et on a démarré comme qui dirait le plan-séquence d'un film en noir et blanc. La caméra derrière nous, on a pris l'escalier, on s'est engagés dans un couloir et on est passés devant des portes, encore des portes, et on est revenus au point de départ, sur le palier, sans trouver la chambre. Je crois qu'on n'est pas au deuxième mais au troisième, a dit Vivian. Dans cet hôtel, tout partait en morceaux, sauf les escaliers en marbre blanc de Carrare, recouverts de un centimètre de crasse. On est redescendus, on a trouvé un couloir semblable au précédent, on a pris à gauche et on est passés devant des portes, encore des portes, toujours des portes, et on s'est encore retrouvés devant l'escalier. C'était sûrement celui du dessus, on doit être un peu nerveux. On est remontés et arrivés à l'étage supérieur on a vu la 17 devant nous, face à l'escalier, comme si elle avait toujours été là. Maintenant, la clé ne voulait pas entrer, ni en douceur ni à la hussarde, ni d'un côté ni de l'autre, mais elle a fini par capituler. Et là, impossible d'ouvrir la porte, ni à droite ni à gauche, ni en la remontant ni en l'abaissant, ni en la poussant ni en la secouant, mais elle a fini par capituler. J'ai poussé un ouf. J'ai laissé passer Vivian la première, par courtoisie et parce que je me rappelais les conseils de Miguel, puis je suis entré et j'ai refermé, claquant la porte au nez du caméraman et mettant un terme au plan-séquence. Maintenant, j'étais adossé au mur et j'écoutais mon cœur battre à tout rompre et j'avais peut-être envie d'aller aux toilettes mais je n'en étais pas sûr. Conformément aux explications de Miguel, je venais de franchir le point de non-retour : nous étions seuls dans une chambre, un homme et une femme. Je me sentais à la fois heureux et nerveux, et j'avais de nouveau envie d'aller aux toilettes. C'étaient les nerfs et les amibes, et si j'allais aux toilettes je ne ferais rien, tout au plus un ou deux pets. Cher Paul McCartney, ai-je dit mentalement en essayant de penser à autre chose, toi qui as perdu ta virginité à quinze ans dans la lointaine Liverpool, aide-moi à perdre la mienne ici, à La Havane. En quelques pas, Vivian s'est plantée au milieu de la chambre. Là, elle a passé son sac dans l'autre main, comme seules les femmes savent passer leur sac dans l'autre main, et elle m'a regardé en face. La chambre était petite et moche, pas la peine de vous raconter des histoires, la pire de tout l'hôtel. Partout des taches, des dessins et des inscriptions grossières. Ça sentait le vieux, l'humidité, le sperme. Dans un angle, on distinguait une armoire sans portes avec deux cintres en fil de fer, ces modèles qu'on ne peut pas enlever si on n'a pas apporté des pinces ; sur une table délavée, j'ai vu une cuvette pleine d'eau, un broc en aluminium cabossé, deux petits verres soviétiques, comme ceux qu'on trouvait partout et que personne n'appréciait, même s'ils étaient très bien, un peu de papier hygiénique et des bouts de savon Nácar mal découpés au couteau. L'ampoule projetait nos silhouettes contre les murs où on pouvait lire quelques inscriptions. Ici l'ont fait Kike et Puchita, Papo et Evelín, Arturo et María Eugenia, Marisol et ? Je m'en fous, Ils sont tous pareil, Ça va un moment mais après ils me dégoûtent. D'autres : Je veux une bite et la chute du gouvernement, Ceux qui écrivent des trucs sont des pédés et des *gusanos*, Vive la révolution socialiste ! Hier, j'ai perdu ma licorne bleue, avec qui je partageais un peu d'amour, un peu de vérité, trois dollars pour toute information, Si vous avez des morpions venez me voir, Celle de mon mec fait 23 centimètres, en érection, bien sûr, Celle du mien 23 au repos, Alors pas besoin de bander, tu n'as qu'à l'amidonner. Quel langage pour un peuple révolutionnaire ! Vivian est allée à la fenêtre, qui était ouverte, on voyait la lune au-dessus de sa tête. Elle était ronde et jolie mais j'ai préféré ne pas faire de commentaires, car à l'époque c'était plutôt mal vu d'être romantique, mais je vous jure que c'était un sacré spectacle et que je me suis dit intérieurement, Lune lunaire, bénis ce qui va arriver ici. Vivian s'est retournée. Qu'elle était belle, comme une femme peut être jolie dans une chambre, elle m'a fait une de ces impressions ! La bonne idée que j'ai eue d'être un homme et elle ma copine ! Ce n'est pas un hôtel, elle a fini par dire d'un ton sec, C'est-à-dire que, j'ai dit, car je voulais en tout point être sincère, la vérité vraie de vraie c'est que c'est un hôtel sur le déclin, un hôtel de seconde catégorie, mais quand même un hôtel. Non, c'est une maison de passe, elle a affirmé ; on reste toute la nuit ou tu as payé à l'heure ? On peut rester toute la nuit et demain on peut prendre le petit-déjeuner et le repas, il y a un restaurant ; il faut seulement partir avant deux heures et on ne peut pas recevoir de visites. Elle s'est tue. J'ai l'impression qu'il y a des trous dans les murs. J'ai éteint. Ou du moins j'ai essayé, on avait beau s'acharner sur l'interrupteur, la lumière ne s'éteignait pas. Je suis monté sur une chaise pour dévisser l'ampoule, avec mon mouchoir pour ne pas me brûler, mais je me suis quand même brûlé. La première fois, les femmes préfèrent éteindre la lumière, m'avait prévenu Miguel, et ça semblait vrai. Dès la deuxième, et je continuais de me remémorer ses paroles, elles apprécient que tu mettes un miroir devant et que tu invites un cousin. Il y avait une vague luminosité qui rendait l'atmosphère plus agréable, et je me suis dit que ça nous aiderait à nous détendre. C'est ce que dit ma mère, Vivian venait de reprendre la parole ; on ne peut pas me faire confiance : elle me croit très tranquillement à l'école, elle se sacrifie et m'achète des fringues au marché noir pour que je n'aie pas l'air d'une mendiante et me voilà avec mon fiancé dans une maison de passe ! J'ai commencé à me sentir mal. Tu n'avais pas d'autre endroit où m'emmener ? Non, je n'en avais pas, qu'est-ce que je pouvais savoir des chambres ? Comme si ce n'était pas la première fois aussi pour moi ? On avait dégotté celle-ci grâce à Miguel. La plupart des femmes pensent qu'un homme, par le simple fait d'être un homme, a une solution à tout. On dit qu'à La Habana Vieja et dans certains coins d'El Vedado il y a des gens qui louent des chambres chez eux, des chambres propres, avec air conditionné ou ventilateur et de bonnes serviettes dans la salle de bains. C'est toujours un coiffeur, une couturière ou un spiritiste, des gens chez qui les entrées et sorties n'attirent pas trop l'attention, mais c'est hors de prix et risqué, parce que la police les tient à l'œil et la première fois il faut que tu sois introduit. Même Miguel n'avait pas ce genre de contact, mais il n'allait pas tarder à en avoir un. Si l'endroit ne te plaît pas, j'ai dit, on s'en va ; en attendant de trouver un hôtel pour de vrai, je t'assure que ça ne me dérange pas du tout. Je n'en croyais pas mes oreilles de m'entendre dire ça. Et si elle disait d'accord ? Heureusement, elle ne l'a pas dit, comme elle aussi voulait perdre et avoir son gage, elle a ignoré ma tentative de fausse sortie. Allons, ne nous énervons pas ; le plus dur est fait, et tu as déjà payé, si nous partons on ne te rendra pas l'argent. Les femmes sont très concrètes, Miguel le dit et beaucoup de gens aussi. Elles sont concrètes dans toutes les situations et c'est grâce à cette qualité que le monde n'a pas coulé. Conformément au scénario de Miguel, je devais maintenant raconter une blague, mais je n'en avais aucune à l'esprit, sauf celle de la vieille dans la ferme qui attendait la visite de Fidel, mais elle ne m'était d'aucune utilité. De l'autre côté de la rue, il y avait une affiche des Comités de défense de la révolution, avec un œil d'où sortent des flèches de toutes les couleurs dans toutes les directions et qui avertissent l'ennemi que s'il vient il ne pourra pas repartir. Moi aussi je veux être avec toi, David, elle a dit ; c'est seulement dommage que nous soyons obligés de le faire dans un endroit aussi horrible. Elle avait raison, vous savez ce que j'en pense. Entendre mon prénom dans sa bouche m'a fait fondre. Je l'ai enlacée, au-dessus de la ceinture. Je voulais lui expliquer qu'elle ne devait pas se sentir coupable, qu'en tout cas le coupable c'était moi, parce que je m'étais précipité et laissé influencer par les amis, j'avais peur qu'ils ne se moquent de moi parce que j'étais le seul à ne pas avoir couché avec sa copine, en effet, on était dans un hôtel qui était presque une maison de passe, mais je l'aimais tant, j'étais l'homme de sa vie d'après ce qu'elle m'avait dit, alors le lieu n'avait pas beaucoup d'importance. Mais je n'ai rien dit, ou alors je l'ai dit sans le dire et elle s'est retournée, elle a répondu à mon étreinte de tout son corps et à ce moment-là, parce que c'était un moment particulièrement important dans nos vies respectives, on a entendu une musique tout bas. Les Beatles ! elle a dit en sautant presque sur place. C'est impossible, tu les entends ou bien c'est moi qui suis folle ? Non, elle n'était pas folle, c'étaient les Beatles. Ils jouent pour nous, elle a dit. Les locataires de la chambre d'à côté, qui avaient l'air d'être plutôt farfelus, avaient apporté un tourne-disque ou une radio. *Love, love me do / You know I love you*, chantaient les garçons de Liverpool à voix basse, pour ne pas être entendus de la police. Vivian s'est mise à se déshabiller joyeusement, un peu comme une artiste, et en noir et blanc parce que nous n'avions pas encore accédé à la modernité. Elle a gardé l'essentiel, a piqué un sprint, sauté dans le lit et disparu sous le+s draps, comme l'avait prévu Miguel, mais avec une variante : au lieu de se tourner contre le mur, une main est ressortie et a lancé sa petite culotte sur la chaise où elle avait laissé sa robe. Comme elle n'était pas bonne au basket-ball, elle a raté son coup. David, s'il te plaît, ramasse-la et pose-la sur la chaise, je ne voudrais pas que les cafards lui passent dessus. En sentant sa lingerie intime entre mes doigts j'ai frémi. Mon Dieu, je me suis dit, est-ce que je serais un crétin de fétichiste ? Je l'ai tout de suite lâchée, mais j'étais déjà en érection, et j'ai aussitôt enlevé la montre-bracelet que Miguel m'avait prêtée pour que, en faisant l'amour, j'ai quelque chose à lui sur moi, comme un talisman, et pour que, si je le voulais, je puisse savoir l'heure qu'il était à La Havane, Shanghai, Reykjavík ou Honolulu. Je me suis déshabillé, et je me suis félicité d'avoir mis mon pantalon noir, pas l'autre, parce que la braguette du noir était une fermeture à glissière et je me sentais très mâle en l'ouvrant, en écoutant ce petit bruit, sachant que Vivian l'avait entendu et qu'elle savait que maintenant moi aussi j'étais nu, nous étions nus tous les deux, un homme et une femme. Sur ce, la chanson des Beatles s'est terminée et nous sommes restés interloqués. Sans musique, nous ne savions pas comment poursuivre et nous avons eu l'impression que la porte allait s'ouvrir et laisser entrer sa mère, le directeur de l'école, le ministre de l'Education et un policier, tous prévenus par le gros dégueulasse de la réception, et que sa mère crierait, Aïe, Dieu saint, Vierge du ciel, grand pouvoir de Dieu, que fait ma fille, si son père l'apprend il la tuera, il ne la laissera pas remettre les pieds à la maison jusqu'à la fin de nos jours ! Mais rien ne s'est passé, personne n'est entré. C'était juste une pause que les jeunes s'accordaient entre deux morceaux, peut-être pour se gratter la crinière. Le concert n'a pas tardé à reprendre. Je me suis assis au bord du lit et j'ai compris que mes nerfs ne me trahissaient pas. Depuis que j'avais touché la petite culotte de Vivian, ils faisaient leur travail. Je me suis arrangé pour qu'elle ne remarque pas mon érection et ne croie pas que la seule chose qui m'intéressait c'était le sexe. Elle est venue vers moi, et je suis allé vers elle, et soudain nous nous embrassions, et à partir de là je ne peux pas donner de précisions fiables sur ce qui s'est passé parce que c'est alors que la bombe a explosé, cette bombe du temps que les Beatles avaient laissée tomber dans mon âme quand je les avais entendus pour la première fois. Bouum ! et tout s'est passé sous un ciel de diamants. Je crois que nous avons fait la plupart des choses que mes amis prétendaient avoir fait avec leur fiancée, mais tout nous venait sans que nous l'ayons décidé, sans que nous ayons conscience de le faire. Simplement, c'était la meilleure façon d'agir, et entre deux épisodes on discutait, riait, accompagnait les Beatles et on recommençait sans s'en apercevoir et je ne peux pas dire combien de fois on a remis ça ou s'il n'y en avait qu'une seule qui n'en finissait jamais. Parfois on se rappelait à la sagesse, on essayait d'être raisonnables et on se disait, Maintenant nous allons dormir un peu parce que demain il faut se lever tôt. C'était bien le problème, le lendemain Vivian devait aller à Matanzas, mais auparavant elle voulait passer chez une amie pour me la présenter et lui laisser un message. Et comme son père, qui vivait séparé de sa mère, était plus ou moins malade, Vivian lui avait promis de passer le voir ce dimanche, bien avant que nous ayons décidé de nous voir. Comme Matanzas n'est pas trop loin, elle pensait faire l'aller-retour dans la journée. Au petit matin, nous nous sommes endormis dans les bras l'un de l'autre et, comme ma grand-mère et sa sœur Eusebia, à un moment donné nous avons partagé le même rêve. Nous étions nus et nous nous embrassions, ensuite nous partions en courant jusque dans un jardin fleuri, où il y avait une poupée avec une légende qui disait, Bienvenus The Rolling Stones. Il y avait là quatre garçons à moustache en uniformes de gardes, un sergent avec un tuba et on retrouvait les mêmes garçons en costume, avec des cheveux longs et une coupe au bol. Ils nous ont appelés et accueillis au milieu d'eux, on voyait des lettres fleuries et une foule derrière, où j'ai pu distinguer Tarzan, Marlon Brando, Marx, Oliver Hardy, et d'autres, parmi lesquels José Lezama Lima, José Martí, Bola de Nieve, Alicia Alonso, la Vierge de la Charité du Cuivre, Benny Moré, Celia Cruz, René Portocarrero, Cecilia Valdés. Mais il y avait beaucoup plus de gens. En ce qui me concerne, il y avait mes vivants et mes morts : mes grands-parents, mes oncles et tantes, mon père, ma mère, mes frangines, les voisins et voisines, amis et amies qui arrivaient en jouant des coudes pour se faufiler entre Marilyn Monroe, Edgar Poe, Bob Dylan, Oscar Wilde, Mary Pickford et se montrer eux aussi sur la couverture. Je me rappelle que j'ai pu voir le grand Capdevila, l'inoubliable Raúl, le faux Denis et le prince Lahera. En réalité, c'était un mariage, les noces d'une époque, et Vivian et moi, dans ce jardin psychédélique, nous étions à la fois nous et les statues que j'avais vues dans le hall d'entrée, et soudain, comme si nous savions que nous arrivions à la fin, on s'est tous mis à dire au revoir, à applaudir, à sauter, et le garçon qui avait une coupe au bol et des lunettes dit dans une bulle qui lui sortait de la bouche, Le rêve est fini, et alors on a été congelés pour l'éternité. J'ai embrassé Vivian, et je l'embrassais dans le rêve et dans la réalité, car je m'étais réveillé. Ah putain de merde, j'ai dit, quel joli rêve, si je te le raconte tu vas en mourir. Tu n'as pas besoin de me le raconter, elle a répondu en me regardant dans les yeux, je faisais le même parce que tu étais dans mes bras. Là, je me suis rappelé le principal conseil de Miguel, mais je me suis dit, Et merde, si je me grille tant pis ! Alors, je l'ai attirée contre moi et je lui ai dit d'un trait : Je t'aime. Elle a éclaté de rire et s'est exclamée, Tu parles d'une nouvelle, je vais publier ça dans la presse !

On s'est endormis sur le matin. On n'a pas pu prendre de petit-déjeuner, sinon on aurait raté le car pour Matanzas. On a tellement couru qu'on est arrivés à la gare routière avec un quart d'heure d'avance, Vivian en a profité pour écrire un mot à son amie en s'appuyant sur mes genoux, elle lui expliquait tout ce qui s'était passé et lui disait ce qu'elle avait à lui dire, un message que seules des femmes pouvaient comprendre, je devais lui porter ce mot en personne et je serais bien traité. J'étais ravi d'avoir une mission à remplir pour elle, car il me semblait qu'ainsi il serait plus facile de supporter son absence. Le car est parti et je suis resté à la gare ; au bout de deux heures à peine mon envie de la revoir était si forte que je ne souhaitais qu'une chose, que la nuit tombe pour apporter cette lettre, car je pourrais peut-être parler d'elle avec son amie. Cette amie vivait à Alamar, un quartier de la périphérie où je n'étais jamais allé, mais l'ennui c'est que je devais attendre jusqu'à onze heures du soir, car elle ne rentrait pas avant. C'était sa meilleure amie, une amie de l'autre école, et je ne devais pas être gêné de me présenter si tard. D'accord, mais que faire en attendant ? Je suis allé à La Habana Vieja et j'ai passé des heures assis sur ce banc du parc de la Fraternidad qui est presque le mien tant je l'ai fréquenté, et à un moment donné je me suis endormi, en sorte qu'il était minuit moins le quart quand je suis descendu du bus à Alamar : j'étais entouré d'immeubles gris, et il y en avait beaucoup, beaucoup d'immeubles gris. Tous pareils, il n'y avait aucun ordre entre eux, et on ne savait plus si on traversait un quartier de La Havane ou de Bucarest, si je me trouvais dans la réalité, sur le territoire indéfini d'un cauchemar ou si je sommeillais toujours sur mon banc personnel. Bref, il était deux heures quand j'ai trouvé la porte de l'amie, et deux heures et quart quand je me suis décidé à sonner. L'amie m'a ouvert comme si elle attendait mon arrivée derrière la porte. J'ai pris un air japonais, elle m'a pris par la main et m'a attiré à l'intérieur, où il faisait très sombre, mais elle n'a pas allumé. Dans cette maison, tout est un désastre, elle a dit. Un couple faisait l'amour quelque part dans la maison et c'était le moment crucial. Elle m'a amené devant une porte et m'a montré les deux silhouettes qui se tortillaient. C'est mon parâtre et ma mère ; ils ne me parlent pas mais je m'en fous, moi non plus je ne leur parle pas ; viens, je vais te présenter le reste de la famille, fais attention à la chienne, ne lui marche pas dessus, elle doit être quelque part et elle mord, mais n'aie pas peur, c'est juste par peur parce qu'elle est très vieille et elle n'a plus de dents, je languis qu'elle meure. La main de l'amie était chaude, je me laissais guider. Nous ne nous sommes pas arrêtés devant la porte de l'autre chambre. Deux formes dormaient sur un lit plutôt étroit. C'est ma sœur et son mari, on ne se parle pas non plus ; ils veulent quitter le pays et aucun des deux n'a de travail. On est arrivés à la troisième chambre. Là, elle a lâché ma main. Voici ma chambre, le type que tu vois dans mon lit est un parent de l'intérieur, je ne sais même pas comment il s'appelle ; tu sais comment c'est, il est venu voir le médecin, il y a de ça une quinzaine de jours ; je me demande comment il n'a pas encore compris qu'on rêve qu'il s'en aille, pourtant ce n'est pas faute de le lui dire en face ; il a des problèmes psychiques et c'est pour ça que je ne dors pas, j'ai une peur panique des fous ; maintenant, allons sur le balcon, il y a un petit réchaud électrique et on peut faire du thé dans une théière ; c'est là que je vis, sur le balcon.

Elle a refermé la porte derrière nous et on a été isolés dans un petit espace qui avait l'air d'être suspendu dans le vide. Nous étions au quatrième ou au cinquième étage et la nuit était très noire. Devant nous, il y avait le fond gris d'un autre immeuble et la seule chose qui captait un peu de lumière, c'était une grande cuvette en plastique où quelque chose barbotait. C'est une tortue, elle a dit. Elle est à toi ? Absolument, elle a répondu. J'avais entendu dire que les femmes qui élevaient des tortues étaient en général lesbiennes. Vivian dit que tu aimes beaucoup les Beatles, elle a dit. Oh, comme tout le monde. C'est ce que je lui ai dit, comme tout le monde, mais Vivian dit que non, que tu es spécial et que les Beatles te plaisent plus qu'aux autres et qu'ils plaisent encore plus à un ami à toi. C'est vrai, j'ai dit, et j'ai eu une brève pensée pour Miguel. Elle s'est baissée, elle a allumé le réchaud et a mis de l'eau à chauffer pour le thé. Vivian veut que je rencontre cet ami à toi, s'il me plaît je me mettrai avec lui et on pourra sortir tous les quatre ensemble. Cette idée ne venait pas de la tête de Vivian, m'a-t-il semblé, surtout en ces termes. Elle m'a demandé de ne pas te le dire, parce que tu es un peu moraliste, donc je ne t'ai rien dit, mais je ne crois pas que tu sois moraliste ; Vivian dit que ton ami est le genre de macho qui devrait me plaire, c'est vrai ? On est restés silencieux. Excuse-moi, elle a dit, mais je vais t'éclairer, je n'ai pas encore vu ton visage. Elle a braqué la lampe sur moi un petit moment. Et elle l'a éteinte. Qu'est-ce qui se passe ? j'ai demandé. Oui, tu es joli. Moi, joli, dans l'obscurité ; je n'ai jamais été particulièrement joli. Tu as de grosses lèvres, des pommettes saillantes et les yeux noirs, je suppose. Oui, ils sont noirs. Elle m'a fait asseoir sur un matelas pneumatique. Finalement, hier soir Vivian et toi vous avez couché ensemble ? Oui, bien sûr. Ça ne t'a pas gêné qu'elle ne soit pas vierge. Non. Tu le savais, n'est-ce pas ? Oui. Elle te l'avait dit ou tu l'avais deviné ? Ce genre de choses, ça se devine. Oui. Toi, tu étais vierge, en tout cas Vivian le croyait. Plus ou moins, mais plus maintenant. Moi, je ne crois pas que tu étais vierge. Je me suis rappelé la prof, quand, après nous être embrassés dans le couloir, elle m'avait pris la main ; et je me suis rappelé Ofelia et la terrasse, mais je ne me sentais ni menteur ni détestable. En attendant le thé, je vais te donner un peu de rhum, le tout est de trouver la bouteille. Elle l'a trouvée et elle m'a servi dans un verre en plastique. Elle m'a laissé boire, attendant que je repose le verre par terre. Après, elle a appuyé la main sur ma poitrine pour me dire que je devais m'étendre. Ce que j'ai fait, et j'ai vu qu'elle enlevait sa blouse et ensuite elle s'est couchée sur moi et a commencé à m'embrasser sur la bouche, ou plutôt à la mordiller, et j'en ai fait autant. En réalité, je savais que cela allait arriver dès qu'elle avait ouvert la porte, ne me demandez pas pourquoi, j'ai essayé de l'empêcher en prenant un air japonais, mais sans succès. Il y avait un moment que j'étais excité. On l'a fait quatre fois. D'abord elle sur moi ; ensuite je l'ai mise sur le côté et je me suis placé dans son dos et je suis entré et sorti ; ensuite, j'ai pris ses jambes sur mes épaules, et, enfin, je l'ai soulevée, l'ai penchée sur la rambarde en fer du balcon et l'ai prise par-derrière. C'est ce qu'elle a préféré. Là, on s'est arrêtés parce qu'il commençait à faire jour. Quand je suis ressorti de l'immeuble, avant d'arriver à l'arrêt, je me suis réfugié sous des arbres et j'ai pleuré. J'ai pleuré un long moment. Et une dame est passée. Elle portait un seau de peinture noire et un pinceau brosse dans l'autre main. Elle s'est approchée de moi, a plongé la brosse dans la peinture noire et, d'un seul mouvement, m'a barbouillé la poitrine, me marquant pour toujours. Et elle a disparu.

A onze heures, je suis arrivé au *Coppelia*. Je mélange peut-être, ce que je viens de raconter correspond peut-être à un autre jour, à un rêve, ou bien c'est un truc qui m'attend dans l'avenir, mais c'est ainsi que je m'en souviens et ça colle bien, car j'étais pris d'une haine violente contre moi-même et l'idée m'était venue que si je prenais une glace je me sentirais mieux. Après une longue attente on m'a servi et je suis allé sur la seule table vide qu'il y avait en terrasse, heureusement plutôt à l'écart. Et j'ai réfléchi à ma vie, comme si j'étais devant le peloton d'exécution, et soudain j'ai été pris d'une envie tellement forte d'écrire le roman que je projetais depuis longtemps et pour lequel j'avais pris tant de notes, que ma tristesse s'est envolée et que des choses me sont venues à une vitesse incroyable, comme si enfin les mots avaient rompu la digue qui les retenait et qu'ils arrivaient en avalanche. J'ai même trouvé un moyen de raconter qui évitait le ton sucré et sentimental, grâce à un personnage qui s'inspirait de moi. Je l'écrirais à travers un autre, qui sans cesser d'être moi serait un peu comme Miguel, ou comme moi j'aimerais être, auquel je pourrais transférer beaucoup de mes idées et expériences, il les exprimerait dans un langage plus vivant et plus populaire. L'idée m'a tellement plu que j'ai sorti de ma poche le carnet dont je ne me sépare jamais et j'ai commencé à écrire comme un perdu. *Voici l'histoire de David et de Vivian, pas la mienne, que les choses soient claires avant d'attaquer la troisième ligne. Et je suis concerné, parce que le jour où ça commence...* Je ne sais combien de temps a passé, mais j'ai écrit sans interruption, et je crois que j'aurais écrit tout le roman d'une seule traite si je n'avais entendu, quand j'arrivais à un passage incroyable où la Vierge de la Charité apparaît au personnage dans un escalier, une voix sucrée qui m'a tiré de ma concentration. "Vous permetteeez...", j'ai entendu. J'ai fait un gros effort pour revenir sur terre, dans l'île de Cuba, à La Havane, chez le glacier *Coppelia*, et j'ai vu devant moi, à côté de la chaise vide, un de ces types qui sont plus une femme qu'un homme. Il me regardait d'une façon si baveuse que j'ai eu l'impression qu'une vache me léchait la figure. Je n'ai pas pu résister à la tentation, qu'il a dit, j'adore la fraise, et sans autre forme de procès il a posé sur la table son plateau, tous ses sacs et ses paquets, et il s'est assis. Mais moi, l'espace d'un instant, j'ai eu une hallucination, je le voyais toujours debout, sa coupe de glace à la main, dédoublé, et me tenant un grand discours. Je sais que tu t'appelles David, que tu viens de trouver et de perdre une illusion, que tu as un ami qui s'appelle Miguel, et que tu as commencé à écrire après avoir longtemps attendu les mots ; maintenant le destin, ou ce que nous appelons le destin, m'a mis en ta présence et nous allons devoir commencer,

toi et moi, une nouvelle aventure, aussi mystérieuse et réelle que celle que tu viens de vivre.
Cela dit, il s'est assis, il s'est fondu dans l'autre et
je me suis posé la question : Je dors ou je suis
réveillé ?

OUVRAGE RÉALISÉ
PAR L'ATELIER GRAPHIQUE ACTES SUD
ACHEVÉ D'IMPRIMER
SUR ROTO-PAGE
EN SEPTEMBRE 2008